小兵多多

［美］董　夔◎著

中国大百科全书出版社　知识出版社

图书在版编目（CIP）数据

小兵多多 / （美）董夔著. -- 北京：知识出版社，
2022.3

ISBN 978-7-5215-0278-7

Ⅰ. ①小… Ⅱ. ①董… Ⅲ. ①长篇小说-美国-现代
Ⅳ. ①I712.45

中国版本图书馆CIP数据核字(2021)第047355号

著作权合同登记号：图字01-2020-6789

小兵多多 **【美】董　夔　著**

出 版 人　姜钦云
责任编辑　张京涛　王云霞
责任印制　吴永星
出版发行　知识出版社
地　　址　北京市西城区阜成门北大街17号
邮　　编　100037
网　　址　http://www.ecph.com.cn
电　　话　010-88390659
印　　刷　保定市铭泰达印刷有限公司
开　　本　710mm×1000mm　1/16
印　　张　20.25
字　　数　312千字
版　　次　2022年3月第1版
印　　次　2022年3月第1次印刷
书　　号　ISBN 978-7-5215-0278-7
定　　价　50.00元

目录
Contents

上 部

下　部

上 部

第一章　特殊的一天

在另一个世界里——我，是妻子。

在加利福尼亚明媚的阳光下，我坐在一片无人的沙滩上，沙砾在我脚下缓缓地移动，敲打键盘的声音此刻显得有些刺耳。凝望着眼前这片广阔的大海，视线里人们兴奋地穿行在繁忙的街道上，周围伴随着嘈杂的汽车鸣笛、自行车铃和手机铃声的声音。人潮涌动，他们的目的地又是哪里呢？

群山环绕，安静如常。我走在中国南部水稻田中间一条狭窄的小路上，翠绿的竹叶和着风声舞动，像为这片山坡铺上了一层翠绿夹着金黄的帆布。片刻后，一场暴雨不期而至，雨滴像雪花融入大地一样默默地滋润着这片土地上的植被。水珠在雾茫茫的空气中坠落，这声音被放大了似的在我耳边萦绕，仿佛天国里的和声。难道时间在此刻静止了吗？

稻田里传来一阵牛铃声，一个戴着竹叶编成的草帽的小男孩，骑在水牛背上，正吹着一支系着有点褪色的暗红色丝带的竹笛。那笛声悠扬，伴着水牛悠闲的脚步起伏着。我沿着小道跟着这模糊的景象来到路边的一间小舍前。小舍没门没窗，屋顶中间有一个类似天窗的方形孔，浅灰色的光线透过这个孔散落在地上。这时小男孩和水牛已经消失得无影无踪了。

我跨过门槛走进小屋。屋中的老婆婆正在烧水。她无声地将干柴填进炉子，一股淡蓝色的轻烟缓缓升腾，散漫地飘浮在空气里。我仿佛再一次听到那来自天国的、断断续续的泛音。我看见一个年轻人正聚精会神地弹奏着一种我从未见过的乐器，他的脸躲在光线的暗影里，映着温暖发白的火光，他的手轻柔地在琴弦间移动。

一声柴火在炉火中烧炸的声音将我惊醒，我转过身来，老婆婆仍然静静地往炉中添柴。那个弹着奇怪乐器的年轻人哪儿去了？他真的存在过吗？或许这只是我的一种幻觉？

今天我来到开阔的海岸。海风吹拂着我的裙摆，我闭紧双眼，渴望着能像海鸟一样在空中翱翔。

这是我几个月以来第一次触摸我的钢琴，每当我弹琴的时候，没有人知道我的琴声会走向何方。我感到指尖下有数以万计的星星，就像那天我们躺在海拔六千米的山地上仰望夜空里的星星一样，就是这样的璀璨星空啊！那天你离我很近，我们和这星空之间靠得那么近，然而我们身下冰冷的土地却将我们滞留、逐一分离。我的眼睛有些湿润，记忆中的水声和那悲凉的葬礼之歌总会将我带入那些遥远却又熟悉的回忆。

每当我弹琴的时候，我的指尖总会将我引入下一个梦境，梦境中这些透明的星辰如同一条水晶般的涓涓小溪，从浩渺的宇宙中无穷无尽地倾泻下来，淌进我的心怀。多多，你能感觉到吗？那是残留在你舌尖、唇角的新鲜泉水带来的一缕清香。音乐是我的迷宫，在那里，我们的人生会有交集，你会一直抓紧我的手，直到终结。我最亲爱的多多，在这之前，你将遇见一位头戴红帽子的维吾尔族女孩儿，她的红帽子上，插着一束白色的羽毛。

1976年，秋。中国新疆喀什市郊，南疆军区某部文工队大院。

那是一个星期天，初秋的天空蓝得那么清澈，棉花样的朵朵白云低低地飘浮在一排排树梢上。斑驳的阳光穿过树叶洒落下来，伴着好似轻声低语般的沙沙声闪烁着，甚至还透出一股水果的芳香。空气清新自然，院子里空荡荡的，人们都在享受着周末，无须担心平日里军号的打扰。但是不久，这种气氛就被打破了。

门砰的一声被推开，十七岁的肖凡从宿舍里走到院子。他一身黝黑的皮肤，瘦削，稍显矮小。今天的肖凡看起来收拾得非常干净，刮了脸，还故意将他的长头发烫得高高的，看起来有些张扬。这番打扮就像在对这院子里罕见的宁静表示抗议。在那个年代的部队里，是禁止男兵留长发、烫发、抹头油等行为的。

“太不像话了!”部队党委派来的李教导员强压着火儿自言自语道。肖凡的形象已经超出他所能容忍的极限，从肖凡进入他视线的那一刻起，他就琢磨着该怎么彻底消除这种不良影响——“要像清洗肖凡的头发一样，最好从根上砍掉”。

李教导员四十出头，尽管是文工队的教导员，却对音乐舞蹈一窍不通。长年累月的烟瘾已让他的牙齿变黄，满脸的那份沧桑就好像在诉说他几辈子的苦难。

李教导员来自河北和河南两省交界的农村地区，他年轻的时候就发誓要离开这片贫瘠的土地，再也不当农民。幸运的是，作为一个贫农，他在那个年代很轻松地被推荐进了部队。入伍后，聪明、勤奋的他牢牢地抓住每一个机会，于是，他提干了。他知道他在这里的任务非常艰巨，那就是给这里的年轻战士尤其是那些有城市户口的城市兵进行正确的价值观教育——确切地说，这价值观也是他李教导员的信仰。如果他能成功地完成这项工作，将会给他的才华施展提供一个重要平台。“

教导这群十六到二十二岁毫无生活经验的青少年能有多难呢!”李教导员上任时向上级打了包票，一定给这群散漫惯了的“小混混”立个规矩，把他们“改造”好。特别是那个肖凡，“瞅瞅他那堆黏不叽叽的头发!”李教导员心里已把肖凡当作第一个改造对象。

肖凡压根儿没把李教导员放在眼里，相反，他所追求的正是这些干部眼里深恶痛绝的东西。肖凡曾经幻想离开部队，去当一名小说家。他痛恨生活中的种种规矩，像什么“早请示，晚汇报”以及一天两次的班内例会。在这里，他和他的战友们每天都要经受李教导员早上的演讲和晚饭后的“自我检查”，以至于他们在背后给李教导员起了个外号——“李牧师”。

肖凡喜欢普希金的诗和小说，喜欢杰克·伦敦写的故事，喜欢柴可夫斯基和布拉姆斯的音乐。他一有机会就穿着市面上刚流行的喇叭裤四处招摇，肖凡对这种曾在西方流行过的牛仔裤情有独钟。有时他周末穿完了还不过瘾，还会在周一把牛仔裤穿在宽松的军裤里面出早操。

肖凡喜欢一个接一个地追女孩儿，尽管他具备了锲而不舍的精神，可惜爹妈没赐给他一个好相貌，所以他的成功率并不高。他最享受的是看到李教导员在无数次的交心谈话失败之后，威胁他要向上级打报告把他开除的情景。肖凡有时很自负，这种自负是有原因的，因为他是这支乐队里唯一一个受过良好训练、吹得一手好长笛的乐手，并且还能随时随地为文工队新创作的音乐填上几笔好词。

"这就是天才和庸人的差别啊！"肖凡想着，"是啊，这就是我的天赋。李教导员，你可没有啊！你连天赋的意思都弄不明白…… 对了，林菱哪儿去了？"

肖凡沉浸在自己的世界里，深吸了一口清新的冷空气。这时一股女孩子洗发精的香味让他回过神来。他环顾四周，看到人们陆陆续续地从屋子里走出来。"太好了，女兵们终于出来了。林菱，等着瞧吧……"肖凡自言自语着一路小跑回宿舍。

在院子的一角，一群年轻的女兵聚在水池旁"咯咯"笑着，像树上的小鸟一样叽叽喳喳地聊着天。

"早上好，战友们！啦——啦啦啦……"一个身材高大的女兵提高嗓门热情洋溢地跟战友打着招呼。她叫韩冬梅，是文工队的领唱，个子高高的，块头很大，她平时总喜欢在早上刷牙时练练声，吊一下嗓子，何况在今天这样一个好天气里。在20世纪六七十年代，革命样板戏《红灯记》火遍全国，戏里的"李铁梅"是韩冬梅最钟爱的角色，在生活中她也总是模仿李铁梅的言行举止。

韩冬梅的名字意思是冬天的梅花，和李铁梅的"梅"字是同一个字。每次文工队演出《红灯记》时，她都扮演李铁梅的角色，加上天生一副英雄儿女的模样，因此，在生活里战友们也开玩笑地叫她"铁梅"。冬梅尽管嘴上反对却乐在其中。她一直努力工作，以成为一名战士而感到荣耀，对李教导员的命令言听计从。她迫切希望入党，奇怪的是，李教导员既不向组织推荐，也不让她进入政审程序。

"喂！过来刷牙！"韩冬梅吐掉嘴里的泡沫，向朝着水池走来的两个女兵打了声招呼。其中一个圆脸、矮个子的女兵一边嗑着瓜子一边吐着瓜子皮。

“臭丫头！呸！”韩冬梅双手捧水倒进嘴里，故意叽里咕噜地漱了漱口，然后一下子把漱口水吐进水池子，牙膏沫在里面形成一条完美的弧线。“田晓燕！再吃零食，虫牙会让你变成个丑八怪！馋嘴猫朱芸，你能管管你妹吗？”她左手掐着腰，右手指着田晓燕，那姿势像极了一把带嘴儿的茶壶。

“哦……”这个叫田晓燕的胖乎乎的女孩嗫嚅道。

“晓燕，别怕她！”旁边留着刘海的女兵插嘴道，“咱们一起吃，来，怕她干吗！别理她！”说着从田晓燕的手里抓起一把瓜子，又从她辫子上掐起一块饼干渣儿丢到水池中。朱芸连珠炮似的吐出一连串的瓜子皮，嚷嚷着：“快看啊，铁梅同志的嘴上长胡子啦，哈哈哈！”

小燕子田晓燕和馋嘴猫朱芸被分在小提琴第二声部，俩人关系最密切。她们同龄，今年都是16岁，又都喜欢吃瓜子、核桃、杏仁这类零食，在她俩的军装上永远都能找到零食的痕迹。她俩平时形影不离，无话不谈，自然而然地，周边所有的小道消息基本上都来自她们俩。于是，肖凡送给她们俩一个称号——“小道消息中心”。

“太不雅观了……”林菱皱了皱眉，端着洗脸盆走到水池另一端。林菱把盆放下，开始了她一日之初的仪式——按摩脸、太阳穴以及下巴。林菱来自被称为“鱼米之乡”的杭州，一头乌黑顺滑的长发，一口娇嫩的南方口音，细腰长腿，有着江南女子轻盈柔美的身材，是舞台上最引人注目的女舞蹈队员。舞台之下，那张椭圆形的脸蛋、那优美的体态、温柔软糯的语音以及典雅的神情——尽管有时看上去有些做作，使得林菱在这军营里有数不胜数的追求者，这自然也吸引着肖凡的目光。林菱知道自己是团里最好看的女孩，十分注意自我保护，她从来不随便让任何男青年接近自己。据小道消息称，目前林菱正和一位“高干子弟”秘密交往，希望有朝一日能嫁给他，成为一位官太太。

一只乐谱架、一沓乐谱、一块方镜和一本杰克·伦敦的小说，这些都是肖凡精心准备的“装备”。他故意放慢速度，走到一个女兵们能看见他，尤其是林菱能看见的地方，熟练地放好乐谱架，在一侧夹好一张乐谱，将镜子和小说放在乐谱架的另一侧。一切就绪，肖凡拿出他那支心爱的长笛，不由得又对它精美的制作工艺赞叹一番。阳光下，长笛闪烁着耀眼光芒。肖凡小心翼翼地用袖子擦了擦长笛，深吸了一口气，调整了一下姿态，然后闭上眼睛快速地吹出几个八度的C大调音阶。

“啦啦啦啦啦啦啦——啦——啦——”年轻女兵们的歌声伴随着笛声，在韩冬梅那又高又亮的和弦爬音带动下，音调越来越高，音量越来越大，像一场无须说话的竞争。伴随着哗哗的水流声，林菱用木槌在她的衣服上有节奏地敲打着。安静的院子在这和谐的气氛中一下子变得生动、鲜活起来。此时此刻，肖凡想，这样的生活似乎也不是那么不堪忍受了。肖凡瞥了一眼前方镜子里的自己，情不自禁地自我欣赏起来。肖凡今天经过了精心的打扮，穿着他唯一的一条喇叭裤，一件白衬衫整齐地掖在裤子里。尽管白衬衫的衣领有些发黄，但是好在没人会看到那点汗渍。总之，他看上去很精神、很时髦，甚至可以称得上英俊了。“再有一双黑皮鞋就完美啦……”肖凡心里想。今天他发挥得不错，尤其是他吹长笛的姿势，很正规，很优雅。当然，他的精心安排收到了良好的效果——女孩们正注意着他呢。

越来越多的人走进院子，海涛出现了，和肖凡一样引人注目。海涛，正与肖凡相反，他抵制和谴责一切在他看来是腐朽堕落的“小资”思想和行为。海涛留着部队里那种典型的短寸头，左胳膊上搭着一条白毛巾，右手拿着杯子和牙刷，穿着一身平展的军装，即使在这种场合，他也始终保持着所谓的“成熟”的军人作风。年轻的女战士喜欢逗他，尤其是朱芸和田晓燕。然而海涛始终板着一张脸，与这帮丫头们保持一定距离。在他看来，部队里的男女同志之间有一道无形的鸿沟，李教导员平日里总是向他们灌输这样的思想。虽然海涛那年只有21岁，可他是文工队战士中年龄最大的，他把自己看作这个大家庭中的老大哥。他也是李教导员以外唯一一个入了党的军人。海涛心里想，一个真正的党员一定要遵守纪律，自己一定要成为这群“孩子们”的榜样。

“大礼拜天的，一大早还练琴？醒醒吧……”睡在下铺的王东升睡眼惺忪地抱怨着。王东升是乐队里的长号手，他从不练琴，因此，演出时，出错就成了家常便饭，在团里混了个“放炮手”的绰号。私下里他会为他那能够发出刺耳声音的乐器感到一丝骄傲，认为那才是男人应该有的声音。他特别喜欢拿肖凡开涮。因为在他看来，长笛是女孩子的玩意儿，真正的大男人是不屑演奏这么娘娘腔的乐器的。王东升也是林菱众多的追求者之一，于是，肖凡顺理成章地成了他最大的情敌。

“嘿！吹笛子的那个男的，臭显摆什么呀！”王东升嘟囔着从床上爬起来，像谁欠了他一大笔钱似的。

“该死的痘痘……又长了这么多。”透过镜子，肖凡打量着镜子中自己额头上新生的那些青春痘，“荷尔蒙，迟早我得想办法对付你！”这时，优美的笛声突然变得尖锐，好像要刺穿人们的耳膜，原来又快又准的节奏变得杂乱无章起来，场面有些失控。“那些女兵们是不是在议论我……”肖凡略微有点尴尬，他赶紧稳了稳神儿，尽量让自己保持冷静，但是他的手指和嘴唇此刻都已不听使唤。正当他又吹出几个破音的时候，一些新的乐器也加入进来，一起起哄，就像在争夺各自的生命权一样。王东升拽出他的长号对着肖凡的脸一通乱吹，此时的小院子乱成一片，各种刺耳的声音挑战着人们的极限，就像20世纪早期美国先锋派作曲家查尔斯·艾夫斯的多调性同步发生的作曲技法所产生的音响效果。如果查尔斯·艾夫斯先生能得知这种风格的音乐竟然在30多年以后被地球另一端的一群中国年轻战士所推崇，他一定会喜出望外的！

“你们吹的都是什么啊！太难听了！简直就是噪音！”韩冬梅、田晓燕、朱芸和其他几个女兵一起叫嚷着，笑着，相互调侃着把肖凡围在当中，那里已经聚集了不少男兵。林菱不想凑这个热闹，她非常清楚地意识到这里的男兵包括肖凡都对自己想入非非，她觉得肖凡就是“癞蛤蟆想吃天鹅肉”。但林菱也不得不承认肖凡是那群“癞蛤蟆”中最让她感到好奇的一个，也许是因为他自以为是的脾气，也许是因为他那支有魔力的长笛。林菱不想对任何人表现出兴趣，她只想让他们都对自己感兴趣。她很享受年轻男女之间的这种小把戏，自己最好表现得像一位冷若冰霜的公主。林菱下意识地摇了摇头，脸上闪过一丝傲慢。

肖凡对林菱的求爱计划完全被搅了。“王八蛋!”肖凡在心里狠狠地咒骂了好几遍。正当肖凡被王东升那排山倒海般的长号声压得透不过气的时候，他发现周围那些噪音在慢慢地消失。“怎么回事？那是什么声音?”像微风轻柔地拂过每个人的脸庞，一阵悠扬的琴声在空中飘荡后又穿过树叶间隙，曲折回转，时而似云朵般地飞入天际，时而似泉水般渗入土壤。那声音顺着溪水流淌，直到淌进你的心里。肖凡听得有些入迷，好像空气中唯一存在的就是那手风琴的琴声了。

第二章 奶 奶

奶奶做晚饭，多多摆碗筷。多多总是吃得那么认真。看到他狼吞虎咽的样子，奶奶笑了:“我的乖娃娃，多多。”

奶奶是个出身贫农家庭的漂亮女人。爷爷是南县城里地主的儿子，为传宗接代，娶了奶奶做妾。奶奶有过六个孩子，其中两胎死于腹中。

奶奶生命中的每一天，都是在艰辛劳作中度过的。她对下人们很好，总是和他们一起做家务。好人总有好报——后来，曾经的仆人成功地掩护了她，她并没有像待人刻薄的大太太一样受到太多的批斗。多多的爷爷在掩护游击队抗击日本人时被杀害，奶奶年纪轻轻便守了寡。靠着爷爷留下的微乎其微的财产，奶奶独自把四个子女拉扯大。孩子们长大后，她便轮流在孩子们家帮助照料孩子们的子女。奶奶从未想过要不劳而获，即使对自己的子女，也是一样。

多多是奶奶的长孙，一生下来，就由她照顾。由于“不光彩”的家庭成分，多多父母被下放到遥远的劳改农场。留在城里的叔叔姑姑每个月救济他们几块钱，这是祖孙俩唯一的生活来源。后来，到了“文化大革命”时期，多多的叔叔姑姑也是自身难保，多多和奶奶就连这几块钱的生活费都没有了。奶奶身边只剩下这个三岁大的孩子，饥寒交迫。走投无路的她，只得带着多多沿街乞讨……作为回报，奶奶总是帮邻居们做些针线活儿。渐渐地，“裁缝奶奶”的名声便传开了。有人甚至上门主动要求奶奶为他们做衣裳。奶奶得到的，有时候是一点儿小钱，有时候是一小块儿布头，有时候甚至是一小袋儿大米。慢慢地，生活有了好转。多多很快长大了，父母回来时，他已经上学了。他的父亲是一名音乐家兼作家，他教会多多拉手风琴。聪明的小多多很快便成了小学里的一颗明星，作为“红领巾”代表到处巡演。

当多多获知，自己入选军区文工队时，他开心极了，又蹦又跳地翻了人生中的第一个跟斗！而奶奶却神色黯然。她知道，新疆距离家好远好远，孙子这么小就要背井离乡，她又心疼又舍不得。

多多跟奶奶说："我参了军，就能领到部队津贴，到时候会都寄给奶奶的！"听着多多的话，奶奶的脸颊已挂上了两行泪水——我的孙儿才刚12岁啊！她希望多多父母别把他送走，虽然她也知道，对多多来说，参军是个极好的出路。

多多临行的那晚，她整夜未合眼，用自己的床单——这是一张打满补丁的白棉床单——为多多做了一件衬衫和一条裤子。奶奶的补丁可漂亮了，一点儿都不像别人家的那样简陋。奶奶心想："我的多多是可以穿白色的。他可以穿很久。他肯定会收拾得好好的。他打小就是个爱干净的好孩子……"奶奶记起那个刚出生的小婴儿。他是多么乖巧，一直干干净净的，从不惹麻烦。奶奶有一只木箱子，12年里，多多穿过的所有衣服都在这木箱子里。这些衣服都是奶奶做裁缝时，用从邻居那儿收集来的布头做的。奶奶还记得，小多多常坐在她身旁，帮她把线穿进那一个个小小的针眼里。想着想着，奶奶做针线的手慢了下来。她看了看屋子角落里熟睡着的多多，念叨着"多多，我的乖娃娃……"

第三章　旅　途

“嘿！搞什么鬼啊！不许瞎碰！”列车员高声地训斥着，他刚把头探进列车卧铺车厢，就逮到一个正颇有兴致地研究折叠床的小男孩儿。

“小娃子！你怎么溜上车的？你爸妈去哪了？去去去，给我下车去！赶紧的！”这个小孩儿竟然在自己眼皮子底下偷溜进了部队火车，列车员顿觉一阵惊慌。

“我不——是——小娃子！我是新兵！”多多指了指其中一个下铺上搁着的三件套：帽子、鞋子和带着五角星的斜挎包。

多多一把抓起帽子，扣在自己脑袋上。“我可是个真正的解放军叔叔！”多多辩得字句铿锵。在那个时代，无论年龄大小，只要是穿着制服的解放军，孩子们都会管他们叫“解放军叔叔”。能当上解放军，对于所有人来说，都是至高的荣耀。对孩子们来说，那更是件很“酷”的事情。“如果我同学看到我穿军装，会是么子反应？”多多得意地自言自语，依然陶醉地练习行军礼，全然不顾列车员的扰攘。

正在这时，真正的解放军叔叔来了，多多就是被他带去新疆的。他进来时，刚好撞见了正在练习敬礼的多多。

“这孩子是我带来的。”他向列车员点点头，出示了自己的证件，又冲着这位满腹新奇的12岁小朋友笑了笑。这名军人已身经百战，什么样的新兵没见过？但是面前的这个新兵年纪也太小了。“这么小的孩子能在军营里生存下来吗？”他有些纳闷，“这孩子的父母和文工队的领导一定是疯了！”

火车在带着脉冲节奏的引擎带动下，轰轰隆隆，呼啸着驶出了城市，来到了郊外的田野。时间一刻刻地流走。多多靠窗坐着，目不转睛地望着窗外那一幅幅蒙太奇一般的画面：远山和小屋，被稻田映衬着；

两头水牛正在耕地，动作缓慢，忽上忽下；一溪绿水伴随着铁轨奔跑，将火车带进了冗长的隧道里。火车又驶过一汪静默的湖水，一条小木船孤零零地漂在湖面。渔夫戴着草帽，将自己的渔网高高地撒了出去。渔网在撒出的那一瞬间，忽而在空中停留，而后又优雅地落入水中，画出一道长长的弧线。多多望着这一切慢动作似的景象，心中猛然一动，伸出右手去抚摸手风琴上的琴键。此刻，征兵干事正在打盹儿。“奶奶喜欢听我拉琴的。”多多无声地演奏了一番。葱绿的群山渐渐变成了崎岖的山脊，南方细长的绿色小溪汇入了北方水流湍急的河道。一簇簇稻田和道路沿线零星点缀着的农舍慢慢地消失了。

第二天，征兵干事又带来两个年轻人，他们刚从高中毕业，模样稚嫩。女生叫宋文雯，很安静，可她的四肢和身体的比例不太协调。“这女孩长得怎么跟只竹节虫似的？”姑娘好像察觉到了多多的注视，轻轻地向他点了点头，但此时多多已经将视线转向那个男孩：他的头发又黑又卷，高鼻头，大眼睛，睫毛长长的，浓密的眉毛几乎连在一起了。“这男孩儿是维吾尔族人吗？黄阿宝可是个汉人名字啊……”

“有问题啦……”

列车员走了进来，告诉他们，由于经费紧张，此次又是超员征兵，四个人只有三张床。“也只能这样了。不行就下车！”列车员一脸无奈。

征兵干事想了想，决定让多多和宋文雯一起睡，自己和黄阿宝各睡一张床铺。这让宋文雯有些尴尬，但权衡左右，也只能同意。

“我们只付得起三个床铺了。那些个正常招来的新兵①，只能睡在下几节仓库车厢的地上呢。他们那儿连个窗户都没有。你们能住这儿，是对你们的特别待遇！明白吗？你们是幸运的！我的小同志。”征兵干事眼里写满了得意。

“真的吗？”多多两眼放光。征兵干事口中的特殊待遇瞬间转移了他要与女孩儿同住三晚的尴尬。“好吧，就这样吧。她看上去还算干

① 多多所在文工队的队员都是特招兵。

净……”多多小声地嘀咕了一声。

“好啦，你就那么不情愿吗？我们的文雯小姐也尴尬着呢？”

“明明是文雯小姐占了我们小多多的便宜好不好！”

多年后的聚会上，战友们依然拿这事儿开多多和宋文雯的玩笑，很明显，大家的玩笑主要集中在多多身上，毕竟，他是被迫接受命令的。已经发福不少的宋文雯冷嘲热讽地为往事干了杯。多多一脸窘态。白酒滑过多多的喉咙，酿起一丝莫名伤感。

“干杯！”

“干！”

路途遥远，人困马乏。第四天清晨，他们才到达乌鲁木齐。没做片刻停留，征兵干事立刻将他的小分队带上了去喀什的军用卡车。他们的目的地位于距离乌鲁木齐1000公里的喀什郊外。

卡车一路颠簸，向西行驶。沿路也没什么风景可看——除了延绵不绝的沙漠还是沙漠，好似这万里荒漠在风沙中永远沉睡不醒。行车四小时后，多多的肚子咕噜咕噜地叫了起来。宋文雯在包里翻了好一会儿，终于掏出一小块儿糖。还没等她剥开糖纸，水果的清香便如诱人的旋律般，勾出多多的馋虫。多多咽了咽混着甘甜香气的口水，不争气的胃咕噜得越发厉害了。征兵干事拍了拍他的头。“饿了是吗？来，吃点馕。”他掏出一块馕，准备给多多和黄阿宝分着吃。就在此时，一股异味扑鼻而来。

前方不远处浓烟滚滚，空气中弥漫着一股一股的恶臭。“前方有车祸。”征兵干事告诫他的小兵们在卡车靠近撞车现场时尽量别看。这些小兵们哪会乖乖听话！他们清晰地看到，一辆卡车头撞进了另一辆满载土豆的卡车车身，司机依然被困在驾驶座上，尸体已被烧焦。土豆还在燃烧，黑烟笼罩着大片区域。

多多一行的卡车继续前进在路上。

宋文雯手握水果糖，继续闻着。黄阿宝想把他的馕分给宋文雯。宋文雯拒绝了，说这个镶里一股死人的味道。

多多坐在那儿一动不动地发呆——“不久的将来还会发生什么？我会有朋友吗？他们会喜欢我吗？奶奶能找到帮手吗？她会不会想念我？”少年的心被这无数的疑问击打着，就如卡车车轮碾过石子路一般，怦怦地跳着。征兵干事看出了多多的焦虑，说了几句安抚的话。眼前的沙漠就像一只无声的困兽，伺机吞噬一切擅自闯入它领地的生灵。多多一阵干呕。一路颠簸，他终于吐了。

第四章　多　多

“立正！肖凡，起床！”海涛点起了名。

“今儿个不是星期天吗？”肖凡勉勉强强从睡梦中挣扎着醒来，又快速加入院中早已集合成列的士兵队伍中。

“同志们！今天……”李教导员心情特别好。在他身后，站着三个战战兢兢的小年轻。“让我们热烈欢迎，新加入我们革命大家庭的三位新成员。黄阿宝！多多！宋文雯！”

“到！”三个新兵齐声答道。答“到”时，多多悄悄地踮了踮脚。只有肖凡注意到了这个细节。

“大家欢迎！”李教导员带头鼓起了掌，接着说，“这些新兵是注入我们革命队伍中的新鲜血液。毛主席曾经教导我们说，你们‘好像早晨八九点钟的太阳。希望寄托在你们身上’。同志们！相信你们都能为他们树立榜样，帮助、教导他们，要互相学习，要共同进步嘛。更不要忘了，我们的使命是，坚决执行上级和党中央的指示，保家卫国，守卫边疆！”李教导员为自己说出这番话颇感自豪。他不由自主地伸出手来想摆个姿势。

这时人群中闪过一束咄咄逼人的目光，这冷嘲热讽的眼神让他快感顿消。想都不用想，李教导员知道这目光的出处。他收回了刚才那股激昂，顺势将刚伸出的右手搭在一名新兵的左肩上。他将多多推上前来。“你们看看，这孩子才12岁，就能拉手风琴。多多，来，给我们大伙儿演一出！”李教导员命令着。“是！教导员！”多多打开他的手风琴盒子，抱出一个成人用的手风琴，那手风琴大得几乎遮住了他大半个身子。

瞬间，院子里便洋溢着激扬的琴声，那是由苏联作曲家阿拉姆·哈恰图良谱曲、来自《加雅涅》组曲中的《马刀舞曲》。饱满的和弦从手风琴风箱中飘出，就连树上的叶子也随着快速转换的音符摇晃。战士们都被这琴声迷住了，脑海中闪过同一个念头——“这孩子有两把刷子!”

“好！太好了!”在一阵掌声欢呼声中，多多结束了表演。李教导员赶忙借势发挥:“看看多多，不像某些人……”他将头微微向肖凡站着的方向倾斜了一些，继续说道:“觉得自己无人可比，就可以为所欲为，不把规矩放在眼里。”李教导员在此时有意地停顿了一下，脸色更为严肃，环视四周，向他的兵，特别是那三个新兵，宣示着自己的权威。肖凡哪儿听得进去这番训教，就在这鸦雀无声的间隙，冷不丁地打了个嗝儿。人群一阵窃笑。只有海涛，依然板着个脸。

“静一静！你们想当着新兵的面儿挨顿批，是吗?”李教导员有些不耐烦了,“你们，祖国的向日葵，应该永远追随太阳……”又是一番冗长的说教。肖凡一会儿抠耳朵，一会儿发出各种各样粗俗的怪声，最后连海涛都绷不住，从鼻子里笑出声来。女兵们也大声咯咯笑了起来。

“肃静!”面对场面的再次失控，李教导员终于发飙了。“解散!”他几近狂怒，然后冲出了院子，谁也没有理。疑惑而又不知所措的三名新兵——多多、宋文雯和黄阿宝，面面相觑，为自己第一天到达军营便身处尴尬境地感到无比为难:“这可不是什么好兆头啊。第一天来，领导就动了火。”他们多么希望征兵干事还留在他们身边，或者至少，他能多住几天，帮他们完成从普通百姓到士兵的过渡呀！然而，这征兵干事，就像个任务分明的邮差，将这三个小东西送到目的地后，就头也不回地离开了。多多突然觉得自己被骗了：你不是说，我们是最特别的吗？你不是说，他们会特殊照顾我们吗？

“嗨，嗨!”冬梅第一个上前解围。她拉起了多多的手，甜甜地介绍起自己来:“来，我叫韩冬梅，我是个歌手，大家都喜欢叫我‘铁梅’，你把我当成你的大姐姐就好了。这是海涛，他是大提琴手，他也是你的大哥哥哟。对了，其实你是我们里面最小的，大伙儿都是你的大姐姐和大哥哥。这是田晓燕、朱芸，那是王东升。对，我们这儿还有个肖凡。他也是个特别优秀的乐手，跟你一样。对了，他还有把银长笛呢!”

“银长笛?”多多两眼放光，笑着问肖凡,“你好，可以借我看看吗？我可不可以吹一下?”

肖凡翻了个白眼，冷冷地回了一句：“不行，想都别想，我的笛子是你们能随便碰的吗？”说罢，便转身离去了。

“别理他，”韩冬梅转身安抚多多，“他就这样拽，你看，连李教导员都不敢拿他怎么样。”说着，韩冬梅的眼神却跟着肖凡的背影飘向了男生宿舍，停在了那个被打开又合上了的大门上。这一切都被多多看在眼里。他抿嘴笑起来，眼睛眯成了一条缝儿。韩冬梅脸红了。她拢拢多多的头发，辩解起来：“你个小淘气，懂个什么呀……”

海涛走了过来，老练地和黄阿宝握了手，并向大伙儿介绍起自己来。王东升提出要帮宋文雯把行李送到女生宿舍。“不，你可不准踏进女生宿舍半步，你要真想帮忙，那就送到门口好了。”林菱发话了。她的下巴微微扬起，眼睛不经意地斜了一眼王东升，随后抓住宋文雯的胳膊，领着她走开了。王东升扛着行李，一路小碎步地跟着她们。韩冬梅一直细心地照顾着多多。多多挺喜欢这个高大的，像妈妈一样的姐姐。他一直想有个伴儿，最好是个姐姐。现在，他终于有了，而且，还是那么多哥哥姐姐。多多感觉自己像被一只大棉被包围着，浑身上下暖暖的。

多多整了整军装，仰起头冲着南方的天看着。

就在此刻，奶奶正步履蹒跚地走在菜市的小街道上，挑拣着青菜。她忽然抬起头，望着西北方向的天空，就像知道多多正在那里看着她头顶上的天空一样。

第五章　人人都爱小兵多多

肖凡悠闲地靠着椅背，漫不经心地把弄着他那把银长笛，吹了几个琶音。佯装热身的他挑衅的目光扫视着排练室的每个角落，时刻准备要和什么人撞出些不和谐的和弦来。一个，又一个，乐手们都走了进来。宋文雯提着黑色小提琴盒，悠悠地飘进屋子，找了个小提琴一声部靠后的位置静静地坐下了。肖凡很快就发现，这个女孩儿眼距极宽，白多黑少的小眼珠子一个劲儿地环视着四周，但当田晓燕和朱芸叽叽喳喳地走进来时，她便迅速地收回了自己的目光。两人向她打招呼，而宋文雯呢，只是淡淡地点了点头，有点儿拒人于千里之外的感觉。

好一个傲慢而冷漠的角儿，肖凡看在眼里，心中就下了鉴定意见。他本来就不喜欢这几个新兵。真是莫名其妙，这都上哪儿招的人啊？肖凡想不出什么好词儿来形容这个新兵。本来，“文雯”这名字，一个字代表“文静”，一个字意作“绚丽多姿的云朵”，怎么如此美妙的字却偏偏安在了这么个其貌不扬且无趣的人身上？再者，那两只细胳膊，长得真是要吓死个人。肖凡立即打消了有关于她的一切浪漫幻想。那个舞蹈演员黄阿宝，他头发那么多，还是自然卷！我也得把头发烫成那样！肖凡下意识地拢了拢自己的头发。黄阿宝长着一双大眼睛，睫毛很长，鼻子也很挺。女兵们都觉得他很帅，包括肖凡的倾慕对象——林菱，都觉得他长得像《列宁在1918》中的英雄瓦西里。

瓦西里！列宁的学生……肖凡的思绪渐渐陷进电影的情节中。

“嘿，这里是舞蹈排练室吗？”冒冒失失的黄阿宝误闯进了管弦乐队的排练室，一时有些丈二和尚摸不着头脑。

“嘿嘿嘿！你是木鱼脑袋啊？”黄阿宝的莽撞惹恼了馋嘴猫朱芸，她嚷嚷起来。

“嘿，哥们儿！”肖凡抬高下巴，“对，说你呢，新来的！来，给我过来！我来告诉你。”

“咦?”黄阿宝没多想，径直走了过来。只见肖凡指了指墙上挂着的世界地图。

“你，就你呢，叫什么来着？快说!”肖凡摆出一副自认为很酷的姿势,“说，地图上，委内瑞拉在哪儿？它的首都是哪里?”

黄阿宝眨巴眨巴眼睛，一脸茫然。

“哦，原来光长了对儿大眼！来，听我给你讲！委内瑞拉是南美洲的一个国家。你知道‘洲’是什么吗？你知道南美洲在什么位置吗?”肖凡咄咄逼人的发问几乎让黄阿宝窒息。

黄阿宝又眨了眨眼，脑袋里依然一片空白，那漂亮的脸蛋突然显得有点滑稽。朱芸和田晓燕咯咯地笑起来。

“加拉加斯是委内瑞拉的首都。”一个小小的声音冷不丁地传了过来。宋文雯瞪着肖凡的小眯眼，大有睥睨一切的意味。

“又没问你，臭显摆个啥?”肖凡有些吃惊，全然不理会宋文雯那带有攻击性的眼神。他太不喜欢这女孩儿了。

这时，多多蹦蹦跳跳地来到了排练室，朱芸一见多多，便向他挥手。

“过来，小多多，坐我们旁边儿来！这可是咱第一次排练呢!”

“好的，朱芸姐姐和田晓燕姐姐。你好，肖凡哥哥!”多多一派天真无邪。

肖凡抬起了眉毛，哼了哼:“装你的可爱去吧，打赌你比那两个家伙还要难缠。”他吹起几个音阶和琶音，任由心中的嘲弄肆意滋生，却也不再说什么。

这可爱的孩子确实是最让肖凡头疼的新兵。他不仅成了军营里所有女士的宝贝，还成了李教导员的新宠。所有人都喜欢他。大家惯着他，纵着他。这孩子确实有演奏才华。纵然眼高于顶，被公认为文工队最棒的肖凡也不得不承认多多的天赋和招人爱的机灵。“他天生属于舞台。”肖凡回忆起第一场演出的情景：

节目开始前，各营士兵会进行一番“拉歌”(军队节日或集会时，各营之间经常通过带有竞争意味的邀歌，齐唱革命歌曲，拉高士气）。铜管般浩荡的男声合唱此起彼伏，在礼堂中，如叠起的层浪，汇聚在屋顶，轰隆作响。

当主持人宣布“小兵多多将为大家献上一曲手风琴独奏”时，热烈的掌声响了起来。这孩子，尽管在表演上小有经验，但他从未见过如此阵仗——在这昏暗的大礼堂里，有两千多双士兵的眼睛，带着渴望望着他，观众的热情和台上灯光的绚丽让他有些惊慌失措。他不知道怎么去回应这如雷般的掌声。这一切，肖凡都看得清清楚楚。舞台上的多多好似有些尴尬，又好似有些畏惧，他放下抱在怀里的手风琴，脸庞上挂起了羞涩的微笑。礼堂里肃然无声，这两千多名士兵像同时屏住了呼吸。肖凡看了看李教导员，此刻他面色凝重，正襟危坐，身子绷得紧紧的。

小子，千万别搞砸了。所有的眼睛都盯着你呢……肖凡拿出自己的银长笛，随时准备救场。

多多正了正帽子，又调整了一下身上那套不太合身的军装。这蹩脚的动作，引来了观众零星的笑声。多多扫视了一遍观众，突然，他挺直身板，向礼堂中的每个角落都敬了个标准的军礼。雷鸣般的掌声再次响起。乘着热烈的掌声，多多再次背起他的手风琴，开始演奏了。他越拉越起劲，琴声将士兵们的情绪不断推向高潮。大伙儿欢呼，嘴里不住地喊着:“再来一个，再来一个!”

后台的韩冬梅和几个女兵也按捺不住，加入欢呼的人群。此刻的李教导员，已经完全放松了他方才持续僵硬着的身子，嘴角翘了起来，那布满沟壑般的抬头纹略有舒缓。

“连李教导员都跟着旋律点头！这孩子还真有两把刷子。我的风头居然被这小崽子给抢了!”肖凡握紧了手中的笛子，一阵紧迫感油然而生，他万万没想到，有一天，他的竞争对手会是一个12岁的孩子。肖凡怎么能去嫉妒一个孩子呢？他怎能如此小气呢？但是肖凡知道，岂止是他，其他男兵同样存在着这样的危机感。这些人身上虽然表现出对多多的友好，恐怕只是通过保持“兄长”的姿态，来掩饰他们自己的五味杂陈、心知肚明的不足之处罢了。肖凡决定从此以后要采用“回避法”，尽量减少与新兵们的接触，对新兵们视而不见。

可事与愿违，热情洋溢的韩冬梅总是带着多多“四处招摇”，有事没事地出现在肖凡的所有视线内。“这是我的小兄弟，他可是个神童哦!”韩冬梅用她那具有穿透力的声音介绍着她的小兄弟。她的做法，对于肖凡而言，无疑是一种折磨。从前，肖凡就对韩冬梅“拍马屁”的行为嗤之以鼻，因为韩冬梅总是想方设法地承担更多的额外工作，他觉得她是在讨好李教导员。让他深恶痛绝的是韩冬梅总是在别人睡大觉时起个大早，将厕所和浴室刷个一干二净。自从李教导员在公开场合表扬了韩冬梅后，一大波追随者抢着完成这项“任务”。直到有一天，大伙儿发现，有人甚至比她们的带头人——勇往直前的韩冬梅起得还早。“到底会是谁呢?”

好在来了个小孩子。韩冬梅找到了新的目标。她很喜欢照顾这12岁的小弟弟。他可爱、聪明、温柔、周到，甚至还很大方。他还纯洁。他跟别的兵真的不一样。韩冬梅发誓，要让这个孩子远离某些男生的“污染”，特别是肖凡。韩冬梅就像中国传统家庭里母亲的角色一般，开始给多多洗衣服。很快，她带领的小分队也开始争相为多多洗衣服。就连那个“冰雪公主”林菱，也时不时地为多多洗起了军裤衩。多多不明白，自己哪里修来的福分能够得到这么多姐姐的关怀。多多的感激变成了崇拜。这些姐姐真好！来到军队前，在多多整整12岁的生命里，他只被一个女人照顾过，那就是她的奶奶。

李教导员正对自己这个决定沾沾自喜。招一个12岁的小孩儿，确实调动了士兵们的积极性。李教导员在上级的领导圈子里，受到过无数口头表扬。在上级眼里，李教导员的决定，高效、精准地管理了手下那群涣散的士兵。“一石二鸟，绝了!”李教导员自我感觉良好，飞上了天。

多多觉得他简直是生活在梦境中。每一天，他都能从沙石中寻到宝贝；每一天，他都能在一束束金灿灿的阳光下，倾听一片片树叶沙沙的私语。这文工队与世隔绝的小院儿是他的天堂，在这里，一切事物都是美妙的，所有人都是像他奶奶一样的好人；所有人都像他奶奶一样爱他，他也像爱他奶奶那样去爱他们中的每一个人。他真想这辈子就永远这样生活下去。

第六章　多多的秘密

新疆是个物产丰富的地方，四季都是水果丰收的季节——葡萄、桃子、梨、树莓、蜜瓜、西瓜、哈密瓜、香瓜应有尽有。军队的补给车一月才来一次，每次都带些水果。在这些扎根边疆的年轻人心中，已经要算极大的慰藉了。特别是多多，觉得这更像老天送来的奢侈品。

“当地的姐姐们一定是水果做的！”多多发现，这儿的女孩儿个个皮肤如牛奶般白洁光滑。多多比大部分汉族人皮肤白，这是奶奶的遗传。在军队待了几个月的多多水果一直都没断过，皮肤显得健康而有活力。多多的姐姐们给他取了个绰号——“富强粉馒头”。富强粉是一种经漂白的面粉，在那个时代，漂白过的面粉对于普通人而言，是奢侈品。相比正常的小麦粉，它颜色更白、更细滑，只能用政府的粮票才能买得到。

夏天的太阳总是很晚才落山，漫长的午后时光在文工队的院子里就像冗长而缓慢的一条旋律，萦绕不绝。

燥热的夏风送来了蛐蛐儿的叫声，与正在排练中的乐器声、人声混合交错，形成了完美的对位[①]，连院外的卡车噪音都听不见了。多多正在院子东边角落的白桦树下排练革命样板戏《智取威虎山》中“打虎上山”选段。

“西瓜！”当堆成小山似的甘甜、新鲜的西瓜魔术般进入多多的视线时，他一把扔下手中的手风琴，跳上卡车，一溜烟地爬到小瓜山顶上，举起最上面的那颗大瓜，“这是我的！”卡车司机按起了喇叭。从排练室、宿舍里挤出乌泱乌泱的人，大伙儿有序地排成一排，准备“卸货”。

海涛向多多挥手：“来，先给我们来一个。想不想跟我学怎么徒手

---

① 音乐专用名词，指两个或以上独立旋律同时发声并且彼此融洽的技术。

开西瓜呀?”

“好呀!”多多捧着一个西瓜，拿到宿舍门口的石凳上。

“这徒手开瓜呀，还是需要些技巧的。你得用你的手刃，轻轻地击打西瓜的正中间，要使寸劲儿。这样一来，西瓜才能刚好均匀地裂开。”海涛一面解释，一面用右手演示起来。果然，一个轻巧的动作，西瓜清脆地裂了开来。

此时的多多，注意力完全被鲜红的瓜瓤吸引，两眼直勾勾地盯着。之后，他拿起一大块西瓜，猛地将头埋了进去，狼吞虎咽地啃着红沙瓤瓜瓤儿。

“呜呜，真好吃!”多多含着瓜瓤儿嘟囔出几个字。美味的果汁如清泉般流淌过他的喉咙，沿途刺激着他身体的每个部分。他的胃也加快了蠕动。

“真甜!”多多决定自己干掉整个西瓜。

“吃慢点儿，别呛着了!”一丝笑意偷偷爬上了海涛的嘴角。

“生活真是美好啊!”多多歇了下来，发出一阵长叹。他从未尝过如此甘甜的西瓜。那晚，多多尿床了。

“黄阿宝！黄阿宝！醒醒。你多大了呀，夜里还画地图!”王东升使劲儿地摇晃着黄阿宝。

半梦半醒的黄阿宝有些发懵:“你说啥呢?”

“哎哟……看看你的床单，哥们儿!”王东升声音越吵越大，惊醒了屋里所有的人，只有多多还徜徉在梦中。他梦见西瓜们插上了翅膀，在莹绿色的天空中快乐地飞翔。

“我才没有呢!”黄阿宝丝毫不愿相信他所看到的,“怎么可能……什么时候……才不是我呢，我根本什么都不记得了……”床角明显的印迹让他百口莫辩。在那个时代，人们喜欢将男孩子尿床称作“画地图”。大伙儿蜂拥而至，争相见证黄阿宝正焦急地辩解着的“罪行”。屋里的阵阵嘲笑吵醒了多多，大伙看了眼刚迷瞪瞪地站起来的多多，又爆发了一阵笑声。原来多多的内裤“出卖”了他。

“告诉他们，这是你干的！你怎么尿我床上了？你床上什么也没有啊！你是梦游了还是怎么着了？”黄阿宝大喊。

“我，我不知道啊，我好像，什么都不记得了……”多多只记得那些生动活泼、在他梦里飞舞的西瓜。黄阿宝警告多多，除非多多愿意给他洗一个月的床单，否则不会原谅他的。

“你怎么能欺负一个孩子！”海涛站了出来。

多多的几个大姐姐们站在宿舍外的院子里，纷纷往里张望，“嘿！吵什么呢！发生什么了？”

王东升从窗户探出头来：“嘿，姐们儿，你们的小弟弟尿床咯。”

姑娘们也笑出了声。“那又咋啦？就跟你们没尿过似的！”朱芸挥着湿毛巾，啪的一声，重重地打到王东升剃得发亮的光头上。

“嗷！”王东升假装哀号着从窗户缩回了头。

当天晚些时候，王东升和黄阿宝商量好了晚上轮流站岗，非得现场捉拿这个尿到别人床上的小孩儿。王东升决定来个恶作剧——在他梦游时，吓唬吓唬他。之后几天里，每次出早操时，黄阿宝和王东升都是哈欠连天，连李教导员都注意到了。一连几天，什么也没发生，仿佛那一晚是冤枉了多多。黄阿宝撑不住了，他宣布放弃，而王东升却依然保持着“警惕”，发誓要抓个现行。

“你为什么尿到别人床上去了啊？我真的很想知道。”

几年后，肖凡和多多在边防站散步时，肖凡问了起来。

“你知道的，新疆的夏天，白天热，夜晚凉。我们宿舍有六张单人床，每两张单人床的床身都是拼在一起的。可以说，黄阿宝跟我，事实上是睡在一张床上的。天气凉时，我经常会滚到黄阿宝那边去取暖。他的体温可能是导致我尿床的直接原因吧。尿完后，床单变凉了，我又会滚回我的那边。我猜想那晚上的事儿，大概就是这样的吧。那天我真的吃了很多西瓜。”

“你个小坏蛋！”肖凡大笑起来，后悔自己当初没有早点申请和多多同住一间宿舍。

第七章　小坏蛋

自从尿床事件后，男兵们渐渐放松了对多多的戒备，他们似乎意识到，尽管天资卓越，他也不过就是个孩子。肖凡对多多的态度也缓和了不少，他几乎将多多视作年轻的自己——准确地说，是他想象中的自己——特别是在他目睹了那场大战之后。

那天，王东升大摇大摆地正要去吃饭，左一口右一口地吐着痰。不巧，一口痰刚好落在同行的多多的鞋上。

“你不能到处吐痰，这很不卫生。”多多警告起王东升来。

“小子，关你屁事！”王东升至少比多多高出一个头，身体上占据着绝对优势。但这孩子就如同一头倔驴，硬是要王东升拿手帕擦掉痰。

“谁说小狗不敢咬大狗了？”肖凡在心里暗自煽起了阴风。

“但你吐到我鞋上了。你必须把我的鞋给擦干净！现在！”

“孩子，这事儿嘛，还是得你自己干！”王东升绷着脸，不紧不慢地拒绝了多多的要求。

“不。是你吐到我鞋子上的，就得你来擦干净！”多多不依不饶地推了回去。

“嘿，怎么回事儿呀？我不跟你说了嘛！这就不是个事儿！我又不是故意的。自己边儿上擦去——我忙着呢！”王东升有些恼了，推开了多多，准备离开。多多从后面一把抓住了他，非要跟他来个当面对质。

“你给我擦干净！我才不想碰你的痰，太恶心了！”小孩依然坚持。

“天，我说让你自己擦！没长耳朵还是咋地？走开！”王东升的恼怒瞬间转变为高声的呵斥，“还没见过你这么烦人的小孩儿，尿床精、小瘪三儿。”王东升将多多一把推了回去，丝毫没有意识到“小瘪三”已经怒火中烧了。肖凡觉察“战争”一触即发，但还没来得及上前干涉，多多已经铆足了劲儿向王东升身上冲了过去，那架势就像一头愤怒的小公牛。

“我——说——给——我——擦干净!”他头猛一扎，狠狠地撞在王东升身上，然后像只兔子一样迅速弹开。胸口受到猛烈一击的王东升顿时失去平衡，一屁股坐到了地上。

王东升这才回过神来，这瘦弱的小孩儿居然爆发出这般力量，可不是什么“软柿子”。他嘴里骂骂咧咧起来:“屁股摔成八瓣儿了！你，给我回来，你个小兔崽子！你个脚底抹油的小瘪三，你有种再给我跑快点儿!”此时，多多一蹦一跳地早已没了踪影。

黄阿宝碰巧路过，目睹了整个事件的过程。肖凡平时和王东升毫无交往，所以他一把拉住了黄阿宝:“嘿，黄阿宝，去帮他一把。”黄阿宝只能勉强照办，毕竟新兵要对老兵俯首帖耳一段时间。

“多多反应有点过激了。”虽然黄阿宝脸上平淡，但从话音上还是能听出他对尿床事件怨气未消。

肖凡给了他一个白眼。

“嗯，也许王东升也有点过分吧。也是的，多多比他小那么多，也矮那么多。”黄阿宝连忙辩解道。

“嗯，你说得对极了!”说罢，肖凡便径直离开，留下黄阿宝独自安抚王东升。

“小崽子还挺叛逆。”肖凡心中不禁有些惺惺相惜。远处，飘来女人咯咯的笑声。当他看到一群姑娘围在多多身旁，一起走向食堂时，他嘴角不禁挂上了一丝坏笑，脑瓜子上面的电灯泡亮了起来。“这孩子可是个宝贝儿吸睛石啊……”肖凡还没放弃对林菱的追求，“最好对这孩子好点儿……”他心里嘀咕着，得意地吹起了口哨，拽着他那一贯傲慢的姿态向前走去。

第八章　奶奶的包裹

一

每逢月初，邮递车都会准时到军营来。年轻的士兵把这一天当作一个隆重的节日，因为这一天，他们会收到军队津贴以及家人从遥远的家乡寄来的包裹。军队的一日三餐，足够填满他们的胃，但千篇一律的菜单，不免乏味。他们期待着家人的包裹，那些小吃、特产，那一切都会让他们的生活变得丰富多彩起来。多多也耐心地等待着。他知道，不识字的奶奶总会想办法的。今天是多多的幸运日，奶奶的包裹终于到了。

肖凡还记得，自己第一次领到军队津贴时，他去了集市，将所有钱都花在了羊肉串上。但他发现，多多竟然是将钱定期邮回家，而且从未对这“有去无回”的付出有过半点失望。对于多多表现出的超出他年龄的成熟，肖凡很是惊讶。多多对肖凡很有礼貌，除了第一天，他再也没有对肖凡表现出任何兴趣。当然，肖凡并不怪他，毕竟是自己先关上了那扇门。解铃人还需系铃人。正当肖凡绞尽脑汁接近多多时，多多走了过来，告诉他，韩冬梅邀请他参加食物分享会。肖凡欣然答应。

当肖凡和多多走进女生宿舍时，女兵们已经在韩冬梅的床上分享零食了。林菱用余光瞥见了肖凡，随后就立刻端出了“冰雪公主”的架势，这反应迅速得就如同条件反射一般。宋文雯心中暗生鄙夷，但不得不羡慕“冰雪公主”表现出的高超手腕。她冲着肖凡和多多狡黠地一笑，但一个字也没说。

韩冬梅表现得格外友好。“哦，肖凡，你来了？正好！来！你坐这儿，多多坐这儿。我嘛，坐这里。朱芸，去拿多多的包裹吧。田晓燕，你能给我们泡杯茶，再带几片饼干过来吗？”韩冬梅娴熟地使唤着周遭的人，心里真是快活极了。她那女高音充满了整间屋子。“包裹在哪儿呢?”面对这随意的使唤，朱芸当然不会乐意。“你藏哪儿去了呢?嗷，天，我在这儿待得正舒服！换个人去找找吧……田晓燕?帮帮忙啊！嗷，嗷，我的胃又开始痛了。”身着睡衣、梳着丸子头的朱芸，两手一伸摊在床上，拿枕头捂着肚子，佯装犯了胃病。她从床边探出脑袋，像是在期待着人们的同情。

“过来，我的大小姐，你总得干点儿什么吧，别干坐在那儿等着别人伺候啊。”韩冬梅一眼看破了她的小伎俩。

“是啊！你个懒骨头！你不去拿，可就没你的份儿了啊！”林菱戳了朱芸一下。

“嗷，不！那怎么成！我是馋嘴猫，谁都别想从我嘴里抢食！”

“真的?”韩冬梅张罗着肖凡和多多，忙活得像个女主人，还时不时地插上一句话。

“好。我找找，找找……嗯，在那儿呢，角落里。”朱芸指着书桌角落里的包裹，“你去拿吧，公主！你总得干点儿啥呀，怎么老是想让人伺候呢。”

“嘿！拿我寻开心……”韩冬梅假装被激怒了。

“也许可……以……”朱芸稍停片刻，便一把抓住林菱的手，直勾勾地看着她。

“可以什么?”林菱向朱芸眨巴眨巴眼睛。

“也许，找个多情的男士帮你拿吧！也许，最好，能找个理想中的男士！”她突然欢呼起来。

“你个臭嘴，懒骨头！”林菱脸红了起来，她弯下身子，抓起一个枕头，朝朱芸脑袋上扔了过去。

“啦啦啦，啦啦啦，啦啦啦，我是一只又懒又馋又贪吃的饿猫哟！喵喵喵……”朱芸一边唱，一边学着猫叫，像个孩子一样和林菱扭打在一起。

“你好，肖凡，很高兴你能来。”田晓燕对肖凡说，声音小得像蚊子哼哼一般。

“嗯，好，你好。”肖凡简短地回答道，双眼直愣愣地盯着女孩儿们的枕头大战，享受着眼前这难得的美景。田晓燕没再多说，默默地走向角落，将包裹拿了过来。

“你好，林菱！”肖凡径直走向林菱，一脸殷勤地凑上前去打招呼。

“好了，好了！”朱芸结束了和林菱的扭打，“哈哈，是什么风，把咱们的‘喇叭裤’给吹来了？大伙儿可得长点心眼儿了，这家伙搞不好把好吃的好喝的都给卷走了呢！”

林菱也恢复了镇定，梳了梳头，又摇身一变成了“高贵的天鹅”。

“你今天看上去很美丽。”

肖凡真是只巧舌如簧的癞蛤蟆。眼前这只身着红睡衣的“红天鹅”，高昂着头，张开了臂膀，尽情地展示着她纤细的腰肢。面对肖凡示好般的问候，她只是矜持地笑了笑，便转过头去，和宋文雯聊了起来。

“过来。多多，我们可都等着你拆包裹呢！”田晓燕将包裹递给了多多。

奶奶的包裹是一个包得整整齐齐的大篮子，里面层层叠叠放着各种形状的盒子。当着大家的面儿，多多小心翼翼地打开包裹，一个接一个地将宝物拿了出来，活像个挖掘文物的考古学家。他不慌不忙地检查着每个盒子，闻着从食物中散发出的香味。

“快点啊，多多！”急性子的韩冬梅有些等不及了，大家的心情都和她一样，望眼欲穿、垂涎欲滴。

这包裹就像个百宝箱！粽子、莲蓬、月饼、腊肉、香肠、干豆腐、槟榔、辣椒面儿、辣萝卜、腌黄瓜、腐乳，都是来自多多的家乡——湖南的特产。

多多随手拿出一块腊肉，放在鼻子旁，深深地闻了一下。

“真香啊！”他闭上眼睛，享受着，全然忽略了身旁的骚动。

“小孩儿，快呀！”

“嘿，‘富强粉馒头’，我们应该直接叫你‘慢慢’，小蜗牛！”

“这味道要把我肚子里的馋虫给勾出来了。”

这一屋子的“猫”“鸟”“天鹅”和“青蛙”，一窝蜂地涌了上来。

“慢!”韩冬梅一声令下,“这是几个月来，多多家里寄来的第一个包裹，你们难道不想让他先尝尝吗？别拿太多了!”

多多睁开眼睛，向韩冬梅笑了笑:“没问题，大家吃吧!”

像士兵接到了长官的命令,“杀!”大家瞬间将包裹翻了个底儿朝天，只给多多留了个空篮子。肖凡有些于心不忍，轻轻地碰了碰多多的胳膊，带着他走向另一个安静的角落。

“明天礼拜天，有没有兴趣和我去集市上逛逛，我带你去!”

“真的？什么时候?”

肖凡将手指凑近嘴唇:“嘘……千万别让你那些姐姐们听见。明天吧，趁着天没亮，咱们一大早就溜出去。赶早市，得走两个小时的路呢。那边的羊肉串儿可便宜了。”

“好。”多多点点头。

“你们两个在那儿干什么呢?！鬼鬼祟祟的。”韩冬梅嗓门儿很大，像察觉到了什么。

“没什么，不关你的事儿!”肖凡回答道。

“肖凡，今后再敢这么跟我说话，我绝不会邀请你了。对了，记住，小‘富强粉馒头’兄弟是我们的。我们是他的姐姐，他完完全全是我们的！没你的份儿!”韩冬梅拿腔拿调地说着。

“记住，就明天早上。来找我。别晚了哈。”肖凡向多多使了个眼色，转身离开了。

第九章　香喷喷的羊肉串

公鸡一打鸣，多多便从床上弹了起来。他踮着脚，张开双臂，像片飞舞的羽毛轻轻地往宿舍外飘。他竖起耳朵，浑身上下都像上了弦，生怕吵醒室友们。他听见营房的角落里有窸窸窣窣的声音，他停下来，微笑起来——他最爱的那只小耗子正在津津有味地啃着自己为它留下的“每日一餐”。“只剩几步了！”多多心里的激动远大过不安。他几步冲向门边，那里整齐地排列着各种军用物品。多多一把抓住挂在墙上的铁壶，扣在腰间。谁知一不留神，旁边的水壶脱了钩，掉了下来，他一个勾手，敏捷地接住了。“哎”，他松了一口气。他一放松身体，鞋底下就有些吱吱作响。他环顾四周——在黎明的晨光中，他的战友们都还沉沉地睡着。他屏住呼吸，在门旁停了停——鼾声如浪。他推开门，只听“吱呀”一声，他回头看看，屋里依然一片沉静。“幸好没人被吵醒，太好了。”他的自言自语里透着一丝扬扬自得。

王东升可不是真睡。他转过身来，继续打呼噜。看见多多关上门溜出屋去，他抬头瞄了瞄，脸上露出一丝嘲笑，便打了个哈欠，又睡去了。

拂晓的空气是冰凉的，太阳依然吝啬着它的光辉，并不打算将那沉睡的大地唤醒。固执的白月被织进了青涩的天空而不知退却，而闪烁的星辰已渐渐消退。借着这还有些暗淡的晨光，多多眯起眼睛开始寻找肖凡，心里却还挂念着那只随时会被抓住的小老鼠。他突然有些后悔，觉得自己应该将馒头干藏得更隐蔽些。他差点就要回去弥补这个过错了，这时肖凡的声音从身后传来。

“嘿，还不错嘛。”多多转过身来，看见双手插入裤袋的肖凡杵在那儿。

这一天的肖凡，显得格外利索。他刮了胡子，打了发胶的头发高高地立着，阳光一照，闪闪发光。他那似笑非笑的表情像在向多多炫耀他自我感觉良好的外形。

肖凡压低了嗓门儿，漫不经心地从上到下地对多多进行了一番打量，轻轻地说了一句："咱走吧。"

"你的头发看上去好好玩。"好奇的小多多倒是直言不讳。

"对了，咱们最好保持一致。"肖凡拿出军帽，扣在头上。

"跟我来！"他的头微微上仰，这是他的偶像——电影《列宁在1918》里的英雄瓦西里常做的动作。肖凡说罢，便抄近路领着多多向军营大门走了过去。

多多所在的军营很大，就像一座独立的城镇，拥有数栋楼房，占地足足有20个足球场那么大。在这里，小城市所拥有的基础设施都能看到，城市所有的功能都能通过军队的自给自足得以实现。军区每个部门的所在地都是根据他们的军事战略重要性而进行布局。地位不高、又非作战编制的文工队，只能被独立安插在军营外围。要在领导的眼皮子底下，从军营溜出去，可不是件简单的事儿。肖凡总有法子进出大门。但这次，他不想碰运气了。肖凡有点迷信，他研究了那两个带着稚气的新兵的脸，他们一板一眼的，活像新兵营这个"蒸笼"里刚出炉的一刀切的"馒头"，那傻乎乎的模样就是舅舅不亲姥姥不爱的。

"新来这两个卫兵看上去严肃得很，真受不了他们。"肖凡愤愤地在嘴里嘟囔着，看着多多。多多左看右看，正忙着盘算，看能不能不吵醒这些半睡半醒之间的士兵，偷偷溜出门去。"不行，这样有些冒险。"多多让肖凡在原地等着，自己沿着土坯墙跑了。没过多久，肖凡听到一声口哨。他循着声音的方向，在一面风化了的土墙旁，找到了站在土墙豁口边上的多多，这面墙比别的地方矮些，两人想想办法还是可以翻过去的。

"瞧，我都找到了什么！"多多兴奋地低声叫着。

"我就知道你小子鬼点子多！没白带上你，快！"肖凡更是激动。他让多多拿上书包和铁壶，站在他的肩膀上，先翻到墙上。随后，多多将肖凡拉了上来。他们配合得很顺利，两个人肩并肩站上了墙头。这时，一缕缕蓝色升上天空，大地似乎苏醒过来。他们就像风筝挣脱了线，感受到一种从未体验过的自在，浑身上下充满了动力。他们一起跳下墙，用尽浑身力气，向着远方跑了起来，离大军营越来越远。他们跑呀，跑呀，直到军营的记忆渐渐模糊了起来，慢慢消失在身后的尘土之中，又好像军旅生活从未存在过一般。

喀什，整座城市都散发着让人兴奋的气息。街道上，随处可见骑着驴和骆驼的男人。他们中，有的人留着上翘的卷曲的胡子；有的留着直直的长胡子。每个人都头戴一种名叫“朵帕”的花帽，有圆的有长的，身着一袭蓝色或黑色条纹的长袍。女人则围着色彩明艳的围巾，那围巾和她们鲜亮的长裙一起随风飞舞。她们中，很多人都头顶着一个又大又沉的罐子。大大小小的棕色土房子排成一条条狭窄的街道，孩子们在这里嬉笑打闹，把土里的泥沙肆意地扑腾出来。大多数小孩儿都长着一头卷发，脸圆圆的，眼睛大大的，睫毛长长的。

“快看，真好看！”多多指了指几个扎着辫子穿着花裙的小姑娘。

肖凡赶忙将多多的手臂拉了下来。“别指，这可不礼貌。”

“好吧，但是，你看那个！”多多又指了指一个头顶水缸的女人。

“傻孩子，怎么搞得跟刘姥姥进大观园一样，有点出息行不行？”

“嗯，不……不是那样的！”不知是因为凉爽的清风还是肖凡的话，多多的脸一下子红得像个苹果。

“我一直以为《阿凡提》是虚构的！”多多为自己不得体的举动辩驳，但还是抑制不住对周遭新奇事物指指点点。他不知道，当地人也会对他产生无尽的好奇。孩子们很快就围了上来，一路跟在他们身后。

“娃娃兵！娃娃兵！”他们嘲笑着多多的大码制服。

“嘿，停下！”几个年龄稍长的小男孩儿上前戳了戳多多，“帽子！”

“嘿，干吗呢！”多多有点生气。

“别，多多。”肖凡终于意识到他这个“老兵”的责任。

“凭什么？是他们先找事的！”多多生气地嘟着嘴。

“你可是个解放军战士。像样点儿。我们得维护军人的形象。再说，这些孩子只是对你感兴趣而已。他们也没见过穿着制服的小孩儿啊。”肖凡说。

多多心情渐趋平静。

肖凡发现好像自己的话有点扫多多的兴，便又鼓励起他来：“走啦，咱觅食去！等你下回不穿军装，再跟这群小孩子闹吧！”

他们径直向最近的市场走去。在晨风的吹拂下，空气中弥漫着羊汤、羊杂、奶酪、馕、面条、新鲜蔬菜、新鲜和风干的坚果以及最诱人的羊肉串的香气。这一切刺激着走了两小时山路的肖凡和多多空空如也的胃。他们片刻也不想停留，径直奔向了几个烧烤摊。其中一个烧烤摊的小贩一眼识出了这两个穿军装的会是他的潜在客户，他开始用带着浓郁维吾尔口音的普通话像唱歌似的喊道：

“来来来，吃羊肉串，羊肉肥，孜然香！”

“五十串羊肉串！”

“兄弟！五个元（五元钱）！”

这可赶得上平日里一天的生意了呀。这名年轻的小贩甚是满意，又继续喊了起来：“来来来，吃我的羊肉串！肉块大，肥油汤！”

多多打开口袋——掏了三元钱出来。这是他这个月剩下的所有钱了。其他的，他都寄给了奶奶。肖凡从口袋里拿出两元钱，说道：“下个月，我还你。我这个月没钱了。”

在等待羊肉串的间隙，肖凡和小商贩时不时地会聊上几句。没过多久，这个小伙子说完了他学过的所有普通话。肖凡便换了维吾尔语与他交谈。多多很是惊喜。

“你会维吾尔语？”

“我在乌鲁木齐长大的。”

“啊？”

“我的父亲也在部队，是一名工程师，母亲在高中教书。你呢，你来自哪里？你父母是做什么的？”

“我来自湖南长沙。”

“我母亲也来自湖南长沙。”

“难怪你听得懂长沙话！”多多随口便来了句长沙话。

“但我不会说，很惭愧。”肖凡咳嗽了两声。

“我父亲是个音乐家，他有时也写歌；我母亲是个护士。我从小是跟奶奶长大的。”多多没有继续往下说，肖凡也没有继续往下问。

小贩的串烤得刚刚好，端上来时，肥肉还在嗞嗞作响，鲜美多汁的羊肉真是入口即化。多多忘了要与肖凡谈话，自顾自地将精力全部集中在这令人垂涎欲滴的肉串上了。

小贩冲着多多笑了笑：“好吃吗？我的小兄弟，巴图尔的羊肉串肯定是最好吃的了！”

多多也冲他笑了起来，用自己刚学的维吾尔语说了声“谢谢”。

“下次再来时，我让你多吃，便宜点！”

肖凡很快便吃完了他的25串，多多正吃到第16串。“我可以帮你分担一些，羊肉串凉了可就不好吃了。”肖凡尴尬地暗示着。

“嘿。兄弟，让我的小兄弟吃完，我再给你一些就是了。下回你再付我钱都行！”小贩很喜欢多多。

“没关系。”多多分了5串给肖凡，然后站起来向小贩挥起了手，“回见。对了，你叫什么名字？”

“我叫巴图尔。”

“我叫多多，这是我的朋友肖凡。”

肖凡和多多离开时，手里热乎的羊肉串还在滴油。巴图尔又唱了起来：“来来来，吃巴图尔的羊肉串，好吃嘞，不上当……”

第十章　左司令家的鸡被偷了

在美国，每当多多在中餐馆的菜单中看到“左司令鸡”[①]这道菜，他的思绪就会回到千里之外的中国。时间的幽灵将现实吹散，昨日的种种慢慢浮现在眼前：

军营的另一头，坐落着几座军官的独立屋舍，军区的将军和参谋长就住在那里。每栋房子前后，都有个独立的小院，与军官同住的家人就将它利用起来，有的种菜，有的养些家禽。王东升对左副司令员院子里的肥硕母鸡觊觎已久。他有个计划——趁夜潜入左司令的院子偷鸡。他还给自己物色了个放哨的“帮凶”——黄阿宝。黄阿宝本来还有些犹豫，但很快就“沦陷”在王东升接二连三的糖衣炮弹里。毕竟，跟日常平淡无奇的玉米面馒头相比，鸡肉的诱惑着实难以抗拒。黄阿宝建议，再找一名同伙，他认为多多是个不错的人选，况且，黄阿宝一直对“尿床事件”耿耿于怀，总觉得多多应该对他心存愧疚，他认为多多肯定能痛快地答应。

“真是怂货一个，不过还挺鬼。”王东升暗自赞同着黄阿宝的提议，如果计划失败了，也能有一个替罪羊，也不是什么坏事。

当王东升和黄阿宝找到多多，向他描述了“偷鸡计划”后，多多答应得毫不含糊，并立刻保证对行动保密。他太想融入男兵们的世界了，多多越来越担心如果他总是混在女兵圈儿里，让女兵宠着，男兵们会越来越瞧不起他，把他当成娘娘腔。他自己也怕变成女里女气的小男人。多多早就在心中预谋着干点什么坏事，在他心里，真正的男人应该是充满男子汉气概的，他急需做点什么来证明自己，尽管他身上这身军装足足大了四个码。

---

① 也称“左宗棠鸡”，油炸鸡肉，味道偏甜，在美国很受欢迎。

左司令家的院子没有专人看护，要偷他家的鸡，就如同探囊取物一般容易。只要做到心中有数、眼疾手快，便能轻易得手。就像之前计划的那样，黄阿宝放哨，多多拿枕头套，王东升抓鸡、抹脖子，再将鸡塞进枕头套，一点儿声都没出。不到几秒钟，整套动作一气呵成。“还挺熟练。”多多怀疑这种偷鸡摸狗的事儿，王东升以前肯定都干过，说不定已是家常便饭了。

回来的路上，黄阿宝一摸头才发现帽子丢了。他呆呆地站在路中央，嘴里不停地责怪：“我就说我根本干不了这种事儿。我最怕黑了。一黑，我就紧张。看吧看吧，现在连帽子都给丢了。李教导员知道了，非得宰了我不可。都是你的错，王东升！都怪你！”

“得了吧。哭得跟个娘儿们似的！”王东升一点儿也不客气，“你敢说你就不想来一口鸡腿肉?!”

“是你让我来的！你骗我来的！”黄阿宝的声音越来越大。

“要不，咱们返回去找找吧。”多多小心翼翼地提议。

“嘿，小子。你懂屁呀。这个娘儿们忒怕黑，根本不敢回去！”

“我才不是娘儿们！”黄阿宝嗓音高了一个八度，吼了出来。

“嘘，嘘！好吧好吧。我觉得吧，你的帽子不会被人捡到。就算谁捡到了，上缴了，你也能编点儿别的故事出来。行了吧？我们都会帮你的！别瞎紧张，听懂了没？”王东升的语气友好了一些，但脚步依然向前，没有半点折回去的意思。

到了凌晨，王东升和黄阿宝在厨房里煮起了“左司令鸡汤”。张师傅刚好来厨房吃夜宵，一看到他俩鬼鬼祟祟的样子，便开始询问母鸡的来历。

“不，不是我们的鸡。张师傅，是我从左司令那儿偷来的！”

“黄阿宝，你？”张师傅起了疑心。

“对呀，是我们干的，我和王东升，我们还找了多多给我们放哨呢！来，张师傅，尝尝吧！”黄阿宝早就将保密这回事抛到脑后了。他给张师傅端了碗汤，张师傅没有理他，嘴里说着什么，离开了。

第二天晚上的会议室里，他们照旧晚间集合，准备开会。按照惯例，海涛会在李教导员到来前点名。

“黄阿宝!”

“到!”黄阿宝站起来答到，精神抖擞。

“民族?”几个女生笑出了声。海涛真的很难得开玩笑。

“汉族!”

屋里瞬间一片哄堂大笑。大伙儿依然不能接受这个小伙子坚称自己是汉族人!

突然，李教导员走了进来，身后像是跟了一团乌云。“安静！海涛，报告!”他语气很重，气氛紧张得像天要塌下来一般。

“集合完毕，教导员。”海涛敬了个礼，眼神里有些诧异。

和平常不一样，李教导员没有在点名后按照惯例坐在讲桌旁。他站在屋中间，神色凝重。肖凡已准备好要挨批了，接着却听李教导员厉声喝道：

“王东升、黄阿宝、多多，出列!”

整间屋子瞬间淹没在一片死寂里了。

“你干什么了?”韩冬梅不出声地示意多多，但多多假装没看见。

“你们三个！告诉大家，最近都做了什么见不得人的事?”

“教导员，我们什么都没做。”王东升、黄阿宝和多多齐声答道。

李教导员冷笑了一声，掏出一顶军帽，狠狠地摔在桌上。帽子内侧上清清楚楚地标着“文工队/黄阿宝”几个字。

“卫兵在左司令家后院里找到的。黄阿宝，你到那儿干啥了?”

“没干什么……”

“啥也没干？卫兵跟我说，他们丢了一只母鸡！张师傅也跟我说，你把偷来的鸡煮了汤！你还敢跟我说什么都没干？部队什么时候教你做贼了！啊？你脑袋里还有半点纪律没有？为了一时嘴馋，就干起这小偷小摸的事了？偷东西是大事，很严重。偷咱司令家的东西，那就更严重了！黄阿宝！给我老实交代，帽子是你的，主意是不是你出的?”

黄阿宝脸吓得惨白，低着头，使劲儿咬着嘴唇，用微弱的声音小声说道：“不是我。”

“那这是你们谁的主意?”

黄阿宝转头看了看王东升，王东升一言不发。

“多多，简直不敢相信，你也跟他们一起干这样的事。这到底是谁的主意？是不是黄阿宝?”

“报告教导员，首先，我不知道这是谁的主意。其次，我不明白为什么偷左司令家的东西比偷别人家的严重。”

多多的回答令人担忧。肖凡和海涛交换着眼神。

李教导员的脸阴了下来，猛地转身直指王东升。

“王东升！你说，这是谁的主意!”他的语气严厉，几乎是喊出来的,“你是个老兵，你不坦白，信不信我立马关你禁闭!”

“李教导员，真的是黄阿宝的主意。我跟他讲了，让他不要做，可他就是不听!”王东升不紧不慢，还说黄阿宝让多多给他放哨，就跟多多尿他床的事扯平了。黄阿宝被王东升如此轻易的出卖震惊了，泪水夺眶而出，气得跑出了屋子。

海涛刚要追出去，就被李教导员招呼了回来。

“让他去，让他回去写检讨!”

“你，多多，小心点儿。别仗着自己年龄小，我就会惯着你。这次给你个警告。就在原地罚站，仔细想想自己都做错了什么。其他人，解散。”

之后，王东升和黄阿宝开始了冷战。直到有一天，李教导员将他们叫到一起，训斥了一通:“解放军战士情同手足，是吧？给我握手!”王东升和黄阿宝勉强妥协，握了握手，一离开李教导员的视线，就分道扬镳了。

第十一章　一片净土

偷鸡事件过后，肖凡、韩冬梅和海涛等人对于多多，又有了更新的认识。韩冬梅决定找多多来一次“谈心”，肖凡则另有打算。对于大哥哥大姐姐们在他身上打的算盘，多多浑然不知，只是好一阵子，他都拒绝任何社交圈子，总是自己一个人待在一边，曾经堆在脸上的灿烂微笑再也不见了。不过，那永不停止地回荡在军营里的手风琴声倒是依旧响起。

音乐是良药，“好听的声音是能让人全身起鸡皮疙瘩的”。多多能从小时候的记忆中，寻找到这种感觉。那时，多多才三岁，总是因为食不果腹而号啕大哭。奶奶总会在炉火旁，一面烧柴，一面哼着南县的民间小调。奶奶沙哑而柔软的声音像减缓饥饿的灵药，多多很快便不哭了。从那以后，每当他们饥饿难耐的时候，奶奶便会哼歌给多多听。后来，多多学了手风琴，第一件事便是在手风琴的键盘上，用柔软的琴声将奶奶口中的曲调模仿出来。多多知道，只要他一拉手风琴，奶奶就会开心，多多渐渐学会如何用音乐安慰奶奶，这些音乐伴随他们一同走出困境。实际上，多多很少在奶奶的眼中读到“困境”二字。

身边的白桦树笔直而高耸，多多在军营大院最东边的小树林里找到了一片净土。在这片荒废的小天地里练琴，真是再合适不过了。多多经常赤脚站在半人高的草丛中，任由野草的叶片柔和地触碰自己的双手和手风琴的边缘。当白桦树叶被风吹得沙沙作响，草尖悠悠摇动划过多多的双手双脚时，他感受到大自然像在合着他的旋律吟唱，那窃窃私语中仿佛也有奶奶的哼鸣。

肖凡知道去哪儿能找到多多。这一天，他带来了谱架和他的银色长笛，想和多多一起练习下周他们要表演的曲目。几个回合后，多多停了下来。

“我们能别练这首曲子，练点别的吗？”

“练什么？”

“随便，即兴玩一玩。”多多的语气很随意，说罢便按着自己的思路随心所欲地弹了起来，自然而自由。肖凡想跟上他的节拍，但多多音乐中的起承转合完全出乎他的意料，他的笛声总是赤裸裸地落在“错音符”上。

“可以吗？”多多放下手风琴，向肖凡示意。

“当然可以。”肖凡将自己的长笛递给多多，心想，“嗯，这倒挺新鲜。”他又补上一句：“当心，别弄坏了。”

多多点点头，仔细地研究着银笛。

“我不知道怎么吹西洋笛。我以前只吹过竹笛。可以告诉我怎么吹吗？”

肖凡向多多展示了简单的指法以及换气等吹奏技巧。

没试几次，闪烁、漂亮的笛声便在多多指尖中流淌了出来。

“见鬼了，我练了这么多年都没吹出这样圆润的声音。我还是咱们这儿的专家呢！我猜你是个神童。嗯，只是乐器演奏上的神童，我的意思是说……”肖凡又惊叹又有些怀疑，嘴里噼里啪啦地说个不停，“听起来，你好像还会自己编曲子嘛，你知道这叫作曲吗？我得给你多搞点学作曲的书来，这样你还能学些作曲技法，写出更好的曲子。”

“我有本讲和声的书，是苏联理论家写的。我爸爸给我的。”多多小声地说道。

“和声？什么是和声？嗯，我当然知道和声。”

“你知道贝多芬吗？”

“要不咱们一起学乐理？我写歌词，你可以为我的词谱曲！怎么样？你读过普希金的诗歌吗？狄更斯？巴尔扎克？你知道多少首唐诗？宋词呢？天啦，有千百首诗等着我们背啊。离咱们最近的疏勒县城有个书店，他们有时候会从乌鲁木齐进点西方小说。”

多多被肖凡旺盛的精力和丰富的知识储备折服了。他快速地眨着眼睛，耳朵随着肖凡的话颤动着——对多多来说，这就像听到了连续不断的十六分音符跑音一样。好不容易，他终于在音符间找到了足够的间隙，表达了自己的意愿："好，我很想学。你教我你知道的，我也教你我会的。"

坐在旧金山戴维斯交响音乐厅的观众席上，多多时而随着音乐敲动着手指。"今天的节目真让人心旷神怡！"——指挥家迈克尔·蒂尔森·托马斯（Michael Tilson Thomas）正在演绎德彪西的《牧神午后》和斯特拉文斯基的《春之祭》。只见指挥家的指挥棒尖轻微一抖,《牧神午后》中开场的长笛独白在空中缓缓升起，串串婉转起伏的旋律像在呼唤多多的魂魄。多多心醉了。接着，那揪心弦乐浓郁得好似波涛在翻滚澎湃，就如同品酒一般，余韵无穷。音乐能带动你的灵魂、你的每根神经，酒却能将一个男人的灵魂带向天堂——我们脑海中永远储存着年轻时的最快乐时光，每当那些记忆浮现，陈年老酒的滋味便浮上心头，历久弥香。

"你能想象没有音乐和美酒的生活吗?"多多一想起那个成婚多年、儿子已经上大学的肖凡，便不禁笑了起来。多多听说，婚后的肖凡一直到最近才安分下来。"积习难改啊！"对于肖凡，生命中除了音乐、诗歌和美酒以外，一定还少不了另一个元素——女人！"哦！那感觉是19世纪的情操。啊！一定是因为我们当年读了太多的浪漫主义小说了。"

第十二章　一首歌

这无名的湖心中，漂着一座小木屋，
里面坐在一位华发的男人。
他那虚无的眼神里写满了关于她的故事，
他那平静的心被她搅得七零八落。
他看见湖边的那只美丽白鸽，
振翅高飞，
白鸽的影子牵着一顶小红帽，帽上有一根白色羽毛——

加利福尼亚的海岸线，
加利福尼亚的阳光，
加利福尼亚的蓝色大海，
加利福尼亚的深邃蓝天，
我从悬崖边纵身与你相拥。
加利福尼亚的大海，
你将我与世隔绝。
大海推我入梦，
海浪拥我入怀，
就如你将我捧起的，救起的手，
我曾溺死于大洋彼岸。

乘着山的回音来到中国南方的田野，
我看见你在那装满水的屋子里深沉地睡着，像个孩子，
我看见你起身和她跳舞，
我看见你亲吻她的额头，

我看见两个被埋没的灵魂跳着探戈，一个苍白的蓝，一个暗沉的红。我看见你们向对方伸着手。

加利福尼亚的海岸线，
加利福尼亚的白沙，
加利福尼亚的棕丘，
加利福尼亚的蓝天，
我放弃了我所有，
我孑然一身，轻如羽毛。

风将我的身体吹起，
我知道你会在那里。
我知道你总会将我救起，
我知道我将不再逝去，
我纵身而起。

第十三章　我歌月徘徊，我舞影零乱

黄阿宝申请换宿舍。他实在无法忍受与王东升“抬头不见低头见”的日子。李教导员的回应很老练——可以换，但得自己找到愿意交换的人。肖凡的主动申请像救黄阿宝于水火，就连李教导员也对肖凡表现出的“牺牲精神”甚是满意，但他万万没有想到，这竟是一个让他今后追悔莫及的决定。

肖凡放弃了曾经追着姑娘们裙边跑的生活。林菱也被他抛在脑后。一份全新的、能让他全情投入的友谊，摆在他的面前。他顿悟了。他突然明白，在过去军营度日如年的日子里，缺乏的就是与够格做自己亲密朋友的人进行的深入交流。而现在，他竟成了一个小孩儿生命中的支柱，他被这个小孩儿寄予了最深刻的信任；他自己也同样如此——他渴望找到一个值得信任的人，就像他信任自己一样。“年轻人的脑子是吸收知识的海绵。我们需要广泛的知识素材。我们要读书。这个真空世界浪费着你我的才华，真是可恶。”

在男孩子们的眼里，“枪”是维护正义、对抗邪恶的代名词。持枪守护祖国边疆的“解放军叔叔”的形象，早已种进了千千万万爱戴他们的孩子的心中。多多总是幻想着，有朝一日他将为国英勇捐躯，就像那些大无畏的英雄那样。但到后来他发现，对于枪，更让他着迷的是枪的机械构造，而不是佩带或打出几发子弹。据多多后来回忆，在六年的军队生涯里，他总是喜欢组装和拆卸各种枪。这习惯一直保留到现在，妻子经常发现家里买的那些小机件一开包就被多多“卸妆”了。

多多到了军营才失望地发现，文工队属于特种部队，只有上级领导——李教导员才有资格配枪。李教导员有把五四式手枪，棕色皮枪套已有些磨损了。那枪总是挂在李教导员腰间的皮带上，时刻“诱惑”着多多。一个星期天的下午，多多缠着李教导员让他玩一玩那把著名的“黑星五四”。

“教导员，让我戴戴‘黑星’吧，就一会儿，行不行嘛？求你了，求你啦。”多多央求着。

“不行。”李教导员继续看他的军报。

“就一会儿，没人看见的。我会很小心。”多多露出他最可爱的笑脸。

李教导员今天下午心情还不错。他沏了满满一盅茶，戴上那副旧眼镜，准备好好读读报。这副旧眼镜的镜框早就断了，又被胶布粘在一起了。李教导员看了看窗子中反光的自己，不紧不慢地回答道：“士兵是不能带枪的。这是规矩。你一个小娃娃，走火了咋办？多多，你觉得我像不像边指挥？他也是这么戴眼镜的。”今天的李教导员很有耐心，还带有一丝欢快，一反平日里那严厉不可亲的常态。

“边指挥的眼镜哪儿能有您的好看啊。求求了，就一会儿？”多多又央求着。

“净会耍嘴皮子！”李教导员拿出枪，掏出子弹，又轻轻地合上弹筒，爱惜地抚摸着枪身。多多仔细地捕捉着他的每个动作，生怕漏了什么细节。多多的神情把李教导员逗乐了，他将手枪交给多多，甚至把自己的腰带也借给了多多。

“瞧，多多，知道吗？虽然你不能带枪，但是手风琴就是你的武器。你应该花更多时间提高你的琴艺，别成天就知道玩儿。”

多多点着头，活像只啄木鸟。

李教导员补充道：“我说的话，可别左耳朵进右耳朵出。”

“是，教导员……”多多一边回答，一边跑出屋。

李教导员摇了摇头。

“看，肖凡，李教导员让我拿他的枪了！”多多蹦蹦跳跳地来到正在院子中吹笛子的肖凡身旁。腰带太长了，几乎掉到了多多的胯上，手枪皮套在他的屁股上颠来颠去。

肖凡哼了一声：“枪是会射死人的。”肖凡将身子错开，离多多远了些。

“没有子弹的。”多多从皮夹里掏出手枪，瞄准院子远处、靠近水池的一棵树，嘴里模仿枪声，做了个射击的手势。

“枪会杀死坏人也可以保护好人啊!”多多振振有词。

“坏人在哪里?你能看见吗? Da-teee-s ah tr-ee.”肖凡放下长笛，拾起一本英语课本。

“Da-teee-s ah tr-ee.”他摇头晃脑地重复起来，活像电影里常见的老朽教书先生。

“什么?”

肖凡将曲谱收起来，嘴里还在念叨:“把枪放下，多多。来，我们今天一起来学英语!我先教你一些英文短语。跟着我念：Theesee-s ah deschk，Da-teee-s ah chai-er.”

肖凡蹩脚的发音引得多多咯咯直笑。他继续用手枪瞄准远处那棵树，嘴里跟着肖凡念起来:“Theesee-s ah deschk，Da-teee-s ah chai-er.”

“Da-teee-s ah tr-ee，Thee-s ee-s ah fu-lu-te.”

“这些词儿都是怎么念的啊?”

“好吧，我们从头开始。Ai——”

“Ai——”

“Bi——”

“Bi——”

“Ci——Di，Ei，Aif，Gi……”

“你们俩嘴里叽里咕噜些什么呢?”李教导员的出现吓了肖凡和多多一跳。

“学英语字母。”肖凡答道。

“啥?英语字母?你说啥?哎笔死地……哎夫几?肖凡，你个大舌头，学什么英语哦。”

此时的肖凡肚子里憋着气，只是没敢直接嘲笑李教指导员。

“那外国佬的话多难听啊，真是崇洋媚外!我们是中国人，要说中国话!”

“李教导员，我们正在学习呢。您不总是教导我们要好好学习吗？”

“别自以为是啊，年轻人。净歪曲我的话！”李教导员不高兴了。

“你要是不好好接受批评，就会犯错的！”他又补充了一句，说罢，便准备离开，“对了，你可别拿西方资本主义思想腐化多多。你们要有时间，就多学学毛主席的红宝书，读读军报，这才能跟上当下的革命潮流嘛。你们可得好好提高点自己的政治觉悟！”李教导员挥了挥握在手中卷成一卷的报纸，捂着自己咕咕作响的肚子，快步向厕所方向走去。

面对肖凡和李教导员你来我往的喋喋不休，多多兴味索然，只自顾自地将手枪的零件一件件地拆了下来，欣赏着“黑星”的构造。

肖凡意识到“时辰已过”，二十六个字母已教完，不能再继续教多多英语单词了，便放下课本，说道：“我们溜去水库游泳吧！”

“好啊！”多多对这个建议显然很高兴，他很快将手枪组装了回去。自从来到军营以后，从小在湘江江畔长大的多多便很怀念曾经游泳的日子。不过多多担心自己没有泳裤。

“没关系，裸泳！对了，我来给你讲一下杰克·伦敦小说里面一个男人和一匹狼的故事。你知道杰克·伦敦吗？他是来自美国的一名作家。你知道美国吗？”

从那以后，多多和肖凡几乎形影不离。能和肖凡一起住，多多很开心。肖凡带来了他所有的课本、小说、唐诗宋词，甚至连他的宝贝银长笛都愿意和多多分享使用。多多拿出他那吃西瓜的劲头，囫囵吞枣地吸收着一切养料。无数个夜晚，他们打着手电筒读着小说，在残垣断壁上背诵唐诗和俄国音乐理论家编写的和声理论。肖凡告诉多多，他梦想着有朝一日能成为一名作家，因为他早就意识到自己吹长笛的天赋并不高。他之所以表现出傲视一切、天才音乐家般的态度，只是为了在这充斥着自大庸才的世界中保护自己。他建议多多去上学，去当一名作曲家，把自己所有的才华都表现出来。“生命始于学习。我们应该去首都北京念书。”肖凡为他俩勾勒出了无限美好的生活蓝图。

至今，多多依然清晰地记得那晚他们“义结金兰”的情景：明镜般的月盘低挂在离地平线不远的天际，仿佛一伸手就能摘下。这样的满月不禁让人联想起一位即将临盆的母亲，仿佛一声咳嗽就能撕碎这宁静的夜空，胎儿便降生。月晕让周围的星辰黯然失色，整片天空化身为夜的剧院。肖凡和多多在学李白的诗。也许是李白的诗让肖凡和多多心有灵犀，当他们在背诵“我歌月徘徊，我舞影零乱”时，天空神秘而多情，几条细长的云在月亮前缓缓地飘游，肖凡和多多竟情不自禁地跳下墙跑到院子外，合着戏剧性的巧合舞了起来。他们的身影在月光的映衬下，显得奇幻而又充满了一种古老的仪式感。身旁的道路一直延伸到远处，在那里，群山层叠，就像另一个世界在向他们发出召唤。

多多多想他们就这样永远舞着，走着，想象着自己只要沿着这条漫无止境的道路行走，便能走到那个远离尘嚣的世界。他开始幻想长大后的那个自己。肖凡则在他身旁讲述着自己那闪着金光的未来——“我们都将到达那里”。那一晚，他们决定要努力追寻自己的梦想，相信命运能掌握在自己的手中，这跟父母无关，跟任何人都无关。他们的内心将只臣服于艺术，他们将成为彼此永远的朋友和兄弟。

“我是你的朋友，我是你的兄弟。”多多和妻子沿着家附近的一条弯曲的小路散着步，走向一片开阔的空间。按照美国联邦法律规定，这片区域属于动物栖息保护区。多多和妻子，连同邻居们，都格外珍惜这片免遭开发的开阔海湾。此时几近午夜，很多人都已经回家，小路格外安静。“家——这个人类将自己包围起来的、相对安全的私密空间，它既保护又禁锢着我们。我们用各种家具、电子产品和器械将它填满。而人们真正需要的，并没这么多。”多多的思绪越飘越远，他真想回到那个物资匮乏的开阔空间里。

妻子指着满月，背诵起了苏轼的词。“‘但愿人长久，千里共婵娟。’多么简单却又深邃，真是人间真谛。当我不在你身旁时，你会望着天空，然后想起我吗？还是想起你的奶奶？或是你远方的朋友？”妻子漫不经心地问起来，因为她并不想让自己的浪漫显得傻乎乎的又不合时宜。

“别说话，别人都在家睡觉呢……”

妻子早已沉浸在自己的思绪中，忽略了多多对问题的有意回避。她小声地念了起来，“无极”。

现在，肖凡和多多经常在互联网上举行二人酒会。妻子经常嘲笑他们，给他们起了个名副其实的外号——“网醉兄弟”。视频会议技术让一切成为可能，你可以在任何时候看见另一个人。人类社会很快，或许已经冲刺着进入虚拟世界。至少在多多和肖凡身上已经应验了。但你们真的不想念那种面对面碰杯的感觉吗?

一想到社交网络对现代生活的影响，妻子便不由陷入沉思:“人们现在至少能找到数十种方式，让自己和别人取得联系，脸书（Facebook）、推特（Twitter）、微信（Wechat）等社交软件层出不穷。但我们为什么仍然觉得自己孤独呢?为什么我们依然需要通过面对面的接触进行交流?”她想起前几天美国有线电视新闻网报道的一件事：在法国巴黎的一栋写字楼里，一家高新技术公司的员工用便利贴，在办公室的窗户上贴出了*Space Invaders*[①]里的外星人形象。于是，路对面的写字楼里的一家公司员工看到后，立刻用同款便利贴贴出了更大幅更复杂的*Pacman*[②]里的动画形象。

“在这个飞速发展的时代，我们总是告诉自己没有时间去跟别人产生联系。我们只能以‘暴露狂’的方式来生活——我们喜欢去健身房，好让路边经过的陌生人看上我们一眼；我们喜欢坐在咖啡厅外看街景，又喜欢在公共场合用手提电脑工作，一点儿都不在意旁人的叽叽喳喳。我们总是幻想着成为某些东西的一部分，但我们又高喊着‘我需要空间’；我们有时会因为别人的事义愤填膺，但社会礼仪又教育我们不要入侵别人的私人空间，冲破那堵我们将自己和别人隔离开来的防火墙。所以，我们只能退回到网络世界，一个21世纪最伟大的发明赋予我们

① 《外星人入侵》，一款经典的电子游戏。

② 《食豆小子》，一款经典的电子游戏。

的，能让我们八卦、展示自己生活的虚拟场所。无论是在家还是在咖啡厅，抑或是在酒吧，屏幕后的我们都可以轻而易举、舒舒服服地尽情发泄。我们在脸书、推特、微信、微博上向所有人宣布自己的每一分钟究竟在干什么，生怕一个疏忽，这个世界就不知道这样一个个体的存在。我们多么期待别人的评论，多么渴望别人注意到我们的展示。我们需要让别人知道'我还活着！''我过得很好'。这就是大家嘴里常提到的'分享'。"

想到这里，妻子对着多多说："我知道你怀念真正意义上的觥筹交错。要不以后你们每次视频酒会时，你都搞个动作监测器，再在碰杯时模拟个碰杯的响声，你觉得如何？真的，我不开玩笑。"还没等多多回答，妻子又换了另外一个话题："你能把你谱曲、肖凡作词，你们第一次合作时的歌儿唱给我听吗？"妻子是先锋派作曲家，每当多多听到她写的这类型的曲子，都在心中想，如果李教导员听到这些音乐的话，会有何种表情呢？多多笑了。

第十四章　曲作者和词作者

馋嘴猫朱芸偶然从李教导员和上级首长的电话中，听说文工队下个暑期将在南部边境进行为时一个月的巡回演出。这次可是左司令亲自下令，要文工队为接下来的演出出台全新的节目，以最优秀的表演鼓舞边疆士兵的士气。“小道消息中心”很快就将这个消息传开了，但这次情况有些特殊，消息的传播范围仅仅在几个女兵之中。田晓燕、林菱、宋文雯和其他几个女兵一起在韩冬梅的床铺周围集合，商量对策。

宋文雯心里的算盘打得很溜：“咱们的节目点子一定要赶在所有人前头向李教导员汇报。”

“那要不咱们女生排个节目！咱们从来没被重视过，没啥代表作啊！”馋嘴猫朱芸说，田晓燕应声附和。

韩冬梅皱了皱眉：“这建议不错，但我们都不会作曲呀，谁愿意为咱们写？”

“我可以写歌词。要不你找多多帮咱们谱曲？”宋文雯自告奋勇地建议道。

“看看吧。”韩冬梅听上去有点犹疑。

到底应该找谁，韩冬梅心里跟明镜似的，只是她自有打算：她想让多多和肖凡合作，为她量身定做一首歌。她很清楚，只要多多同意，肖凡一定不会拒绝。韩冬梅是个高度主动的新女性，当然会为自己考虑周全。她选了个合适的时机，在多多的那片小天地里，找到了他和肖凡，然后就假装毫不经意地将这个消息透露给了他们：

“我这有个内部消息。咱们明年夏天要去塔什库尔干。总部已经通知李教导员，所有节目都得是新编的。我听说你们俩正在写一首新歌，我很乐意为你们试演啊。”

“我们正在写的这首歌是关于解放军战士对自己妻子的爱意的。得找个男高音唱，女高音不行。”肖凡回绝得很干脆。

“也不完全是这样，其实我们正准备写一批新歌，完全可以专门为你写一首。”多多应对道。

“是的，那当然，那我们专门为女高音、手风琴、长笛和舞蹈演员量身定做一首新曲如何？你可以问问林菱是否愿意加入我们小组。”

韩冬梅有些犹豫，但很快又掌握了主动权，带着那标志性的爽朗笑声说：“实际上，这就是我来找你们的真正原因，我想让你们专门为我们女兵创作一个新节目。”

一周之后，李教导员宣布了上级的任务，这次军区首长指派的任务相当详细：左司令命令文工队在冬天到来之前，排练出一台新的节目，这节目将在乌鲁木齐的新年晚会上表演。如果试演成功，第二年夏天，文工队将到边境上的军营巡演。更重要的是，表现好的士兵有可能被提拔成士官，部队还会给予深造的机会。消息一宣布，士兵们一阵欢呼。能去深造，对于一个年轻士兵来说，是前所未有的最高奖励。

之后的几个月里，院子里热闹异常，到处都是排练的人。乐器声、歌声将整座院子装满了能量，气氛十分鼓舞人心，连李教导员都不禁想要跟着唱上几句。不过，他根本无法找出一个完整的可以跟唱的旋律，便就着他那不着调的嗓子随意唱了起来。

由于李教导员的加入，文工队再一次完美地诠释了美国现代作曲家查尔斯·艾夫斯的同步发生的作曲技法。管弦乐队练得比平时更勤了，乐队成员巨细靡遗地校对着每一个环节。边指挥很满意大伙儿的进步，至少现在他终于能忍受管弦乐队发出的声音了。他甚至表扬起王东升来：“长号听起来没那么刺耳了。”

舞蹈演员将自己关在铺着木地板的排练室“修炼”，小小的食堂也被改成了临时舞台。肖凡和多多专门拜访了炮兵营，通过体验“真正的解放军战士”的军营生活挖掘素材。终于，他们写出了由女高音演唱、女舞蹈演员伴舞的二重奏歌曲《我爱我的迫击炮》，演唱和伴舞分别为韩冬梅和林菱。他们将作品拿给边指挥，请求指教。

我爱我的迫击炮，
它的威力实在妙！
它的威力实在妙！
一炮手呀二炮手，
三炮手呀四炮手，
联合起来把敌揍。
啊，迫击炮，迫击炮！
你是我的好伙伴！
我爱我的迫击炮！

“太棒了！好好好！旋律生动，朗朗上口，这样有特色的歌词很好地表现了我们的军队生活！我们这小文工队出了两个天才！”一口南方口音的边指挥丝毫不吝啬自己的溢美之词，“多多，我有个想法，如果能把它变成女声合唱，肯定能引起轰动的！我跟李教导员提一提你们两个。干得好啊！”

没过几周，“一炮手呀二炮手，三炮手呀四炮手，联合起来把敌揍”已经在军营战士们中传唱开来。多多和肖凡首战告捷，自豪的他们不断地进行着新歌创作，灵感就像泉水般源源不断地往外涌。

每当他们完成一件新的作品，他们都会找到韩冬梅和林菱，抑或是其他几个人，将新节目搬上临时舞台试演。

每天都有新的节目或正在修改的作品上演。展示新作品已经成为文工队午饭时分的惯例，创意二人组多多和肖凡——曲作者和词作者，名声越来越大，不仅仅是文工队，连整个军区都知道了。这走红的速度连他们自己都感到吃惊。

“新节目展示！”多多的声音从话筒中传来，所有人都端着自己的饭缸来到临时舞台前。

“嘿，你们俩，今天有什么新鲜节目啊？”

“又是一首歌？”

“你们一个月内不可能写出这么多首歌吧！”

“快！到底是什么？”

“马上揭晓。”多多吊足了大伙儿的胃口。

“够了，快开始吧！”王东升喊了出来。

“张师傅还没来呢。”肖凡一边在临时舞台前的观众席放置长凳，一边淡定地回答道。

张师傅和他的伙计们被安排在黄金观赏座位上，他们被肖凡称为“晴雨表”，这是肖凡给他们起的名字——按照肖凡的说法——“如果大厨们都喜欢，这节目至少不会被人讨厌。”

“张师傅，张师傅，张师傅！”王东升起着哄吆喝起来。

“来——了——等等，等一等啊！”冒着大汗的张师傅一边喊一边带着两个助手从厨房冲了出来，身上蹿出一股浓浓的菜味儿。他们从人群后方挤了进来，坐到前排的两条长凳上。

“张师傅，请坐。我们给你们在这儿留了最好的位置。来，这是您的烟斗。”

舞台上的多多点燃烟斗，深吸了一口，一下被呛住了，咳了起来。人群中传来一阵大笑。

“哦！你个小崽子，原来是你偷了我的烟斗啊！活该受罪。孩子，今天有啥新玩意儿啊？最好是好东西，要是不好，我可不给你饭吃！”张师傅总是一副乐呵呵的神态。

多多将烟斗递给张师傅，自己背上了手风琴。肖凡、海涛、朱芸和田晓燕的长笛声、大提琴声和小提琴声也陆续加入，让所有听众耳朵都瞬间清新，随着柔和而和谐的音乐轻轻地点起了头。

片刻过后，黄阿宝和林菱饰演的一对夫妇，出现在舞台中央，此时音乐变成华尔兹舞曲，黄阿宝和林菱伴着韩冬梅的女高音声部呈现出的音乐主旋律，踏着三拍的节奏翩翩起舞。海涛演奏大提琴，模仿男高音声音的旋律线也在耳畔回荡起来，朱芸和田晓燕的小提琴配合着和声完成了整个乐曲的伴奏。韩冬梅唱着：

朦胧的月亮挂在山顶，
柔和的灯光照耀在你的脸上。
啊，美丽的妻子，
你让我难以忘怀……
我记得你的舞蹈是如此轻盈曼妙，
我记得你的身影是如此迷人。

没人注意到李教导员正站在人群的最后静静地看着。他渐渐皱起了眉头，脑门上的皱纹看上去像个死结。一曲歌罢，大家纷纷鼓掌。看到观众们如此反应，肖凡心中很是满意——这部作品是送他去进修的通行证。李教导员的出现让大家颇为惊讶。他说了几句简单的表扬话后，邀请创意二人组去了自己的办公室。

肖凡和多多脸上放着光——这可是李教导员头一次公开表扬他们。在去办公室的路上，肖凡无法抑制自己兴奋，说：

“教导员，很荣幸今天您能来看这个节目。您觉得如何，您喜欢这旋律吗？歌词怎么样？”

“挺好挺好，肖凡和多多，”李教导员说道，继续向办公室大跨步地快速行走，“我为你们而骄傲。我们小小的文工队真的是卧虎藏龙啊！继续努力！”

“是的，李教导员！”肖凡和多多齐声答道。

肖凡心中第一次对李教导员产生了尊敬之情：“毕竟，姜还是老的辣。尽管李教导员是农村来的，数年的军营生活还是教会他如何纵横捭阖，还有些聪明。”肖凡有些不明白是什么让这个平时严厉的李教导员的态度会有如此大的改变。

“但——是，”站在办公桌后面的李教导员话锋一转，像变了天，“但是，我认为，你们需要改一下歌词，什么‘朦胧’啊，‘柔和’啊，‘迷人’啊，通通都不能要。革命队伍里，怎么能允许这种词出现?！军人是强壮的，是坚定的。‘轻柔曼妙’这种婆婆妈妈的词，只会出现在软弱的西方资本主义世界里。这样的歌，在我们的战士中，一定会助长不良之风！我们的上级领导要求我们每一名解放军战士都应当将祖国放在第一位，而不是个人家庭。对了，还有月光——谁会喜欢黑头黑地的?改成阳光如何?你们好好想想。”

“又来了。猪就是猪，除了胡乱哼唧一通还能干什么?”肖凡的火气一下子蹿了上来，刻薄的言辞也跟着冒了出来，“李教导员，我觉得歌词很切合主题呀。这首歌描述的是革命军人对妻子的爱意。男人爱他的妻子，对吗?一个男人会跟他的妻子在大太阳底下恩恩爱爱吗?还要打个两百瓦的探照灯，在众目睽睽的人群里?没廉耻的人才会这样！”

“你……”李教导员被肖凡的以下犯上逼得一时说不出话，快要窒息了。

“你们这些年轻人真是无药可救了。我命令你们立刻给我改正，不然你们的歌永远不能唱，更不要说什么去进修了，想都别想！”李教导员在最后一句提高了嗓门。

最后一句也让肖凡闭上了嘴，他静静地站在那里，一动也不动。

一心想要缓和关系的多多意识到李教导员的命令到底有多严重后，提出了自己的建议：“报告教导员，我有一个改编歌曲的想法。”

“说。”李教导员没有反对多多，让他继续。

“也许我们可以用一些民歌和民谣，来表现少数民族人民之间的爱?如果歌词唱的是少数民族人民，就可以，对吗?您能允许我们离开军队，去——采风吗?”

“对啊，给我们一个月。”肖凡暗自赞赏多多的机敏，赶紧插话进来结束方才片刻的尴尬，“是的，我们很乐意按照您的指示调整歌曲的内容，对不起李教导员，我刚才不应该那样对您说话。我只是不太能接受自己的歌词受到批评。我们保证，一定会带回来全新的、向前看的、富有革命精神的、表达军队与少数民族团结友爱的歌曲。坚决杜绝一切小资意识，我们保证！”

风暴还没来得及形成就已经消散开来。李教导员没有察觉到肖凡口中的讽刺。“嗯。是个不错的想法，但一个月时间太长了。一个星期，你们一个星期后必须回来。”

“李教导员，所有的村庄都离我们很远，我们需要一辆吉普和一个司机。”肖凡继续请求。

“我们现在手边没有吉普车。”

“那我们可以搭补给车。”多多建议道。

“补给车一个月才来一趟。到那会儿再去采风已经有些晚了。我们所有的节目都应该尽快完成，早日进入排练日程。”

“那我们能申请一匹马和一杆步枪吗？”多多一直梦想着扛一杆步枪骑马奔驰。至少他幻想中的解放军就是这样的，骑着马儿驰骋在草原，感受风呼啸过耳旁。

“两匹马！两个半星期。”肖凡还在争取。肖凡已经开始幻想自己壮观的启程。李教导员脸上挂上了一丝温吞吞的笑容，让他们找张师傅商量商量，说罢便直接走了。肖凡对李教导员的行为很是怀疑。他很难相信，竟然能如此简单地征得了李教导员的同意。“不对吧，一定有诈……”他嘴里念叨起来。

“我们可以带枪骑马咯！”多多欢呼起来。

终于到了多多和肖凡的出发日。很明显，这样的出发场面远没有他们想象得那样英勇壮阔。他们有的是一头毛驴，一头瘦弱的小毛驴，驴背上扛着一顶帐篷和一床棉被，还有一些食物。他们需要步行两天才能到达第一个村落。

张师傅再三叮嘱他们一定要照顾好他的小毛驴。“一定要常喂它，要让它休息！对了，千万不能骑！”

“真是麻烦”，面对张师傅的唠叨，肖凡喃喃自语起来。

“只能偶尔骑一骑啊，如果多多特别累的话，可以骑一下。”

肖凡确实不太耐烦了：“我说老张师傅啊，您别再絮叨了，管得可真够多的。”

“肖凡，你个小兔崽子，早知道就不借你牲口了，赶紧走！”张师傅抽了抽驴屁股，小毛驴终于走了起来。小毛驴脖子上的铃铛叮叮当当，虽然算不上什么雄伟的出征号角，但肖凡和多多仍然昂首挺胸地迈出了大门。要知道，这是他们“敬爱”的领导允许的；要知道，战友们是多么羡慕他们呀。

“小崽子们，没规矩的倔驴子。”望着他们远去的身影，张师傅又嘀咕了一句。

第十五章　在 路 上

夏末秋初，新疆的阳光格外刺眼，和多多现在居住的美国北加州气候类似。烈日下，两人没走几个小时便筋疲力尽。但只要一躲到树荫下，清凉、干爽的空气则让人瞬间神清气爽。

多多和肖凡的第一天旅程没什么事，小毛驴似乎走得挺开心，只是偶尔会停下来方便一下。事实上，多多和肖凡的情况也大致如此。这三位行者行动一致，吃喝拉撒睡几乎都是同步的。直到下午，他们才看到一名身穿蓝条纹白袍的农民坐在驴子上，懒懒散散地从他们身边经过。这是他们那一整天唯一看到的人。

那天晚上，温度下降得很快。肖凡和多多把帐篷搭在山脚下的一块巨大的陨石后面。晚餐是馕和一串小咸萝卜。他们盯着柴火犯愁，后悔当初没有认真学习张师傅教给他们的求生技能，那样的话，现在起码还能烧壶热水。多多还有别的顾虑，他实在不忍将小毛驴留在帐篷外，“要是下雨怎么办?”

“牲口不怕淋雨的。”肖凡咬了一大口馕，又从铁壶中嘬了一小口水，然后，一边叹息一边品着后劲儿——多年后，他也是这样品二锅头的，“它们的皮可厚着呢。”

多多还是不放心：“万一有狼怎么办?”

“嗯，这算……是个……”肖凡被刚才的那一大口馕噎住了，“嗯，怎么说呢，我们应该把小毛驴留在帐篷外。万一遇到狼群，它们就可以先吃掉驴，这样就为我们赢得了逃跑的时间。好了，现在该睡觉了。”多多不确定小毛驴是否听懂了他们的对话，但他发誓他从拴驴的方向听到了些许咕噜声。

半夜，一阵异味将肖凡熏醒了。他睁开眼睛，发现小毛驴将头探进了帐篷，两个大眼睛睁开又闭上，正看着他。

“嘘……嘘！出去！到外面去。”肖凡驱赶起小毛驴。小毛驴迷迷糊糊地眨着眼。它站在那儿，头不断地左摇右晃，前腿也渐渐开始弯曲下来，身子也向前靠，最后整个压在了前腿上，将帐篷的一边压垮了。这只倔驴依然坚持将前腿和头伸进帐篷中，屁股和后腿留在外面。多多闭着眼，站起身来走向小毛驴，然后依偎在小毛驴身旁。这情景让肖凡哭笑不得，他正准备喊一声“多——”，却立刻闭上了嘴，决心不要去影响这对难兄难弟。看着靠着驴脖子睡去的多多，肖凡将自己的衣服盖到多多身上。

第二天，他们走进一片极端贫瘠的区域，寸草不生的荒漠一眼望不到头。树木和低矮的灌木丛同水源一起，消失了踪迹。多多和肖凡又热又渴，很快消耗掉了铁壶中的水。小毛驴明显暴躁起来，嘴里不断呻吟，越走越慢，到后来，干脆停在路中央，停在这片不毛之地中。无论肖凡如何驱赶，小毛驴依然一动不动，就跟钉在地上的大头针一样。“天啦，都说‘跟驴一样倔’，说得太对了！”小毛驴又欢快地嘶叫了起来，好像在肯定这份“驴”的天性。肖凡和多多又拉又推，依旧无济于事。

“这头该死的驴罢工了！”肖凡骂了起来，“多多，快想办法，赶紧的！”

“你怎么不快点想办法？你还比我年龄大呢……”

“我知道你小脑瓜里鬼主意多呀！只要你能让这家伙挪动半步，我就对你唯命是从！”

“办法倒是有一个，但我觉得你可能不大乐意……”

他们调整了队形。小毛驴背上空空的，领着多多和肖凡两个扛着食物、帐篷和行李的兵向前走着。小毛驴表现得格外体贴，仿佛因为明白行李的重量，才这般体恤。它走几步，便会歇上一会儿，回下头，嘴巴空嚼着空气，等着它那两个极不情愿的“同行人”，给他们加油打气。不到几里地，肖凡就筋疲力尽，开始打退堂鼓了。

“够了够了，不能再这样下去了！”肖凡爆发了，“我们得想法让这蠢驴扛行李。我的腰快断了！”正当肖凡情绪激动时，小毛驴瞅见了被低矮的灌木包围的一小汪水。

小毛驴像离弦的箭一般奔了过去，边冲边嘶叫着。多多和肖凡跟在它后面上气不接下气地追。能看到一汪水是多么幸运啊！南疆的气候很容易形成这样的小水洼，里面是雪水。山上的雪融化后都会形成一条条水流，一到春天，水流甚至能汇聚成小河；这些小河历经夏天炙热阳光的暴晒，到了秋天，河水几乎被完全蒸发了，只留下地面零星散布着的小水洼。

好一阵休息后，肖凡和多多将自己的水壶灌满水，继续往前走。但小毛驴又犯了懒，站在原地不动。它满肚子都是水和草，开始放屁、撒尿和拉屎。看来那句老话——“懒驴上磨屎尿多”用在这小“懒驴”身上，倒是一点儿也不夸张。他们耗尽了所有耐性想让这头毛驴再动起来，但仍旧无济于事。这时，路边传来了嬉闹声，有人来了！

路上，两辆满载当地人的驴车缓缓地驶了过来。第一辆驴车上，几个男人正在边唱歌边弹着热瓦普和都塔尔。几个穿着节日服装的年轻女孩儿坐在第二辆驴车上。肖凡招呼着他们：“嘿，你们好！老乡！嘿！帮帮我们吧！嘿！姑娘们，帮帮我们吧！”

第二辆驴车停下了。几个女孩儿被这少见的场景逗乐了，能见到两个受尽驴子折磨的战士，也是够稀奇的。

“兄弟，你们难道不知道驴喜欢吃胡萝卜吗？给它胡萝卜吃啊。”一位穿着亮蓝色背心、红裙的姑娘走上前来，嘲笑起他俩来。

“可是我们没有胡萝卜啊。”多多无奈地答道。

“我们有！”姑娘咯咯地笑起来，让另外一个头戴红帽的年轻女孩儿从驴车上的篮子里拿了一大把胡萝卜过来。那个女孩儿跳下驴车，径直走过去喂小毛驴。她低着头，尽量避免与多多和肖凡的眼神交流。

多多用维吾尔语问：“小姐姐呀，最近的村庄有多远啊？”

女孩儿的头低得更厉害了，小声回答道：“没有多远了。步行的话，天黑之前就能到。”

“你们好啊，姐姐妹妹们，你们穿的裙子真好看，你们要去哪里呀？今天有什么活动吗？”肖凡着急地问道。

一个姑娘走到喂驴的女孩儿跟前，回答道："村主任的儿子今天要娶我们的姐姐，我们正要去庆贺呢。你们想来吗？我们可是准备了很多吃的哟，还要跳舞唱歌到天亮呢！"

"太好了，妹妹，你叫什么名字？婚礼在哪里？"

姑娘的脸红了起来："顺着去村里的路走就能找到。如果你想知道我的名字，来婚礼上找我们呀！"

接着，她拽着那个害羞的小女孩，追着正要离开的驴车跑走了。肖凡入迷了，他的眼睛一直向前追着女孩儿。小毛驴也眼巴巴地瞅着，口水直流到驴蹄前的沙尘里，在地上和成了一小摊泥浆。眼瞅着车队离开了，小毛驴脱缰似的冲了出去，冲着驴车，更准确地说，是追着胡萝卜跑了起来。手中握着缰绳的肖凡，两眼放空，还迷离在姑娘们的背影中，一不留神，便被生生地拽了个跟头。

"哎呀！"肖凡重重地跌在一摊新鲜的、正冒着臭气的驴屎上，他甚至能感觉到他身下的大地正在颤抖。肖凡来回诅咒着，只希望那些漂亮的女孩儿们没看到他如此不堪的遭遇。多多在旁笑得满地打滚儿。小毛驴这时也返回来了，它用嘶吼声加入了这片由笑声和咒骂声组成的合唱。它在地上跺着前蹄，冲着食物消失的方向，不断地嘶叫着。

"太滑稽了！"妻子笑了起来，脑中唱起来，"当滴当滴当滴，滴咯儿滴，当滴当滴当滴，滴咯儿滴……"

之后的几天里，这支旋律一直在妻子脑海中转悠，挥之不去。"该死，你难道真的是菲尔德·格罗菲[①]《大峡谷组曲》[②]里那头驴子的化身？"

直到最后，"三人行"终于找到了最合适的分工：多多骑着驴，手

---

① 美国20世纪作曲家。

② 该曲创作于1921~1931年间。组曲生动地描绘了美国亚利桑那州西北部的科罗拉多大峡谷的雄伟景色。该组曲分五个乐章，其中第三乐章《在路上》表现了游客骑着小毛驴的幽默情景。

中握着一根长长的树枝。树枝一头吊着的胡萝卜在小毛驴面前晃荡，时刻激励着它继续前进；肖凡一人扛着所有的东西。奇怪的是，他竟没有一声怨言。幻想着与那群年轻貌美的维吾尔族姑娘跳舞的景象让他铆足了劲儿，“太漂亮了啊”。与此同时，多多的心也被那个头戴白羽毛点缀的红帽子的小姑娘占据得满满的。

前不久，在网络酒会上，肖凡告诉多多，他们很多战友都开上了大奔。“开他们的大奔，我们只愿骑着那头小毛驴！”

说罢，两位老友会心一笑。

第十六章　韩冬梅的焦虑

“肯定是谣言。那些中伤的话绝不是真的，顶多是猜测罢了……”韩冬梅安慰着自己。这些天她心神不宁，度日如年。

“这首歌是写给男高音的。你又不是男的，是不是？”肖凡和他那可气的话语时不时地在韩冬梅脑海中跳出来，可她不容许自己这般频繁地惦记着肖凡。奇怪的是，自肖凡离开，时日越久，这些刺耳的话却越显柔和，她甚至对他的恶劣态度有了宽容的读解，认为他“有个性”。

肖凡和多多离开一周后，一名30多岁的女人来队上找过一个名叫“李白诗”的人。得知文工队里没人叫这名儿后，女人先是有些惊讶，随后又失望地离开了。之后的几天中，战士们注意到又有一名奇怪的男子总在院外游荡，还时不时地站在较低的围墙处向里张望。一时间，关于这个陌生男人和那个谜一样的女人的谣言不胫而走。这个神秘的女人到底是来找谁的？王东升是队里唯一一个认真观察过这个女人的人，她中等身高，长相平庸，装束老气但穿着整洁。加上双臂上戴的套袖，活脱脱一副办公室文职人员的形象——那时候办公室小职员都喜欢戴套袖，尤其是女人，生怕把自己的衣服弄脏。王东升发现她带了几本书，便将这一情报告诉了“小道消息中心”。“小道消息中心”的主要成员将这事儿当成了严肃的话题，缜密地剖析了起来。

情景一：

肖凡经常去疏勒镇，每月至少一次。他总是会在每个月特定的一个晚上从军营消失，大伙儿猜想，这个登徒子一定在外面有女朋友。这个陌生女人的出现似乎佐证了这种怀疑。韩冬梅有些不安。毕竟，按照王东升的说法，这个女人至少比队里的年轻士兵年长10岁。

“会不会是海涛?”田晓燕叽叽喳喳起来,“他比大伙儿都大。”

情景二:

“海涛? 完全有可能!”馋嘴猫朱芸开始分析。她不喜欢海涛那张了无生趣的脸。他总是一副镇定的表情,且从不对女兵献殷勤,着实有些“假正经”。朱芸心想:“这个22岁的年轻人把自己搞得跟个老男人似的。”于是下了结论:海涛有可能会喜欢老女人。

“对,有可能。但海涛同志那么聪明,怎么会……”像往常那样,田晓燕对朱芸随声附和着。她嘴里突然冒出几句为海涛辩解的话来。

正巧,海涛刚好从窗边经过,听到了只言片语,反驳起来:“女同胞们,别瞎猜!”他很不喜欢女兵们将自己与这种八卦联系在一起。“特别是你,朱芸!我跟你说,我压根儿就不认识那个女人!”

“那又怎么样?”朱芸伸出舌头做了个鬼脸。海涛感到一阵厌烦,不想继续争辩下去,直接离开了。

关于男女之间的那点事儿,林菱自认为再也没有人比她更有发言权了,她否认了上述两种可能。

“搞不好会是李教导员?张师傅?我是说,你们知道他们多久才见一次自己的老婆吗?她们可都不住在这儿啊。”她想以此来证明自己的观点。

“不可能!”大伙儿感到很不满,齐声否决道。

“李教导员那模样可太没吸引力了。再说,他可是党员。退一万步讲,一旦个人作风有问题,仕途必定会受影响。李教导员怎么可能为一个女人牺牲掉自己的前途。”

朱芸和其他人否决了这样的可能。她们一致认为,这个人不可能是李教导员;考虑到张师傅和善的为人和较大的年龄,女兵们并不想将他与如此滥俗的八卦联系在一起。女兵们很喜欢张师傅,因为他总是给她们和多多开小灶——他曾经不止一次用他养的家禽和院里种的蔬菜偷偷地给她们加餐。

“我觉得她找的是肖凡。”宋文雯打断了大伙儿毫无章法的胡乱猜想。

“为什么？你为什么这么说？给出你的理由。”林菱逼问起来。

“逻辑。这个女人要找的人必定是肖凡。”宋文雯再次强调，“首先，‘李白诗’一听就是个假名，仔细一想，可以理解成‘李白的诗’，而肖凡和多多近来在背李白的诗；其次，这个女人手上捧着几本书，你们想想，军营里还有谁的书比肖凡的多？最后，肖凡不老是喜欢在别人面前抖他那点小机灵吗？——李白诗，哈哈，他还以为别人都猜不出来呢！”宋文雯最近表现出了不凡的辩才，她成了除肖凡以外，文工队里最有“书卷气”的人物。

“文雯，你真是个神探啊。”田晓燕恭维起来。宋文雯的眉毛跟着动了一下。

宋文雯一直厌恶肖凡，因为他总是喜欢卖弄自己读过的诗歌和小说，对于能叫上名字的那些著名作家更是如数家珍。宋文雯根本看不上他的这点儿才华：“他的那些个破歌词，一点儿都不押韵。”

韩冬梅的安静一反常态，她仔细听着大家的揣测。尽管肖凡是个有名的登徒子，但韩冬梅一直认定，他的那些小打小闹只不过停留在调情阶段。在那个年代，婚前性行为在道德上是不被允许的。韩冬梅的第六感告诉她，这次情况不太一样了。她预感这个女人和肖凡的关系不简单。她心中酸溜溜的：“要是他真喜欢她怎么办？我们还能因为多多而继续做朋友吗？”韩冬梅知道，如果她在肖凡面前将自己不断膨胀的感情一吐而尽，他们之间那种平衡的关系就再也不复存在了。

林菱心中也有些愤愤不平。对于她而言，肖凡这只“癞蛤蟆”还是有点意思的。尽管癞蛤蟆无法得到天鹅，但在林菱心中，癞蛤蟆应该永远保持对天鹅的爱慕、忠诚。现在，这只“癞蛤蟆”跳走了，“天鹅”是否应该把这当回事呢？“算了。要不了多久，他又会回来的。”林菱一笑而过。“韩冬梅，千万，千万不要把自己的心交给一个不属于自己的人。”林菱的眼神里满是告诫。

几天后，那个谜一般的女人和陌生的男人终于消失了，这段小插曲也很快被人遗忘。生活照旧。

韩冬梅和战友们盼望着他们的朋友——曲作者和词作者顺利归来，李教导员的心情也和他们一样。对于他而言，这场赌注实在太大了，他甚至开始怀疑，放两个小兵到大西部的荒野是否是个明智的决定。还有一个人——张师傅也处在同样的煎熬之中。他对韩冬梅说，“如果发现他的驴子受了半点伤，或者缺胳膊少腿儿了，绝对会打断肖凡的左腿！”话音刚落，张师傅似乎察觉到自己将动物的生命摆在了韩冬梅最在意的两个人的前面，仿佛有些不妥，便又补了一句：“对了，还有多多。我也得检查一下他是不是毫发无损。少根汗毛，就打断肖凡的右腿。”说罢，又抱歉地傻笑了笑。

第十七章 婚礼

经历过军营里各种大场面的肖凡和多多依然将眼前的一切视为人生最美好的时刻。一进村子，他们便被邀请去了婚礼。此刻已是傍晚时分，婚礼进入婚宴环节。虽然没能赶上这场传统婚礼的前夜和白天的庆典，但一听他们的来历，伴郎和伴娘立刻同意为肖凡和多多重现婚礼仪式中最重要的音乐和舞蹈。第一首歌《嫁给我吧，我的新娘》，是一首由新郎、伴郎及其家人迎亲路上循环唱的歌曲。

“太棒了！”肖凡在他的笔记本上一一记录了下来，“真想把这一切都记在脑海中……”

“我知道我们的歌应该怎么写了！”坐在长凳上的多多灵光一闪，和着音乐的节拍敲打着手中的笔。肖凡一阵狂喜，在笔记本上记下了几句：

啊，我美丽的维吾尔族姑娘，
你让我难以忘怀……
我记得你的舞蹈是如此轻盈曼妙，
我记得你的身影是如此迷人。

村主任即新郎的父亲逛了过来：“年轻人，吃饭的时间到了。来吧，加入我们吧！”

在一张红毯上，放满了传统婚礼的食物。热情的主人给多多和肖凡一人一大碗白酒。为了和村民们尽快打成一片，肖凡和多多爽快地答应要干掉碗中的烈酒。其中一位伴娘心疼多多还是个半大的孩子，便给他换了个小碗，还示意他抿一口就行，不必喝完。至于肖凡，伴郎们可不会轻易放过他。

“一、二、三，干!”数到三，肖凡和多多将碗中的酒一饮而尽，维吾尔族朋友们围着他们，笑声四起。白酒就像喷气机燃料，火辣辣的感觉瞬间在他们嘴里炸开了，随后像火箭一样直冲上头顶。肖凡和多多瞬间化身为一对醉酒大龙虾。

“好样的，再来！开吃!”村民们竖起了大拇指，示意让伴娘们斟满酒再来一轮。

面对村民们难却的盛情，肖凡和多多来者不拒——食物、白酒，食物、白酒，更多的食物、更多的白酒；音乐，很多很多音乐，有跳舞的音乐、唱歌的音乐，还有各式各样的舞姿；羊肉的味道、馕的味道、酒精的味道，与人身上的汗味混杂在一起。多多感到阵阵眩晕。他已经顾不上肖凡了，事实上，肖凡早就不见踪影了。

多多踉踉跄跄地来到那维吾尔族小乐队身旁。“这么多没见过的乐器!”多多都想学。弹都塔尔的乐手被多多滑稽的样子逗乐了，随手弹了一段，将都塔尔交给了多多。多多学习能力一向很强，当他触摸到乐器的瞬间，脑子便清醒了起来。没过多久，他就能和乐队一起演奏了。其他乐手也挨个儿教给他很多新乐器的弹奏法。多多最喜欢的，要数手鼓了。他开始随意地即兴创作起来，鼓点的节奏在他的手下越变越复杂，像有了生命力一样，时而紧密如击打着地面的雨滴，时而又舒缓如故事中的悬念。当地人都被这个小兵惊人的天赋折服，他们围着多多跳起舞来。多多受到村民的赞赏，情绪不由得高涨起来，手下的鼓点越发生动活泼。在那一刻，鼓、都塔尔、热瓦普和唢呐声、歌声，都淹没在这欢乐的气氛中。

晚餐结束后已接近午夜，这时舞会真正开始了。一直忙着演奏音乐的多多这才得了空，开始找起肖凡来。他找到了肖凡，这家伙已经醉得不省人事，昏睡在一张毛毯边，嘴里不知所云地念叨着。

“嘿，我说伙计，你喝醉了，起来吧!”多多想要将他拉起来，但肖凡的身体已变成一摊沉重的烂泥。

“喝，一碗……就再一碗，我太开心啊……美丽……美丽的维吾尔族姑娘，啊，你是多么令人难忘，多么难忘……”肖凡嘟囔着。

“你说的到底是哪一个呀?”多多暗笑着，找了个枕头将肖凡的头垫了起来。

“好梦啊，朋友。”还没等多多说完，一名维吾尔族男子便把他拉回了乐队，让他再次加入热烈的狂欢中。

在所有围绕着多多旋转的事物中，他突然瞥见了那根白色的羽毛。它像闪烁着的烛光一般上下飘浮，与他的鼓点同步融合得天衣无缝。“这画面真是熟悉啊。”多多眯着眼睛，试图在昏黄的灯光下，在人群中追随那白色羽毛的踪影。“是那个喂小毛驴的害羞的小姑娘!”当看到那顶红帽子时，多多不由自主地笑了起来。那姑娘快速地旋转着身子，跳起了维吾尔族舞蹈中最具标志性的动作——小脑袋完美笔直地随着舞蹈节奏在肩上移动。她的眼睛也随着动作灵动地眨巴着，先前的羞涩早被她脸颊上生动的表情化开了。“太神奇了!”多多的心开始小鹿乱撞，不自觉地走向了她。他的手鼓和节拍不知不觉地跟着姑娘旋转的节奏，他的双脚也移动了起来，眼睛注视着姑娘。

姑娘看见了多多，示意他加入她的舞蹈。在之后的一两个小时里，他们成了彼此的舞伴，直到舞会进入高潮。这对奇特的双人舞令人眼花缭乱，很多人都停下了自己的舞步，围成了一个圈，环绕着多多和这个姑娘，拍着手欢呼叫好。维吾尔族姑娘转啊转，多多也跟着她一个接一个地转圈。不知不觉中，人群的影子越发模糊了，多多的眼中，只留下那双大眼睛和耀眼的白羽毛。他已经听不见音乐了，他的手鼓声似乎延长到了远方，伸展成长长的回音。他们旋转得越来越快，可多多眩晕的世界却慢下来了，转化为一片静默。他只能感觉到心脏在耳鼓中的跳动。那一刹那，他的身体似乎失控了，突然一个前倾，嘴唇落在姑娘的右脸颊上。小姑娘脸红了。她停住了，双手捧着自己的脸。

“我……我……我不是故意的，我不知道为什么会这样。”多多结巴了。

稍后的片刻算得上是多多曾经历过的最漫长的时刻——他屏住呼吸，紧张地看着女孩儿。女孩儿默默地低下了头。多多看到了她的微笑，觉得她甜得像只鲜桃。她的眼睛闪着光，脸颊粉嘟嘟的，嘴唇也很湿润。她的反应表达出她心中回荡着一种感觉。正当多多站在原地不知所措时，她飞快地在多多的左脸颊上种下一个吻，随后便咯咯笑着跑开了，消失在人群中。音乐再次响起，歌声再次响起，人们继续舞着。多多呆站在原地，双腿像钉进地里的木桩，再也动弹不得。姑娘那银铃般清脆的笑声仿佛咒语一般，把多多彻底迷住了。

肖凡出现在多多身旁，轻轻地抱住了他的肩膀："我的小弟弟呀，你今天终于长大了。你终于不是个小孩儿了。"

多多抿了一口喜酒，身子斜靠在一艘豪华游轮的木质扶手上。旧金山湾区的夜真是迷人啊！自然之美和城市闪烁的霓虹在近海处交融，这是多么浪漫的一幅画卷啊。此时空气宜人，不冷也不热。

妻子正和一名脱口秀节目主持人聊得兴起，什么摇滚音乐啊，披头士、平克·弗洛伊德、音速青年、凤凰乐队、动物共同体、收音头[①]等乐队，对古典音乐和社会行为的影响啊，等等。多多不想打扰他们。

昏暗的灯光中，新娘又出现在客人中，她换了一身旗袍。她是多多朋友的女儿，第一次见她时，她才四岁，现在已经结婚了。"时间过得真快啊！"多多心中不禁感叹。他想起奶奶已经去世18年了，那会儿他刚准备来美国。"奶奶，"多多思绪万千，"我该做些什么才能让您当时生活得更好一些？我不应该那么早就离开您。"多多握着酒杯的手微微颤抖起来。

多年的辛苦劳作拖垮了奶奶的身体，她得了癌症。在她生命的最后时刻，在北京的多多跟她通了话。这是多多第一次听奶奶亲口提到她自己："我的多多，我很痛，奶奶现在很痛，一切都快完结了……"这也是奶奶对多多说过的最后几句话。直到现在，这些话总是时不时地涌上多多的心头，侵蚀着他的身心。他会控制不住地流泪。奶奶是名虔诚的佛教徒，她一直信奉这样的说法：人生来就是受苦的，人之将去，苦难

① 20世纪末及21世纪初的欧美摇滚乐队。

也随之消失了。多多在心里祈祷:“愿您现在已到达更好的地方,奶奶。若您从未来到这世上,苦难之水也就没了源头?”奶奶的话在他耳边回荡:“我的多多,我很痛,奶奶现在很痛,一切都快完结了……”多多心一紧:“奶奶说她很痛,我要回去看她。”今年是奶奶一百周年诞辰。“奶奶,我要回去看您。”

第十八章　首　演

朦胧的月亮挂在山顶，
柔和的灯光照耀在你的脸上。
啊，我美丽的维吾尔族姑娘，
你让我难以忘怀……
我记得你的舞蹈是如此轻盈曼妙，
我记得你的身影是如此迷人。

英勇的边防军战士，
像钢铁一样，
不怕风吹雨打，日照雪寒，
为祖国，为人民，为党，
保家卫国，
坚守边疆。

啊，啊……
啊，我美丽的维吾尔族姑娘，
你是世界上最善良的姑娘，
你是我心中的希望。

英勇的边防军战士，
像钢铁一样，
不怕风吹雨打，日照雪寒，
为祖国，为人民，为党，
保家卫国，

坚守边疆，
啊，啊……

由韩冬梅领唱的小合唱唱出多多谱曲、肖凡作词的新歌。五声音阶的旋律在波浪般的弦乐衬托下，肖凡的银笛声揭开整场节目的序幕。黄阿宝率领身着军装的男群舞演员们，跳起阳刚之舞，表达英勇的战士们守护边疆、保家卫国的决心。紧接着，在都塔尔琴声中流出的维吾尔族旋律中迎来了林菱。她身穿红裙，头戴花帽，手中提着个果篮，来到舞台中央，轻柔地踩着多多手中都塔尔传出的悠扬舒缓的韵律，跳起了传统维吾尔族舞。领舞解放军战士黄阿宝正在帮助维吾尔族村民挖井。“维吾尔族姑娘”林菱将果篮递给战士，然后围着他继续舞着，姿态万千。解放军战士感激地回应起姑娘，两人开始了一段双人舞。此时，音乐进入一段三重奏。

多多继续演奏着都塔尔，在肖凡的长笛和海涛的大提琴伴奏下，越发动听，三种音色融汇在一起，像在叙述军民鱼水情，既和谐又独立。突然，一声刺耳的长号声打破了这和谐美妙的音乐场景，王东升那撕破天的长号声体现“敌人的进攻”真是再合适不过了。战士们不得不离开了。小军鼓和定音鼓将音乐的节拍急促地向前推进，多多这时转而演奏起手鼓来，行军的节奏由此变得丰富。音乐紧张铺叙，仿佛是向林菱发出紧急信号。她带着维吾尔族姑娘们跑到村民们面前，告诉他们战事在即，战士们将要奔赴前线保卫家园。这时边指挥的指挥棒停在空中，乐声骤然停止，多多的手鼓声从乐队的尾音中浮现，他的独奏光彩照人。李教导员站在后台的帷幕后，内心随着鼓点澎湃着。他激动，可担忧不禁油然而生——“这孩子会不会成为另一个肖凡呢？那，我必须小心处置，好好管着他。”

肖凡后来借用唐代诗人白居易《琵琶行》里的名句来形容多多当时炫目的手鼓华彩片段：“大‘鼓’嘈嘈如急雨，小‘鼓’切切如私语。嘈嘈切切错杂弹，大珠小珠落玉盘。”他果断地替换了“弦”字，为此还摇头晃脑地讲解给一群女兵听。

急促的鼓点将林菱和她的伙伴带回舞台。她们向战士们赠送食物和美好的祝愿，跳起了送别舞。林菱在原地旋转，越转越快，围成一圈的伙伴们也随着她转动起来。裙舞飞扬，姑娘们的辫子也甩了起来，战士们也受到这几近疯狂的旋转的感染，用一种结合了民族舞特色的芭蕾大跳，加入她们。随着整个管弦乐队不断上行激昂的和弦，女演员狂热的自转和男演员的大跳将整个节目推向高潮。

还没等节目结束，左司令第一个站起来，带着一种主人翁的自豪感，高声喊道："好！太棒了！"左司令话音刚落，其他部门的首长及其副手，各师、团、营，以及在场的所有指挥官一个接一个地站了起来，为文工队鼓掌叫好。小兵们兴奋不已，尽情享受着这掌声雷动和来自军区首长的赞扬，他们头昂得高高的，脸上充满了自豪。这是他们头一次引起如此轰动。看着观众们起立鼓掌，"这些可是上级领导啊"，李教导员脸上笑开了花。

左司令走上舞台，亲切地与每一位成员握手。他停在多多面前，"你这小兵，小家伙，演得不错！要好好坚持啊！"

"是，首长！"

左司令又将头转向李教导员："李教导员啊，看好这个小兵，好好培养啊！"接着，他继续向大家宣布："年轻的战士们，好样儿的！今天我很高兴。为了奖励大家，我决定，给你们每个人一次去北京进修的机会。你们的节目很成功，一定要拿到边防站去巡演。我相信这一定会大大鼓舞我们边防战士的士气！"

"是，首长！多谢首长！"

舞台上一片欢呼雀跃。维吾尔族姑娘帽子上红的、绿的、白的、蓝的羽毛点缀着的军帽，在空中飞舞起来，就像五颜六色的彩带，将舞台烘托出节日气氛。这群年轻人共同庆祝着生命中的又一个里程碑。肖凡和多多尝到了"团结协作"的第一个胜利果实。"艺术拥有着难以企及的变革性和魔力。魅力诱人，百趣纵生，艺术是想象力。艺术是人类的本能。”妻子抿嘴笑了起来，“多多和肖凡该是怎样的手舞足蹈呢?”

“我终于知道天堂是什么样子了!”肖凡半眯着眼睛，下巴抬得高高的，仿佛真的已经触碰到云朵一般。他告诉多多，又像在自言自语，“那里洒满了明亮之光！还能闻到姑娘们洗发水的香气……”

第十九章　塔什库尔干

文工队巡演的车队一共有三辆车：两辆小客车和一辆载着舞台布景、道具、乐器、食物和饮用水的敞篷军用卡车。多多主动申请看守物资，坐到卡车上去了。肖凡也提出申请，坚持打着“光荣的护资小分队”的旗号跟了过去。李教导员惊讶之余，甚是满意——这可是肖凡第一次主动提出为队里服务：“多多这个孩子还有些正面影响。肖凡或许是可塑之才。”

肖凡和多多都自有打算。肖凡的社交战略里，除了追求姑娘，他尽量避免与他眼中的“凡夫俗子”接触。他是一个独行侠。他拒绝平庸。现在，他有了多多，一个智力和情商都毫不逊色于他的小伙伴，肖凡当然不介意让出小客车上舒服的座位，和多多一起待在卡车上。肖凡已经注意到，自从那场婚礼后，多多开始有意疏远他的大姐姐们了。只有肖凡知道他的小秘密。

多多和肖凡站在卡车的车斗上，醉心于眼前这开阔的景色。从辽阔的草原到枯黄的沙漠，从白花花汹涌强悍的河流到蓝绿相间的平湖，从一串串孤独的白色帐篷到丝绸之路上古城的废墟，从浩浩茫茫的山谷到白雪压顶的山峰，这所有的存在成就了一种远离尘世的完美。

塔什库尔干区域，号称中国的“狂野西部”，是一片“极端”的土地。我从未见过这样将贫瘠、空无及伟大、完美结合到如此极致的一片土地。如果大自然是神之杰作，那么人类历史则是千万年时间里发酵、过滤出的零星点缀。那些留下的，抑或是在继续繁衍的一切，组成了交响乐，在静止的地球表面震颤发声。在我的理想王国里，宇宙中的任何事物都有相对的声音存在，我怀疑，是否真有这样一种叫作"沉默"的东西，就像前卫先锋作曲家约翰·凯奇所宣称的那样。

（摘自妻子写的《塔什库尔干的旅行日记》）

怎么会有人忘却那充满异域风情、超然神秘的白沙湖呢？在通往红其拉甫达坂的路上，当人们伴着明晃热辣的日光，连续数小时穿梭在沙漠之路后，瞥见那湖水时，就像长久闷在加热的屋子里的人被塞进了冰箱。猛然出现在你眼前的平湖，光秃秃的，被白沙包围着，带着那么一丝诡秘。那清澈的湖水，蓝得让人不禁要倒吸一口凉气，脊背上会生出一阵冰冷。偶尔流动、交织的白沙丘倒映在这死一般静止的湖面上，像一面无瑕的镜，与好似悬挂在梦幻中凝结的朵朵白云比起来，还透着一些当下的真实。多多在湖边跪了下来，低下头，影子刚好停在静止的湖面上。

"嘿，你干什么呢?"王东升跟着多多来到了湖边，正看着他发愣。

"嘘……我在听湖中的声音。"

"湖的声音？什么声?"王东升挠了挠头，环顾四周，"扯淡！知道吗？这儿根本就没声！你怎么怪里怪气的，我撒尿去了。"说罢，便走开了。

这是一种无垠的静默。零星传来的山羊的咩咩声在干燥清爽的空气中回荡。微风温和的手轻拂着沙坡，流沙悄悄地从这坡上滑过，这让多多产生了一种幻觉："我是不是来过这里？也许是在前世，也许是在梦中。"多多闭上双眼不愿睁开，生怕这幻觉离他而去。他将这画面的每个角落仔仔细细地刻在了脑海中。也许就在这一刻，多多感受到了美和高雅的精华。他深深地知道，他将用他的余生来追寻这种完美。

卡拉库勒湖坐落在慕士塔格山山脚下。慕士塔格峰高约7546米，是帕米尔高原上三大高峰之一，被称作"冰山之父"，慕士塔格峰呈扁圆形，山坡平缓，被冰川覆盖着，看上去像一位头发花白、安静、慈祥的老汉。另外两座分别是公格尔峰和九别峰，它们最高海拔都超过了

7500米。在柯尔克孜族民谣中，有着这样一个传说：

慕士塔格是一名勤劳、友善的牧人，他有两个高大健硕的女儿。她们是父亲的好帮手。但由于没有美丽的外表，她们难以收获爱情。女儿们很沮丧，心都碎了。一天，她们遇见一个来自西域的女巫。女巫告诉她们，在遥远的西方，有一面神奇的镜子，它能立刻改变人的容貌。只要看上一眼，镜中人便能化身为绝世美人。父亲劝说女儿们不要轻信这样的谣言，但姐妹俩太渴望得到爱情了，并没有理睬父亲的劝说。

一天晚上，当老汉沉沉睡去后，女儿们悄悄地溜出了帐篷，离开了帕米尔高原，为了那面镜子，奔向西域。第二天，老汉发现女儿都消失了。他一边放牧、打猎，一边找寻他的女儿，期盼着她们安全归来。日复一日，老汉总是站在那里，对着西方祈祷并呼唤着女儿们的名字。三年过去了，女儿们依然没有回来。老汉还是等着。极寒的冬天里，他在呼啸的暴雪和刺骨的寒风中哭喊着。终于，到了第四个冬天，两个女儿结束了西域艰苦的旅程，空手而归。父亲的身体早已冻成了冰柱。老汉昼夜不歇流淌的眼泪，汇聚成了卡拉库勒湖；他呼唤女儿那焦虑的声音，转化成帕米尔高原上呼啸的北风。

在父亲面前，女儿们哭倒在地，悲伤而又后悔。此刻的父亲已经化身为矗立的慕士塔格峰。她们站在父亲面前，再也不肯离去了。不知道过了多少个昼夜，帕米尔高原上无情的暴风雪，也将她们的身体冻成两座雪峰，成了今天人们口中的公格尔峰和九别峰。

如果说白沙湖唤起的是来自仙境的梦，相比之下，卡拉库勒湖似乎“更食人间烟火”。道路两旁，排列着瘦长的白桦树，仿佛在把前方的水源指示给人们。天空模仿起了湖水的碧蓝，山间清风徐来，慕士塔格峰俯瞰着湖面，长满青草的小山丘依偎在湖边。卡拉库勒湖就像屋里妩媚优雅的女主人，向东方的来访者伸出了热情的双手。

文工队车队在这里歇了很长时间，一是为了给大客车和卡车加油，二是让战士们呼吸呼吸新鲜空气，填填肚子。他们找到一大块空地，停下车，搭起了临时帐篷。经过七小时风吹日晒的洗礼，坐在“敞篷车”

车斗里的多多和肖凡的形象格外显眼。

“哎哟喂，哪来的黑煤球啊？我的妈呀。多多，下回坏人留给你演啊，连妆都省了！”朱芸咯咯直笑。

“瞧瞧，让你别自告奋勇去看守什么物资吧！”韩冬梅这个大姐姐总是喜欢操心，“来，抹点护肤乳液。”

“拿走，韩冬梅，他又不是个姑娘！再说，你怎么也不给我抹点？”肖凡插嘴道。

“你？我可不想浪费……”

“什么？你说我浪费你的油？”韩冬梅的话伤了肖凡的自尊，他立刻露出咄咄逼人的气势来。

“行行行，给你，给你。”韩冬梅在他手心挤了一滴。

“再来点。”肖凡坚持着，韩冬梅又挤了一滴。

“还要，还要！”

“哎呀我的天啊，算了吧，反正你本身已经是个黑煤球了！”韩冬梅走开，走到女兵堆里混去了。

当看到多多和肖凡灰头土脸地从舞台布景后爬出来时，男兵们得意地哄笑起来。不过，他们很快发现，多多和肖凡“笑到了最后”，因为“看守物资”的工作实际上是个“肥差”——多多和肖凡对于所有食物都是“近水楼台先得月”。终于有人明白过来了，提出要与他们交换座位，却遭到“物资小分队”颇有骑士风度的拒绝。营地上，多多和肖凡帮忙分发食物和饮用水，而其他人则各司其职，有秩序地搭起帐篷来。卡拉库勒湖畔立刻喧嚣生动起来——仿佛军营文工队大院那般热闹。韩冬梅扯着嘹亮的嗓门唱着喊着，士兵们的嬉戏声再高也没人能盖得过她。多多用手劈开一个西瓜，递给韩冬梅和朱芸。

“不错！”海涛骄傲地炫耀着自己的“教导成果”。

“是，是，都是小事儿一桩。现在最重要的是，我们得修改舞蹈，而不是歌词……”肖凡越说越快，就韩冬梅她们将要表演的节目，和宋文雯争论了起来。多多不想加入他们的谈话，沿着湖边散起步来，朝着与临时营地相反的方向，越走越远。韩冬梅的声音从他身后传来："别走太远啦，小黑煤球！三十分钟就给我回来啊！"朱芸和田晓燕在一旁哈哈大笑。

多多有点生气，挥了挥手，离开了这片开阔地。远处小丘陵上有人在绿草地上放羊，他走了过去。跟着羊群，多多来到蜿蜒的湖岸。在水边，他看到一个年近五旬的妇人、一位少女和一个蹒跚学步的小孩儿。妇人和少女正在洗衣服。她们高颧骨，脸颊泛红，这是长期生活在高原的人们的特征。妇人头戴鲜艳的围巾，身穿红长裙，一副当地柯尔克孜族人的打扮。小孩儿在大人身边玩泥巴。多多走上前，想用他蹩脚的维吾尔语攀谈几句。令人惊讶的是，少女张嘴便是一口流利的普通话。多多邀请他们去文工队那边分享食物和水果。少女看了一眼妇人，然后低下头继续洗衣服。

"好吧，我会回来的。"多多回到营地，不一会儿，他便带回了一个大西瓜和几颗糖果。他用拳头敲开了西瓜，小孩儿伸出可爱的小手，胡乱抓了一把红色的西瓜瓤，直往嘴里塞。少女从篮子里拿出一块馕递给多多。就这样，四个人在湖畔享受了一番午后时光。蓝天白云，"这田园牧歌的时光能长一点儿该有多好啊"。多多想着想着，感觉到白云似乎就在他头顶飘浮着，他想抓住一片，送给这个少女。少女取下自己用小石头做的手镯，又指了指多多军帽上的红五星，示意多多和他交换。多多犹豫起来。正当他手足无措时，韩冬梅高亮的嗓音传了过来，替他解了围。"小姑娘，红五星是不能随便摘下来的。如果他给了你，他会受到处罚的。来，给你我的手帕。这是从上海来的，是全国最好的手帕！"

多多没有意识到肖凡和其他几个人已经站在他身后许久了。他脸红了。朋友们笑了。韩冬梅用手帕结束了这场交换，多多也被催着赶紧回了车队。

多多几次转回头去，他知道，少女正在目送他们离去。

车队继续上路，向塔什库尔县的塔什库尔镇出发，准备在那里留宿。"瓜足馕饱"后的肖凡和多多躺在卡车架上。

“哟，该打个小盹儿了。”肖凡打了个哈欠，伸了伸腿，轻轻拍了拍小肚腩。

“哦……嗯。”多多半眯着眼，思绪渐渐地游走开来。“红脸颊，她们有同样的红脸颊！”刚遇见的少女勾起多多心中的小秘密。那个戴着点缀着白色羽毛的小红帽的女孩儿，仿佛又出现在他的眼前。“我真的是在白日做梦啊。”多多下意识地摸了摸左脸颊，一股暖流穿过身体，流向他的指尖。“多么美妙，多么甜蜜……似乎还有些别的感觉。有点像……吃糖块！”多多想起四岁时第一次尝到糖果的滋味，似乎只有糖果才能与这般美好相提并论。他笑了，但又有些苦涩，因为他意识到了，也许再也见不到那个女孩儿了。

在那个年代，人们在公共场合表达爱意的行为都是不被允许的。

“要是能再见你一面，该多好啊！”多多睁开双眼，凝望着万里无云的天空，“至少，可以让我知道你的名字啊！”

“啪！”

“咦哟！”肖凡被惊醒，表情夸张得厉害。在他上空，几只孤独的老鹰呼啸而过。多多笑了，可是老鹰回应了他的臆想，将答案甩向了肖凡的额头，告诉多多要乖乖地面对现实。

“死鸟！”肖凡骂道。多多递给他一张报纸，让他擦去白色的鸟屎。

“来嘛，赶紧起来。是时候亮亮兵器了！”多多怂恿肖凡。

除了食物和饮水的便利外，坐敞篷卡车的另一个好处就是能不受限制地随意小便。多多不知从哪儿听到这么个说法——当兵的，就要站在正在开的车尾，对着经过的土路尿上几泡。多多觉得这很有趣，邀肖凡跟他一起试试，顺便比试比试谁尿得更远。土路一直延伸到地平线，除了他们的车外已经有几个小时没有看到任何车辆了。肖凡当然拒绝不了多多的嬉皮笑脸，答应加入这场“挑战极限的比赛”。说来也挺有趣的，半年前，肖凡还在笑话多多有“洁癖”，他告诉多多，“真男人”就应该脏一点儿，糙一些。多多觉得面子上过不去，铁了心想跟肖凡比试比试，看看到底谁更脏。结果，这两个家伙坚持半年没洗澡，也算是打了个平手。

“来吧，今天就来分个胜负。多多，挑个西瓜!”

两人很快干掉了整个大西瓜，眼巴巴地等待着尿意的到来。多多的先来了。他吹着约翰·施特劳斯的《蓝色多瑙河》的旋律，一边随着节拍扭动，一边对着空气撒尿画圈。车后的道路上，留下一道歪歪扭扭的印记。

“哈，小混蛋，你这路数，够你美的。来来，看看我的。”肖凡拉开拉链。

肖凡正准备开始他的地图创作，多多却蹿到他身后，高喊一声。

“小心!”巧合的是，卡车车轮刚好压在一堆大石头上，车跳了起来。

经过这一下子，肖凡差点摔倒在车板上。受到惊吓的肖凡无论怎么用力都尿不出来了。当然，这与多多在他身后持续的嬉闹也有点儿关系。

“你个小混蛋，要是你不给我捣乱，让我紧张，我绝对能赢你的。”

“好吧，算我的错，再来一次公平的。我保证不吓你了……”多多承认，这样的恶作剧确实有些幼稚，决心收手。

一个小时后，肖凡又做了几次尝试，依然没有尿出来，他将这一切归罪于行进中的卡车。后来，卡车司机在他的要求下把车停在路边，肖凡还是没尿出来。这下问题大了，大到他只能厚着脸皮去找军医——那个从不坚守职业道德，从不为患者保密的军医。第二天晚上，关于肖凡不能小便的笑话就传播开来。在那个封闭的小圈子里，没有秘密可言。人人渴望这样的娱乐。都说女兵们喜欢八卦，其实男兵们也一样。

到达塔什库尔干县城时，已是傍晚时分。县城边上有座古镇，叫“石头城”，其历史可追溯到秦代。这座坐落在丝绸之路上的石头城，经历了两千年的修建、摧毁和重建。

“塔什库尔干”意为“石头城”。这座古镇是西汉时期蒲犁国[①]的首都，后来衰落。到了唐代，随着国际贸易在丝绸之路上繁荣发展，这

① 西域36国之一。

座城市又得以重建。“石头城”位于古丝绸之路和帕米尔高原的交界处，地理位置优越，数百年来一直是中国商品出口到印度、波斯和欧洲的最后一站。元代初期，经过大规模的扩建，直到清朝结束对外通商后，这里才逐渐衰败。在现在的县城外，大多数当地居民都是塔吉克人，他们依然围绕着古老的废墟居住着。清晰可见的零星毡房点缀在草原上，远处高山绵延、河湖宛转。

金色夕阳折射在上千年的古老城墙上，如同施加在那些游荡在废墟中的士兵们的咒语，奇幻无穷。在朦胧的烟雾中，一对穿着部落服装的塔吉克女孩，一个着红，一个着粉，背着大篮子，在石柱间来回穿梭，时隐时现。姑娘们背的装满干柴的篮子，看起来比她们的个子还高。肖凡提议去帮帮她们。

“算了吧，你准会把别人吓跑！”韩冬梅惯用这种尖酸刻薄的语言去吸引肖凡的注意。肖凡也从不示弱，上纲上线地说她们一点儿都不体恤自己的“阶级姐妹”，特别是对“少数民族姐妹”缺乏同情心。

“同情心？我很怀疑你的动机。哈！看她们走了！你的话就把她们吓跑了！”冬梅的笑声从废墟的残垣断壁上反弹回来，“啊，看！人家都没搭理你！啧啧……”。

“别跟着我！”生气的肖凡决定再不与韩冬梅多说半句，示意多多跟他一起再去废墟处转转。因为车队明天一大早就要出发，将驶向这趟旅程的终点站——边境线上海拔6000米的红其拉甫边防站。

根据当地人的说法，要避开大有可能的坏天气，顺利通过红其拉甫达坂①，文工队必须在黎明之前出发。红其拉甫达坂以地势险要、狭窄陡峭而著名，经常发生车祸，转弯处尤为危险。因此，坐在卡车车斗的多多和肖凡危险系数比坐在小客车里的士兵更大。在战士们晚间歇息前，李教导员来找肖凡谈话。

“肖凡，明天的路况很差。看好我们的场景、道具和乐器。记住，这些是我们的重要物资，是首长特批给我们的。你必须不惜一切代价守

---

① 达坂，在维吾尔语中，意为高高的山口或盘山公路。

护好公家的财产。”

见韩冬梅和馋嘴猫朱芸拿了些多余的毯子和毛巾过来，李教导员表示赞同：“遇到暴风雨时，用毯子盖上道具是个不错的主意。”韩冬梅和朱芸用手势和眼神暗示多多和肖凡，要是天气太冷，记得给自己盖上。多多心领神会，微笑着表示感谢。肖凡知道，这肯定是韩冬梅的主意。“怎么说呢？虽说她的确不招人喜欢，但她的心肠毕竟还是好的。”肖凡假装忽略了这份好意，他的自尊心承受不来韩冬梅方才的那番嘲笑。确认他们兄弟俩能照顾好自己后，两位女士才安心地离开。

第二十章　红其拉甫达坂

五、六、七月，帕米尔高原山地的天气就像孩子的脸，上一分钟还是阳光明媚，下一分钟便有可能下起冰雹来。红其拉甫达坂上年年暴风雪不断，公格尔峰顶上冰川累累，积雪也从未融化过。

阵阵寒风将晨雾注入他们的肺中，多多和肖凡感到呼吸变得有些困难。他们终于尝到了搭卡车“自由的代价”。

“毛……毯……”肖凡冻得缩成一团，抓住韩冬梅给的毛毯将自己和多多裹成了粽子。

“毛巾，给。”多多一边把毛巾捆在脸上，把嘴盖上，一边将另一条毛巾递到肖凡跟前。

“别说!”

“我可什么都还没说啊。你就是让我说，我也说不出来啊。”多多打趣道，毛巾下的声音闷闷的。

“我知道，是我不好，罪名成立行了吧！ 我当然知道韩冬梅其实是很细心、热心肠的人。主要是我看不惯她那股对李教导员谄媚的劲儿。”肖凡将毯子向上拽拽，裹在脑袋上做成披肩样，假扮成《小兵张嘎》里的邪恶日本兵，冲着多多龇牙咧嘴，“呵呵，你的样子倒还挺可爱的”。看到多多的样子，肖凡告诉多多，有朝一日他会写一本小说，名字就叫《小兵多多》。

在他们眼前，帕米尔高原上的景象渐渐翻开了新的篇章：高耸的石山拔地而起，有些成簇，有些孤芳自赏，它们悄悄地靠拢、收缩，将那一马平川的草原包围。草丛和灌木顺从地让开了河道，露出千年前曾被河水冲刷过的岩石。公格尔峰孤傲地伫立在远方，皱着眉监视着一切，忠诚地守护在那里。

文工队装备不佳，车队马力有限，不得已，只能蜗牛爬行般慢慢行进，晃晃悠悠地挣扎在越发陡峭狭窄的车道上。当他们渐渐挺进令人闻风丧胆的红其拉甫达坂时，冷空气愈发强烈了，多多和肖凡冻得蜷着身子挤在一处。情况越来越糟，水雾浓得凝结成一粒粒小冰晶，钻入他们身上的每一个汗毛孔。空气中散发出暴风雨到来之前的那种泥土腥气。顷刻间，一股强风吹过，倾盆大雨紧随而至，道路瞬间一片泥泞。乒乓球大小的冰雹洪水般从天而降，无情地在鼓面、琴弦上跳跃，发出嗡嗡声、弹跳声和敲打声。那音响在呼啸的风中，大有“银瓶乍破水浆迸，铁骑突出刀枪鸣”的阵势，不禁让人联想起奥地利籍匈牙利先锋音乐作曲家捷尔吉·利盖蒂（György Ligeti）早期那部电子磁带音乐作品——《衔接》(*Articulation*)。

多多和肖凡手忙脚乱地抓起盖场景道具的塑料布遮挡着身体。他们的体温急速下降，多多的脸开始发紫，已经冻得不行了。“必须把车停下，我们得上驾驶室去！”肖凡起身冲出临时屏障，用手拼命敲驾驶室顶。卡车打滑了，停不下来。正在此时，天空中突然出现了束束阳光，像穿透了水泥的高能激光光束，将乌云拨开。寒冷被蒸发了。几乎是一瞬间，气温急速升高。不到半小时，天空中又高高地悬挂起透亮的蓝幕，纤云不染。多多和肖凡脱去淋湿的衣裳，光着身子晒太阳，融化在温暖中。

卡车终于停了下来，司机从驾驶室下来，喘着粗气。在这几个小时中，他常常屏住呼吸，每次急转弯和爬陡坡都让他神经紧张。现在又刚应付完这场暴雨和冰雹，他几乎神经衰弱。他的右腿一直在不停地颤抖，他已经筋疲力尽了。多多马上递给他一颗梨。趁卡车司机恢复状态的间隙，多多和肖凡打扫了卡车后车厢，清理物资，查看乐器。

接下来的道路更加颠簸了，多多和肖凡不得不开始面临另一件预料之外的任务——保护西瓜。消耗掉的食物给卡车腾出了不少空间，剩下的西瓜在卡车车厢里滚来滚去，稍不注意，就会碰裂。抓西瓜算是锻炼身体的好运动吧？但这不太适合胃不太好的人。这样折腾几个来回，多多很快就反胃了，瓜倒没事儿，多多却吐了。肖凡终于释怀了，笑着说他俩这次算是打了个平手。

车队终于开上红其拉甫达坂高点，货车司机将车停在路边修车胎。多多和肖凡逮到个机会，好好欣赏了一番这狭长山谷的全景：谷底一片荒凉，干涸的河渠纵横交织。河道旁灰色岩层透露着岁月侵蚀的痕迹。这里曾经有湍急的河水。棕红色泥土覆盖着沿河床边拔地而起的悬崖，就像墙壁一般，可以想象这应是人类聚集区的天然保护屏障。可是，这里并没有任何人类生存的迹象，有的只是一条狭窄的土路，蜿蜒不断，一直伸向远方。 回头看去，那路又像一条细线隐隐约约地伸向那逝去的世界。一路走来，感觉人类渺小如蚂蚁，挣扎着沿着永恒的生命之树奋力地向上爬着，紧紧抓着的枝丫伸向那样模糊、那样难以预料的未来。在肖凡和多多眼中，这般宏伟的画面足以证明自然界的神奇。这回，肖凡的伶牙俐齿已毫无用武之地了。

前不见古人，后不见来者。
念天地之悠悠，独怆然而涕下。

“至少你们还有彼此吧。”妻子一面打字一面对小说中的人物自言自语。

翻过红其拉甫达坂后，海拔渐渐降到5000米左右。各式各样的植物又出现在了眼前，细细的河流在宁静的土地上无声无息地流淌。路边散布着零星的村落，偶尔还有一小群奇怪的没有门窗的土房子出现在他们的视野里。多多后来猜想：“也许这些‘土房子’就是当地人的坟墓吧，就像《中国大百科全书》上描述的那样。”多多坐在卡车上，一直在搜寻着那些曾在书本上读过的奇异动物，好向肖凡展示一下自己的学习成果。但高原上那些野山羊、盘羊、岩羊、雪豹和雪鸡等动物，却像鲜于露面的皇亲贵戚般，它们只会在特定的时间，以一种无比高傲的姿态出现在世人的面前。

“看！那边好像有什么动静！”他终于发现了一些除了在他头顶盘旋

的老鹰之外的动物。

肖凡看了看说："那些是土拨鼠。"几只圆乎乎、毛茸茸的可爱小动物站在岩石上张望着经过的车队，还有只不怕人的小土拨鼠藏在它们中间。肖凡扔了块牛肉干，那个小家伙们居然跟了上来。

"过来呀，小弟弟！我们把你带回去当宠物养着，怎么样？"

"你怎么知道它是'小弟弟'而不是'小妹妹'呢？"肖凡取笑起多多来。肖凡继续拿牛肉干逗那只小土拨鼠，很快，牛肉干便用完了。车队继续向目的地行进，不到一个小时，雄伟的公格尔峰便出现在他们的眼前。

这座被冠以帕米尔高原上昆仑山脉最高峰之名的公格尔峰，海拔7719米，高耸入云，宏伟得让人不禁肃然起敬。肖凡指了指山顶上的冰雪，问多多，是否愿意用一生来追求卓越。

"为什么？"多多问道。

"在文工队里，咱俩已经是最优秀的了。但这只是在南疆这个小地方。外面的世界还很大。我们要出去闯一闯，但无论在哪里，我们都要当最优秀的那一个！"

听着肖凡雄心勃勃的言语，多多有些出神。他一时间顿悟，慕士塔格峰为什么会被人们奉为"雪山之父"。"慕士塔格峰并不是最高峰，也没有高耸入云的伟岸身姿。它甚至和其他无名的山峰没什么两样。然而，它倚傍着美丽的卡拉库勒湖，被雪水供养着，这是一幅多么完整的画面啊，就像阴和阳的组合。"多多笑了笑，并没有继续刚才的话题，在他心中，"周游世界"的种子早已种下了。"如果你可以成为最优秀的，那么，我也可以吧。"

文工队抵达红其拉甫兵站时，天已经漆黑了，站长赵长弓连长召集所有士兵列队欢迎。士兵们年龄大都在20岁上下，大伙儿都拿出了最好的制服，穿戴整洁。他们为这一天足足等了好几个月。一想到能看到文工队的演出，小伙子们就激动万分。他们已经两年没见过这么多兵站以外的人了。这次文工队将在这里停留一周，这正是赵连长所期望的。他希望他的战士能度过最美好的时光——"过一个真正的节！"

第二十一章　赵长弓连长

为了接待文工队，赵长弓连长几个月前就开始准备了。能请到军区文工队来慰问演出是一份殊荣。早在赵连长三年前受命于边塞时，他就向上级递交了申请。这愿望终于还有三天就能实现了。

赵连长是一个体贴的男人。他深知在这高海拔地带与世隔绝的生活对任何人来说都是一种煎熬。且不说生活条件本来就严峻，用“残酷”二字来形容都不过分——他们这样一座只有男兵的边防站根本无法为女兵提供良好的住宿。于是他做了充分的准备：他带领战士们建了一座带两个房间的临时屋，还在边防站范围内距离男宿舍一里远的地方搭了间临时女厕所。赵连长细致入微，从被褥、床单、毯子到枕头、枕巾样样亲自检查，确保整洁，卧室和厕所都消毒上百次了还放心不下。“这是我们对女兵们该有的尊重啊。”他不厌其烦地叮嘱战士们。

文工队的男兵们被安排在单间宿舍就寝，这里通常是为有军衔的军官们准备的，比如连长、连副和教导员。值得一提的是，李教导员是个特例：文工队本应也有类似连长的配置——队长，但由于前任队长提前退休了，李教导员就成了文工队里唯一的领导。直到现在，上级也没委派新的队长，好像把这事给忘了似的。李教导员当然不会介意这种“遗忘”，着着实实地享受着在这群小兵面前充当一号领导的感觉！

面对赵连长和他的部下夹道欢迎的阵势，女兵们深感赵连长的良苦用心。但令她们更为惊讶的是，赵连长原来是个女孩梦中的“男子汉大丈夫”。他的体格比一般汉族男人高大，身形健壮；多年的高原军旅生活让他的皮肤黝黑而粗糙，脸庞格外有棱角；他的英俊经历了风雨的磨炼，在日光和冰雪中变得坚固凝重了。相比之下，舞队中最俊俏的小生黄阿宝倒是显得有些娘娘腔。女兵们对赵连长格外关注，就连林菱也不例外。

赵连长准备了丰盛的野味，为大伙打了三天“牙祭”。这些野味，是他领着战士们到大山里打猎一周的成果。此番热情款待让文工队全体人员兴奋不已。第一天晚上的宴会上，有鸟、山羊、兔子、草原犬鼠以及各种不知名的野味，各式各样的食物算是让大伙儿开了眼。诚然，有些人对于那些野味的膻气无福消受，但肉中足量的蛋白质和脂肪至少让一个个馋虫们手忙脚乱，一勺油脂就能把他们送上天堂——朱芸喝了一口炖山羊肉的油汤，嘴里还不停地叽叽喳喳：

“张师傅可从没给我们炖过这么多肉啊！”

“烫着呢，小心。”坐在朱芸身旁的小排长说。

“你吃相怎么跟个男孩儿似的。”黄阿宝一脸嫌弃。

“呃，对啊。我们都比她斯文得多！”王东升擦了擦嘴角的油，准备上手去抓羊骨头。

“哼，你呢，你黄阿宝吃得跟个姑娘似的，还好意思说别人！”馋嘴猫朱芸边说边出其不意地用筷子从王东升鼻尖底下抢走了那根骨头。

其他人吵嚷着，笑着，因为李教导员和赵连长做完简单的报告就早早地离开了宴席，只剩下这群“脱离父母管教的孩子们”肆意撒欢。

受到大伙儿怂恿的朱芸撞了撞身旁的小排长，开始了连环炮式的发问：“哎，你们那个赵连长，他叫什么？哪儿人？多大了？结婚没有？”

“朱芸！严肃点！别在同志面前丢人现眼。”坐在对面的海涛有些看不下去了。

朱芸斜了海涛一眼，没再问下去。但她贼心不死，转身怂恿右边的韩冬梅：“你问。”

“不，我认为在背后打探首长的隐私是不合适的，人家排长也不会告诉咱们的！”韩冬梅正忙着啃野鸡腿。

“额，好吧，赵连长他人很好的。”排长小声地回答道。

“好了，朱芸听到了吗？学学人家韩冬梅，别再使小孩子性子了，成何体统。”这回换韩冬梅瞪海涛了。李教导员和赵连长早就进来了，无意间听到了部分谈话。“朱芸，注意形象啊！”李教导员急斥道。

朱芸噘了噘嘴，愤愤地瞪着海涛。

“小同志们，我今年33岁，已婚。妻子是个纺织工人。我们有个6岁大的女儿。”赵连长沉着轻松的应答缓解了方才领导进场的紧张气氛。在女兵眼里，赵连长的表现真是不负众望，如同所有人预期的那样，他声音柔和低沉，再加上他那俊美的脸庞，就连他不经意的谦逊都像耳畔的音乐般美好。看到朱芸向其他男人表现出如此的兴趣，海涛心里酸溜溜的。他做了做调整，试图说服自己：他心里的滋味只源于他对军队纪律的遵从。

“你妻子很漂亮吗?”林菱轻声问道。赵连长早就料到自己的形象会吸引这些年轻女兵的注意。

“是的。她很漂亮。她是我们家附近最美的女孩。”赵连长语气镇定，温和地看了一眼林菱。

林菱心里不禁小鹿乱撞起来。她回望着赵连长。但赵连长很快转移注意力，引开了话题，继续招呼大家多吃多喝。。

“李教导员，过来坐。这些野味是我和战士们上周打回来的。山羊是我们自己养的。我们还专门留了瓶茅台，正好咱们今天把它喝了。来，吃好喝好！你不知道，能见到你们，我们内心是多么激动啊。来，感谢李教导员和文工队的战士们即将为我们进行的精彩表演。若有任何招待不周，请尽管提出来。”

“应该感谢首长的周到和关怀。不要感谢我们。”李教导员回应道。

多多一见到赵连长就开始崇拜他，将他视为人生标杆。在多多心里，英雄大概就应该是这样的长相和气质，刚毅又有魅力。赵连长站起来，为女兵们夹菜。

“明天的演出计划是什么?”

“明天早上，我们观察站的两队警卫也会过来。我们准备在接下来的几天内每天举办三场演出，来接待从附近兵站赶来的战士。辛苦你们了，请提前接受我的感谢。”

到此时，赵连长热情和得体的应答完全征服了文工队的所有人，女兵们对他崇拜得五体投地，那个幸运的纺织女工是谁呀?

第二天早晨，一阵头痛惊醒了宋文雯。这里海拔6000米以上，很多战士都出现了高原反应，比如头晕、气短或晕眩。路途中，早已出现过晕厥的宋文雯又一次恶心起来。她打开林菱边上的窗户想要透透气，似乎这干净的山风能帮助她呼吸一样。那天风很大，清晨的冷空气吹来一屋子的抱怨：

“关上窗户！”

“这么冷！”

宋文雯听不见这些埋怨。她的双眼聚焦在门廊上那棵奇特的、干燥的、真菌形状的花上。林菱起身看了看宋文雯在看什么。

“那是什么？蘑菇花吗？看看它那胀得厚厚的皮。谁放在那的？是朵假花吗？”大伙儿一个个凑到窗边，看着这奇怪的植物，七嘴八舌地讨论起来。

韩冬梅建议：“咱们直接去问赵连长吧。他肯定知道。”姑娘们很快达成一致。

“谁去问啊？”田晓燕问道。

“宋文雯呗，她先发现的。”朱芸提议。

“但它在林菱的窗户底下，林菱去问吧。”不知谁提了出来。

宋文雯一言不发。她知道，她不是林菱的对手。

彩排间隙，林菱和其他几个女兵找到了赵连长，他正忙着安排手下进行临时舞台的最后检查工作。林菱一行人拦住赵连长，拿出了那朵真菌形状的花给他看。

“呀，文工队的女同志可是出了名的美丽漂亮呀。怎么，才不到两天就收到爱慕者的花啦？”赵连长开起了玩笑，“这是雪莲。当地人相信这是美丽和青春的象征。它也是名贵罕见的药材呢，来自冰山，而且很难找到。价值连城哦！像你们手里这样根须完整的雪莲花，十分珍贵。不管是谁给你们的，他一定很喜欢你们。谁发现的？”赵队长笑了笑。

“在我们窗户底下发现的。”朱芸回答。

“在我的窗户底下发现的!”林菱一脸得意地纠正。

赵连长从上到下打量了林菱一番，眼神犀利而古怪，这让林菱有些不自在。他的语气突然变了，喃喃自语起来:“我担心部队里肯定会有人为你冲昏了头。”说罢，他便径直离开了，留下满心疑惑的女兵们。

“赵连长怎么了?”大伙儿猜测起来。

林菱突然有些生气，从来没有一个男人敢这样对待她——更糟的是，这次还当着这么多女兵的面。

“我才不在乎呢!”她狠狠地跺了跺脚，把雪莲花扔在地板上。

“别!”有人叫了出来，可是终究晚了半步，珍贵的雪莲花被摔得粉碎。

正如预期，战士们很喜爱这场新节目。文工队的每场演出都收获了极高的评价，特别是林菱跳的独舞和多多的手鼓。林菱和多多的每次表演都会获得如雷的掌声。林菱感觉，这些热情都是给她的——舞台上的她光芒闪耀，她微笑着看着。格外妩媚。忽然，林菱感到在那几百双眼睛中，有一双眼睛正热切地望着她。她下意识地扯了扯舞裙上那不存在的褶皱，心中浮现出某种情愫。她不禁怀疑起来，这感觉，就像听了赵连长方才直率的评价一样，懵懵懂懂，忽起忽落。

赵连长最近似乎在有意回避女兵。他只和海涛、多多他们待在一起，教他们一些军队的搏击术。对于赵连长的冷漠和疏远，林菱心里很不是滋味。她甚至暗中期盼着赵连长主动向她道歉。旁人都不明白，在这短短的时间内，究竟发生了什么。毕竟，文工队到达这里才四天，赵连长对女兵一直很谦和。但是所有人都感觉到了赵连长和林菱之间无形的紧张关系。李教导员处于高度警戒状态，他开始盘算，到底该和谁先谈谈，是赵连长，还是林菱?

第二十二章　骚　动

新建的女厕所坐落在边防站营地东角，隐藏在小山丘上的灌木丛中。漆黑的夜里，旷野的静谧让这群从小在城市里长大的女兵感到一种说不出的不安，“黑漆漆的，找不着北了”。韩冬梅召集伙伴们讨论对应措施，然后她们做了个决定：为了安全起见，所有女兵都要结伴上厕所。

厕所很简易，茅坑上垫着厚实的木板。这是当时典型的蹲式茅厕。赵连长很细心，他还在四根支撑围墙的立柱上搭了个茅屋顶，虽然不能抵挡强风，避雨倒还凑合，因为每年这个时候雨比风多。

王东升生来就是个“搅屎棍”，对“麻烦、纠葛、混乱”等诸如此类的情况很有感觉。他的预测十有八九都沾点边儿，所以哪里将发生骚乱，他都要去瞧瞧，且顺便“推波助澜”一番。他就像护羊犬，围着羊群跑来跑去，时刻盯着那些潜伏着想来偷羊的狐狸和狼。他最珍贵的羊羔莫过于林菱，那是他梦寐以求的女孩儿。因此，他会毫不犹豫地向任何觊觎他宝贝的人拔刀相见。以前是肖凡，现在他怀疑赵连长。他看见过赵连长凝视林菱的眼神，那个只要是男人就看得懂的眼神。他对林菱沉迷于赵连长的英俊成熟而痛心。“我得不到的，你们也休想得到！”王东升心里一阵阵针扎似的痛楚很快就消失在他熟练的谩骂声中，“对，没你们的份儿！”

茅厕里，林菱和宋文雯蹲了下来，解下裤子准备方便。林菱突然说道：“宋文雯，你说说看，赵连长那天为什么这样对我？他吃醋了？他这也太过分了吧。太无礼了！”

“真够自以为是的，我能想得出赵连长责骂你的千万种理由，恃宠而骄！”宋文雯话到嘴边又停住了，因为她明白跟林菱争没有意义，

“算了吧，林菱。有人送你雪莲花，你应该高兴啊，你看我们谁都没有……”她将视线从林菱的脸上移开，突然瞥见一个身影，一个高大、迅速闪过的身影。宋文雯吓得猛地站了起来：

“林菱，你看到了吗?”

“我还是不明白他为什么对我这般无礼……”林菱依然沉浸在赵连长“无理的伤害”中。

“行啦！林菱！草里藏了个人!”

林菱环顾四周:“在哪?我什么都没看见啊！你傻不傻呀?这里除了我们没别人了!”

“也许吧，可能是只狼?狐狸?还是树影?”宋文雯半信半疑地蹲了下来，但她突然又看见了那人影，就在灌木丛中。没看错，绝对是个人！她匆忙站起身来，提上裤子。“我得去看个明白!”宋文雯打着手电筒冲了出去，还没来得及搜个遍，她便听到林菱的呼喊声。

“文雯，文雯！坑里有人！偷窥狂！ 天啦，是两个人！他们看见我了!”宋文雯又冲回茅厕，正撞上林菱颤颤巍巍地走了出来，两人几乎摔到地上。林菱腿脚有些发软，宋文雯拉着她的手，她们迅速跑了起来。黑暗中，两个黑影纠缠在一起，似乎正在打架。有个影子明显比另一个高，另一个似乎不时地骂着脏话，声音听起来分外熟悉。

“是王东升!”宋文雯向着影子的方向指了指。

“我去找人帮忙，你看看到底发生了什么事儿!”宋文雯径直跑向李教导员和海涛休息的单间，留下林菱惊慌失措地停在原地。

“等等，我不……我不能一个人待在这里呀!”林菱捂住嘴，哭了起来。

王东升没有受过军队的系统训练，在比他体格弱的对手面前，他是个霸王，但面对赵连长，一个受过正规训练的强壮的军人时，王东升的恐吓和粗言秽语则毫无用处。没几招，王东升就被压倒在地。赵连长用右肘抵住他的喉咙，让他闭了嘴。

“别打了!”林菱的尖叫引起了他们的注意。赵连长转过头来，看到林菱在黑暗中颤抖，眼神里充满恐惧："丢人！实在是太丢人了！你们两个都是变态狂！"林菱歇斯底里地叫喊着。

"林菱！听我解释！"赵连长急忙松开王东升，"不是你想的那样，听我解释，林菱！听我解释……林菱……林菱！"赵连长语音颤抖了。林菱拼命摇着头，抽泣不已。眼看赵连长的全部注意力都在林菱身上，王东升伺机滚到一边从地上爬了起来，拾起一块红砖，猛地向赵连长的头部砸去。赵连长跌倒在地，鲜血从头上流出来。见了血，王东升兴奋不已，他抡起胳膊准备再砸。

"不——停下！你给我停下！"正准备开启第二回合的王东升被林菱死死地拽住了胳膊，林菱狠狠地往回拉，两人扑倒在地。

"停下，你个蠢货！暴徒！不能再打了，他会死的！"林菱情绪越发激动，冲着王东升大喊。

"谁管他?!"王东升嚷嚷回去，想甩开林菱。但不知怎的，他发现林菱拽得比他想象的还要有力。

"松手！你松手啊！你为什么这么在意他！为什么?"王东升的语气里透露着哀怨。

当李教导员、海涛和宋文雯赶到现场时，赵连长依然昏迷不醒。林菱蹲在地上发抖。王东升连滚带爬地直起身，唾骂起来："我呸！就知道你是个变态。瞧你那眼神，瞧你那看林菱的眼神。幸亏我跟过来了，他奶奶的，这几天我都跟着你。变态，居然敢去女厕所偷窥女生！看我不打死你！"他喘着粗气，胸脯上下起伏着。

面对此番指控，李教导员和海涛互相交换了下眼神，他们很难想象赵连长在木板下的大坑里偷看的画面。沉默了一阵后，李教导员突然警觉，自己作为上级应该迅速反应，还得说点什么。他看了看自己脚上的鞋，发现鞋带没系好。他转向站在一旁的宋文雯。

"宋文雯，你说，到底发生了什么?"

宋文雯低着头，既不否认也不肯定。宋文雯脸上模棱两可的表情、林菱的激烈反应和王东升的谩骂，所有的矛头都直指赵连长。赵连长这时醒了过来，呻吟着，李教导员示意海涛将他拉起来，并让宋文雯和王东升把林菱带回临时宿舍。

“你们仨，不许说出一个字来。要是走漏了风声，你们都逃不了干系。”心知纸里包不住火，李教导员还是低声强调了此事的严重性，要求大家保密。现在的首要任务是把赵连长弄回办公室，把事情搞清楚。远处士兵们就寝的屋子里，灯已经一盏接一盏地亮了起来。

“快！把这两人给我弄走！”李教导员催海涛、宋文雯和王东升迅速离开。原本还只是在抽泣的林菱此刻开始号啕大哭，王东升和宋文雯一起把她拉走了。

“安静！注意形象！不许哭！”李教导员一边命令林菱，一边让海涛扛着受伤的赵连长一路小跑回了办公室。

办公室里气氛严峻。赵连长和李教导员面对面坐在一张老旧但被收拾得一尘不染的桌子旁。除了这桌椅外，这小屋里几乎什么也没有。李教导员仔细地研究起赵连长泰若安然的脸来，他不得不承认，他面前的这个“嫌疑人”——赵连长的领导风范真是不俗。直至此刻，深处困境，他还能表现得如此镇定。“是个棘手的角儿！”李教导员琢磨着要如何来与此般傲慢而强硬的赵连长对话。他决定先当个狠角色。李教导员皱了皱眉，然后笔挺地站了起来，脸上带着不满的表情，摆出一副高姿态，自以为像个京剧里的白脸。

“赵同志，”李教导员期望这是一次一招制敌的威逼，“我希望你意识到问题的严重性。现在，跟我说，到底怎么回事？”李教导员开始训话，尽量模仿他的上级向他训话时的口吻。赵连长一言不发，拒不合作。

“赵同志？老实交代！”李教导员靠着桌子，一遍遍重复问着，语气越来越重。

赵连长消极对抗，继续无视。

李教导员在第一轮的“斗智斗勇”中失去了立足点，感到有些挫败。他沮丧至极，坐了下来，点了支烟，任由时间滴答流过。烟雾在两位军官面前徐徐盘绕。过了好一阵儿，李教导员干咳了几声，慢慢地将香烟盒和火柴递给了赵连长。

“赵连长，咱们交个心吧。”李教导员恢复了赵连长的军衔，立即又扮演起忠诚而正直的红脸来。

“我知道当个优秀的领导有多么难，我也知道这儿环境确实恶劣。我也是个男人，我也结了婚……”

面对他的“嫌疑犯”，李教导员细数了所有军规和党规，试图从赵连长嘴里撬出几个字，探探女厕所外到底发生了什么。

赵连长却坐在那里一动不动，直到李教导员终于要结束他的长篇大论：

“好吧，你觉得呢？同志，我也是为你好呀。”

赵连长从烟盒子里拿出一支烟，点燃，静静地看着它烧成灰，然后平静地说：“我不向你汇报。你不是我的上级。”

李教导员一片煞费苦心的周旋，被“嫌疑犯”瞬间的轻蔑击溃。

空气凝固了。

办公室外，韩冬梅、朱芸和田晓燕等齐刷刷地围在海涛身旁，高声叫喊：

“告诉李教导员去，林菱都想要自杀了！”

“我们都想走了！这里没法待了！”

“赵连长怎么能干这种龌龊的事？俗话说得好，‘知人知面不知心’！谁知道他那张正直的脸庞后面打着什么鬼主意？变态！臭流氓！”

黄阿宝和其他几个男兵与王东升呼应着，愤愤地发着毒誓：如果那姓赵的再敢出现在他们面前，一定要把他打出个原形毕露不可。不一会儿，越来越多的战士围了过来。

海涛在人群中窜来窜去，试图稳定大伙的情绪。他叫来肖凡和多多帮他平息骚动，把守在办公室门外。他自己进屋提醒领导，如果再不做决定，文工队的战士可能会闹得炸开了锅。看了看赵连长满是鲜血的脸，又看了看他那些情绪激动的小兵，李教导员终于做了决定。他让海涛召集所有士兵，准备好车队，计划黎明前离开这里——小心翼翼地离开。

海涛将头转向坐在另一头的赵连长：“那他怎么办？”

李教导员来回踱步，双手在身后紧扣。突然，他猛地一下停住了，说道："我们把他带到总部。让他在他的上级面前去解释。"

"他要是不去怎么办？我们无权指挥一个连长啊。"海涛担心地说。

"走着瞧吧。"李教导员语气中有些犹豫，心想，"不管怎么样，让上级领导定夺。""看住他！"他甩手走出屋去。

昏暗的灯光下，赵连长肿胀起来的脸庞显得格外吓人。包扎伤口的棉布上，渗透着鲜血。看到赵连长这惨样，海涛不禁猜想起赵连长的心思。"照说王东升根本不是赵连长的对手，难道说赵连长自己也意识到这个惊天错误了？也许是罪恶感和羞耻感削弱了他的战斗力？"海涛害怕这件事会再节外生枝，"要是引起一场暴动，我们的实力可比不得赵连长的兵啊。"

海涛看得出来，赵连长深受战士们的爱戴。如果他的士兵都不知道发生了什么，如果车队在晨练前离开营地，如果他们能说服赵连长跟他们离开，冲突可能会避免。更何况，这样一来，丑闻就能在军队内部消化掉。海涛承认这个想法有点天真，但目前看来这是最好的办法了。

"请不要明天离开。告诉你们李教导员，我愿意跟你们走，但不是明天。我需要交代好事务，让战士知道我是和你们一起离开的。这事儿我们能解决。"赵连长终于开口了。

"你不觉得现在说有点晚了吗？你早干什么去了？！"海涛冲口而出。

"听我说，暴风雨就要来了。现在走无疑是送死，根本过不了红其拉甫山口。请你们不要走，请你们考虑一下自己的安全。"赵连长语气依然冰凉，但眼中的祈求却难以掩饰。

他的镇定让海涛更加费解了，他仔细地打量着赵连长的表情和肢体语言，赵连长也注视着他，眼神里充满了贯穿整场审问的尊严和自信。海涛心中终于升起了一丝疑问："故事会不会还有另外一面？"他眨了眨眼，方才经历的场景又在脑海中浮现。如果处理不当，这微妙复杂的事件必将招来大祸。海涛担心李教导员是否有能力来淡化此次的事件从而能"大事化小，小事化了"。海涛妒忌着赵连长用眼神传达自己情感的能力。

此次峰回路转让他不得不重新警惕自己优秀战士的名声。“一招不慎，全盘皆输啊。”海涛摇了摇头，咬着嘴唇，整理了一下军装。他自言自语道：“永远注意保持形象，不计一切代价地躲开漂亮脸蛋儿!”想罢，他昂首阔步，向着女兵聚集的方向走了过去。

第二十三章 绑紧我

赵连长的预测没错，雨水如约而至。先是稀稀拉拉的雷声和毛毛雨，接着下了冰雹，还没等到黎明便成了倾盆大雨。局面有些复杂，一来林菱发誓，如果继续待在这里，她会自杀，女兵们都护着她；二来文工队那几个爱惹麻烦的男兵已经扬言要将赵连长打得“原形毕露”，要是真和赵连长手下的边防哨兵们起了冲突，后果不堪设想。

李教导员伸出食指，又伸出中指，盯得出了神，仿佛这两根手指能左右文工队的去留似的。最终，出于安全和保密的考虑，他决定离开。他让海涛和黄阿宝整夜守在办公室门口监视赵连长。

车队在黎明前悄悄地离开了。出兵站大门时，哨兵对文工队的离开有些吃惊，但听见李教导员说上级有紧急任务后，就立即放行了。“一切似乎都很顺利。”李教导员想到了《小兵张嘎》里的情节，想象自己正带领游击队逃离敌区。他费尽力气挤出一个尴尬的笑容，虽然微笑从不是他的长项。

大雨继续从灰暗的天空中倾倒下来。公格尔峰被阴森的黑云团团围住，面目狰狞。暴雨将一切都改变了。前几天经过时，路边还欢腾地流淌着的小溪，瞬间化身为湍急的白色河流。

塔什库尔干河的水位上涨得很快，时刻威胁着文工队车队所在的狭道。洪水就像定时炸弹，迫在眉睫。狂风暴雨模糊了司机的视线，路况也越来越差，车队在接近红其拉甫山口时只能一寸一寸地往前挪动，坐在车上的李教导员和海涛如坐针毡，后悔当初没有听从赵连长的请求。

赵连长选择与肖凡和多多一起留在卡车上。他们坐在后车厢里，用道具罩遮挡着雨水。听着雨水在塑料布上滴答作响，一向健谈的肖凡也陷入沉默。多多偶尔瞥一眼赵连长，可赵连长一直独自坐着，几乎没有与他的新朋友们进行任何目光接触。

“他真的那样做了吗?”多多和肖凡猜测着赵连长将要面对的严重处分。他怎么会这样?他为什么会这样做?他会被移交军事法庭吗?他肯定会被降职,搞不好还会被开除党籍和军籍。是不是还得蹲监狱?肖凡有些同情赵连长,他已经三年没见过他妻子了。这种忍受是很可怕的,但这也不能洗脱他的罪名,这是道德问题。“道德犯罪”不等于“刑事犯罪”,肖凡私下里跟多多谈论此事。赵连长的家庭也被毁了。大家都会说他是变态。无论走到哪里都是过街老鼠,他的家人也将因此蒙羞。他以后还怎么生活?对于中国人来说,失去面子是一个男人最害怕的事情。

“哧!”随着刺耳的刹车声,卡车跳了起来,向前滑去,差点撞向前方的汽车。

“发生了什么事?”肖凡和多多从卡车车厢里慌忙蹿了出来。第二辆汽车上乱成一团,所有人都在高声尖叫——山上落下一块巨石,眼看就要把第一辆汽车给推翻了。

“泥石流!”

“快出来!”

第一辆车里坐着的都是女兵,倾斜的车身将她们摔向一侧,堆挤在一起。车窗卡住了,怎么都打不开。幸运的是,司机很快找到一把大扳手砸开了车窗,帮着女兵们陆续从车里爬了出来。男兵们开始尝试将倒在一旁的汽车推回去。

“小心——”大量的岩石和松土从山上砸下来,威力巨大,像雪崩一样。河床里很快布满了泥土、岩石和枝干。水位越涨越高,漫上了旁边的道路。男兵们只能放弃汽车,眼睁睁地看着湍急的泥浆将汽车淹没、冲走,速度惊人。李教导员蒙了。

“所有人都出来了吗?”海涛大声喊道。

“林菱,林菱不见了!”王东升高声叫道。

“她还在里面!”

“救命!快——来人呀!”

那是林菱的声音，从正在一寸一寸下滑的汽车里传来，越来越弱。

“李教导员!”从雨滴噼啪击打岩石、泥土和树干的声音中传出一声紧迫的男中音。

“我的天！是那个姓赵的！他居然还敢……”一看到赵连长，几个女兵便开骂。

“干什么?！你！你想干什么?！肖凡、多多，不是让你俩看住他吗?”李教导员回头瞪着肖凡、多多。

赵连长完全无视李教导员的无理，更不在意众人向他投来的恶意，他转向多多和肖凡，让他们赶紧回卡车上找绳子。“求你们了，快，给我弄些绳子和钳子!”说罢，便一脚扎进泥水中，朝着汽车的方向蹚过去。

水位已经涨到了腰部。围挤在河边的士兵都惊呆了，赵连长的每个动作都牵动着他们的呼吸。肖凡和多多从卡车那边冲回，拿回了绳子，

“大家闪开!”肖凡把麻绳扔向赵连长。

“抓住！多多，你回来!”他一个没注意，多多已经跳进水里了。

“快回去！别跟着我!”赵连长将绳子系在自己腰间，示意多多和肖凡抓稳绳子，不要放手。汽车已经越陷越深了，河岸边的人们已经看不清车里的状况，林菱的声音也完全掩盖在这暴风雨里了。

汽车卡在了石头间，整体压在了左后轮上，不停地摇晃着。泥浆和石头在破碎的窗户上不断堆积。要逃出生还，更是难上加难。林菱腿被夹在两排座椅之间，动弹不得，惊恐地看着泥浆灌进车厢。“我要死在这里了。天啦，我就要死在这里了!”她挣扎着，边喊边试图搬开座椅，“救命呀！我要死在这里了!”可是椅子像钉在她腿上似的纹丝不动，时间慢得更像在经历永恒的一生。终于，林菱听到车外砰砰的敲击声。雨中似乎有人在向她呼叫：

“林菱！林菱！你在哪里?”

“我在这儿，在这儿呢，在后面，救命，救命救命呀!”林菱好像抓了根救命稻草，差点扯破喉咙。她看到那个健壮的身影。“该不会是……”一个念头闪现在她脑海中，她停住了呼救，大雨中，只留下

“哐哐”的敲击声。

赵连长一把搬走了挡在驾驶室窗户上的岩石，用钳子砸破玻璃爬进了车里。“不，不，不不不，不要你！不许你碰我！走开！”林菱用力推开正在尝试拉她出来的赵连长。赵连长不答话，双手搬弄着压在她双腿上变形的座椅。车外的倾盆大雨和欲要撕开天际的雷轰轰作响。两人都明白现在的处境。林菱转过头去：“不是他……”她闭上眼睛，不看这个救助她的人。

“试着抬抬腿。”赵连长催促着林菱。

林菱抬了抬右腿，“啊！啊！”一阵剧痛，她停了下来。

“别停，再试试。睁开眼睛，看着腿。”

林菱犹豫着，睁开了双眼，又移动了一下右腿。她尽量避免与赵连长目光接触交流，但她仍然能感觉到那个眼神，正如第一晚宴会上的眼神一样。

“为什么？为什么?!”林菱哭了。

赵连长张开双臂，想要将林菱抱出来，但他尴尬地停住了。

“不是我。”林菱摇了摇头。

“跟你说，不是我！”赵连长的声音有些哽咽，“我把你弄出来！”他重复了几遍，直到林菱默默地点了点头。他帮林菱挪出双腿。他们的眼神，终于交汇了，片刻又分开了。

当赵连长抱着林菱从失事的车中钻出来时，岸上所有人都欢呼起来。

水势的汹涌只增无减，赵连长走一步退两步。他放下林菱，将绳索缠在林菱腰间，把她先推向岸边。王东升和其他几个人连忙把林菱拉了过来，林菱总算是得救了。然而，就在此刻，又一波洪水袭来，没人来得及反应，包括赵连长。

这力量直接将他扑倒在水中，赵连长挣扎了两下就被这无情的洪水卷走了。海涛、王东升、肖凡和多多顺着河岸追了下去，在弯道上被一块巨石挡住。王东升和多多想跳进水里截住赵连长，可海涛和肖凡拦住不让，因为他们身边没有绳子。他们沿着突出的巨石手拉手组成人柱，多多在最前面。“赵连长！赵连长！游过来啊！抓住我的手！”大雨中，多多的叫喊声被淹没在水声和轰隆的雷声中。他担心赵连长根本听不见他的声音。

“抓！住！抓住！他的！手！”海涛、王东升和肖凡齐声呼叫。

赵连长看到了救援，使尽全身力气顶着激流游了过来。有那么一瞬间，多多的手够到了赵连长的手，但只是浅浅地抓住，泥水让赵连长的手变得很滑，无论多多怎么努力，还是无法抓牢他。

“赵连长！坚持住啊！”多多感觉赵连长的身体变得越来越沉，他抬头在飞溅的水花后面看见一张似乎有点模糊了的脸。赵连长脸上的表情如此镇定，眼神中竟没有一丝恐惧，更透着些安详，好像在温和地告诉多多放手，这是他想要的。对，就这样走。然后，一瞬间，赵连长消失得没了踪影。

“连长！”多多一失重，上半身全没进了水里。海涛本能地反应过来，一把抓住多多的腿，王东升和肖凡一起使劲儿将多多拽了回来。多多浑身是水，冻得直哆嗦。

“赵连长……他……我……我没能……这水……”多多哽咽着说不出话来了。肖凡紧紧地抱住了他。王东升仰着头，一声不吭。

“不是你的错。咱们回去吧。”海涛心里一阵沉重。他将手搭在多多肩上。硕大的雨点混合着冰雹无情地砸在他们的脸上、身体上、岩石上和地面上，响亮而残酷。

看见他们几个回来了，韩冬梅和其他几个人赶紧拿毛巾、毯子和热水照料起他们几个来。战士们已经生了营火，搭了临时帐篷避雨。肖凡看到林菱在帐篷的一个角落蜷缩着，惊魂未定。她面色苍白，一直在发抖，眼睛里毫无生气。当她看到他们四个人走进帐篷时，她的嘴微微张开。接着一阵泪水冲下她的脸。她把头埋在毯子里抽泣。肖凡和多多看着林菱伤心的样子，同情却又帮不上什么忙。

“行啦！”王东升喝道。林菱哭得更厉害了。王东升被激怒了，一个劲儿地狂吼：“别哭了！那个变态值得你流泪吗？”他跺着脚，走出了营帐。

暴风雨慢慢平息，肿胀的塔什库尔干河恢复了原样。营帐外，司机们奋力地抢救着严重受损的发动机。李教导员带领一队战士将卡车和第二辆车从泥沼里拉了出来。另外一群士兵将刚才被冲翻的汽车扶正，他们惊奇地发现，车子居然完好无损，发动机也无恙，只是车身被砸出了些凹痕，碎了几个窗户。没人能相信这辆车经受过那样凶猛的蹂躏，也没人相信，因为它，一条生命就这么没了。

一回到文工队大院，李教导员便开始起草报告，左改右改，终于定稿了：

“赵长弓连长独自从冰水中救出了林菱。他自己被洪水卷走，踪迹全无。据推测，已死亡。”

李教导员发出一阵叹息：“人无完人，多可惜啊。”他继续写着，将赵连长的死描述成了英雄事迹，对前天晚上发生的插曲只字不提。“祸从口出”，李教导员发现，如果他在报告中走漏任何蛛丝马迹，那天晚上的事，都将遭到彻查。在报告的结尾，他为赵连长的遗孀和六岁的女儿向部队领导申请因公殉职的抚恤金。他把报告封上，打开又封上，又打开。这次他的表现出乎自己意料，还是挺有良心的。

他决定召集文工队队员召开一场紧急会议。这一次，他没有喊口号，而是用一种庄严的语气，朗诵了自己的全篇报告，并要求战士们保守那个秘密，为了赵连长的家人，将他视为舍己救人的英雄。李教导员在临近会议结束时，忠告年轻的战士们，这忠告就像来自一个父亲：“这就是生活。大家照顾好自己。”说罢，便起身离开了会议室。此时的李教导员，看上去像老了十岁。他突然在门口停住了，回头警告大家：

“祸从口出，祸从口出啊。”

战士们从头到尾一直保持沉默。他们感受到了李教导员所表现出的那种绝望。“他只是在哀悼一个逝去的生命吗？也许他感觉自己在部队的仕途将要就此终结？也许都有吧。”肖凡心里盘算着。

肖凡、韩冬梅、多多、朱芸、田晓燕、宋文雯、林菱、海涛、黄阿宝、王东升他们，一想到前几天所经历的不幸，都陷入深深的哀思中。也许这里面，更多的是不安。军队的士气陷入谷底，之后的几个月里，军营中弥漫着忧郁，连年轻人该有的欢笑声中都散发出一股霉味。林菱尤其如此。她总是不自觉地自责起来，责备自己间接害死了赵连长。朱芸和韩冬梅猜测，林菱对赵连长是动了真情了。之后，林菱申请调离。被拒绝后，她又在三年后抓住一次退役的机会，声称那次事故导致她不能再为文工队跳舞了。另外，那次巡演的节目，文工队之后再也没演过。

下　部

第二十四章　一双皮鞋

1978年，中国开始改革开放，经济的高速发展给中国社会带来了巨大影响。

从科技文化上最先影响中国的，要数日本。中国人虽然对外国的食物不感冒，但在接受科技应用和流行音乐时，则毫无保留。索尼、东芝、三洋等日本品牌几乎是一夜之间，成了家喻户晓的品牌。那些在日本早已过时的电子产品和家用电器，比如音响、收音机、录音机、电视机和冰箱迅速进入中国市场。因此，经济学家曾将中国定义为日本20世纪80年代经济衰退时的救星。

科技浪潮席卷大陆的第一大表现是“四大件”的出现：电视、冰箱、洗衣机和音响。这是城市人婚嫁时新郎家必备的彩礼。这比20世纪五六十年代的“三转一响”——缝纫机、自行车、手表和收音机，先进得多。每个家庭都在为“四大件”而努力挣钱。

对于文化，年轻人很快有了自己的解读。大街上，人群中肩上扛着收录机的年轻人随处可见，他们播放着香港和台湾的流行音乐。这些音乐主要是对美国二三十年前流行音乐的拙劣模仿，通过日本传入亚洲。这些经历过日本文化洗刷的歌曲、音乐，辗转香港和东南亚群岛，接力棒似的流传到了台湾地区，然后再抵达最后一站——中国大陆。在台湾发展一段时期后，到1979年末进入大陆时，这些美国流行音乐已面目全非。

中国大陆也第一次尝试了“名人”效应，有了“偶像”概念——一个现代社会中媒体的新兴产物。山口百惠、中野良子、林青霞都是人们眼中的大美人；高仓健、三浦友和、周润发和张国荣则成了那个时代的男性偶像。邓丽君的“靡靡之音”，占据流行音乐榜首数十年。曾经流传到中国的美国歌手卡伦·卡彭特和乡村歌手约翰·丹佛的歌得不到尊重，因为没有人用粤语或日语翻唱。另外，衣着也逐渐时尚，变成个性发展的声明。不过现在看来，那时男青年的潮流真要算是灾难了：烫卷的长发，没摘标签的劣质太阳镜，扛在肩头的卡带机，喇叭牛仔裤和皮鞋。这些曾是美国20世纪六七十年代嬉皮士的典型标识。

肖凡可不稀罕这些时尚。他坚信，人应该成为时代的弄潮儿，而不是为它所奴役。肖凡认为，当下时兴的潮流都是些肤浅而过时的文化，他早就不感兴趣了，不过有一件例外：黑皮鞋。尽管它的价格不菲，但他迷恋于那新皮鞋的气味。一双新黑皮鞋要50多元，对肖凡这样的文艺兵来说，那无疑是天文数字——在牺牲掉所有爱好，例如羊肉串和西方浪漫小说的前提下，还得存上整整6个月的军队津贴，才能买上一双。

“白雪肯定会眼前一亮。穿上黑皮鞋，又会让我显得更成熟几分。”肖凡跟多多说。

“那天，我在疏勒县买书，”肖凡着重强调了后两个字，又给多多一个看似随意却又饱含深意的微笑，“我在县里唯一的服装店看到了一双黑皮鞋，看上去那么精致，但是太贵了，没有人能买得起。”

“好吧，你现在有多少钱？”多多明白他意有所指。

“不够，我现在还差38元。你知道吗？”好像这个想法刚刚出现在他脑海中，自己是不经意间提出来的，“多多，咱们一起存钱吧。毛主席说得好，人多力量大。你把你存的钱给我，加上我现有的钱，我就可以买下这双新皮鞋了。下几个月我把我的给你，这样一来，我们俩都能在6个月内买双皮鞋。你觉得怎么样？”

“可以。”多多笑起来，他太了解他的朋友了，他并不介意对他大方一些。此外，还有一个好处，那就是可以给周围唯一一家书店的店员白雪留下深刻印象，这可能对他们的二人读书俱乐部有好处。多多也开始喜欢杰克·伦敦的小说了。

每过一段时间，张师傅就带着他的火头军蒸白菜猪肉包子当晚餐。在那段天天食淡衣粗的日子里，肉味十足的大汤包成了大伙儿的最爱。张师傅实行按人头定量配给的政策——这些“小老虎”“小狮子”们每人最多八个，“八”是个吉利的数字。张师傅对大家都一视同仁，在部队上堪称女权主义的先锋。一天，李教导员向他抛出了女兵可以少分点食物的提议。

“这样我们就可以节省点儿。她们反正吃得少，对吧？张师傅！”

“胡说八道！不行！这些女娃儿都在长身体。她们也是人民子弟兵，为啥子不能同等对待？”张师傅态度强硬地坚持着他的正义，直到李教导员彻底投降。张师傅是团里的两位老兵之一，面对他们，李教导员的绝对权威就大打折扣了。李教导员想起他奶奶曾说过，管住男人的胃，才能管住他的心，女人才是家中的掌舵人。同样的，张师傅虽是男人，但他手中可掌握着文工队所有男人的胃：“想要吃得好，就得对张师傅好。”

晚饭号吹响了，今晚的小号吹出了大伙儿盼望已久的“丰盛的荤餐”的代号。士兵们兴奋地冲向食堂，堵在窗口想要第一个尝到这新鲜的包子。张师傅开心地操着家乡话喊了起来：

“娃儿慢点慢点！忙个啥子嘛，每个人都有八个包！每个人都有八个包！不多不少分量足足的！”

王东升和黄阿宝插队，挤到窗口前。黄阿宝伸出右手刚要抓一个又白又松软的蒸包子，就被人举报了：

“嘿！张师傅！有人在偷包子，有人在插队！”是朱芸和田晓燕在抗议。韩冬梅干脆直接把王东升推了回去。

“排队去！”

“黄阿宝，小心烫！你洗手了吗？”张师傅用勺子头敲着黄阿宝的右手。

“嗷！”黄阿宝悻悻地缩回了手。

“伢子们，靠边儿。让女娃儿先来！去去去！靠边儿！”

“多谢张师傅！您最好了！”女兵们笑了起来，齐声说道。

张师傅最喜欢听到女兵们的赞美。一看到她们高兴的脸，就想起了自己老家的孩儿：“都是我的女儿哟！”

肖凡和多多走了进来。

“一帮野蛮人，还在抢食儿呢！”肖凡轻蔑地说，“咱们等他们分完了再去！”

排着队的肖凡，不停地环顾四周，好像在人群中寻找某种认可一般。他故意大声对多多说：

“今天的晚饭应该很不错嘛！”

多多往后退了一步，笑着说：“你不用嚷嚷我也听得见，我不就在你旁边吗？”

肖凡今天看起来很时髦——军装熨得很平整，头发烫得高高的，脸也洗得干干净净的。肖凡精致的打扮和有预谋的话语果然引起了大家的注意。朱芸、田晓燕、宋文雯和韩冬梅都转过头来。

“多多，过来，跟我们排在一起。排到你的时候包子都该凉了。”韩冬梅向多多招手。多多摇摇头，示意他不想插队。

“肖凡，你最近藏哪儿去了？嗷嗷！嗷！好烫好烫！”馋嘴猫朱芸拿着自己的碗，从窗口走向肖凡和多多。她边走边吃，嘴角滋出油水来，滴在了军服上。

“朱芸，小心点。滴油呢！”韩冬梅走了过来，拿了条手帕擦着朱芸的制服，“猪小姐一个！”

“嗷！我的天，天啦！一双新皮鞋！肖凡，鸟枪换大炮呀！肯定是军营外某个姑娘送的吧？难怪我们最近都见不到你……”朱芸的高音炮惊动了所有人，这样的声音通常只会从韩冬梅那里传出来。

“呵呵……”肖凡笨拙地挤出一个自认为帅气的微笑，他还没来得及回答，一个干涩的声音插了进来。

“我看不是什么姑娘吧。不是经常有个女人来找你吗?!”宋文雯讥讽的语气似乎断定这新鞋和那个女人有联系。

“那……”肖凡发现自己在宋文雯面前总是词穷，“真不喜欢她这样。”

“对，我想起来了。那女人走后，每次都还有个男的会来张望一番。兴许是那个女人的丈夫或者男朋友吧？”王东升也掺和了进来。尽管林菱目前正和一名参谋的儿子交往，他仍然不放过肖凡这个“情敌”。

“那男的看上去好厉害好难看的样子！”田晓燕回忆起来了。

“这是我自己在疏勒县买的，行了吧?”肖凡感觉自己快要深陷丑闻，赶紧解释起来。

“哦，疏勒县啊，好远啊。你去那里干什么？你在那里见过谁?”朱芸还在逼问。

“你怎么买得起？我可不相信你!”韩冬梅摇摇头，她好奇了。

“对啊，我们都不相信你。老实交代，肖凡，别瞎掰，讲实话。”

面对一而再，再而三的追问，肖凡被惹恼了，多多见情势不对，站了出来:“我把我存的钱给了他，因为他经常去疏勒县给我买书。”

多多随便一句便赢得了大伙儿的信任，比肖凡的自我辩护强多了。女孩儿们和王东升停止了他们的嘲弄，消失在喧闹的食堂中。韩冬梅等多多拿到包子，和肖凡一起走到角落里的一张空桌子旁。他们三个坐在一起。肖凡将自己一个包子放在了多多的碗里。

“你多吃点，你还在长身体呢。”

“你呢?”

“我都不长了。七个够了。你知道我要保持身材的嘛。”

“哟，今天太阳打西边儿出来了呀!”韩冬梅也拿起个包子放到多多碗里，“来，吃我的吧！我正好减减肥，把自己整漂亮点儿给某些人看哟!”韩冬梅的语气真是酸透了。

“我够了，给……”多多笑了笑，把那个包子递给了肖凡。

“嘿，别啊，多多，我可不是给肖凡的!”韩冬梅拒绝得漫不经心——她知道多多会这样做。这也是她真正的目的。

肖凡转了转眼珠子，接受了韩冬梅的“馈赠”，一点儿都不真诚地点头示意了一下。

“看你，你还是大哥呢，肖凡！你应该用自己存的钱先给多多买双皮鞋才是!”肖凡不知感激的态度激起了韩冬梅的恼怒，忍不住想要敲打他一番，“从来没听说哪个哥哥占弟弟的便宜。你的善良美德呢？你的传统品格呢？你没听说过孔融让梨的故事吗？兄长应该要做到谦让啊。你的那些书真是白看了。把我的包子还给我，你根本不配!”

面对韩冬梅的一番指责，肖凡不好意思地红了脸，将那个包子还了回去。多多知道肖凡最近“战果累累”，他也知道，这事儿得瞒着韩冬梅。就这样，三个人尴尬地各自埋头吃包子，而包子，也早已没了刚才的热乎气儿。

加州的家里，妻子在一扇大窗户下写书。过去的几年里，妻子发现了一个规律：每当多多从中国回来，他总会带回一份肖凡的礼物——一双皮鞋。“肖凡现在是个成功的作家了，比较成熟了。看来他还是那么喜爱皮鞋，总给老朋友买鞋。”妻子边想边嘲笑着这“幡然悔悟”的肖凡，“都不知道他怎么追上他那温柔的妻子的。”想得出了神，妻子不禁念出了声：“我在犯傻呢……”她看了看窗外的天空，清风中摇摇摆摆的松树枝融化成一片绿色海洋。

故事又出现在眼前，妻子继续写了起来。

第二十五章　检察官杜丘和矢村警长

20世纪80年代的中国还有另一个标志性的物件——蛤蟆镜，这种眼镜上的两只镜片跟蛤蟆眼睛似的，青年人又将这视为一流行风向标。肖凡回乌鲁木齐老家探亲时，赶上了这波潮流，比别的战友整整早了一年。这蛤蟆镜虽然也很贵，肖凡却看到了除时尚以外的实用价值——巨大的镜片刚好遮挡了他脸上恼人的青春痘。

“李教导员看到了，又得挑我的刺儿。算了，管他呢！”李教导员对肖凡戴蛤蟆镜这件事心里很不满意，但考虑到肖凡也只在非工作日戴戴，他就没多说。那一阵子，肖凡的衣着总是战友们私底下八卦的热门话题。多多心里很清楚，他的伙伴只是为了讨好营地外的“女士们”而已。屡战屡败，肖凡决定调整一下战术，改变他的对象，离这帮“娇惯成性”、不知道赏识他的女兵们远点。

“大海里的鱼多着呢……让我慢慢遨游在这‘外边’的海洋里！”肖凡给自己打了打气，“就是今天了！”肖凡冲着镜中的自己自信地笑了笑。他小心翼翼地挽起袖口，瞥了一眼手表。“还早！”肖凡打算比平时稍晚些离开军营，他喜欢表现得让人捉摸不透。戴上蛤蟆镜，换上黑皮鞋，身穿当时内陆街头流行的高领外套，肖凡将自己打扮成了检察官杜丘（国内上演的第一部日本动作电影《追捕》中的主角之一）。过去几个周日，肖凡一直穿着这身行头。在当时的年轻人眼里，检察官杜丘的形象代表了冷面硬汉，由号称“日本的克林特·伊斯特伍德”的高仓健饰演。肖凡希望把自己塑造成一个真正的男人。虽然他是个短版的检察官杜丘，这身行头也必定让他显示出一股子游行侠的铁汉柔情。

肖凡曾向多多承认，他矮得可怜，根本不能跟高挑身材的高仓健相比，但他认为精神的高度比外观重要：“身高什么的都是些不起眼的小事，只要我的心‘高’就行了！”“对，只要你有硬汉的‘精髓’！”多多笑着回应了他。此时的多多已经长高了许多，再也不用老是仰着头与肖凡说话了。多多平视着肖凡说："我更喜欢矢村警长！要没有他，检察官杜丘也没办法澄清自己，维护正义。我准备留个他那样的发型。"

这是多多寻觅到的另一个"崇拜"的偶像。矢村警长明辨、思维缜密、行动力强大的特质深深地影响了他。在多多眼里，留一头矢村警长那样的长发比戴什么蛤蟆镜酷多了。

"你要真留，李教导员会不高兴哦！"肖凡警告多多。

"谁在乎！真要留，也得留上好一阵子呢。那时候李教导员可能都习惯我的长发了。"

"哈哈，我的弟弟什么时候变得跟我一样，成了个叛逆的小兵了？韩冬梅和馋嘴猫知道后肯定会被气疯的。伙计，我敢打赌李教导员看到你的长发，绝对会让你剪掉，还会说是我把你带坏的。不过，确实用不着管他，想留就留吧！"

当时的中国，正值改革开放初期，还处在一个文化作品极端匮乏的阶段。"八个样板戏"遗留下来的刻板、教条、墨守成规的风格严重地妨碍了电影产业的发展。

在这样一个真空地带，《追捕》无疑像一场暴风雨，席卷了整个中国大地。充满悬疑的杀人案调查、紧张的动作片氛围和充满激情的浪漫爱情故事征服了所有观众。就在1987年电影首映之后，几乎是一夜之间，《追捕》成了一部家喻户晓的电影。人们热衷于聚在一起看露天电影，所有的人都熟悉电影里的角色，每个年轻人都记得电影里的台词（由中国演员毕克、丘岳峰、丁建华和杨成坤等人完成配音）。由于文工队营地位置偏远，等到附近的露天广场开始放映《追捕》时，距离该片首映已经过去一年半了。之前的《追捕》广播剧算是替多多和肖凡解了馋，等到观影时，两人都能背出剧里的台词了。

身着"约会套装"的肖凡正大摇大摆地向大院门口走去，突然听见身后的多多正乐此不疲地念着《追捕》里邪恶医生唐塔的台词，模仿着邱岳峰老师的配音。那是一种带着舒缓的停顿、又滑又腻的声音："杜丘，你看，多么蓝的天啊……走过去，你可以融化在那蓝天里……一直走，不要朝两边看……快，去吧……”（根据剧情，唐塔先生已经麻醉了杜丘，这是哄骗他从医院顶层跳下去的台词。）

肖凡在大门口停下来，但没有回头。身后的声音突然转变成强硬、低沉的矢村警长的声音（杨成坤老师配音）：“从这儿跳下去……朝仓不是跳下去了？唐塔也跳下去了……所以请你也跳下去吧……你倒是跳啊！”（根据剧情，矢村警长拿枪指着凶杀案幕后策划——议员先生。）

“砰砰！”矢村警长冲地上放了空枪。

“……好，这下有决心了，怎么的你害怕了？你的腿怎么发抖了？”肖凡压低声音，接着多多完成了矢村警长的台词。

多多走上前，戏谑地拍拍肖凡的肩：“你还想成为袖珍版高仓健吗？”

“兄弟，只要我有强大的内心、高尚的灵魂，我就能织好我的‘渔网’，等着我的鱼儿上钩吧。”肖凡露出他那骄傲的表情来。

“好吧，就让我们看看鱼儿能否上钩。”多多诚恳地将朋友拉回现实。

“看看你能不能找到远波真由美①！”

“就让我钓几个中野良子②吧！”

“想得倒是挺美。”

“好吧，兄弟，听我说，要想成功，你就得自信！”

多多知趣地结束了对话，点了点头，祝福肖凡马到成功，目送他离开。此时正值下午三四点，明晃晃的太阳燃烧着冰冷的空气。多多打了个哈欠，吞了口茶，醒醒神。“有点苦，但刺激。希望咖啡因让我保持清醒。”

李教导员命令他为即将在乌鲁木齐举行的新疆军区歌舞比赛写几首新歌。多多一直拖延，不想写这种有具体要求的歌。除了给肖凡的歌词谱曲以外，此时他什么歌都不愿意写。他现在更愿意写器乐曲，拉赫玛尼诺夫和柴可夫斯基的音乐给他带来极大的灵感。

“创作灵感很重要，要是没有灵感呢？”多多心想，“李教导员给的

---

① 远波真由美是电影《追捕》里一名富商的美丽女儿，她成功地帮助杜丘逃过了警察的追捕并疯狂地爱上了他。

② 中野良子是远波真由美的扮演者，曾一度成为中国男孩们的海报女郎。

主题真没意思，也许我可以以杜丘和矢村为主题写首曲子，不不不，也许杜丘和真由美更适合。”多多脑海中立刻浮现出骑着白马的检察官杜丘带着受伤的真由美的画面。“啦呀啦，啦呀啦呀啦……”哼着电影的主题曲，多多带上一本五线谱、一支铅笔，端着大茶杯，向琴房走去。

第二十六章　书店女郎

人如其名，白雪的皮肤苍白得像冬天的白雪。虽然没有出众的美貌，但也算不上难看。可以说，她身上的一切刚好达到平均水平。她还年轻，但她那副逆来顺受的样子，让二十好几的她显得有些芳华已逝，身上年轻女人的光泽提前暗淡了许多。

日复一日的生活似乎无情——坐在小镇书店的收银台后，看着一个个书虫来来去去，这就是白雪白天的全部生活。她把自己视为一名管家，每天的工作便是周而复始地擦拭收银台和书架。偶尔会有一两个顾客问她一些毫不相干的问题，但她只是漫不经心地回答他们。晚上，她住在一栋三层高的筒子楼里，需要和同楼的邻居共用厨房和浴室。筒子楼里住着的人家大多都有小孩，那时候，数代人同住一个屋檐下是很普遍的。白雪觉得自己像个局外人。有传言说，白雪是有丈夫的，但没人看到过她丈夫，她安静得可有可无，就像在这狭小空间里的幽灵一般。

稀稀拉拉的顾客像她一样无趣。白雪坐在收银台后，望着窗外云朵成形，又看着它们渐渐散去。最近，她感觉糟透了，心情随着布满天空的层层灰云变化着。她多么希望这安静得像窗外淡淡的灰云般的生活能透出一丝阳光。“今天，至少今天应该是特别的。”每个月的这一天，白雪和她的店长老王会被视为王后和国王，突然从她们的顾客那里获得“皇家”般的尊重。早晨8点开门前，就有书虫在店外排成长队，揣着焦急与期盼的心情，等待着这天新上架的书籍。只有最幸运的前几个人，能有幸目睹最新进的小说。白雪已经数次穿过人群，摇摇头拒绝了所有书虫嘴上的恭维。

她发现，自己正在人群中寻找一张新鲜的面孔、一副精致的打扮、一个能搅动她死水一般内心的人。是有这样一名年轻的军人。过去的两年里，每个月他都会到书店，选走一些西方小说。这样的画面已经悄悄渗透进了白雪的心灵，她发现自己已经将他视为亲人了。但他今天没有来，人群中并没有他的身影。看不到他，白雪甚至不想开店门了，心中不由得惊慌起来："我早应该跟他说话的，我以前为什么没这样做？如果下次看到他，我一定要跟他说话！"

漫长的一天，就这样拖过去了，与平日没什么两样。每当有新顾客光临书店，白雪的心就会紧张地跳动起来，然而紧接着只有无尽的失望，她最终还是放弃了。墙上老钟的指针跑完了所有时辰，她的眼神也失去了光彩。"该关店门了吧。"白雪从窗边的座位上起身走向书店门口，像个飘着的无声也无形的幽灵。她正准备关门，就在这时，那个年轻人穿着一双新皮鞋走了进来。她一下就注意到了，那是镇上服装店橱窗里的那双黑皮鞋！今天他的举动和平日有些不同。白雪做出了勇敢的决定。她走向前去，与这位年轻人搭讪起来：

"军人同志，我们店要关门了，您今天没赶上买新书。以往您来得很早，总是第一个。今天是出什么状况了吗？您住附近吗？您的名字是？"

"肖凡。"肖凡立刻察觉出她语气略显恼怒，连忙补充道，"我知道，同志。我是错过了今天的上新，因为从我们军营到这里需要走两个小时。我是军区文工队的。"

"原来你是搞音乐的！"白雪惊讶地感叹起来。

"我还是个作家。"肖凡笃定地补充着，腰板儿挺得更直了。

白雪双眼发光，方才的沉重已在短短的一席交谈中蒸发了。在这昏暗而布满灰尘的书店里，肖凡擦得锃亮的皮鞋闪闪发光，就像他迷人的微笑一样。尽管他的牙不是最白的，但对白雪来说，已经不能再好了——因为起码他还刷牙，身上也没什么异味。

从此以后，多多成为肖凡爱情战役里最大的受益者——他总是能源源不断地获得高品质的外国小说。

第二十七章　魔头的愿望

李教导员和儿子坐在饭桌旁，他死死地盯着儿子笔记本上老师用红笔批注的那个“差”字。

“咋回事？”李教导员打破了沉默，语气冰冷，儿子后背涌上一股凉意。他打了个哆嗦，低着头，不敢直视父亲，也没有回应他。自从一年前随母亲来到军营，他一直很怕父亲。

“说啊，这是咋回事！”面对儿子的沉默不语，李教导员的脸瞬间阴沉下来，用家乡方言逼问道。

乡下的妻子正往桌上上菜，温和地说：“吃吧，趁热先吃吧。”

“别打岔！”

李教导员的妻子闭了嘴，只是默默地给孩子盛饭、夹菜。

“不说话就别给他饭吃。”李教导员严厉地说。

“他是个娃，没饭吃饿坏咋办……”妻子瞪了李教导员一眼，推了推孩子示意他赶紧吃。

“得得，你就知道惯着他，惯着他有什么好处？”看到自有主张的妻子在孩子面前反驳他，李教导员很生气，直接将作业本扔到她的面前。“看看你养的好儿子！”李教导员一脸嫌弃，“窝囊废！这么不争气。三门功课不及格，就要留级的！你是咋教育的？传出去了，你叫我这张脸往哪儿搁？吃吃吃！除了吃你还知道干哈？猪脑子！我白娶你了！”

乡下妻子双眼空空地瞪着丈夫。过了好一会儿，她突然重重地放下碗筷。“呵——俺叫你脸往哪儿放？你叫俺脸往哪儿放！俺又不识几个大字，就指着你来教孩子读书认字。俺心甘情愿地伺候你们爷儿俩吃喝拉撒，可你倒好，家也不回，整天就知道教育那些花里胡哨的小妖精！”

“你胡说些什么呀！哪来的小妖精？我那是革命工作！”

“革命工作？呸呀！什么东西，你打听打听，人家都说你占人女兵便宜!”

“你给我闭嘴！你这是恶毒诽谤!”李教导员咆哮道。

决心不再让步的妻子尖叫了:“俺闭嘴？啥叫恶毒诽谤？你说，你那天在医务室咋非要留下来看人家胸脯?!”

“胡说八道!”李教导员啪的一声拍了下桌子，突然从椅子上站起来，俯身瞪着他老婆:“你懂什么！我那是监督那新分来的男军医，他俩眼贼溜溜的，一看就不是好东西。我怕他占女兵便宜！我要对我的女兵们负责!”

“哎哟，咋说的比唱的还好听！村里人都说你有贼心没贼胆。有军队管着你，你也不敢，叫俺放心。现在好啦，当领导了，有权了，胆子还越来越大啦，还敢摸人家奶子了。”妻子梗着脖子嚷嚷了回去，像斗鸡似的炸了窝。

“你瞎扯淡!”此时的李教导员已经火冒三丈，头发竖了起来，脸涨得通红，满头大汗，“谁摸别人奶子了!”他眼里像着了火，鼻子和耳朵都快冒烟儿了，抡起胳膊在妻子脸上重重地打了一巴掌。

“啪!”响亮而干脆，这个巴掌刚好落在妻子的右脸颊上，上面留下一个明显的五指印。

乡下妻子惊呆了，用手捂着有点发肿的右脸，又把左脸伸了过去:“你打！你打！给你打!”接着就号啕大哭起来:“你这个没良心的狗东西，你打俺，俺，俺不想活了！不过了!”妻子冲上前去，用尽全力与李教导员撕扯在一起，想把他撕烂。饭桌上的碗碟重重地落在地上，全部摔碎了。

“你疯啦?!”李教导员猛地把乡下妻子从身上推开，转身冲出家门。

“有种你夜上别回！挨千刀的王八蛋！有种你这辈子都别回!”乡下妻子在屋里骂着。

儿子一直端着饭碗，静静地坐在桌旁，身子紧绷着。吊着矮屋顶上的灯泡摇摆着，发出昏黄的光，一闪一闪的。男孩慢慢地将脸埋进了饭碗里。

会议室里，战士们正在七嘴八舌地猜测李教导员是否会出现。距会议预计开始的时间，已经过去40分钟了。

很多人想离开，海涛留住了大家。

"大家等等吧，李教导员会来的。"

韩冬梅说，也许李教导员生病了。"我们要不要让他的勤务兵去他家看看?"

"可能今天晚上都不用开会咯!"肖凡开始唱起了邓丽君的《香港之夜》。多多吹着口哨和着旋律，其他人一起唱了起来。

黄阿宝也受到启发，邀请宋文雯来到舞池，跳起了舞。馋嘴猫朱芸和田晓燕忙着嗑瓜子，一边嗑一边向地板上吐瓜子壳。王东升坐在桌面上，跷着二郎腿，和一群"纨绔子弟"们抽起烟来，得瑟地向桌子的另一头吹着烟圈，然后再看着烟圈慢慢散去。

"王东升，你抽烟，怎么着也得开扇窗户吧!"韩冬梅一边咳嗽一边埋怨。

王东升没有理她，继续优哉游哉地吹着他的烟圈，时不时地，还拿手指拨开一个个烟圈，引得一些男兵好一阵骚动。

"真荒唐!"韩冬梅径直走过去打开窗户。王东升继续戳着他新吐出来的一个个烟圈。

"他才不是荒唐，他这叫耍流氓。韩冬梅，回你座位上去，别理他。"

海涛并不是唯一明白王东升别有用心的人。

"行了，王东升，屋里这么多女士在场呢!"肖凡说道。

王东升回了个白眼:"女士?哪有女士?肖凡，我可一个都没看到，不就是一群无性战友!"

"这话谁说的?!"

王东升的话音未落，就听到从门口传来李教导员勃然大怒的声音。衣冠不整的李教导员正用手狠狠地指着他们。海涛慌忙维持起秩序来。看到会议室混乱不堪的场景，李教导员恨得直想将这群小兵的脑袋给拧下来:

"羞耻!耻辱!好好看看你们自己!你们也配叫解放军战士?朱芸、

田晓燕，拾起你们的垃圾！邋遢！ 你们是女同志，又不是猪！王东升，给我坐直了。我都为你们害臊。你们的口粮从哪儿来的？老百姓们辛辛苦苦地劳动是为了什么？为了你们这群无组织无纪律脏乱差的小崽子？”李教导员刺耳的声音轰轰作响，多多不禁捂住了耳朵。肖凡注意到李教导员被撕破的领口。

李教导员继续训话：“最近你们中有些人已经越来越猖狂了，居然还敢挑衅军规，什么迟到早退啊，什么未经允许擅自离开军营啊，什么戴蛤蟆镜留长头发啊——我指的是男兵们——还有听靡靡之音啊，穿得像地痞流氓啊……”

在李教导员唾沫星子飞溅的时候，从会议室后方飘出一个不大不小的慢条斯理的声音：

“谁穿得像地痞了？我们也从没有过流氓作风啊。”

孩子让他失望，妻子使他受辱，李教导员已经“身受重伤”，而多多不痛不痒的抗议，更像一把利剑，戳破了李教导员的自尊心，将那伤口撕裂开来。

“多多！给我站起来。谁批准你留长头发了？男不男、女不女的，瞧你那个鬼样子。在军区汇报演出之前给我剪掉！”

肖凡多么期望多多没有顶嘴，他知道，对于李教导员来说，此时的任何言语都无异于火上浇油。“李教导员疯了。肯定有什么事触发了李教导员的暴脾气。”肖凡拉了拉多多的衣角，示意“聪明的人在战斗前定会审时度势”，让他别说话。多多感觉这是个可以就事论事的时刻，不但不理睬他，而是一脚踩下了油门：

“李教导员！并没有人让我这么做，这是一种艺术的自我表达形式。”

“艺术？还形式？废话！别跟我扯些没用的东西！你是个战士，什么艺术不艺术的！有个屁用！”李教导员红着眼，像只斗牛。之后，爆炸一个接着一个，多多似乎踏进了他的雷区。

“我告诉你，把头发剪掉。这是命令，给我服从，你明白吗？你！明！白！我！的！话！了！吗?!”

队友们都将视线集中在多多的嘴唇上，生怕多多还会说出更多刺激李教导员的话。

“是，遵命。我会为您剪掉头发，李教导员。”多多严肃而正式的回答，让所有人感到意外，他们都松了一口气，至少多多没有再进一步刺激李教导员。

慢慢地，屋里紧张的气氛缓和下来。

本来已经准备大开杀戒的李教导员，面对多多态度的突然转变，同样有点吃惊。不过，他转念一想：“时不时亮一亮我的权力还是很有用的嘛。”与此同时，他决定今后一定要时不时地这样做一做，再也不当什么温和好说话的教导员了。

“解散。”李教导员命令道。

这一夜，李教导员留在办公室，睡在板凳上，整夜地听着他那台20世纪50年代造的收音机。

第二十八章　小魔头

天刚擦亮，军号声就将战士们从美梦中叫醒。肖凡勉强爬了起来，伸了伸懒腰，打了个哈欠。他第一时间就想到要去看看多多。这个小伙伴的床整理得整整齐齐的。“他上哪儿去了？”肖凡有些疑惑，“一定去晨练了。这个小混蛋，肯定想在李教导员面前挣表现。”一想到这里，肖凡赶紧加快了一向“迟到”的脚步，以最快的速度奔向操场。当他到达集合点时，李教导员已经到了。

“李教导员，早上好。”肖凡问候道。

“呦，太阳打西边出来了！肖凡，嗯，很好，你第一个到。这是你的第一次啊。”李教导员的话里透着些讥讽。在这个阴沉而多云的早晨，晨雾在身旁徘徊，向空气里输送着一股一股的水汽。

肖凡笨拙地挤出一脸假笑。他并不后悔在李教导员面前过分积极的表现，但由于从未与直接上级独处过，肖凡略显局促。当他看到海涛、韩冬梅、宋文雯和其他几个早起的“鸟儿”陆续“飞”到操场时，肖凡长舒了一口气。

几分钟之后，战士们都聚集在一起站成一排报数。这时，有个理应响起的声音没有出现。

多多不见了。

李教导员眉头紧锁。战士们小心翼翼，唯恐李教导员又要大发雷霆。有的战士探头向庭院的方向看，期盼多多尽快出现。

浓雾吞噬了整个训练场。李教导员擦了一下手表盘上的雾水，看了看时间。正当他吹着哨子指挥他们先操练时，一声尖叫从队伍里传来：“看！那是什么？”

“田晓燕！神经病犯了是吗？”海涛一边吼着田晓燕，一边像其他人一样随着她指的方向看了过去。

只见浓雾中出现了一个幽灵般的身影。大家全神贯注地注视着，先看清双腿，后看清上肢。

终于，当大家看清他的头时，身影已经站在了他们面前。原来是一个剃光头的小兵！

“哎呀！”喘息声和女兵们的尖叫声填满了空气的缝隙。

“你是谁？跟鬼似的！”

“晨练报到！”声音倒是很耳熟。

“多多？”韩冬梅叫了出来。大家盯着这光头的身影，目光集中在他的脸上：这面庞有些怪。一时间谁也说不出哪儿不对劲，但肯定是有不对劲的地方。

终于，韩冬梅结结巴巴地道了出来：“你……剃了……头？”

“是的。”多多耐心地等待着大伙儿发现他的“小变化”。

韩冬梅眯着眼，拉着多多的手，上下打量起他来。

突然，她瞪圆了双眼，好像发现了新大陆：

“我的天啦，你把眉毛也剃了！”

她的话引起女兵们一阵骚乱，大伙儿纷纷扑了上来，仔细端详多多被剃了的眉毛。黄阿宝把浓密的眉毛拧在一起，咯咯直笑。

“真是太无语了！”王东升说。

李教导员手脚冰凉，快要不能呼吸了。

“多多，快，戴上军帽，别给李教导员吓出心脏病来。差不多得了啊！”海涛注意到李教导员脸上红白交错，赶紧说。

“这不是恶作剧，这是命令。我只是服从李教导员的命令。”多多打起了报告。

李教导员脸上青筋暴起，举起颤抖的右手，指着多多：“你……”他强忍了好一会儿，最后挤出几个字：“多多，太不像话了，真的太不像话了！”他心里又笑又气。

“你……真……是……个不让人省心的家伙……海涛，给我好好管管他！哈！哈！哈！”李教导员留下三声突兀的干笑，也没有命令大家继续操练，径直走了。

士兵们目送李教导员离开，消失在大雾中，大伙儿这才敢笑出声来。朱芸笑弯了腰，捂着肚子求救："哈哈哈！嗷，嗷！笑得我肚子痛！嗷！我动不了了，天啦，抽筋啦！谁来给我揉揉肚子！"

"我来了。"王东升自告奋勇。

海涛马上喊道："田晓燕，去，帮帮你的朋友去！"

田晓燕也笑得前仰后合，抱着头喊道："你去帮吧——哈哈哈，海涛！我笑得肋骨疼，忍不住了，哈哈哈！"

肖凡也偷偷笑了起来："老倔驴碰上了小倔驴。看看谁笑到最后吧！"

"多多，让我们来帮你把眉毛画上。看看我的眉毛！你有没有发现，所有人中，要数我的眉毛最好看？"韩冬梅热忱的声音击碎了回荡在操场的喧闹。

朱芸和其他女兵们齐声怂恿多多："对啊，对啊，多多，让我们帮你画眉毛吧！"

"我们男人的眉毛和你们女生的不一样啊，它们是我们脸上的重要特征！"黄阿宝有点儿不服。

"难道我们的不是？"韩冬梅跟黄阿宝两个化妆高手，就谁更适合给多多画眉毛这个问题，争论不休。最终黄阿宝赢了，因为多多是个男孩。而女兵们则轮流摸着多多的头和没了毛的"眉毛"。

太阳从厚厚的云层中爬出来。多多的光头和没了眉毛的脸在阳光下闪闪发光，但他的心情并不晴朗——这本来是他作为一个叛逆青少年做出的重要声明，最终却被视为一个小孩子的恶作剧。这新的一天，训练和排练又开始了，就像什么也没发生过那样。

"这是有史以来最棒的恶作剧了。句号！"妻子俏皮的天性被激发出来，她很开心，甚至忘记了自己是一个注定要将余生献给音乐创作的作曲家，"如果世界在你周遭旋转，让你不知所措，最好的办法莫过于勇敢地向前看。我多么希望能早早地遇见你，多多。"妻子在多多的耳边低语，此刻的多多已经进入另一个世界，一个被无边的黑森林覆盖的世界。

"好梦。"妻子关上台灯，合上电脑笔记本，上床蜷进了多多温暖的怀抱。

第二十九章　黑森林

风使我翩翩起舞，我仿佛在这片黑森林中飞翔。大地微微颤动，搅起阵阵气浪托举着我的翅膀。我在这天与地之间漫无目的地巡航，寻找着神秘生物的身影。它那双眸中闪烁的微光如星般隐现在东方。

当启明星升起，黎明即将来临之际，新月像夜空里的剪纸，渐渐褪去颜色。伴着微风轻拂，云层边缘的颜色从紫罗兰色变为淡紫，中间如海绵吸饱了墨水似得显得越发厚重。天空中出现一块巨大的斗篷，那是夜幕里最完美的掩饰，就像非洲草原上随时准备发起攻击的雄狮隐藏在一片灌木丛里一样。太阳在远处的地平线上隐隐露出一道边缘，但是那光芒随即被那翻卷、暴怒的阴云吞噬了。空气中充斥着雨和闪电的味道，我知道，暴风雨就要来了。

从黑森林的最东边，隆隆的雷声夹杂着闪电发起了第一波进攻，打破了夜的宁静。我迎着暴风雨蕴藏的巨大能量，在闪电的缝隙里穿梭。狂风在海面上肆虐，海水发出低沉、支离破碎的怒吼。我抖落身上的水珠，看着它们慢慢坠落地面。成群结队的鸟儿尖叫着冲进乌云，仿佛在抗议。一种莫名的兴奋充斥着我的身体，我感觉我已经离你很近了，我不由得加快了速度。

时间在一点点流逝，雷声依旧在轰鸣着，天空突然绽放出一道光芒，那光芒仿佛是我梦里的灯塔发出的，照得我睁不开眼睛。我眨了眨眼睛，余光中我发现迷雾中一个散发着光芒的生物。它正踏着强劲的步伐迂回撞击那长满古老卷须和藤蔓的黑森林。它用铁蹄踩踏着蔓延交错的藤萝，我耳边满是树枝折断的声音。是你吗？我忍不住大喊起来。

在空旷的原野上，它似乎在回应着我的呼唤。我看见它嘶吼着腾身飞向天空，紧接着又折返回来，最后风驰电掣般向北方那片广袤平原飞去。那片城堡般的森林即将成为一个被遗忘的故事。它长而有力的腿离开地面，带动着纤细的身体前进；它颈上、尾部有又粗又长的鬃毛，正如诗般飘着；它的头追逐着远方的光，优雅又有节奏地摆动着。最后，我的眼前只剩下一点点影子。

我高兴地呼喊着，在你身边盘旋。我能看见你的眼睛。穿过广袤的平原，我们追逐着飞向远方不断升起的高地尽头，地平线的颜色在那里由棕色变成了蓝色。当大雨洗去所有尘埃，大地在清冷的天空的映衬下绽放出五颜六色的鲜艳色彩。微风轻拂草地，形成层层波浪，将我们引到一片白桦林掩映下的一涓溪水旁。你停下脚步，欣赏着满眼的春意，高兴地叫着。泥土中散发出来的芬芳吸引着你向溪水下游转弯处一片小树林走去。林中，鸟儿在唱着欢快的歌，在枝头跳来跳去；阳光下，蝴蝶在花丛间翩翩起舞，给大地点缀上一抹艳丽的色彩。此刻，你倚靠着一丛又细又高的桦树休息，像在思索着什么，然后又温柔地叹了口气。我知道你留恋这个地方，我亲爱的小生灵，这就是你在寻找的伊甸园吗？

我停留在你附近的一块岩石上，展开翅膀让阳光把我的每一根羽毛晒干。我凝望着你，不想打破这份静谧。微风像女人的手一样温柔地抚摸着我的翅膀，带走与暴风雨斗争留下的所有紧张与疲惫，让我一身轻松。我又望向那充满未知的远方，我已经准备好了。几公里外，跌宕起伏的山脉渐渐显现出它的轮廓，我翱翔在上空大喊。听到我的声音，你走出小树林，抬头望着远山的方向，仿佛知道那里才是你的归宿，随后你便朝着那未知的理想王国飞奔而去。

陡峭的悬崖边，我像离弦的箭一样跳了起来，仿佛能触及天空。向下望去，我看见巨浪拍打着深渊里的岩石，发出雷鸣般的声音。视线中，你拼尽全力，向着悬崖的彼岸纵身一跃，那身影随即融化在蓝天里。我的心就快跳出来了。

“飞啊——！”

多多被妻子的喊声惊醒，赶紧打开台灯看着她：在暗黄色的灯光下，妻子双眼紧闭，眼珠不住地在眼帘内转动，双手紧紧地抱在胸前。

“你还好吗？做噩梦了吧？刚才你尖叫了。”他叫醒妻子并将她搂进怀里。

“不是噩梦……是一个既奇怪又紧张的梦……”妻子依偎在多多怀里，仍然沉浸在头脑中那个鲜活的画面里。

“你吵醒我之前，我也做了个梦。”

“是吗，你梦见什么了？”

“明天再告诉你，快睡吧，明天还要上班呢。”多多说着关了灯，假装没听见妻子的抱怨。过了一会儿，妻子在黑暗中低声说：“我睡不着，和我说说你做的梦吧。”

“嘘，别说话，快睡觉。明天，明天我一定告诉你。”多多牵过妻子的右手，握在自己的左手里，他知道这个姿势会让妻子镇定下来。

“明天你就忘了……嗯，你用了美猴王的瞌睡虫……《西游记》……”妻子坚持了一会儿，很快就在多多的臂弯里睡着了。在瞌睡虫的作用下，妻子沉沉睡去。进入梦乡前，妻子含混着说道：“我梦见我在飞。”

多多微笑着感觉着妻子均匀的呼吸，他的计策再次奏效。他轻轻握紧妻子的手，在她耳边小声说道：“我梦见我长了一对翅膀。”

第三十章　鸟枪换大炮

多多的新器乐曲在新疆军区的音乐舞蹈比赛中获得了一等奖，文工队惊喜地收到一份奖品——一台18英寸的黑白电视机。李教导员那台20世纪50年代生产的锈迹斑斑的收音机终于被取代了。一开始，李教导员脸上没露出什么表情来，大约是因为这首曲子是多多坚持按自己意愿写的，直接违背了他李教导员的命令。可看到电视后，李教导员皱起的眉头顿时舒展开来，脸笑得像一朵盛开的五月花。"也该让咱们瞧瞧有影子的声音了！多多这个小兔崽子确实是个人才啊，但……"他期望这块"铁"能早日被炼成"钢"。最近，多多剃光头的小插曲太胡闹了，连李教导员心目中头一号"捣蛋分子"——肖凡都干不出这么"抢眼"的事来。

"俗话说得好，青出于蓝而胜于蓝，肖凡可从未拿过这么高级别的奖项。"李教导员决定和他这"不服从组织纪律特殊人才库"里最出类拔萃的小兵和解。他专门找多多进行了一次谈话："多多啊，你还年轻，犯错很正常，比如目无上级、迟到早退、留长头发等，有错误就要改嘛。不能把你'一棍子打死'，你本质还是不错的嘛。你很聪明，你应该利用好你的才华，做一些有意义的、正确的事，比如学习学习革命书籍啊。我深信，你会在部队大家庭里大有作为的。来吧，给我调调电视。我那勤务兵没用。"李教导员话锋一转，露出自己的真实意图。

李教导员的办公室里，山子正挥汗如雨地摆弄着电视。山子是李教导员亲自从老家招来的17岁勤务兵，平时老实巴交的，从不多说话，今天却骂骂咧咧了。"这什么盒子啊！新是新，屁大点儿用都没有！"不管山子怎么摆弄，电视机丝毫没有配合他的打算，固执地发出白噪声，满屏雪花幕。看到李教导员和多多走了进来，山子一面抱怨一面打报告，说这电视机就是皇帝的新衣，“中看不中用”[①]。

“还不如俺们的收音机，老是老，但至少还能冒出点声儿！”

多多快速翻看说明书，指出了问题：“山子，要安装天线。这屋里信号不太好，我们去屋顶试试，只动天线，不要动电视机。”

“山子，看看人家多多，比你小，却能很快找出哪里有问题。不要只知道抱怨，木头脑袋一个。”李教导员操着家乡话责备着，“要动脑子，别光使蛮劲儿！”

山子冲李教导员傻笑了一下，心想：“你不是也不知道要设天线吗？”他抱着电视的双手松了开来，让电视落在地上，发出一声不大不小的响声。

李教导员心知肚明，但没理会，继续命令道：“算了算了，你赶紧去道具室搞些电线来，可能那儿还有点存货。”

“是，教导员。”山子跑了出去。多多假装什么都没看见，继续研究着天线。

不到一会儿，山子拿着一卷电线跑了回来。多多用其中一根长线接起了天线。电视里依然传出没有影像的白噪声。

“去屋顶试试吧。”他用小刀将电线的塑料壳削开，将两捆电线接在一起，保证天线能伸到屋顶上去。

“山子，快拿梯子去！上屋顶啊！傻了？快去啊！”李教导员用一连串话赶着山子出了屋。屋外，战士们聚集在一起看着热闹。

“让开，让开啊！”山子扛着梯子穿过这不断聚集的人群。他的声音里满是兴奋，士兵们的积极性也被调动了起来。“快！山子，快爬上去！我们马上就有电视看咯！”大家欢喜地喊了起来。

山子站在两层楼高的屋顶上，海涛提醒他注意安全。

“没事儿，从小就爬树。”山子一面说着，一面往上爬。他接过多多递过来的天线和电线。很快，他和多多都上了屋顶。

韩冬梅扯着嗓子喊着：“多多，小心点！啊，山子，你也小心。”

---

① 山子应该没有理解“皇帝的新衣”的真正含义。

李教导员让多多从屋顶上下来，到电视机旁调试信号接收的情况。黄阿宝自告奋勇地说他可以调，却被李教导员挥手拒绝了：

“你不懂。去帮多多！看看他要什么，给他搭把手。”

这下好了，多多从屋里传来的任何“指示”都经由一个反应链传达到房顶。

“左边一点儿！”黄阿宝冲出屋子，对着屋顶的山子叫喊。

“右边一点儿！不，不不，再右边一点儿！不，再左边一点儿！”

李教导员一边看着黄阿宝进进出出，一边在办公室和庭院之间来回踱步。战士们也站在院子中央焦急地等待着结果。

几次尝试之后，多多建议将电视搬到院子里试。

“说得对，来来来，快来人把电视机抬出去。多多，你不要动手，让他们干吧……”这时李教导员已经对多多唯命是从了。

电视机被搬进了庭院。多多指挥着山子，在屋顶的各个角落测试着信号，然而，新电视依然固执地维持着白噪音和雪花幕，没有丝毫动静。

“没戏了，咱们大院太偏了，收不到信号。”宋文雯惋惜地叹了口气。

“你为什么总是这么消极呢！”多多拒绝这么快就放弃尝试。他敲了敲电视机的木框。电视上的雪花幕变成了一些断断续续的影子。多多眨着眼，抓住了这转瞬间的画面。

“等等！我看到了！再等等！”图像消失了。多多又敲了敲：“你做什么了？山子，你刚刚在做什么？不管你做了什么，再做一遍！”

“山子，你做什么了？不许动！再来一次！”李教导员焦急地重复道。

“什么？再做一遍？别动？俺一直都没动啊……”山子瞬间被吓蒙了，僵在屋顶上，生怕招来李教导员的另一通责备。

“木头脑袋啊！好好想想！”

李教导员暴躁地紧逼着他。

直到韩冬梅提醒山子一步一步回溯之前的动作时，山子才想起来，他刚才无意间碰到了天线。山子兴奋地挥着双臂，向庭院中的人群喊话：“俺知道，俺道了，我刚刚摸了天线！李教导员，俺碰了天线！俺碰……嗷……！”

“小心！”韩冬梅一声惊叫。

几秒钟后，山子的头从屋顶探了出来：“我……没事……”

“再摸回去，给我挺住！”李教导员命令。

“是，教导员，要挺多久啊？”

“一直挺，听我命令！”

“让俺一直摸着电线，你们在那看那个盒子？李教导员肯定忘了这地方到底有多冷了。”山子不情愿地执行着任务。整整一个小时过去了，自己被抛弃在屋顶上冻着，他很委屈：“你们都在屋里看盒子里的影子，找乐子！”山子挠挠头，将重心从左腿移到右腿，但双手仍牢牢地稳住天线，自我安慰道：“好兵就是要服从命令。动动脑子，山子，动脑子！”终于，山子想出了主意，他鼓起勇气，跟站在院里的战士说让张师傅给他切一块羊肉。他说了几次，没人搭理他，于是他就大喊起来：“张师傅，张师傅！俺要一块羊肉！”

“什么？你要羊肉干什么？你是猪啊，就知道吃！”王东升叫道。大家左看看右看看，都丈二和尚摸不着头脑。

“谁是猪?！你才是头笨猪呢！当然是拿羊肉挂在天线上嘛！”山子红着脸反驳起来。

山子的话让大家更蒙了，王东升对着山子喊着：“你是打算拿来喂老鹰吗？人都吃不饱。没读过书，白痴一个。”

“王东升，你才是白痴！”

“山子，别胡闹！”李教导员打断了他们的对骂。被人揭了短的山子气得脸红脖子粗。他在乡下没上过几年小学，让他很自豪的是，他和李教导员一样，靠耳朵“学”了不少东西，但至于这些东西如何运用，那就不得而知了。

“你看，如果俺摸着天线，然后，然后，然后图像就出来了的话，那么在天线上挂一块羊肉也会有同样效果的。你不明白吗？不管羊还是俺，都是肉嘛！你们这些城里人咋比俺想象的还笨！这叫非常情况下的非常手段！”

在错误的时间、错误的地点从山子口里喷出与他不搭的精致词汇，那些不伦不类的习语和荒谬的想法结合在一起，引起哄堂大笑。然而，有这么一瞬间，山子的话听上去是如此合理，“是这样吗？不是吧？”院子里的笑声弱了下来。山子还没反应过来怎么回事，就听李教导员滚滚如雷的命令声从院子里传来：“关掉，把电视关掉！拿走！所有人都回宿舍去！不许对这事传出一句！ 多多、海涛，你们把电视抬到办公室去。山子，给我下来。活动结束。解散！”

屋顶上的山子惊慌失措，不确定到底是什么激怒了他的首长。心想：“城里兵瞧不上俺们乡下兵，李教导员是知道的，他最讨厌这个了。要被教导员敲打起来，他们肯定比俺还惨。”

山子已经做好准备，等着李教导员来修理他。但奇怪的是，李教导员并没有再提起有关黑白电视的任何事情。直到一年后，补给车运来一根大天线，电视信号问题终于解决了。从那以后，李教导员时不时地给“晚请示”中表现良好的小兵们开小灶——看电视。除此之外，李教导员整夜待在办公室的时间更多了，终于，老婆和孩子还是被送回了乡下的老家。

“当时为什么要禁止你们看电视呢？”多多回忆这段故事时，妻子的好奇心被勾了起来。

“你去过那儿，你知道那个地方离内陆到底有多远。那时，军营附近几乎没有电视台，整个乌鲁木齐市也只有一家电视台，而且离我们军营大概有一千多公里。那天我们收到的信号来自苏联一个共和国的宣传台。所以，你明白了吗？”

与妻子说着话，多多的眼神渐渐游离，陷入时空中可能存在的另一个宇宙了。妻子认出了，这种表情跟多多时隔30年后再次跨入文工队大院那一瞬间的表情非常相似。

“30年了，你活着，至少你知道。”稍纵即逝的忧伤逃过了妻子的双眼，这是一种很难被别人发现的微妙表情。妻子有一张圆脸，一双大而黑的眼睛，带着预知的一丝忧郁。多多手指轻轻抚摸她的脸，吻了吻她的头发：“你的头发真香。”

第三十一章　卫生纸

“29年了！你能相信吗？我好想念我们当兵的地方。”韩冬梅在2006年的新年除夕打电话给朱芸。

“对啊，我们都老了，都是老女人了，成退伍老兵了。老了老了……我好想念那帮混蛋，”朱芸在电话那头说着，“也许我们可以搞一次聚会。”

“聚会？好主意呀。我怎么没想到！我们来操办吗？”

“哦，不不不。让海涛组织。咱们这些人，就剩他还在服役，他肯定有资源联系上所有人。”

“馋嘴猫，恭喜你成为一只精明的老猫！呵呵呵，莫非你另有所图？”

“韩冬梅，我怎么能忘了你这个狡猾的八卦精！”朱芸诙谐地说，“我马上打给他，别挂……”

“你好。”

“同志，你好！”

“你是？”

“同志，你这都没听出来？”

“你到底谁啊？”

“老同志，你好！”韩冬梅插话道。

“到底是谁？再不说我挂电话了！”海涛的语气变得生硬。

“真是的，海涛，别紧张！我们是朱芸和冬梅！你居然敢挂我们的电话？”

“哦……原来是你们，有事吗？”

“听着，冬梅和我有个主意……”

要跟“油瓶倒了都不扶”的朱芸一起张罗聚会的事，海涛只想想就脑袋疼，不过当他得知多多会从美国回来与他们会合时，海涛抑制不住地兴奋起来。

“多多？真是太想见他了。你俩帮忙联系所有人，剩下的我来安排，我全包了。”

连再见都没来得及说，海涛挂了电话，冲到写字台边，打开笔记本，开始计划起来。

依照惯例，他要亲自挑选聚会上的“发言人”，然后在每个“发言人”名字下用红笔画上红杠，再加上一小段对每个人发言的总结。他想象不出这些战友们现在的模样。整整30年啊！他开始给这些熟悉的名字写邀请函，模糊的回忆在脑海中闪烁。此时的海涛很后悔当初没听多多的话——把那时的笔记本留下。而现在他脑中只剩下对一本本笔记本的记忆了。那些红色的笔记本也已慢慢地褪了色。

海涛包了家宴会厅，老战友们互抒情怀，他们吃着，喝着，聊着，笑着，热闹非凡。喝了点酒的海涛趁着酒劲儿，一把抓住多多的手，拽得死死的。

“连你都长白头发了，真是不……敢相信……不敢相信啊。我们在哪里……”海涛结结巴巴说着，眼眶湿了。

“你一点儿都没变啊！”多多也紧紧地握住了海涛的手，控制着情绪，“看看你，还能保持这般体形！朱芸现在都还惦记着嫁给你呢！”

“哟，恐怕高攀不起哟！他那‘时刻准备着’的日子我可过不了，人家现在可是高级军官呀！”朱芸一边指着海涛的徽章，一边徒手剥开两个核桃，“嘿，海涛同志，我听说，当年，你可是我们中最早用上手纸的人哦！是真的？”

“朱芸，小心你的手，我来帮你……什么手纸？不会吧？多多！你没有……！”海涛略显尴尬，显然，对过去的回忆让他看上去开朗了许多。

文工队每个入伍新兵初来乍到时都会对军营及周边居民的公共厕所边上一堆堆的异样土块感到好奇。他们很快就会从当地村民那里得知，这是当地人的卫生用品。通过压紧、踩扁、切成小块等工序制成的“土坷垃”，是当时当地人的简易“卫生纸”，又称“手纸”。“手纸”这个名字可能更贴切——方便后，人们用它来擦屁股。既然没听说过卫生纸，那就更别说餐巾纸了。通常，当地人吃完饭后，用手或者袖子擦嘴。这些城市兵自然不愿意这般“入乡随俗”，他们用军队提供的毛巾做餐巾纸。用餐还好说，但要找到手纸的替代品，就只能靠想象力了。军队供给物中没这一项。

1980年之前，即使在内陆大部分城镇中，卫生纸都是稀缺品，上架就被抢光。像他们这样的边远地区，离人口聚集地如此遥远，步入文明的速度自然比内陆城市晚了一拍半。

在当地的商店里，只能偶尔买到一种名叫“草纸”的卫生纸。这种由稻草制成的、泛灰色的“马粪纸”，质量粗糙，容易破裂，而且吸水能力极差。除此之外，更重要的一点是，这种草纸使用起来消耗量特别大，而且很贵，附近的商店只能间断性供应，每当新货一到，必定瞬间被抢购一空。草纸的需求量很大，对于战士们来讲，只有撞大运才能囤上一些。

“善利万物”——这是军队生活教给他们的重要一课。只要是生活中能找到的任何东西，例如家书或者笔记本，都会被利用起来。多多不愿意这样做，认为这些东西承载了太多的个人情感，其中蕴含的价值只有未来才能体现。于是，多多悄悄地和一些密切的朋友讨论起如何利用读书室里的报纸来解决这个问题。

李教导员很快注意到阅览室里的报纸正在迅速消失。起初，战士们表现出来的“高涨的读报热情”，让他欣慰，他甚至还骄傲地归结为：经过自己漫长的努力和“不懈的敲打与锻炼”，终于让这些新兵领悟到了国家和党的大事在他们部队生活中的重要地位。

没过多久，他便察觉到事有蹊跷，他发现，不胫而走的只有一种特定的报纸，尤其是在早晨，丢失的最多。他怀疑“内有玄机”，便命令山子暗中“侦查”，到底都是谁在“读”这些报纸。

一周之后，公共阅览室里出现了一张粉色的通知，上面赫然写着一行大字：

报纸是军队公共资产，任何人不得在阅读后私自占有。

从那以后，多多和他的朋友们的日常需求又没了着落，必须找其他替代品来满足这个生活中的必要环节。

第三十二章　渡　河

文工队的车队经常穿梭于喀什及边境站之间的公路上。在1976至1981年间，文工队跑遍了帕米尔高原和昆仑山山脉的每个角落，进行慰问演出。他们的足迹一直延伸到世界屋脊——喜马拉雅山脉。战士们俨然成了探险专家——蹚河数百条，补胎千万只，成了风雪无阻的“钢铁战士”。

“一想到这些，我的骨头都要冻上了！”乌鲁木齐饭店的那场聚会中，韩冬梅回忆着当时的情景。

“韩冬梅，你们女生真没少占男生便宜哈。是不是，有过什么，背女兵过大河……啊？哇，海涛，你当时能给哥儿几个树立好榜样啊——教导员说‘跳’，你就跳……嗷！那条破河，至少……少得有个500米宽吧！”醉意正浓的黄阿宝舌头都快打结了。

“夸张了啊，”海涛边说边在桌底下踢了踢黄阿宝，“哪有那么宽。再说，我又不是第一个扎河里的人，明明是韩冬梅先跳的！她那会儿可真能逞强！”他指指韩冬梅。

韩冬梅对海涛笑了笑：“别呀，你这人怎么这么爱记仇呢。对了，你最后背了谁来着？”她的声音充满歉意，外带着些挑刺儿的语气。

海涛瞥了一眼朱芸，朱芸正在揉眼睛，好像无意中忽视了海涛意味深长的眼神。

“来吧，我来背你。”海涛将手伸向韩冬梅。

“边儿去，我自己有腿！”韩冬梅早已挽起了裤腿，毫不犹豫地跳进了河里。

“等等！小心！水很深！”海涛喊道。

“海涛，你怎么像个小女人！”韩冬梅一面蹚水，一面讥笑着说。

“好好好，真是好心没好报……”海涛哼了一声，“下一个是谁?”他一转过身去，朱芸就站在他背后，眨着眼，龇着牙，又傻又甜地看着他笑。

1979年那场阿里之行中男兵背女兵过河的壮举，受到军区上层的高度赞赏。后来，这样的壮举总是重复上演着——每当卡车被卡在河里，所有的男兵们都会齐刷刷地跳进冰河，铲路、推车、拉纤，直到卡车顺利过河。女兵们则在河岸边等待她们的“骑士”来背她们过河。

曾经有一次，在对抗大自然“邪恶势力”的战役中，肖凡也积极起来。对肖凡的突然转变，多多丝毫不感到意外。他明白他的朋友另有所图。

趁着兄弟们拉车时，多多爬上车顶，挥舞着口袋大小的学习材料，操着湖南家乡话，背诵着那些鼓舞人心的话语以激励那些跳进冰河里奋战的兄弟们:“我们要一不怕苦，二不怕死；下定决心，不怕牺牲，排除万难，去争取胜利!”

就像龙舟赛中跟着船尾舵手喊号子的节奏似的，这些男兵们有秩序地推和拉，效果奇佳。岸上的韩冬梅看到这一情景，就召集所有女兵们加入这场“展现英雄气概”的竞争。女兵哪能落后呢？女兵们组成的啦啦队大喊着口号，把多多拉下了台。

看到多多随身携带着学习材料，李教导员异常满意。当他们抵达河对岸时，男兵们还没来得及喘口气，李教导员就将大家召集起来开总结会。

“今天，多多为大家树立了良好的榜样。看看，这些话语就是有力量！从今天起，大家都要像多多一样认真学习，像多多一样深刻理解这些学习材料的意义。这样，你们就能像多多一样，活学活用，成为军人中的楷模。同时，你们也能像多多一样，听到我的表扬!”接着，李教导员又给大家下达了新的命令——像多多一样，随身携带着学习材料。

“太不公平了——水那么冷——我们都干着脏活儿——他在车顶上

念两句口号就被表扬了！太狡猾了，多多他可够蔫儿坏的!”聚会上，黄阿宝回忆着。

“都这么多年了，你还为这事儿愤愤不平啊？咱们的多多不是一直都爱学习吗?”海涛调侃道。

第三十三章　阿　里

自从2006年聚会之后，韩冬梅和朱芸一有机会就会回去一次，在QQ空间里，认真地更新着照片和战友们的动向。多多看到QQ上频繁发布的照片后，决定建议他的大姐姐们建一个专门的网站，作为文工队战友进行分享、联系的平台。电脑能手多多很快就为姐姐们设计好了网站。韩冬梅和朱芸邀请了一大群失联已久的战友。一时间，网站成了大伙儿关注的焦点，上面每天都有私人收藏的旧照片浮出水面，每天都有人在讲过去的故事，大家好像突然发现了永恒的新大陆，兴奋激动，感慨万千。

在妻子的眼中，此般的情绪宣泄似乎没什么必要，她认为这只是人们在步入中年时，很自然地表现出的“伤春悲秋”——青春之泉已经失去了那最宝贵的泉水。“可生命的路还长着呢，也许该等到80岁再感慨吧。”妻子想到自己84岁高龄的母亲——她希望在有生之年“收脚印”，重温每一个去过的地方。母亲说，当她人之将去，她将带走她生前的一切，不在地球上留下任何痕迹。这实际上是佛家对生死的隐喻：生不带来，死不带去。妻子的母亲是一个路德宗教徒，看来东西方信仰也有相同之处！妻子想，韩冬梅和朱芸是否也已达到那种境界，每次重返都是在追寻她们已浸润到那片土地的脚印呢？

去年秋天，重游塔什库尔干的韩冬梅，一直在给多多发送沿途的照片，炫耀着鲜美多汁的羊肉串和其他肉食、面食以及当地的应季水果，看到这些，多多和妻子直流口水。

“我饿了！我也想吃！”多多把妻子的评论发短信给韩冬梅，却引来韩冬梅的另一轮“狂轰滥炸”——更多绝美的照片，包括神圣的白沙湖和雄伟的公格尔峰。照片里的韩冬梅和朱芸衣着鲜艳，在蓝天下摆着各种造型。

“她真的是在折磨我们，赤裸裸的炫耀!”看到照片里的白沙湖，妻子的好胜心被激发出来。

韩冬梅在地球的另一端，享受着这番对小弟弟和他妻子的“折磨”，她不断地向多多夫妻发送诱人的照片，直到多多夫妻回了她一张大雾中旧金山金门大桥的照片。

“美呆了，真的是疯了!”韩冬梅这才表示投降。

不是所有人都热衷于这种和睦的相聚。与大家的热情恰恰相反，肖凡被拉进战友组织后，没过多久，便在大家的视线内消失了。除了多多和韩冬梅，他再也没跟任何人联系过。一次肖凡和多多在网上开饮酒派对时，肖凡听说多多的妻子正在写一本关于文工队的小说，便脱口而出:“这无异于‘近亲结婚’!”(妻子将他的意思理解为谱曲和写小说有着同样的思想过程)但很快他又言不由衷地补充道:“好主意。”当肖凡第一次去美国，在湾区与多多夫妻见面时，妻子问肖凡为什么不写一部关于文工队的小说，肖凡犹豫了:

“那些事儿嘛，我都忘了。”

“是吗?”

“那些是被埋葬在‘误区’中永不得释放的记忆。也许我待会儿会告诉你，”肖凡清了清喉咙，更像在自言自语，然后转向多多，继续说着，“多多，你还记得我们的阿里之行吗?你那时才14岁。我还写了个关于那趟旅行的故事，那是我第一次发表文章。因为这篇文章登上了《解放军报》的头版，李教导员才第一次表扬了我。”

“对啊，你知道韩冬梅这些年一直都保存着那张报纸吗?”

肖凡的眼中闪现出一道光。

一九七八年六月二十四日

在去阿里的路上，文工队带上了他们的全部“家当”：一辆载人的大客车和两辆装满场景道具、管弦乐器、炊事用具和食物的卡车。这次，他们收到了阿里军区的邀请，在边境进行为期两个月的慰问演出。

“嘟塔塔嘟塔，塔塔，塔，塔……”多多坐在卡车拖厢里的一大堆厨具上，一边敲击，一边哼唱着手鼓的节奏。

“你听说了吗？阿里军区有一支‘海军’！”肖凡说道。

“在阿里吗？你说的是由‘海员’组成的我们这样的正规军？别开玩笑了，人们都说阿里所在的青藏高原是世界屋脊，你跟我说，怎么会有海？”

“要说海嘛，当然是没有了。”

“那你说海军到底在那干些什么？”

“我听说那儿有座很大的湖，叫班公湖。”肖凡漫不经心地抛出话题，显摆着自己的地理、历史和民俗知识。

“那我们应该叫他们‘湖员’！”多多笑道。

“实际上，我们脚下这条路就是喀喇昆仑山脉公路。你们知道吗？为了完成这条新藏线，大约在1962年，还爆发了一场‘中印边境自卫反击战’，持续了一个月，最后我们胜利了。”

“你从哪儿看到这些信息的？从白雪的书店那里？”肖凡的“孜孜不倦”让多多甚是惭愧。

“对啊。”肖凡吐出一颗杏核。

“比你抛得高！”多多也把自己的吐了出去，说道，“那我们这次是要为这支海军表演吗？”

“不会，咱们可是陆军。”肖凡一面眯着眼睛，一面拿起另一只杏，狠狠地咬了下去，“我们为驻扎在阿里地区的陆军慰问演出。”

“那是挺可惜的！”多多拿起一只桃，咬了一大口。一股清新甜美的桃汁流过多多的喉咙。“真甜。”他闭上了眼睛，“我真想看一看军舰！你知道他们有军舰吗？也许我们可以溜出去看看。”想象着朋友的反应，多多继续闭着双眼，觉得自己该亮出底牌了，“我也小做了些研究。古老的古格王朝①曾出现在阿里地区，阿里周围的湖水是黑色的。那里

① 古格王朝起源于西藏西部（现西藏阿里），该文明活跃于公元10世纪。

有两座相邻的湖，地处世界最高海拔，当地的人们称她们为‘神湖’和‘鬼湖’。”

“小样儿的，不错嘛!”肖凡很满意，觉得是自己影响了多多，但影响得还不彻底，“我听说他们只有一艘小船，小船上只有一部机关炮。”

“听上去更像一艘渔船啊，好失望。”多多睁开眼，继续吃着剩下的桃。

“虽然只是一支小部队，但绝对算得上海军。嘿嘿，他们的制服比我们的要帅得多——蓝白相间，就像大海。要是穿在咱们身上，肯定很好看。”肖凡将手搭在多多的肩上，享受着卡车的轰鸣声。卡车正日复一日地爬过一座又一座山头，像只小蚂蚁一样。

“还有6天我们就到阿里了。牛宝，我说的对吧?”多多拍了拍驾驶室顶部，迎着一阵旋风，大声说道。

“6天多，这搓板路颠得我们骨头都快散架了!”肖凡皱了皱鼻子。

“对啊，伙计们，还有6天!”牛宝从驾驶室探出头抱怨道，“如果发动机扛得住，我们不死在这里的话，应该可以。我要停车了，你们俩，帮我加点水，现在!”

卡车发动机又开锅了。

G219国道是一条蜿蜒在世界屋脊上的高速公路，平均海拔超过4500米，为全世界海拔最高的高架高速路——可以称得上“天路”。G219途经地貌琳琅满目，美不胜收，足以让所有的地质学家欢呼雀跃：挑战者会享受那无尽的山口、冰河、雪山，领略冻土、盐湖与淡水湖、温泉、苔藓地、湿地、沙漠和草场风貌。近年的道路修整，已经大幅度提升了路况，然而，即使是今天做工精良的汽车也要花上3天才能跑完全程。想想30年前，在当时路况和车况都欠佳的条件下，要6天完成旅途，除了需要好天气外，更要烧高香走大运。

这段旅程经过的大部分区域都是无人区。对于此次出行，战士们早有准备，为应对高原反应，专门准备了氧气瓶，配备了一名军医，饱经风霜的文工队员早已习惯了各种与高海拔山路联系在一起的“灾难”。除了掌握实用的脱险技能之外，他们还培养出了应对风餐露宿的大无畏的勇士精神，也就是我们俗话说的——“兵来将挡，水来土掩”。海涛也有自己的说法：“都是些家常便饭，跌倒了再爬起来嘛！”王东升补充道：“咱们本来就是一群铁人。”士兵们表现出的决心，得到了李教导员的赞赏，他用毛主席的名言总结道：“人定胜天。”

出发前几天，海涛和其他几个小队长获得了一份殊荣——可以携带两支步枪和一支手枪。手枪是专门给海涛的。这次，善于隐藏情绪的海涛也终于按捺不住了。军队中有这样一个惯例：被允许携带枪支代表了高层对你的极大的信任，也暗示着即将到来的提拔。文工队里，只有李教导员是唯一可以携枪的军官。海涛主动跟队友们就持枪的问题进行讨论。多多和肖凡成了他显摆的首选对象。但事实并不太遂他的愿——多多是海涛最小的朋友，已经过了盲目崇拜的年龄；而肖凡以那种“远近闻名”的冷漠态度对海涛持枪不以为然。最后，海涛终于找到了他的听众——女兵们。

“嘿，嘿嘿！看看我们英俊的海涛同志，配了枪，多帅气！”韩冬梅起哄道。

“天啦，海涛，你居然有手枪！”田晓燕叽叽喳喳地附和着。女兵们纷纷围绕在海涛身边。

“给我看看！给我看看！”朱芸拉着海涛的腰带，“山里会有猛兽吗？如果没有，我们为什么还要带枪？那儿也没有人啊……我听说那边是无人区。李教导员开会时也没有传达任何关于猛兽的信息啊。”朱芸问道，又把左手放在嘴边，咬着食指指甲盖。

“别指望李教导员什么都会告诉你，傻瓜。咱们的教导员只关心自己说教式的演讲能否激起大家的革命觉悟，”肖凡说着，不怀好意地“嫣然”一笑，“不过啊，有传言称在六七十年代时，靠近尼泊尔和印度边界的公路上，曾经发生过土匪冲突事件。”

“听说这些强盗有枪，还把供给车司机打死了。”多多插了话。

“听到了吧?!”

“带枪是预防万一，近些年也没听说过这样的事了。”海涛忙说。

“馋嘴猫，你害怕了吗？要不你就缠着我们的海涛，让他保护你呗！”韩冬梅打趣道。

朱芸莞尔一笑，盯着海涛的眼睛：“海涛同志，你能给我特殊保护吗？”

“朱芸同志，我会尽力保护所有人，包括你。”海涛郑重地回答着。

肖凡刻薄的舌头总不会闲着：“差不多行了啊，到别处自己说去嘛！别在这丢人现眼的。”

海涛一下就脸红了，对着战友们强挤出一个微笑，假装没有听到肖凡的话，匆匆离开了房间。多多和韩冬梅互相瞥了一眼，笑了笑。朱芸用李教导员的家乡话骂着肖凡：“你个球，这人真讨厌，忒刻薄！”

“我这说的可是大实话，只是你现在还不懂。”肖凡哼了一声。他知道，这种傲慢的态度肯定有些讨人厌。但他不在意。他管这叫个性——是天才应该拥有的艺术气质。肖凡对多多点了点头：“咱们走吧，还有很多工作要做呢。”

“什么工作？该睡觉了！我们马上要开始一场艰苦的长途旅行了。多多，你应该睡足觉，准备好，”韩冬梅有点紧张，“别净跟肖凡干些蠢事儿。尤其是现在，注意李教导员的情绪，过几天他搞不好会把脑袋给你拧下来！”韩冬梅关切的大嗓门儿还在走廊里回荡，肖凡和多多早已没了踪影。

朱芸跺了跺脚，对韩冬梅抱怨道：

“你也知道，我好想把肖凡那张自以为是的脸撕破。”

“别理他，他开玩笑呢……他不是那个意思。咱们走吧，田晓燕还等着咱们吃瓜子呢。”说罢，便拉着朱芸离开了会议室。

第三十四章　地狱之门

从叶城到阿里县的狮泉河这段路况很复杂，在经常光顾这条公路的卡车司机中流传着一首打油诗，虽有些调侃、夸张，但把那种感觉描述得很准确——胆小的听到后恐怕要细细考量了，轻易不敢上这条路了。

库地达坂险，
犹似鬼门关；
麻札达坂尖，
陡升五千三；
黑卡达坂旋，
九十九道弯；
界山达坂高，
伸手可摸九重天；
…………

经过两天的行程后，文工队一行来到陡峭的库地达坂，此地海拔已升至3200米，算得上这趟旅程的新高。李教导员已明显露出疲态，他担心士兵在身体和心理上出现问题，特别是少数女兵。李教导员坐在前排，眼睛紧盯着逐渐逼近的山峰。他紧绷的上身向前倾斜，像一只弯曲的弓，好像汽车上任何微弱的动静都会让他"箭在弦上，一触即发"。"我们只有一个氧气瓶。"李教导员心里盘算着。令人惊讶的是，士兵们表现得相当平静。伴着大客车蜗牛般爬行，大多数人都睡着了。连朱芸、田晓燕边聊天边吃零食的声音都听不见了。士兵们既不激动也不焦虑，这让李教导员很是安心，不过他仍然紧绷着弦，随时预备着对付任何突发情况。当车辆在麻札达坂最高处急转弯时，他听见黄阿宝脱口而出的一声尖叫：

“哎，我的妈啊！看看我们脚下的山谷！”这歇斯底里的声音吵醒了整车人。

“啊！”

“啊，我的膝盖都软了……”

“我的脚板心都湿了……”

李教导员听到这吵闹的声音反而松了一口气。喧嚣中，李教导员又开始了说教：“安静！革命战士是钢铁做成的，是无所畏惧的，拿出你们的自信和决心！看看自己到底是什么东西造的！”他转过身，看到窗外的山谷，心一下跳到了嗓子眼儿。云朵在他们身下，河流和湖水就像散布在孩子涂鸦里的圈圈线线。

就在此时，一阵强风袭过，大客车剧烈地摇晃起来，引得车厢内的人阵阵尖叫。黄阿宝不合时宜地念叨着：“我听说这里每年会翻三十来辆车。”

“不会是真的吧？”王东升和他的伙伴们吵吵嚷嚷起来。

“别胡乱散播谣言！黄阿宝！谁告诉你的？给我安静点！”李教导员命令黄阿宝闭嘴。

“不是我说的，是肖凡和多多说的。”还没等黄阿宝说完，就听到韩冬梅的女高音从混乱中传来。

“快！氧气瓶，教导员！林菱！林菱！”

“什么?！怎么了？停车！山子，叫杨军医过来！”李教导员拿出氧气瓶冲向车后座。王东升也跟了上去。大客车停在了路中间。勤务兵山子冲向几百米前的第一辆卡车去找军医。

“我的天，又来了。”宋文雯皱着眉，头痛难忍，她几乎快要大哭一场了。“虚张声势的戏剧女王，”她心里很气愤，拿手掌打着额头，“我头这么痛，怎么都不来个人关心关心我。”此刻的宋文雯，虽然心中充满了不平，但又担心大家觉得她缺乏同情心，只得强迫自己走上前去探视林菱。

后座上，林菱身子僵硬，靠在韩冬梅身上。她脸色发白，血色已褪去。

“林菱，吸气，吸气!”韩冬梅一面将氧气罩罩到林菱的嘴上，一面催促她。林菱嘴唇颤抖起来，一边咳嗽一边死死拽住氧气罩。

“我……不……不能呼吸……”林菱已经开始翻白眼了，“救我……”然后，她双拳紧握，身体蜷缩成一团。

“林菱，林菱！快！快！快来人！你们谁能做点什么?”韩冬梅惊慌失措。

“要不，扇她一下?”宋文雯建议。

“老子扇你两耳光还差不多!”王东升对着宋文雯大吼。

不知所措的韩冬梅用力地拍打着林菱的脸，掐着她的人中，试着让她张嘴吸氧。

林菱弱弱地睁开双眼，挣扎着，吸了点氧气。

片刻之后，杨军医从第一辆卡车上跑过来，喘着气，流着汗，推搡着士兵们：

“回去，这里需要空间!”

“回到你们的座位上！快回去！让杨军医过去!”李教导员重复着军医的话，围着的战士们闪开一条路。

杨军医检查了林菱的脉搏。因为吸入了氧气，林菱已没有什么大碍，但看上去依然是一副很难受、很虚弱的样子。杨军医决定留在大客车上。

虽然有惊无险，但这个小插曲给每个人当头一棒。大家变得警觉起来，开始意识到这是一次真正的高原旅行。幸运的是，下山的行程还算顺利。两辆卡车很快就溜下山去，消失在崇山峻岭之间。

坐在第二辆卡车车厢里的肖凡和多多对大车上发生的事情一无所知。这两个家伙，好像并没有什么高原反应，一直沉浸在关于西藏和前方路况的话题中。他们甚至都没有注意到，战友们的大车已被他们远远地抛到了脑后，直到牛宝将卡车停了下来。

“肯定又出啥子毛病了，那辆旧汽车应该在上新藏公路之前就修过了，咱们的卡车也一样的嘞。”牛宝埋怨道。他将车停在路边，靠着河，紧挨着第二辆卡车，“休息一会儿吧，等等他们，顺便给水箱灌点水。”

牛宝叫肖凡和多多下车，再带下来几个哈密瓜。

牛宝是个身材矮小的四川兵。因为他的头很大，与他的身子不成比例，大家送给他个绰号——大奔儿喽牛宝。与肖凡同龄的牛宝是个典型的暴脾气司机，出了名的胆子大，什么路况都不怕。

肖凡嘴里含着哈密瓜，问牛宝前方的路况。牛宝半开玩笑半认真地说：

“太甜了，开了这么久的车，能吃上一口哈密瓜真是太享福了。你知道吗？这条路上，有四件事非做不可，不然你就跟没到过这儿一样。”

接着，他又念了首顺口溜：

不上昆仑山，
不是好男儿。
甜水海边尝尝鲜，
死人谷里睡个觉，
界山达坂撒泡尿，
班公湖里洗个澡。

“你俩知道不？乖乖，甜水海的水并不是甜的，是苦的嘞……你俩知道不？死人沟和界山达坂可高了，超过5000米，你俩知道不……”牛宝继续讲着故事，听上去有些聒噪，“我知道这条路上的所有故事……你俩知道不……”

“我们知道！”肖凡觉得自己打开了一个永远无法关上的话匣子。

“你来过这条路多少次？”多多试图关上这个话匣子。

“上百次喽！”牛宝得意扬扬地说。随后，他指向另一名年长、性格很内向的司机。

“但是我师傅已经来过上千次喽！他对这条路是了如指掌喽！如数那个什么家，什么珍的喽！”

“是如数家珍，哥儿们！我以为你也了如指掌了呢！”肖凡笑道。

“看！李教导员来了！”牛宝指着半山腰上蜿蜒的小黑点。

肖凡立马闭上嘴，变得庄严肃穆起来。

“那真是太神奇了。司机师傅，受我们一拜！”多多看着远方的小黑点儿，夸赞起师傅来，“那辆大客车看上去小得可怜！”师傅憨厚地笑了笑。

从麻札达坂下来后，三辆车在湍急的叶尔羌河边会合了。三个司机忙着维修发动机，战士们往水箱加满了水。李教导员决定在黑卡军营留宿过夜。那是一个大型基地，有足够的食品和基本药物供应。文工队已经连续数日在大大小小的山顶上或山麓下的山口露营，现在终于有机会找个舒服的地方好好休整休整了。

短暂的休整之后，他们来到克柯阿特达坂，这里海拔将近5000米。宋文雯持续的头疼快将她逼疯了，她觉得自己随时会崩溃。她甚至做好准备，林菱数小时前的那出戏很快就会在她身上上演。出乎她意料的是，头疼只是顽固地持续着，那种危险状况并没有发作。

车窗外风很强劲，士兵们没法打开窗户。车内潮湿的空气中弥漫着呕吐物的气味。宋文雯被这酸臭气息熏得阵阵反胃。“我快要吐了。”她咳得很厉害，双眼已经红了，眼泪不停地往外流，但什么东西都没吐出来，“不，不，我不是要吐了，我是喘不上气儿了，喘不上……”感到窒息的宋文雯突然惊叫起来：“快，快！氧气瓶！我需要氧气瓶！我，我不能呼吸了！”

为了防止林菱复发，唯一的氧气瓶一直放在她身边。黄阿宝站起来，准备把氧气瓶拿给宋文雯。林菱一开始并不愿意。

“林菱，宋文雯很难受，需要氧气瓶。再说你现在也没事儿了。”黄阿宝细声劝道。

“好吧，如果她真病了的话。”林菱勉强松开手，把氧气瓶递给黄阿宝。黄阿宝拿起来，径直走向宋文雯。

“还给林菱！”王东升低声说道，顺势挡在座位之间狭窄的走道上。

“王东升，让我过去。宋文雯她病了！”黄阿宝想从他身边挤过去。

“难受的是林菱！宋文雯才没有！”王东升这个大块头没打算退缩。

“你怎么知道文雯不难受？”黄阿宝继续推了推他。

“你是傻子吗？看不出来那是装的吗？”王东升把黄阿宝推了回去。

“你怎么说她是装的？”黄阿宝对这种恃强凌弱的行为很是不满，他提高了声音，差不多提高了一个增八度[①]，准确地说是小九度。

“是啊，我就说她就是装的！”王东升猛然下手来抢氧气瓶，黄阿宝没松手，准备好好干上一架。

“让他去吧，王东升。我现在没事儿了。”林菱悠悠地说了一句。

王东升将氧气瓶推回给黄阿宝，指着他的鼻子道：“别以为你能打得过我。我是看林菱的面子，才放你一马的。”

黄阿宝将自己的“战利品”递给宋文雯时，宋文雯点了点头，送来一个感激的眼神。不过，她从黄阿宝手中接过氧气罐时，手劲极大。黄阿宝很惊讶，但没有说什么。在到达下一个露营点之前，宋文雯再也没有松开过氧气瓶。

① 泛指按照十二平均律划分的两音级之间、比纯八度之间多一个半音。

第三十五章　深入困境

“甜水海”和“死人沟”这两个名字刻画了两种截然不同的景致：一个是在描述那一片点缀在高山间的美丽蓝湖；另一个则描绘了一幅充满敌意的荒凉景象，旨在吓跑试图征服它的过客。

甜水海的名字，是20世纪50年代初一位解放军将领在新疆执行剿匪任务时起的。据说，在连续数日的策马追赶后，战士们已筋疲力尽，粮草也已耗尽了。就在这时，他们面前出现了一汪湖水。就像抓住了最后一根救命稻草一样，士兵和马匹毫不犹豫地冲向前去取水饮用。可一口还没喝下，士兵们便把水吐了出来，马匹也踢着前蹄嘶叫起来。战士们很受打击，大家不愿相信这里的水竟会如此苦涩。为了提振士气，将领带头喝下这难以下咽的湖水。在那种困境之下，这救命的水也便给这座无名湖带来了“甜水海”的美名。

这座海拔4800多米的高原湖，形成于约8000万年前，因地壳运动，海底的盐碱沉淀物被巨大的冲击力带到了地表。它位于甜水海盆地的底部，被高山环绕，氧气含量很低。群山耸立的屏障使得气候每时每刻都在发生着变化，昼夜温差有时甚至能达到30摄氏度。离开甜水海，道路缓慢上升到海拔5000米，进入一片开阔的原野——死人沟。它原名为泉水沟，但这里曾发生过一场悲剧，之后，便改了这个名字。

据记载，曾在这里剿匪的一支队伍，由于缺乏对当地情况的了解，错误地选择了在这里通宵扎营，一夜之间全军覆没，缺氧和高山病夺走了所有人的生命。

“死人沟”并不是一条狭窄沟壑，而是一片宽阔的河滩。在这里，雪水在春天和夏天汇聚成季节性河流，到了秋天和冬天，土地结成冻土。雨季时，洪水泛滥，使得泥土和沙砾形成的土壤被雨水浸润后，变得像沼泽地一样泥泞。不仅找路难，而且车辆一不小心就会陷入沼泽地中。所以，只要提到穿越死人沟，即使是当地人，甚至是老司机，都会感到心惊胆寒。

“你尝过甜水海的水吗？真是苦的吗？”多多抽空询问起老司机来。老司机点了点头。

“这段路真的有那么危险吗？”肖凡问道。老司机没有作答。他就是这样一个寡言少语的人。

“没事的，”牛宝笑着说，“你们城里兵就是胆子小。”他拍了拍卡车，就像拍他的宠物：“就是你咯，老伙计，我们能扛过去的！”

老司机斜眼瞟了瞟牛宝。这严厉的神情被细心的肖凡捕捉到了，他开始琢磨，下面这段穿过“甜水海”和“死人沟”的路程，要不要换到老司机的车上。

从克柯阿特达坂下来之后，车队穿过了两条湍急的大河。河水淹没了公路，不过幸好过程还算顺利。沿着喀拉喀什河，他们进入山谷。这里有座废弃的前哨站，锈迹斑斑的墙面和烧焦了的立柱在暗淡的夕阳下透着点诡异。难得一见的人造建筑让文工队的战士们一阵兴奋，这意味着，大伙儿正在向黑卡达坂军营靠近，那是一座小有规模的军营，有几座能提供食物和住宿的土房子。肖凡和多多声称这摇摇欲坠的废墟为“渴望文明的灯塔”。

黑卡军营里，李教导员和海涛与当地驻军领导讨论起了出行计划。他们决定，让文工队在此休整一整天，“为后面的行程做好充足的准备”。休整之后，车队将在深夜两点出发，接着，是两天不间断的车程——途径康西瓦达坂、红柳滩、奇台达坂、甜水海和死人沟，最终到达新疆境内最后一个山口——界山达坂，途中最高海拔达到5340米。过了红柳滩，道路将驶进长达几百公里的“无人区”，真正意义上的“毫无生机”从这里开始。那里没有居民也没有军需站。按照卡车司机的说法，那里连活生生的动物都没有，只有戈壁滩上偶尔可见被沙砾掩埋的残缺尸骨。

文工队准备了两个氧气瓶，一个安排在载人大客车上，另一个安排在卡车上。出于安全的考虑，肖凡和多多被叫回了大客车。而他两个人，至今仍然没有表现出任何高原反应，极不情愿地放弃了这待在卡车里的自由。但命令毕竟是命令，李教导员的话不应受到质疑。

黑卡——康西瓦达坂——红柳滩　120公里

海涛紧紧抓住挂在腰带右侧的手枪，左手下意识地握着拳头，紧张地盯着面前的路。黑夜出行增加了行车的危险，为了保障安全，文工队启动了紧急预案，力求“双保险”，来应对大自然对他们的挑战。为了防止打瞌睡，每个司机都服用了兴奋剂，还多配备了一双“眼睛”。海涛是头一波值夜班的三个军官之一。“李教导员首先将这光荣的任务交给了三个军官，我就是这其中的一个。这是党对我们的信任。我一定要保持警惕，不能出错！”海涛对任何工作从来都一丝不苟，特别是现在，他还有了佩戴手枪的特权。

老司机将车队从黑卡领上了通往康西瓦达坂的路。经过一小时左右相对平稳的行程，车厢里，此起彼伏的鼾声已经奏起了交响乐。海涛打了个哈欠，眼睛也眨巴起来。“漫长的夜晚……”海涛掐了掐自己，决定写“脑日记”。兴许是其他士兵的鼾声太有感染力，兴许是低氧环境影响了他的大脑，海涛不断地打着哈欠，可不论怎么努力都不能保持清醒，脑海中只剩下两个字：“别睡。”

“来段旋律？”他又试图去回想他们准备演出的大提琴独奏片段。“没有，空的！”他听到的只有一高一低的鼾声。这一切，时而舒缓得让他平静，时而又让他烦躁。

他停止了想象，从右上方的口袋里掏出一盒香烟。抽出一根，点燃了，深吸了一口，随着烟头的橘红色微光在暗中闪烁，海涛的眼睛也明亮起来。他将烟递给身旁的司机，司机吸了一口，还了回来。就这样，靠着这一整盒香烟，他们度过了头一个漫长而乏味的夜晚。

到达红柳滩军需站时，已是当天下午时分。几个边防站士兵从一间小小的泥屋里钻出来，热情地欢迎文工队的到来。多多从站点小兵那儿得知，他们已经一年多都没见过外人了。肖凡有些担心，按老司机的说法，这几个士兵可能是他们到达界山达坂前看到的最后几个“人影”了。李教导员和杨军医正在检查所有战士的身体，看看大家是否有高原反应。战士们则零散地结伴坐着，正抓紧机会小睡。车队必须要赶在日落之前出发。

第二天，因为要经过甜水海和死人沟，肖凡和多多又被派到卡车上去“护航”了。王东升和其他几名男兵，则跟海涛一起，代替生病的军官通宵守夜。

红柳滩——奇台达坂——甜水海——死人沟　210公里

1978年，6月28日　1：00 AM

翻过奇台达坂，车队开始慢慢下行。王东升按时醒来换班守夜。面对这般守时的王东升，海涛有些惊喜，叮嘱说：“小心，别走神了啊！”

“没问题，海涛。就放心交给我吧！”态度积极、穿戴整齐的王东升一改以往的乖戾嚣张，看上去像换了个人儿似的。

“好样的，保持啊。”海涛微微点了点头，心头有些隐隐的不安，他似乎察觉到了什么。但是他太困了，好奇心和他惯有的“革命警惕”已被抛在脑后。海涛和王东升换了个座位，很快加入大伙儿的鼾声合唱里。

司机服用兴奋剂的事是绝对保密的，不过王东升生来嗅觉灵敏，他“嗅”到了蹊跷。到达界山达坂前，要求司机不换班，连续驾车40个小时，这在正常情况下是不可能完成的任务。于是，在离廾黑卡军需站前，出于军人对军队的“忠诚”，王东升找到了杨军医：“他们是不是会……比如说吃点药？要不然怎么办，可没人能替换他们啊！”

“胡说八道，怎么可能有这种事。我保证没有司机在服药。”杨军医直截了当的否认让王东升的怀疑只增不减。

“行啦，杨军医，我可什么都知道。”王东升虚张声势。

“我说的就是实话！没！这！回！事！”

“您就承认吧！您知道的，没什么能逃得过我的眼睛！”

“快去吧，同志！”

“瞧瞧，医生，我问您是为了大局。要是我睡过去咋办？这后半夜，我还得盯梢呢。”

“就跟你没守过夜似的。你是军人，这是你们分内之事。”杨军医口风很紧。

“那可不一样。现在是非常时期！好啦，医生，李教导员不会注意到的。我就是怕自己睡着了嘛，您知道我的。要不，车上的人都很危险，也包括您啊！”

杨军医有些犹豫，快速地眨了眨眼。杨军医不明白李教导员怎么会把如此枯燥艰巨的任务交给王东升这么一个“混世魔王”。但他不知道，这项任务居然是王东升自愿申请来的。

“怎么样？杨军医，来一片吧，就一片！”王东升越发咄咄逼人。

“好好好，好吧，真是服了你了。就一片。千万别跟别人说！”

出于对自身安全的考虑，杨军医屈服了。他拿出桌底下的药箱，仔细翻寻合适的药片。就在这一瞬间，他的镜片上沾满了雾气——原来王东升也弯下腰来，在他旁边喘着大粗气儿，伸手要翻他的医药箱。

“别碰！”杨军医心生厌恶，推开王东升的手，拿起一个小瓶子。

办公室外，混凝土走廊上的脚步声格外响亮。

“快，有人来了！”王东升一把抓住药瓶，慌乱地跑走了。

“等等……让我再看看……我不确定……哟，宋文雯，是你啊。”此时，宋文雯已经走了进来，她看上去糟透了，不住地叹着气。杨军医赶紧把医药箱的盖子合上。

“你现在又怎么了？”杨军医有些不耐烦地问。

“杨军医，我能单独跟您谈谈吗？”宋文雯关上门，坐下身来。

宋文雯离开时，杨军医早已忘记他还没检查王东升拿走的药呢。

3：00 AM

浓雾在漆黑的山间旋绕，像一道水幕，将眼前的世界隐藏了起来。

小司机眯着眼，小声嘀咕着："怎么什么都看不见，我是掉队了吗？"他使劲眨着眼睛，脸蛋都快贴到驾驶室车窗上了。遵照老司机的嘱咐，他严格保持着与前方卡车的安全距离。

从海拔5000米上开车下来，必须绷紧每一根神经，即使是车技娴熟的司机也不例外。小司机早就注意到，汽车的刹车片已经不太灵光了。

他瞥了一眼自己的"另一双眼"——王东升，他正靠着窗户，张着嘴呼呼大睡。"你怎么能睡？"小司机摇了摇头，"只有我一个人在看路，可这死路在哪儿呢！"小司机拿右手擦了擦挡风玻璃上的雾气，"没用！不行！我得赶紧追上卡车才行！"小司机略带惊慌地踩下油门。

"我的奶奶哟！"

小司机操着家乡话大喊起来，吓得差点尿了裤子——当他意识到危险，踩下刹车时，牛宝的卡车离他只有几米了。"卡车咋没动静？！"小司机迅速往左打轮，汽车猛地撞向卡车一侧昏暗的尾灯。

这突然的急停和转弯让士兵们都栽了个跟头。所有熟睡中的人们都被这冲击力吓得半死。王东升是个例外，这家伙依然鼾声如雷，好像什么也没发生。

李教导员从车厢地板上爬起身来。

"安——静——！安静下来！别嚷嚷！"接着，他自己却尖叫起来。

李教导员肺都气炸了：

"司机！到底是怎么回事？！王东升！给我报告！"

海涛第一时间冲到司机旁。这可怜的小司机，双手还死死地拽住方向盘，嘴唇还在微颤。海涛按着小司机肩膀安慰了他一下，又转向王东升。

"王东升！你在干什么呢！"海涛抓住王东升的肩膀，用力地摇晃着他。

"别惹我，走开，睡正香呢！"王东升睡眼惺忪地嘟囔着，一边擦着嘴角的口水一边转过身子背冲着海涛。

火冒三丈的李教导员走了过来，看到这一切，冲着王东升的耳朵嚷道：

“王东升！你给我醒醒！想让我关你禁闭是吗？”

李教导员这高八度的嗓门儿，迅速刮走了车里的一片嘈杂。车里瞬间安静了下来，士兵们开始静静围观这出好戏。

脑袋嗡嗡，半梦半醒的王东升感觉眼皮重得像块铅。他挣扎着睁开一只眼。

“我没睡啊。”他顺便打了个哈欠。

“你没睡？混账东西！畜生！”李教导员的骂声脱口而出。

“这事儿绝对闹大了。”有人在旁边吹着阴风。大伙儿知道，只要李教导员开始用家乡话骂人，麻烦也就来了。黄阿宝和其他几个平时受惯了王东升欺负的小兵们，在一旁幸灾乐祸地“看好戏”。

“王东升——你老实听着——党和人民把这么艰巨的任务交给你，说明信任你，可你倒好，只图自己舒服！睡得跟死猪似的！这可是人命关天的大事！不是儿戏！”李教导员不停地斥责着王东升。

“你自己要不要命，我们不管，我们可不想陪你送死。”宋文雯可找到机会奚落王东升了，她火上浇油地高声叫着。

“对！”朱芸、田晓燕和其他几个女兵小声地表示赞同。

“都给我闭嘴！还轮不到你们说话！”李教导员的脸红了。

“这，这……”王东升面对四面八方夹枪带棒的围攻，结结巴巴地说，“不……不可能啊，我不是吃了兴奋剂吗？怎么……可能睡着了！杨军医——”

“啥？你说啥？！哪儿来的兴奋剂？”

“我，可没给他什么药！我这哪有这种东西！”杨军医急了，赶紧为自己辩解。

“你大爷的，杨军医！你给我下药！你那里有什么藏着掖着的我都给你抖搂出来！你是哪门子医生啊？！”王东升恼羞成怒。

“到底怎么回事儿？杨军医，你能解释吗？”李教导员压低声音问道，看得出，他正在控制自己的情绪，

“杨军医？”他阴沉着脸，语气严厉。李教导员压根儿不喜欢那双藏

在厚厚镜片下的眼睛。

“扯谎！王东升在扯谎！如果他服用了兴奋剂，他应该会很警醒，而不是睡着！他自己的错，凭什么要赖在别人身上？”

“我要的是兴奋剂，你给我的是安眠药！”杨军医的措辞让王东升更坚定了自己的判断，他挥舞着拳头，像头愤怒的公牛，准备将杨军医撞个粉碎。几个男兵急忙拦住他。

“污蔑！诽谤！”好斗的王东升遇上了书呆子气十足的杨军医，两人棋逢对手，争吵陷入了僵局，正在此时，老卡车司机出现了。

“李教导员。”

“什么？”李教导员厉声问道。

“教导员！我们需要个人帮我们领路。雾太大了，路上什么也看不清，太危险了！”老司机焦急地报告着。

“海涛！找几个结实的到卡车上去！等等！让王东升跟你一起去，犯这么大个错，让他去受受罪！”

海涛却要走了肖凡：“如果真像他说的，他吃了安眠药，带他过去也没用。”

“也对！”李教导员对海涛的反驳一点儿也不介意。

“教导员，我也去！我要和他们一起！”多多自告奋勇。李教导员点点头，然后转身看了看海涛。

“给我当心点儿，整个文工队都交给你们了。”

“是！”

一行三人的探路小分队离开汽车，每人带着两个手电筒，跟着老司机和牛宝去侦察前方的道路了。

7：30 AM

日出时分，笼罩山间的浓雾终于消散了。历经将近四个半小时的徒步旅行，海涛、肖凡和多多将车队带下山，来到一片开阔的空地。

海涛回到车上，多多和肖凡却爬进了牛宝的卡车后车厢。他们筋疲力尽地平躺在卡车的车厢板上，将四肢舒展开来。此时的车队，正缓缓向甜水海方向驶去。

多多最后看了一眼奇台达坂的山路，只见崎岖的山路蜿蜒曲折，有些地方深深地凹进了山坳。这山，就像一个吞着包子的老人，他们的车队则是刚好幸运地躲过了他的大牙齿的包子之一。

“这山路真够陡的……这一大口咬下去……”看着想着，多多不禁打了个寒战。

第三十六章 横 渡

情况对我们不利。

（摘自肖凡发表于《新疆军区报》的《死亡河的英雄们》）

11：00 AM

车队盘旋在崎岖的山间，一转弯，镶嵌在盆地底部的湖泊跳入眼帘。甜水海准备了一池藏蓝色的湖水迎接着来自四面八方的人们。卡车越开越近，湖水的颜色呈现出了深蓝、绛紫、嫩绿、浅粉，层层叠叠，交相辉映。“这世上有什么能比大自然还神奇？真想停下来去喝口湖水啊。”多多推了推坐在身旁的肖凡。

“你忘了那个故事了？这里的水是又苦又涩的，湖水之所以有这么多颜色，完全是因为湖床上分布着不同的矿物质嘛。”肖凡边回答边摆出一副实事求是的姿态，“还有光线的原因，我敢打赌，要是天气坏点，这湖就该是另外一番景象了。”他今天显然没有心情去欣赏大自然的神奇。

“哎！怎么了？这么无趣！那个我认识的诗人跑哪儿去了？”多多感到不屑，不再理肖凡了。湖水的涟漪在阳光下闪烁、消散。“像个万花筒！”多多从未见过如此绚丽多彩的高原湖泊，部队恰好在最美的时节来到甜水海盆地。“看来真是受到了老天爷的眷顾才能遇到如此美好的天气。”多多感慨着。肖凡却在身旁梦呓般地自言自语道：“玫瑰虽好，但刺伤人。”

多多斜靠在一旁，挑了挑眉毛：“你这是话里有话啊。”迄今为止，十四岁半的多多对身边的这个伙伴已经很了解了。

“呵呵，小赤佬。”肖凡呵呵地笑了起来。可他的眼神却已经飘向远方。在他常去的一条街上，一位长发飘飘的女子骑着一辆自行车。她苗条却不失风韵，一袭红色长裙吸引着每个路过男子的目光。“她喜欢我的诗。可惜她已经嫁给军部的副参谋长了。”肖凡吸了一口气，突然感到心口一紧。

“你忘了牛宝的那个顺口溜了？不尝尝这里的水的滋味就不算是真正的男人！你不是总想当个真正的男人吗？”多多突然说。

“你个小兔崽子！显你聪明是不？”肖凡反应过来，一把揉乱了多多的头发。

“我这叫以彼之道还施彼身！”

“你这叫‘蝎里虎子掀门帘——露一小手’！”他们继续嬉笑打闹着，完全没注意开车的老司机正在以最快的速度在山路上行驶着，仿佛这甜水海里蛰伏着一只看不见的巨兽，正从湖里上岸，尾随而来。不一会儿，甜水海被甩在了山后。

“每小时45公里。”休憩间，牛宝骄傲地确认。

大客车里，不少士兵出现了头痛胸闷的迹象。杨军医很庆幸自己不用再照看王东升，因为“这个混蛋”（杨军医这样称呼他）一路上拒绝服用他的药片。王东升也确实没有显示出其他症状。杨军医在为其他战士治疗的时候也偷偷观察过他几次。

“他好像整路都在睡，难道真是吃错药了？他到底吃了多少片药？”

杨军医有点纳闷又有些幸灾乐祸。

14：00

虽然不能完全用“一帆风顺”来形容车队在接下来的100公里路程，但是他们所应对的挑战比前几天确实少得多。随着山路的缓慢上升，车队来到海拔5000米的死人沟。正如音乐总是在其释放内部张力的过程中将一切复杂的音块归于和谐、大自然在暴怒后定会报以我们一个温柔的微笑一样，车队在经过一段坎坷不平的山路后进入一片开阔地。这里的氧气含量比几小时前提高了10%左右，对于那些饱受缺氧折磨的战士而言，犹如久旱逢甘霖，他们的高原反应有所缓解。可渐渐地，大自然的笑容在不知不觉中蒸发了，车队从这片几十公里的开阔地尽头又驶入一片一望无际的平原。大自然的疲态展现了出来。战士们只能相互扶持，靠着没底气的打趣和偶尔的交谈打发无聊的时光。车里没有超过三十分贝的声音，即使算上王东升的鼾声。“别浪费你的呼吸。四成的氧气都用完了，”杨军医警告大家。

15：00

公路变得异常泥泞、湿滑，车队明显放慢了速度。从地面的积水量判断，这里应该刚刚下过一场暴雨。老司机带头打开卡车尾部的车灯，领着车队从隐藏在地面的一个个水坑中缓缓驶过，颠得车上的人头昏脑涨。牛宝将脑袋探出车窗，打探情况。那个年代司机没有配备无线电，只能通过手势进行交流。老司机示意牛宝把车停在路边，上前与他会合。牛宝将信号传递给后面的小司机，让他也跟上。

“为什么停下来了？”李教导员问小司机。

“不知道啊，教导员，咱们班长让停的。”小司机回答道，这是他第一次执行任务。

“海涛，跟小司机去前面看看怎么回事。其他人，下去透透气吧。”李教导员说。

战士们心领神会，纷纷跳下车，立即在路边站好队。

“跟往常一样，快点啊。男左女右！”李教导员命令道。

还没来得及等李教导员发号施令，有的男兵就开始尿了起来。

“喂——急什么急，不能等我们准备好再尿吗？”韩冬梅扯着高嗓门半开玩笑地嚷嚷道。

“对不住了！我们真没法再憋了！”黄阿宝和一群男兵们吹着口哨起哄。

“讨厌！”女兵们一阵娇嗔。

“快点！快点！别像小孩似的！”李教导员催促着每一个人，说着他自己也解开扣子，“到底是群孩子！”李教导员无奈地笑了笑。

“咱们去别的地儿。这画面真的是有碍观瞻，别跟这群不雅之人凑热闹。”肖凡拉着多多，寻找相对僻静的地方去了。

“别走远啦!”韩冬梅提醒道,“我们——可——不会——等你们——哟!哈哈哈哈……”韩冬梅又亮出了她的C大调爬音。韩冬梅喜欢C大调,阳光、明亮、自信,和她的为人一样。当然,唱C大调要比唱C小调容易得多。韩冬梅有一个无法启齿的疑惑:她的小三度的音高不知为什么永远唱不准。但所幸的是,她所演唱的所有的曲目都是C大调的,即便多多以前写过C小调的歌,但后来总被李教导员莫名其妙地“毙”掉。

15:25

“路况太糟了。经过一场大雨,暴涨的河水可能已经把前方的道路冲毁了。”同老司机商议后,海涛一脸严肃地跑回来告知大家。于是,李教导员决定继续向前开,能开多远就开多远,直到开不了为止。

经过一个多小时小心翼翼的前行,车队最终停在一座山谷面前,远处的山峦将平原笼罩起来。向前望去,道路被洪水截断。溪流向前伸展,形成足足一公里长的河床,整个谷底就是一片湿地,混杂着各种树枝、碎石、泥土和沙砾。

几百米外,河流的两条分支交汇成一条数百米宽的河面。车队要穿越这座山谷,必须行驶到河对岸才能继续向峡谷内挺进。老司机先打头阵,他可以凭借模糊的记忆试探出水下公路的位置。他让牛宝留下来,仔细盯着车子,找准车轮走过的位置。牛宝主动请缨自己先过,老司机淡淡地说:“要是我熄火了,我还指望你拽我回来呢。”说罢,便转身钻进了卡车驾驶室。

16:28

站在河堤上,牛宝把牙齿咬得咯咯作响,一眼不眨地盯着老司机的车。“往前,往前走,好!好!现在还……哎呀不好!”河中央,只见老司机的车子左后轮开始打滑,泥浆甩得老高,随后车子的后方猛地向下一沉。

“我去!”牛宝一个箭步蹿进驾驶室,猛地一脚油门,老卡车轰鸣着冲了出去。

多多坐在副驾上，亲身体验到牛宝“有勇无谋”的莽撞——卡车径直窜进河里，急转、打滑、打旋，左摇右摆着，他突然一个急刹车，来了个一百八十度大转弯，差点把多多从座位上甩出去。

“牛宝！你小子想弄死我们啊！”多多大喊。

牛宝直愣愣地瞪着眼前的河流：“龟儿子，你们挡不住我的！”

“你给我慢点！看！师傅正在跟我们招手呢！”多多指了指不远处，老司机正站在卡车顶上焦急地向他们挥手，嘴里好像还喊着什么。

“什么？师傅，你在说什么？”多多将头伸出车窗。

“退回去，退回去！水深！”这牛宝的车的引擎声，盖住了老司机的喊声。

“什么？嗷！”

砰的一声，多多的头撞在了挡风玻璃上，倾斜着的卡车突然停了下来。

“呸！”几秒钟之后，牛宝骂了起来。他将油门一脚踩到底，僵持着。这辆老卡车的发动机咆哮着、轰鸣着，就像一个老人吊着最后一口气，车身也开始剧烈地在原地晃动起来。

“走！”多多和牛宝一起大叫起来。老卡车发出一声闷响，熄火了。多多屏住呼吸。牛宝再一次点火，老卡车又发出一声闷响。牛宝的大脑门儿一下就亮堂了，似乎察觉了引擎声的细微变化。牛宝此时瞪着眼珠子，大叫一声：“给我冲！”紧接着用力踩下油门。老卡车嘶吼起来，后轮从水里蹿了出来。

“太好啦！”多多一边欢呼一边紧紧抓住座位边角。不知道是靠强大的决心，还是因为撞了狗屎运，牛宝终于将他的车从深水里扭了出来，成功地过了河。

16：35

动员会上，李教导员又搬出他那千篇一律的开场白：“同志们！解放军战士们！记住，你们是最光荣的解放军战士，你们无所畏惧！”他环视着坐在河堤上的士兵，“眼下，大家都看见了，情况很差！为了减重，全体队员们给我赤脚蹚过去！”杨军医提醒李教导员现在有30%的战士都出现了高原反应，而且大多数是女兵。

“我们背她们过去！”王东升英勇地喊道。“教导员，让我说几句。”他继续说道，“这是一个革命同志应该做的，我们都是兄弟姐妹！”

无论王东升的真正动机是让大家安全过河，又或者有其他什么私心，总之今天的王东升还是第一次表现得如此崇高，他的建议得到在场男女战士们的一致称赞。

“不错！有进步就是好同志！”李教导员对年轻的战士们表现出的激情感到满意。他接着又说：“毛主席说，党员应该帮助他人，党员就应该身先士卒！男兵必须背女兵，这才能体现你们的阶级感情！证明你们对党、对人民忠诚的时候到啦！学学赵连长！”

“是！教导员！”战士们攥紧拳头，咬紧嘴唇，异口同声地答道。李教导员的鼓动让男兵们情绪高涨，除了一个人之外，大家都渴望做出赵连长“英雄救美”那样的壮举。

“好什么好，男兵背女兵，什么破主意，除非你背的女兵正好是你想背的那个！”肖凡把眼珠子翻到了天上。

16：50

河对岸，多多和牛宝蹚着水，正和老司机一起想办法移动那辆陷进泥坑里的大卡车，可车子陷得太深，他们的努力一直没有什么效果。李教导员派了一队战士来帮忙，余下的人继续背女兵们过河。

王东升将林菱护得严严实实的，肖凡知道自己没机会，于是选了自己还能背得动、个矮的田晓燕来实现他的“英雄救美”。这举动逃不过李教导员的法眼。肖凡一回来，李教导员便又把一位体型健硕、绰号“东德女游泳队队长”的女舞蹈演员交给了他。“毛主席啊，救救我吧。”肖凡在心里祈求，“就她这重量肯定能把我压趴下！凭这副身材是怎么被选上当舞蹈演员的？”

韩冬梅拒绝男兵背她过河，她把裤腿往上卷了卷，说：“女人也是有腿的。我可不要你们男兵背。”她接着脱了鞋，抢先跳进河里。进水的一瞬间，冰冷刺骨的河水冻得她打了个冷战，寒气透过皮肤和肌肉钻进血管里，好像整个身体都要冻僵了。紧接着，她就感觉不到自己的脚和腿了。“坚持住！我是不会被男兵们嘲笑的！”韩冬梅鼓足勇气继续前进。一抬头，她便看到多多站在水里用手往外挖车轮。

“多多！小心手，你会得冻疮的！赶紧离开！”

韩冬梅大姐姐的保护欲被激发起来，她顾不上河水的冰冷，大步冲到多多身边，一把拽住多多就往河岸蹚去。刚到达对岸，她便把多多推坐在地上，然后对已经过河的女兵们喊道：“战友们！向男同志展示咱们姐妹阶级情意的时候到啦！”说着她解开上衣，把多多的脚裹进怀里，给多多暖起脚来。“快！跟着我做！”韩冬梅催促着身边的女兵们。

宋文雯来到黄阿宝身边，马上模仿着韩冬梅的样子给黄阿宝暖起脚来。

肖凡在连续背了两个女兵过河之后，和其他男兵一样，已经累得筋疲力尽。他瘫倒在河边一块大岩石上，嘴里发着牢骚。疲倦让他昏昏欲睡。似梦非梦间，他感到一股暖流从他冻得发麻的双脚传到双腿上，这种感觉令他满身的疲惫一扫而空。他仿佛置身云端，双脚像踩在又软又暖的云朵里。“哦，这是怎么回事？难道我来到天上了？”

“咳咳……”王东升故意咳嗽了一声，拽过肖凡的耳朵小声对他说，“感觉怎么样，嗯？”

肖凡睁开眼睛，只见田晓燕和“东德女游泳队队长”各自扳着自己的一只脚按在怀里。肖凡觉得鼻子一阵闷热。

后来，肖凡在《解放军日报》的头版发表了一篇文章，回忆了当时的艰辛经历，并得到了李教导员前所未有的表扬：“没瞧出来，你小子歌词写得软绵绵，文章还是不错的嘛！”

17：25

大部队成功渡河，小司机战战兢兢地驾着大客车寻觅着另一条道路，避免重蹈老司机的覆辙。他的车还是陷进了河里，车辆的轮胎也被水面下隐藏的石头扎破。战士们不得不再次跳进河里，徒手在车轮下挖了一个坑，把石头垫在下面，再铺上队里发的棉军大衣，然后用牵引绳想把车轮拽出来。但没拉多久，绳子也断了。

19：30

两小时的努力几近白费，卡车和大客车依然深陷河中，而大伙儿已经用完了最后一丝力气。即便是身体最棒的战士都抵不住缺氧和冰冷河水的折磨。已经有几个战士呕吐了。日落之后的气温急转直下，冰冷的河面又被罩上了一层寒雾。为了保持体能，李教导员决定在这里扎营过夜，等到天明时再试。大多数战士就裹着薄棉被睡在地上，所幸棉被还是干的。他们让一些高原反应重的女兵在牛宝的卡车车厢里过夜。据说，这里夜间最低温度可以达到零下二十度。

第二天

峡谷里的黎明静悄悄的。半睡半醒间，多多感觉有什么东西在他脸上爬来爬去。睡梦中他用手挠了挠，扒拉掉脸上的东西。“可能是虫子?”这个想法一下让多多清醒了许多。他揉了揉眼睛，在第一缕阳光下看见了他呼出的气体。昨天夜里，他的睫毛上结了一层冰霜，此刻正在融化，几滴水珠顺着他的脸颊滑落下来。没有起床号，没有呼噜声，也没有鸟叫声，只有那只从他脸上掉下来的小甲壳虫正悄无声息地爬着，又漫无目的地爬走了，留下的是沉默的大地和凝固的空气。

多多抖了抖衣服上的冻泥巴，爬起身来。昨天的战场依然一片狼藉——大客车和卡车陷在河中央的淤泥里，时刻宣示着昨天的溃败。多多决定去观察一下周围的环境，于是朝南边一排小山包走去。

爬上一座小山，多多站在山包顶上向前望去。他下意识地寻找着过路车辆，期盼着能在山路间发现它们的影子。可是视野中除了一片寸草不生的荒野外别无他物。他转向营地的方向，希望发现队友的行踪，同样也一无所获。“他们应该起来生火做饭了。”多多想着。他在山包上又徘徊了一会儿，偶然发现了一根柱子。这柱子看上去像人为专门竖起来的，下半截嵌在一块巨石里。“这一定就是牛宝说的可以在上面撒尿做记号的标杆吧。”多多想起了司机们常玩的游戏，于是他冲着杆子撒了泡尿，“该回家了”，多多转身返回营地。

临时营地静悄悄的，仍然不见人影。“早就过了起床时间了！这要是在以前，李教导员已经四处转悠开了，奇怪。”多多跑向他看到的第一个睡在地上的人。

“起床啦！起床啦！起床啦！”多多摇晃着这个脸冲地趴着的身体，“醒醒啊，醒醒！呵，是你呀，王东升！王东升！”

“……”没有回应。

“韩冬梅，肖凡，朱芸，田晓燕，黄阿宝！”多多有些慌了，忙乱地张望四周，依然没有回音，依然一片死寂。眼前的情景和老司机讲过的死人沟故事里的情景莫名地相似，一阵恐惧向多多袭来。“李教导员！教导员！海涛！”他呼喊起来，“你们去哪儿了？你们大伙都给我起来呀！”

“你——给我闭嘴！烦不烦人！你小子又咋的啦？闹什么闹?!”王东升悠悠地转过脸来。

“哎，太好了，你还活着！”多多叫了起来，心里一块石头终于落了地。

“乌鸦嘴。咒我死呢?！只是没力气搭理你而已！去，小屁孩儿，去，去，去，去烦别人去，去呀！找别人玩儿。去！去！去，走，走！快走！”王东升没好气地连珠炮般撵走了多多，然后转身又睡了过去。

快到中午了，已经有近六成队员失去了行动能力。李教导员不得不放弃把车辆从河里拉出来的想法。他把海涛、老司机、牛宝和杨军医召集在一起，分析了眼下的形势。杨军医说必须抓紧时间离开这里，因为备用的氧气已经所剩无几，再拖延下去部队就会面临更大的危险。牛宝报告说，他的卡车的刹车好像失灵了。这时在场的人不约而同地想：

“我们与世隔绝了。”

第三十七章 道具电话

第二天

已经有六成的战士病倒了。

真是祸不单行，上天像恶作剧一样，给文工队带来接连不断的难题。首先是食物补给急剧减少，他们不得不限制战士们每天的口粮。那个早晨，战士们第一次感受到一天只吃一顿饭的饥饿。这一顿饭还是三个人分享一只绿苹果、一小块馕。杨军医再次报告：一支氧气瓶已经全部用完，另一支也仅剩下15%的氧气，“剩下的这点氧气只能在紧急情况下使用”。

肖凡是剩下的四成队员中还能活动的战士之一，但也是有气无力，身体还出了问题。这是个亟待解决的私人问题，带给他的痛苦远胜于饥饿、寒冷和缺氧——他已经两天没撒尿了。

“别大惊小怪的，你多喝点水就好了，我还得照顾其他生病的战士呢，比如林菱吧——”杨军医说道。“是在说我‘无病呻吟’”，他的话外音怎么能躲得过肖凡的耳朵？其实肖凡也知道男兵们都不喜欢这个杨军医。甚至连李教导员都疑惑过，这个道貌岸然的杨军医背地里到底是什么样子。

被困的第二天，多多得知肖凡这个毛病可能源于他两年前的恶作剧，看到自己朋友的症状有恶化的倾向，多多决定拉着肖凡在死人沟周围转悠转悠。“你放松点就行了，再说了，教导员这时候哪还有心思来查看咱俩呢？”多多说道。

“你真是精力过剩，典型的青春期表现！”肖凡苦笑着说。

夜幕中，在周围野生植被的掩映下，多多和妻子正沿着海岸散步。“你要是不喜欢蔬菜的话可以多吃点苹果。”多多说。

“闻闻这茉莉花。”妻子说。

“吃苹果对你好。”

“这么香的茉莉花啊……”

“对你身体很好的。”

“你闻闻茉莉花香嘛……”

明天晚上，会有很多人聚在这里，带着椅子、毛毯、野餐篮子、啤酒和饮料，沿着海岸坐在这片缀满星星、天鹅绒般深色的夜空下欣赏焰火。湾区的夏夜是凉爽的，孩子们一般都喜欢蜷缩在毛毯里，小狗们会借此机会和它们的小伙伴尽情玩耍。

“你冷吗？”多多突然站住脚步，从后面抱起妻子，在她的耳边说，“我可能没办法再抱着你走上十年了，那时候我就太老了。”

“那你就趁现在能抱多久就抱多久。”妻子转过身来让多多抱着。她回想起他们在大学里的时光，那时候自己扭伤脚腕，多多就背着她到处走。

“你要拉着我的手，永远不撒开。”妻子轻声地说。

第三天

09：00 AM

战士们领到了今天的饭—— 一只绿苹果和一块小得像饼干一样的馕。当战士们得知这将是他们的最后一餐，积蓄已久的不安情绪在此刻激起了战士们的求生欲。海涛、王东升、肖凡、多多、牛宝和其他几个还能活动的士兵，决心再一次尝试，把车从河里拉上来。

“别犯傻了，待着别动。”老司机从嘴里抛出几个字。

“就这么原地待命？就在这傻等着别人来救你？要是没人来怎么办？我们已经弹尽粮绝，氧气也没了，要是不做点什么，咱们大家伙都得死在这儿！”海涛反驳道，“如果死在这里是咱们的宿命，依我看，咱们应该与命运抗争到底！你们说呢？”海涛激动地鼓噪起来。

“没错！咱们拼了！”王东升、牛宝和其他几个战士异口同声道。

“牛宝！别跟着瞎嗆嗆！我，说，待着，别动！”老司机瞪了徒弟一眼。

“或许咱们应该换个思路……我猜，遇上这种情况，老司机肯定很有经验。”肖凡说着，多多听着。

“屁话……谁说咱们要死在这儿?”李教导员走了过来，听到了他们的对话。他正在巡查杨军医照看的重病号。“司机同志说得对，别瞎费力气了。杨军医说再不能有人生病了，我还得指望你们几个呢。老司机同志，您说该怎么办呢?”

部队里的卡车司机都知道，老司机在这一带可以称得上是“活地图”，他能精确定位出部队在死人沟周边的位置。据老司机估计，最近的村子和军需服务站都在一百多公里以外，穿过前方的界山达坂后，至少还得两天才能抵达下一个军需供应处。

“我一天就能翻过去!”牛宝毛遂自荐，吵着要去。

“你不能去，牛宝！你一人去会累死的，翻不过界山达坂！况且你对地形也不熟悉，太危险了!”老司机提议由他自己亲自开着牛宝的卡车去试一试。

“不行！师傅！还是让我去求援吧！您留在这儿，我比您年轻，比您身子骨棒!”

“听我的！牛宝！那条路你不熟悉，太危险!”

“师傅!”

“蠢货！你这是在找死!”老司机急了。

“但是师傅！我……”牛宝转向李教导员，“教导员，师傅生病了。”

“牛宝!”老司机也转向李教导员，“我没事儿，我至少比他有经验。”

李教导员想了一会儿，做出了一个可能会让他后悔一辈子的决定：

“牛宝，你去！就靠你了。老同志，您还要领着海涛他们几个往岸上拖车呢。咱们得做两手准备。”

几天后，消息传来：牛宝始终没能到达下一个军需供应处。老司机听后一言不发，只是闷着头细心地查看、清理着卡车的发动机。一年之后，几个藏族村民上报说他们在界山达坂的一条深沟里发现了一辆军用卡车的残骸和一具已经腐烂得只剩骨架的遗体。从卡车的车牌号可以证实，死者就是这次冒死执行任务的牛宝。

“一个游荡的灵魂，被永远地困锁在这片荒蛮无情的土地上。”妻子叹了口气，停止敲击键盘，慢慢翻阅着面前几张发黄的黑白照片。

妻子翻出一张多多、韩冬梅、黄阿宝和肖凡一起站在一辆卡车前的照片，她细细地端详起来——当时的他们显然还没留意到牛宝也出现在了这张照片里。照片里的牛宝反带着军帽，从车窗里探出头来，脸上洋溢着像阳光一样灿烂的笑容，直直地看着照相机镜头，样子像一个现代说唱歌手。妻子又叹了口气：“牛宝的脑袋还真是够大的。”她仿佛听到了照片中传来的那群年轻人爽朗的笑声。

“老司机说这里有时候连续几周都不会有汽车经过，都过了三天了。”站在小山包顶远眺的多多不情愿地接受了这个现实，“连只鸟都飞不进来。”多多向空中扔了块石子，又看着它落了下来。石子撞上了一块坡栖岩石，发出闷闷的回响。今天他起来得比之前早一些，扩大了向外搜寻的范围，希望能找到一些人类活动的痕迹或者找到一些可以吃的植物，他们已经完全断粮了。他还记得当年奶奶教给他的寻找食物的办法。“现在如果能找到一根草叶都会让我感到高兴的，奶奶！可是我们被困在一片除了褐色的泥土什么都没有的荒地上，怎么办呢？”这时，冰冷的河水和最后一口又涩又酸的苹果刺激了这个处在青春期男孩的消化系统，多多想撒尿。他心血来潮地跑向四周，想找一个可以撒尿留记号的明显“地标”。出乎意料地，他又找到一根木头杜子。

“奇怪。”虽然有点缺氧，多多还是把他的记号留成了一幅不错的水墨画。他朝标杆上撒着尿，还没等尿完，一个想法在他的头脑中一闪而过，让他不由得一惊。他停下来，慢慢地抬头看着标杆的顶部。多多禁不住一阵眩晕：“这，这些木头杆子一定是电线杆。老天啊，求求你了，你的电线呢……”

“怎么会！真的？”多多像触电似的。

“还真的有电线！”多多原地翻了个跟头。又观察了好一阵子后，多多对着电线杆虔诚地祈祷起来：“你这家伙最好是根正在使用的电话杆，老实乖乖地等我回来。”他对着电线杆敬了一个军礼，然后一路蹦着跳着跑回营地。

由于缺乏食物和对症药品，高山反应就像中世纪的瘟疫一样迅速扩散，已经有八成战士出现呕吐、呼吸不畅、流鼻血、心率加快、嗜睡、手脚和脸部浮肿、咳嗽和发烧等症状，并且越来越严重。杨军医从未见过这么典型的临床症状。他的医术有点儿跟不上趟，再加上他小药箱里的药用得比他想象得快得多。“一定是有人偷服了维生素 C 并注射了镇静剂。”一些战士开始烧得说胡话，每隔几小时，林菱就会出现歇斯底里的抽搐和肌肉痉挛的症状，杨军医知道大事不妙，更难堪、严重的还是宋文雯，她大小便失禁了。

自打牛宝离开营地去寻求援助已经过去26个小时了。

地上的战士们或躺或坐，谁也不愿发出任何声音，做出任何举动，似乎每一个微小动作都会在这稀薄的空气中把仅剩的一点儿氧气吸光一样。距离营地不远处，老司机独自一人站在河边看着陷入淤泥里的卡车和大客车。他站得笔直，面无表情。没人知道此时此刻他究竟在想些什么。

李教导员此刻已经一筹莫展。他现在连动一下手指都困难，只是向前盯着牛宝开着卡车离去的方向呆坐着。他目无光泽，脑海一片空白，脸上的皱纹被水肿抚平了许多，这还是第一次让他看起来和他的实际年龄比较相符。

“牛宝回不来了，来不及了。”这个可怕的念头像紧箍咒一样让他头疼欲裂。他越是想摒弃它，它就越发生根发芽。随着时间的流逝，这念头逐渐蔓延，让他恐惧。李教导员的双眼布满血丝，瞳孔放大，半张开嘴，欲说无言。

“嘿，你干什么呢？跑什么嘛！多多，你想找死啊！”王东升沙哑的叫喊打破了这死一样的沉寂。

李教导员吓了一跳，转过头来，望向喧杂声传来的方向。多多正踉踉跄跄地穿过或躺或坐在地上的战士们，差点一脚踩到王东升的肚子上。

“别跑……别摔了……你在干什么？”李教导员的语气里有着前所未有的无助，那声音追赶着多多，就像一个老奶奶追赶自己顽皮的孙子一样无奈。

“让我过去，让我过去！”多多有些不耐烦，他好不容易穿过七零八落的“障碍物”，消失在从牛宝卡车上卸下来的一堆场景道具后面。

“多多，轻点！小心点，别把东西翻乱了！”李教导员被多多弄得一头雾水，强挺着站起来看他到底在发什么神经。

“见鬼，跑哪儿去了？”多多边自言自语，边翻找着一部做道具用的手摇式电话机。他两年前刚进部队时曾拆卸组装过这个“玩具”，那时他意外发现这部道具电话部件完整，多多当时就猜测这是一部还能用的真电话。这两年来，他私底下最喜欢的事就是修理这部电话。

“找到了！”多多拿起电话，高高地举了起来。

“你疯了吗？你找这电话干什么？你不是发烧了吧？”李教导员摸了摸多多的额头，更加疑惑了。

“不，不，这是一部真电话，教导员！这是一部真电话！”多多一边叫着一边推开李教导员的手，然后向远处跑去。

“什么真电话？”

“我找到……找到了！”多多一边跑一边嚷，嘴里一刻不停地发布着他的新发现。

“什么？找到了什么？别跑，回来！”

“我找到了，那个，山顶上有一根电线杆，就在东边，快跟我来！”

多多的话令人难以置信，但大伙儿的兴奋被调动了起来，就像油锅里滴进了冷水，瞬间炸开了。王东升、海涛等人也跑了过来，一拥而上，向着东边的山头跑去。余下的人都纷纷站了起来，向东方眺望着。

“快点跟上！”多多催促着跟上来的几个气喘吁吁的战士，“快点！”

“到底去哪儿啊？你能不能慢点，兔崽子！”王东升喘着粗气，却没忘了骂人。

“那儿！看呀！快！”多多跑在最前面，拿手指着远处的山包。

平时再普通不过的电线杆伫立在万里无云的蓝天下，显得无比神圣。

当这根隐藏在岩石中的电线杆神奇地出现在众人面前时，一种敬畏感在战士们心中油然而生——他们的命有可能有救了。

多多很自豪，他让海涛帮他拿着电话，自己准备爬到杆子上去。

“我们只需要试一下这些电夹。”多多终于挑明了他想在这根电线杆上使用这部道具电话的计划。

“要是不好使怎么办？”海涛问道。

“试试又不会怎么样，嘿！”多多说着已经开始往杆子上爬，这时他感觉有人从后面拉他。

“闪一边去，我来。你会掉下来的！”王东升把多多拽了下来，自己爬了上去。

王东升一上去，就傻眼了：电线杆比两个成年人还高，在上面根本够不到海涛递来的电话。于是多多站在海涛的肩膀上把电话机递了上去。

“嘿，小孩儿，我现在要干啥？”王东升看着多多发蒙。

“先把电话机的接头夹到电线上，夹好后多敲几下，确保连上！”多多快速回答着。

王东升把插头夹好，顷刻间，一阵白噪音从听筒传了出来。

“嘟嘟嘟……咔……”

一片寂静。

“嘟嘟……咔……”

大家都屏住了呼吸。

“嘟……咔……”

一名女接线员的声音传出来：

“这里是阿里军区，这里是阿里军区。您好，您要接哪里？”

第三十八章　七月四日

2012年7月4日

“哇哦！好大的火球！爸爸快看！”一个顶着可爱蘑菇头的金发小男孩儿，手指着夜空，只见一道漩涡状的光球穿过，把夜色点亮了。

“耶！好大一个，儿子，对吧？”男人慈爱地抚摸着孩子的头。

“太炫了！”一个少年插话说。他身旁的牧羊犬冲着天空中的爆炸声，汪汪地叫了起来。

海湾对岸，烟火接二连三，爆竹声呼啸着划过天际。一群受惊的水鸟从睡眠中惊醒，成群结队地飞过波光粼粼的水面，溅起一连串水花。

“噢，看！紫的、红的，还有绿的！星星，哇，好多，看哪！看哪！它们在往下落！”孩子朝着远处瀑布般绚丽多彩的光束惊叹地尖叫着。轰隆隆声中的焰火照亮了整个天空。

“我是阿里军区接线员，请回话。”

“什么？什么？你再说一遍！我听不见啊！”王东升对着电话大喊大叫，使劲摇晃着听筒。

“这里是阿里军区接线员。请回话。”透过这个“道具电话”，女接线员的声音显得如此遥远。

“什么？”

“这里是阿里军区，请回话。”听筒里再次传出接线员平稳的声音，她简洁的话语在战士们耳朵里如天籁般美妙，如春泉般解渴。他们终于要逃脱死亡的追逐了。

“好啊！亚克西！太棒了！”多多周围爆发出一片欢呼声。

多多几乎瘫倒在地上，抬手捂住了脸：“成功了！”此时此刻，就连海涛都卸下了他一贯生硬的外表，一把把多多搂进怀里："成功了，你这小屁孩儿!"

然后，他把多多架在肩膀上，在战友们的欢呼声中转着圈跑："多多，多多，多多!"

王东升仍然死拽着电线杆不放，握着"道具电话"的右手还在发抖。当他听到阿里军区的戴政委在线上与他通话时，他激动地差点从杆上掉了下来。戴政委告诉他，军区正在寻找他们这支车队，救援部队已经在路上。救援就快要来了。这时的王东升望向这片谷底的尽头，幻想着两辆军用卡车和四个驾驶员，装载满车的罐装食品、氧气瓶和军大衣正向这里疾驶而来。他一阵狂喜：

"太好了，咱们得救啦，多多，多多，你个臭小子，小兔崽子，好样的！太聪明了，咱们终于得救啦！ 哈——哈——哈——!"王东升语无伦次地说着，手握电话机顺着电线杆滑到一半时，就蹦了下来，把多多和海涛扑倒在地。他们互相抱在一起，扭打在一起，大声地喊着、闹着，笑声不绝于耳。

也不知道哪儿来的一股劲，李教导员正火急火燎地来回踱步。士兵们聚集在他面前，一起等待着多多他们的消息。黄阿宝眼睛跟着李教导员的每一个动作，不住地和宋文雯低语着。此时的宋文雯时不时地听听黄阿宝的话，然后心不在焉地点点头，又继续整理着自己的头发和衣着。她似乎恢原过来了。战士们很安静，偶尔焦虑地小声谈论着。

"怎么还不回来!"李教导员原地打转，踱步的节奏越来越快，黄阿宝的眼珠有些累。就在这时，有人发现了山脚下多多他们几个人的身影。

"看！他们回来了！王东升!"大伙儿瞬间炸开了锅，王东升大摇大摆地走在最前面，样子可威风了。

"他们回来了!"宋文雯哭了出来。

"报告！阿里军区戴政委说已经派人来营救我们了。两辆军卡满载食物和药品正马不停蹄地向我们驶来！他们就要来了！马上，随时!"王东升一本正经地传达着阿里军区指挥部的营救计划。

“干得漂亮！王东升，阿里军区的首长还和你说啥了？”

“戴政委表扬了咱们的成功呼救……他们已经搜寻我们好久了……我们应该待在原地……我们会……”王东升脸涨得通红，眉飞色舞地继续汇报着，但除了李教导员外再没有人耐心听他的“汇报”了。他的声音被随即爆发的欢呼声掩盖了。战士们脸色也红润了，腰板儿也挺直了，头也高高地昂了起来。

黄阿宝跳起了丰收舞，韩冬梅打着拍子唱了起来，越来越多的人加入庆祝的队伍。就连肖凡这个平时对一切公众场合下的庆祝欢呼嗤之以鼻的人也加入人群，和大伙儿一起，围着带回这个好消息的小分队跳着、笑着。

“多多，真有你小子的！够聪明！我的兄弟！”肖凡骄傲地欢呼起来。

一道闪电划过天空。

一场阵雨降落下来。

1978年7月2日，死人沟

事实证明，我们是钢铁战士，能够克服饥饿、疾病和大自然中一切阻碍我们前进的障碍。明天我们会继续生存，我们会有食物，我们会有药品，更重要的是，我们将把死人沟甩在身后，感谢党和部队教育我们永不放弃希望，绝不投降。

特注：不要因为他年纪小而小看这个少年，他正在茁壮地成长为一名优秀青年。智者远行，我们等着瞧吧！

（摘自海涛的《红色日记》）

1978年7月4日

当多多走出车门时，他立刻注意到今天的阳光比昨天更加明媚了。但是今天的东南风异常狂烈，刮得多多与地面之间几乎形成了45度的夹角，他穿的这件大号军衣被吹得膨胀起来，迎着风不断地拍打着，像伞兵的降落伞。

“我要是能飞该有多好啊……”多多想着。

上午10点整，文工队一行顺利到达界山达坂峰顶，这是前往阿里旅途中必经的最后也是最高的山口。前方的路已经平坦了很多。翻过界山达坂——“山之界”，文工队将正式进入平均海拔4200米的青藏高原。在高海拔地区行进了10天之后，大部分战士都已经适应了高原环境，又有充足的食物和药品供给，所有人都已经从各种高原反应中缓了过来，恢复了年轻人应有的活力，没过多久，他们嬉笑打闹、调皮捣蛋的劲儿又冒出来了。

战士们排着队跳下汽车，舒展着腿脚。山顶的风很大，有些战士爬上公路旁边的山头俯瞰远方的景色。有些，则站在路旁。他们谁都不想说话。大家眺望前方，只有一件事可以确信：

最艰难的时期已经过去了。

劫后余生的无比欢愉正充斥着每个年轻士兵的心田，他们不约而同地握手，拍着肩膀无声地祝贺对方。此时此刻，这种感觉是真诚的、纯粹的，那些曾经的对手们也放下了成见。“人的私心就像空气一样变得稀薄了。”肖凡在他第一次发表的文章中写下这样一句名言，而这句话也为他将来成为作家打下了基础。

漫天的烟花加速了即将到来的终曲，接连不断的光芒和巨大的爆炸声所聚集的能量将每个在场观看的成年人带回孩提时代。他们张开嘴，目不转睛地仰望上空，迷失在昙花一现的非凡世界里，远离任何悲伤、痛苦、烦扰和压力。

“纯粹的喜悦”，凝视着天空中璀璨、旋转闪烁的繁星，多多感到有点恍惚，他闭上眼睛，他还记得那种曾经来过的感觉。他看到脚下成群结队的野牦牛、雪白的山羊和绵羊点缀着那一望无际的田园。他看到绿草、散落的村庄，还有溪流。颜色斑斓的画布上，是纯粹的喜悦，那是生命中的一瞬间。

7月4日，值得回忆的一天。

第三十九章　捕鱼惹来一身腥

考虑到战士们刚闯过了“鬼门关”，阿里军区的首长们决定最大限度地减轻他们的工作量，下令他们在未来一个半月里只进行两场演出。往常的巡演，大多都是每天两到三场。文工队要在阿里地区首府狮泉河镇和靠近尼泊尔边境的普兰县各进行一次慰问演出。剩下的时间里，文工队则奉命留守狮泉河陆军基地，以“治疗可能因濒临死亡的经历而受到的创伤”，更确切地说，是“免费疗养”。

没事儿可干的多多，闲得快要发霉了。他拉着肖凡一起去练习马术，但肖凡更倾向于玩些文人的把戏，宣称体育只是为那些四肢发达、头脑简单的人而准备的。

“咱们去藏包走走，搜集搜集历史知识和文化习俗吧！”肖凡提议。

于是，“采风小组”打着为今后创作提供素材的旗号，向李教导员提出了申请。这样的想法得到了领导的热情回应：“去吧，给我弄些曲子和故事回来，明年的节目可以用得上！”一时兴起的想法成了任务。

多多和肖凡整天往来于当地各大小村落间，从藏人的热情款待中，他们领略到了青藏高原独特的饮食文化。他们爱上了美味酥油茶和青稞酒，无论走到哪里，都会赖皮赖脸地向藏民“讨吃食”。当然，他们也带些罐头做回报。生活富足的藏家人有时会让他们带走一些奶酪，有时会将青稞酒装满他们的水壶。多多将这些丰厚的收获带回来和大姐姐们一起享用。虽然心存感激，但生来就爱评判肖凡的韩冬梅仍然不忘提醒这两位曲作者和词作者别忘了承担的任务，肖凡很是嘴硬，为了捍卫自己的尊严，将这场“收集奶酪、青稞酒和酥油茶”的经历粉饰为颇有成就的“饮食文化研究”。

几周的时间很快就过去了。一天，肖凡神出鬼没地来到镇上，靠着他那第六感觉和无比灵敏的“狗鼻子”“嗅”到了一家书店，并结识了一位美丽的藏族女郎。就这样，肖凡又坠入了爱河，多多落了单——他的队友总是缺席于他们“搜集民歌”的采风小组活动。

这样一来，多多的骑术倒是精进了不少，这也终于圆了他儿时成为一名“真正的战士”(骑兵)的梦想。肖凡在狮泉河镇街头游荡时，多多正斜挎着一支步枪，骑着马，“疾如闪电”地奔驰在青藏高原上。他从马上摔下过几次，摔伤了脚踝。李教导员命令他老实待着，哪儿也别去。看到多多被肖凡“抛弃”了，王东升借此机会接近多多，邀他和黄阿宝一起去打猎。多多同意了。共同经历了生死考验之后，王东升和黄阿宝和解了，多多也对这位满嘴脏话的“痞子”有了点好感，“他也没有那么糟糕嘛!”

兔子和土拨鼠是他们狩猎计划的首要目标。但是，这些褐色小动物太敏捷，逃得太快又不容易找到。多多发言了:“土拨鼠和兔子不是食物。”多多的说法得到王东升和黄阿宝的一致赞同，声称杀害四条腿的哺乳动物是不道德的。实际上，谁也不愿意在战友面前承认自己拙劣的狩猎技术。“我才不杀我的同类!”这才是属兔的多多真正的理由。

“鸭子！班公湖里一定有鸭子。”黄阿宝提议。

凌晨3点，三人从狮泉河陆军基地的营房溜了出来，日出前抵达班公湖。他们藏在岸边的灌木丛中，埋伏起来，静待着他们能看到的第一群鸭子。

“冻死人了。”王东升等得有些不耐烦了，焦躁地骂了起来。这吵闹的声音搅乱了睡梦中的动物们。

子弹呼啸而过，鸭子和黑颈鹤纷纷飞走了。

湖面依然平坦，仿佛什么都没发生过一样。

“你就不能管好你的嘴吗？到手的鸭子都飞走了!”黄阿宝很是担心他们会空手而归，在战友们计划好的篝火晚会上没得显摆。李教导员出去培训两天，大伙儿好不容易逮到一个撒欢儿的机会。

“看，湖水里有鱼!”多多发现浅水区有些动静。

几个小时后，三人满载而归。他们脸上堆满了笑容，但身上落了一身泥，散发出浓烈的鱼腥臭。

“哎哟哟……天，你们闻闻看！太臭了！快脱下来！”韩冬梅、朱芸、田晓燕和其他几个女兵卸下他们的收获。

“帮我洗？”王东升厚着脸皮调侃起来，然后脱下外套和裤子，扔到田晓燕的肩膀上。

“自己洗！”韩冬梅抓起脏衣服，扔给王东升。她径直转向多多，“快，脱下来，我来给你洗。你们去哪里了，太脏了！”

多多不好意思地脱下了外套。

“为什么没人来关心我！”黄阿宝语气里充满了羡慕。

“哦，黄阿宝，如果你愿意……我给你洗吧。”正往厨房搬着鱼筐的“东德女游泳队队长”转过头来。

“哈哈，你想得美哟。黄阿宝心里已经有人啦！”韩冬梅用胳膊肘拱了拱“东德女游泳队队长”，发出一阵爽朗的笑声，和其他女兵们去了厨房。

烧烤杆上的鱼和奶酪嗞嗞响，搪瓷杯里盛满了青稞酒。战士们聚集在火堆旁，在夜色下闲聊着。

“没人会娶我的。对于很多男人来说，我太高，块头太大了！”“东德女游泳队队长”干了杯里的青稞酒，叹了口气。

“不，你才不呢，你只是看起来……有点壮！”田晓燕的赞美让这个高大健壮的女孩更沮丧了。

“算啦，我不只是有点壮，我比部队里大部分男兵都高！他们都怕我！”

“你可以嫁给一个篮球运动员呀！”朱芸马上接了过去。

“可以吗？”

“当然啦！”韩冬梅说，“我真的爱死你这白皙柔软的皮肤了，太美了！你看我的，一点儿都不光滑！”

大个子女孩儿和韩冬梅对比了一下，开心地笑了：“好呀，我肯定能嫁给篮球运动员，什么运动员都行……如果他们向我求婚，我会把门开一条小缝儿，伸出手……”

摇摇晃晃有些微醺的“东德女游泳队队长”伸出双手，摆出了兰花指：“我最好的嫁妆。”

篝火照耀下，一双雪白的手吸引了大家的视线。这双手有如春笋般鲜嫩，格外精致。手指又细又长，散发出年轻女性特有的自然芬芳。

“哇哦！”王东升抓起这双手凑上前去，嗅了嗅，“好软，好香。我娶你！”

“你想得美，占我便宜啊！”“东德女游泳队队长”狠狠地抽回手。

“一见钟情，我要娶你的手。”黄阿宝张着嘴看着这双白皙的手。他想不到，如此双手竟然长在这般粗壮的身体上。“难以置信。”他念叨起来，“它们太美了，让我，让我想……”

“让你想干什么？”王东升怪笑起来。

“让我……想……咬一口……”黄阿宝痴痴地说着梦话。他的眼神有些迷离，可能是青稞酒起了作用。

王东升挤出一脸尴尬的微笑：“看，黄阿宝都喝傻了！”

黄阿宝靠着多多，哼唧哼唧地睡着了。

两天后，李教导员回来了。他派山子把多多带到他的临时办公室：“多多！奶酪和青稞酒都是从哪儿来的？”

从他的面部表情推断，多多怀疑李教导员还对左司令家偷鸡事件耿耿于怀。

“李教导员，别担心。这些东西不是偷来的，是村民主动送给我们的。”

“谅你们也没那个胆儿。但吃鱼，可比偷左司令家的鸡的错还严重。你们的行为严重破坏了我们军队和西藏人民的友好关系！你不是对西藏的文化很感兴趣吗？你怎么不知道，鱼在这里是神物？这里的人都不吃鱼。部队也宣布过这项规定。多多，你现在也快15岁了，不再是小孩了！我给你自由，让你做你想做的事，是因为我相信你。你太让我失望了。什么搜集民风民俗，啊？肖凡和你倒是收获了一堆奶酪和青稞酒。别以为我什么都不知道！群众的眼睛是雪亮的，是有高度革命觉悟的！

看看肖凡，人家起码知道不要在公共场合吃鱼喝酒。”

多多站着一动不动，心里对这一顿痛批不服气：“我救了大伙儿的命，就不能给我些懈怠特权吗？对了，说到肖凡，他可能又在追……”李教导员的训话似乎永远不会结束，多多满脑子胡思乱想，耳垂一动一动的，玩起自家的小游戏来。

战士们回到文工队大院后，大伙儿发现林菱申请退伍了，而且很快就获准了。一周之内，她就离开了，连欢送联谊会都没开，韩冬梅一直有些遗憾。两个月后，杨军医消失了。没人知道他的情况，队里也没发寻人启事，不过李教导员看上去却如释重负。又过了两个月，一个传言似乎将这件事结合了起来。

“不会吧？林菱？杨军医？这两个人？我才不信呢。”田晓燕噘起了嘴，眉毛皱了起来，看上去失望大于震惊。

“给我们来点具体细节！有滋味的……”朱芸一面嗑着瓜子，一面随意问着。她有点感兴趣。

“你们知道吗？这是我亲耳听到的！”煽动者小心地悉数着事情的真相，“那天晚上我半梦半醒间，听到了一个男人的声音……”宋文雯点燃了“星星之火”，后来很快就“燎原”了。

宋文雯的描述无从查证。她没有告诉“小道消息中心”成员那晚他们睡的是12人一间的大通铺（一种用泥土砌成的长条形的床）。也许，宋文雯那晚听到的并非他俩的对话。也许，这一切根本就是编的。然而，事到如今，既然没有人站出来为两个已经离开的人捍卫名声，那谣言或许就是真相。大家疯狂地传播起来，每一个传播者都毫不吝啬地添油加醋。

“林菱，老子早知道你就是这种人！”心中始终放不下林菱的王东升后悔不已。

第四十章　晋　级

董队长看上去很谦逊，肖凡估摸着这位新来的队长不会超过37岁。从他那后退的发际线和那总是微微翘起的嘴角可以看出他是个老练的“外交官”。

新官上任三把火。第一天到岗的董队长宣布，在接下来的两个月内，要对管弦乐队、合唱队、舞蹈队队员及独唱、独奏演员进行三项考核评估。党史、试奏（试演）和乐理知识三项考核全部没通过的人，将被文工队开除。考核得分最高（乐手考核三项，舞蹈演员则只考核前两项）的，将获得一次提干机会——从士兵升成士官。此外，南疆军区司令员一年半前承诺的去北京培训的机会，也必须通过这次考核之后才能实现。

这个消息让两种人紧张起来。一种是像王东升这样，演奏技术达不到专业水平，在管弦乐队里随波逐流的人——也就是老边指挥嘴里的“混事儿的”。老边指挥早就向李教导员抱怨过这群人，但这些话一直如石沉大海。没人敢质疑他们的能力——他们中的一些人是“走后门”入伍的。物以类聚，这些人将自己和其他战士隔离开来，组成了一个“纨绔子弟”小圈子，成天游手好闲，从不练琴练功。对于如何管理这些子弟，李教导员一直都很头疼，稍有差错都将有可能毁掉他在军队的仕途。“这些‘混事儿的’可惹不起。”

另外一种士兵，对李教导员来说，倒不是什么问题，对老边指挥来讲，却更难对付。他们是管弦乐队里根本就不该招进来的那些成员——首先，他们不是搞音乐的料，又没条件接受专业训练，只凭着三代清白的家世（工人或农民的孩子）参军。他们倒是很刻苦，但是底子实在太差，他们的勤奋往往鲜有成效，“劳而不获，纯粹是浪费时间！”老边指挥痛苦无比又无法表现出来，最终只能将遗憾的眼神隐藏在厚厚的镜片下。但每当他的指挥棒无法唤起稳定的下拍齐奏时，他脑海里就出现“浪——费——时——间”几个字，又大又鲜亮。

今天只是他日常痛苦中的一天。

叮，叮叮，叮叮叮！

老边指挥用指挥棒敲了敲乐谱架，示意正在闲聊的乐队队员们做好准备。

“一齐……”他耐心地说着，优雅地举起指挥棒在空中画了一个半圆，然后将手停在半空中，示意乐队“做好准备”。老边指挥环视四周，大约十秒之后，他的右手腕突然轻轻地一抖，这细微的动作很难被发现，但足以蓄势推出一个清晰且强有力的上拍，让他的手臂向上高高地飞向空中。当他的手臂挥下来时，乐队应该在这下拍开始齐奏。

结果先于所有人，一只铜管“冒泡”了。

老边指挥收回手臂：“再来。”

抢拍的声音又多了几个。

“仔细点儿，看准下拍再进。再来！”

这次，乐队层层叠叠地出声了，没人抢拍，只是许多人没跟上。

叮叮叮，当当当，耐心快要耗光的老边指挥急速地敲着谱架边。

“再来！”

他又挥舞起手臂，在下拍处做出了更加决绝的手势。

神奇的是，整齐的声音出来得恰逢其时。但边指挥依然不满意，他太熟悉乐曲了——

“第二小号声部在哪里？”

这就是第二种“困难户”的代表人物——铜管组小号声部第二把小号，勤勉的乐队队长小霍。

在边指挥眼里，这个队长连个小号手都算不上。乐队队员们大多有此同感：“他本来就是个司号员嘛。”

军号如简化了的小号，俗称“小喇叭”，只能发出很少的几个音，在战争时期主要用于传递军事信号，在和平时期用来提醒军队日常事务。李教导员被任命担任文工队教导员前，曾在一个军营当过连长，这个小霍，就是李教导员当时的司号员。将他的司号员带到文工队，是李教导员上任后实施的几个行政决定之一。

在文工队服役多年的老音乐家、一直受人尊敬的边指挥，是没有军衔的。按照部队规章，李教导员在乐队里的任何安排，不需要通过边指挥的同意。然而，为了体现他尊重长辈，李教导员约边指挥谈话："老边同志，我们来商量个事儿。我们需要在这些城里孩子里面树立一个榜样。乐队还有空缺吗？"他婉转地问。

"根据巡演次数的增加，我们可能需要一个第二小号手替换着上台。"

"我认识一个适合的战士，"李教导员停顿了一下，"小霍同志最受首长的喜爱了，他知道首长们需要什么。我还得走内线才能把他搞到这里来。"

"他会吹小号吗？"老边指挥问道，心不在焉地将茶杯举到嘴边，却发现杯子里没有茶。

"他是个司号员。"李教导员回答道，显得很随意。

老边指挥的眉毛高出了他的眼镜框，他马上表态："那他不能在乐队吹小号，军号和小号不是同一种乐器。"

"小霍同志出身红色家庭，革命觉悟高，他在一个团长那里做警卫员。"

"那他也不能在管弦乐队里面吹小号！他铁定不识谱！"边指挥捧着空茶杯，皱着眉反驳道。

李教导员一脸轻蔑："能有什么区别？他吹喇叭吹得很好啊，声音很大！从来没有耽误过。小号，喇叭，看上去明明就长得一样嘛。"接着，他又温和地说："霍同志相当勤奋的。不就是识谱嘛，很快就能学会。我保证！"

"但是……"

"老边同志，让霍同志来吹小号，这是命令。明白了吗？"李教导员说完就离开了，留下老边指挥在排练室中坐着，半天没缓过神来。

能给团长当警卫兵的，肯定必须是个士官，有级别的。李教导员很骄傲地为小霍起草了报告，期望小霍能在自己的老上司面前为他美言几句。毕竟，多亏李教导员的“火眼金睛”，才在众多“凡夫俗子”中挑选出了这个人才。在管弦乐队效力多年的边指挥和乐队里资格老的队员们对这个决定很不满意，李教导员的高压做法无异于让他们吞刺，仿佛掐住了他们的喉咙。而精于算计的李教导员，又要了次一箭双雕的手腕，这样，他既有了个向上通报自己成绩的渠道，也顺势安插了个自己的眼线。

小霍的名声在外。当他以管弦乐队队长的身份来到文工队时，大家都很平静。李教导员强调再三，称小霍是个刻苦耐劳、革命意识高涨的好领导。

新队长上任后没多久，战士们就明白了什么叫“鸡蛋里挑骨头”。小霍“以小化大”的本事惊人，他有本专门记录大家言行的小册子，连“纨绔子弟”们也不放过。老边指挥第一个被贴上了“老朽”的标签，这是“文化大革命”时期红卫兵对“腐朽狭隘的知识分子”的称号。一些琐事也会被记录在册，比如，多多从未为老兵端过洗脚水——这是新兵入伍时的必修课，军队中的潜规则；多多、肖凡半夜阅读没用的西方小说，浪费电池——属于浪费军队物资；肖凡周日穿黑皮鞋，还抹花露水；多多晨练迟到，吃饭太慢。这些细节都会引发小霍的严厉批评。女兵们呢，朱芸受到的评价最为刻薄，小霍称她为“懒惰娇惯的公主”，“成天只知道吃零食”，“缺乏中国女性传统的勤劳勇敢的美德”。

肖凡受够了，他联合伙伴们一起对付小霍。“乐队队长可以在开会时任意诋毁我们，但排练这一关，他总得过吧。他要鸡蛋里挑骨头，那我们就哪壶不开提哪壶，给他点颜色瞧瞧！”

他们制订了一个让这位管弦乐队队长步步难堪的计划。

排练中，肖凡会模仿小霍走调的小号声；多多会直接指出他那不均匀的三连音、走调的音阶和进错的节拍；朱芸负责讥笑小霍每一次改错的尝试。计划完成得极妙，但不免将无辜的人牵连了进来，首当其冲的就是快要被逼疯的老边指挥——面对如此多的干扰，排练根本无法继续，一个整段曲子也排不完。

几周之后，多多和肖凡发现，排练变得顺利起来，再也听不见小霍那些可怕的错拍、错音了。

"他进步这么快？我表示怀疑。"肖凡尖酸刻薄的本性在谈论小霍时变本加厉。

"我们的小霍队长在假吹。"多多回答道。

"你肯定是对的，没人能逃得过兔子的耳朵。"肖凡知道多多有绝对音高，并且背过他们的"神曲"——贝多芬《第五交响曲》的所有分谱。"对了，你听到我今天吹错什么地方了吗？"肖凡不安地问道。

"听到了，你在降E调和弦里吹出了还原B。"

"哪个降E调和弦？"肖凡怯怯地挠了挠头。

"但是，为什么老边指挥似乎没有注意到小霍那部分没吹呢？"

"他肯定知道，只是不敢指出来。或者，他想给小霍留点面子。老人家嘛，总是怕这怕那的，你知道的。"肖凡觉得老边指挥忽略了小霍假吹的事实，是怕自己成为例会中小霍"政治暗杀"的对象。

"那我明天就指出来！"多多一副毫无畏惧的样子。

"兄弟，别。小霍会让李教导员宰了你的。学聪明点儿。"肖凡脸上露出狡黠的笑容，"怎么样？现在又有想法了吗？"

这一天，乐队准备排练贝多芬《第五交响曲》的第四乐章。在指挥驾到前，各声部正在调音，乐队队长小霍坚持要来一段政治学习。结果乐队调音声更大了，小霍的刺耳的男高音音量也大幅上调。他满脸通红，挥舞着手中的书，一副领导一切的模样。

王东升小声地骂骂咧咧，做了个吐痰的鬼脸。

小霍念完时，老边指挥刚好走了进来，宣布了今天的排练计划："今天是我们最后一次排练贝多芬《第五交响曲》。我们集中练习第四乐章终结曲那段，非常振奋人心，在有力的节奏衬托下，所有铜管齐上的C大调旋律。铜管，从你们开始！”

多多和肖凡对看了一下，然后把目光齐刷刷地投向了铜管组。铜管组的声部长向他俩点了点头。

老边指挥扶扶眼镜，从眼镜框上瞥了瞥乐队，敲了敲指挥棒，示意大家准备开始演奏。

大家深吸一口气。

准备。

老边指挥做出了下拍音的大动作。

一声微弱的小号声，还是错音，战战兢兢地出现在大家的耳畔。

大伙儿疑惑地看了看铜管组，只见小霍鼓着腮帮，使劲儿吹着小号，嘴里好似含了两颗乒乓球，看上去十分卖力，几乎快要把心脏给吹出来了。铜管组其他队员坐在那里，都紧握手中乐器，绷着脸。

“怎么……”老边指挥的手臂停在空中，眼镜滑到了下巴上。

“哈哈哈，哈哈！”整个乐团爆发出一片大笑。老边指挥连忙将掉下的眼镜推回了鼻梁。

“别笑了，不许笑！谁的恶作剧？”

“我这次跟上拍子了呀。”小霍回答。

也许是笑得太过用力，朱芸把鼻涕都喷了出来。

小霍和有能力的乐队队员之间的不和谐激化成了矛盾，时常拔刀相向。老边指挥提议让李教导员在排练现场维持秩序。

几周后，一场排练又陷入无休止的争吵中，而本该维持秩序的李教导员，却在呼呼大睡，他如雷的鼾声将这片激烈的“战场”变得喜庆起来，战士们又找到了排练和开会时寻乐子的素材。

老边指挥后来派多多去教小霍视唱练耳，却被多多拒绝了。他正式表达了他对管弦乐队中有这样一位无能的演奏者的抗议，并质疑小霍同志将如何在众多的未来演出中生存，更不用说作为管弦乐队的负责人了。

对那些技能娴熟的队员来说，董队长的考核计划是最大的福音。终于有了个懂艺术的领导下达了有关艺术价值的命令，才华和军功将会被公平对待，这对于多多和肖凡来讲，是最开心不过的事了。多多将所有的希望，都寄托在董队长身上，期望曾经的不幸和不公永远停止、彻底消失。然而，肖凡并不像他的小兄弟这样天真。肖凡还有另一个想法，正在慢慢发酵。

第四十一章　不协和音

在生活中寻求真理就像剥洋葱一样，要一层层地剥。有时，我们得哭上一阵子，才能找到最后的真谛。

——妻子

考核时间很快就要到了，营地里又掀起了一股争先恐后打扫厕所的热潮。肖凡每次都被一个神秘的对手击败。他用脏话诅咒了这个人，并怀疑这个人是乐队队长小霍。排练间隙，韩冬梅向肖凡证实了他的猜测，她曾听说，小霍在他以前待过的部队就打扫过好些年的厕所。

"韩冬梅，你怎么知道的?"

"你觉得呢?"韩冬梅把问题丢给肖凡，径直走开了。

韩冬梅语气中的火药味让肖凡想出去透透气。他走出排练厅时，看到多多也出来了，便说："你觉得我该怎么办？你有什么想法吗？我们得搞点儿动静出来，向新领导展示我们和其他人一样积极主动。要是我们什么都不做，就没有提干的机会了。"

"有什么好担心的，认真学习考个高分儿吧。能不能提干，看的是军功高不高，乐器演奏得好不好，舞跳得好不好，又不是比谁会打扫厕所。我们真的想扫厕所，另外找个时间好了，现在扫，听着就是'临时抱佛脚'，也太虚伪了。"

肖凡喝了口杯中的茶，挨着多多在院里的石长凳上坐了下来。"这事比你想的复杂多了，"他的声音有些疲惫，"我的小兄弟，你会知道的，世界不是非黑即白的。你看那个小霍和李教导员，你觉得他们哪个配得上现在的位置？韩冬梅告诉我，小霍来之前，曾经连续多年每天早上四点起床扫厕所，还给连长端了好多年的洗脚水，才被提升为团长的警卫兵。"

多多皱了皱眉：“恶心，想想要给别人端洗脚水就觉得恶心！”

“是啊，没错。嗯，想想别的招儿吧……送个礼？”

“贿赂？”多多推了推肖凡，指了指不远处。小霍正向董队长走过去。只见他熟练地给董队长递了根烟，帮他点燃了。

“哼，你看看，”虽然内心对这种行为嗤之以鼻，肖凡还是无比佩服地说，“多多，别装清高了。你要是不巴结这些满脑子政治的机会主义者，恶果子有你吃的。”

“那又怎样？至少我还是诚实的。”

肖凡单独去执行他的送礼计划。他使出浑身解数，为自己在提干博弈中取胜而勇往直前。第一轮结果果然如他所料：多多和朱芸出局了。肖凡的“礼物”果然起了作用，他还在这个局里。肖凡很开心。向书店女郎献殷勤的收获比他想象的还要多。“礼物”是一张缝纫机优惠券——那个时候，缝纫机是靠政府发券配给的稀缺商品。白雪，那个书店女郎，也是因为帮某个书虫预留了几本数学教科书，才得到这张券的。第二轮筛选让肖凡吃了闭门羹，不过去北京培训的机会倒是保住了。直到后来，肖凡才告诉多多自己犯了一个错误：应该把礼物送给李教导员，而不是董队长。“我拜错神了，”肖凡在看到大厅里红纸黑字写明的职位表时，才发现其中的蹊跷，“毕竟，董队长新上任，只是个技术领导。李教导员才是真正的领导。”这职位表给肖凡上了一堂深刻的政治课。“吸取我的教训吧，英雄不打没有准备的仗。别生气，跟我一起去见见领导，感谢一下吧。他们兴许会改变主意。”肖凡的语气冷冷的，脸上露出少有的坚定。

“只有正直的人才能成为英雄！”多多心烦，回绝了。

“啧啧，你这头倔驴，你知道吗？你想知道什么是真相吗？听我说，左司令承诺让文工队每个人都去北京培训六个月，你为什么没被挑中，也没有提干？这些事情，跟你考试成绩怎么样屁关系都没有。”

“我不相信！”多多暴躁地夺门而去。

第二天，多多独自一人找李教导员和董队长当面对质。

“李教导员，董队长，关于这一次的选拔结果，我想听听解释。”

李教导员和董队长面面相觑。董队长笑了笑，先开口了：

“多多，来，你先坐下。我们知道你在所有考核中表现得最为出色。这很好，祝贺你！继续努力呀！”

多多站着一动不动：“根据上级指示，提干凭的是真本事，不是其他的。如果你们说我在考核中表现优秀，那最后提的为什么不是我？更重要的是，为什么我连去北京培训的机会都没有了？是不是还有别的原因？”

“你还太小，”李教导员插话了，“你还只是个高中生。以后提干机会多的是，这次的，就留给那些老兵吧。你要学会谦虚，别老想着自己。”

“李教导员，提不提干，我不在意，我等得起。但既然你们说我还是高中生，那我不就更应该好好花时间去学习吗？左司令承诺所有人都可以去北京学习。所有人里面包括了我，对吗？”

“行，那我们就直说了吧！多多，我们觉得你在为集体服务这方面，做得不够。这些老兵在部队服役这么多年，提不提干，靠的是常年的辛勤工作。你看看肖凡，人家至少最近还是有所进步的嘛。他还扫了好几次厕所呢，你做什么了？”李教导员面带一丝怒容，口气也变了。

“李教导员，那，我可不可以理解成，扫厕所比考试成绩，比专业水平更重要？如果是这样的话，我们为什么不直接去考核谁扫厕所扫得干净？你们不觉得，考核的重点应该放在我们自己从事的专业上吗？我们是搞音乐的，不是什么勤杂工。”多多语气不改，冷静地质疑着。李教导员和董队长面对这个愣头青咄咄逼人的气势，感到他们的权威受到了威胁。

“多多，你听我说。没错，考核是基于个人的成绩。小同志，成绩包括很多东西，可不止你的专业。你很努力，我们知道，但你再用这种语气跟领导说话，那你永远都没有机会去北京了。别太自大。”董队长还是微笑着，但笑容不自然了。多多的话尖锐得扎人。

董指队长还在闪烁其词，李教导员却早就没了耐心：“够了。多多，你是个战士，老实听命令就够了。学学海涛！人家自愿留下来坚守阵地。我们至少还得有人看家护院嘛。我们已经决定好了，让海涛带着朱芸和你，在下半年文工队大队人马进京时，看好大院。这是命令。挑你出来完成这么重要的任务，你应该感到骄傲。是党信任你，也是你表现革命觉悟的时候。不好好干，就走人。”

多多怒视着他的上级们，他突然明白了：“肖凡是对的，李教导员和董队长早做好了决定，考什么核，就是个幌子。今后的日子里，要想有前途，就得和其他人一样：学会自保；学会圆滑；学会表现；最重要的是，要学会向上级献殷勤！”

之后的两周，多多“照常营业”，帮着大哥大姐们收拾行李。韩冬梅交给他一沓整洁的床单和衬衫。肖凡安慰他说自己会带回最新潮的皮鞋和音乐书籍。几天之后，在一个浓雾迷漫的早晨，多多送走了他的朋友们。朱芸虽未去北京，但她向领导请病假回家探亲，也走了。多多向远去的汽车挥着手。汽车消失在他的视野里，多多的心也沉到了海底。

“要下雨了啊。”有人拍了拍他的肩膀。多多转过头，看到一张皱巴巴的脸。张师傅满脸笑容，递给多多一把扫帚和一个围裙：“孩子，走，快去干活儿！”

第四十二章　一首未完的歌

我害怕，
害怕自己只是一滴水，
像新生儿一样脆弱，
像羽毛一样轻。

我，像火一样燃烧，
像海一样深沉。

追赶着一个梦，
那个将我从另外一个世界唤醒的梦，
你的旋律，在每个黎明前唤起我。
在忧郁的夜晚，
我看到的一束闪烁的光芒，
走到尽头的你，还会记得我们吗？
还会记得我吗？

我走了，
带着那个破碎的梦。

你还能看到那高高的山顶吗？
你还能听到我的呼喊吗？
在那渴望王国的夜晚，
我害怕，
害怕沉溺，

在大海中沉溺。

从九霄云中自由跌落，
我来了，只愿来找，
那只孤独的草帽。
正随着城外蜿蜒的铁路飘荡的草帽，
日升，
星陨。
风吹，
雨落。

绿草波动，它去向何方？
列车来了，又走了，
地球在我脚下游荡，
带领人们飞向这未知城市的天空。
它是不是刚经过？
那空荡的车站，
生锈的风儿，
载我独自飞过。
我的影子，在哪里找寻？
它会在哪？
它会在哪？

我回来寻找那顶草帽，
它就在我的床边，
一本写满了字句的书，
一墙住满你梦境的话。
渴望着，
在那隐形圆圈的一角，

月里的海，
满潮。

一个钢琴手曾来索要过草帽，
这只在回城的路途中，
被我们遗忘在火车上的草帽。
车外人头攒动，
我却看不见他们的手，
对不起，让我过去？
那曾被忽略的无数的双手，
突然变身为猫，
我被其中的两只撕了个粉碎，
火车来了又去，
墙上的时钟滴答作响。
那群猫，依然在胡闹，
草帽就在那里，静静地等待。

我忽然从梦中惊醒，双臂紧扣胸前，
思绪清晰地飞舞于空中——
亲爱的，我来了，来拿那只草帽。
就在那座无人知晓的城市，
就挂在小屋角落的墙上，
羊肠小道带我来到楼上的房间，
我进入一片海洋，
在那里，
安比拉琴声像水中的彩虹，
舞动。
在那里，
欢愉的风儿钻进了群山的影。

我沿着海岸，
在白沙滩上写下了你的名字，
看着你的名字随着海浪，化入水中。

昨天，我感受到了你，
那是另一个世界中，阵阵的暖风；
今天，我感受到了你，
那是九霄云外美妙歌曲的哼鸣。
亲爱的——
这就是我的水，
它是非洲安比拉琴，吟诵着的一个故事。
它是你梦中，那片纯净的海洋，
犹如天外之声总能持续！
就让我们在那里尽情享受吧！
直到，也许，音乐停止……

第四十三章 巴图尔

这一天，多多起得很早，海涛还在打呼噜。他套上围裙，一脚蹬进一双大雨靴。多多看着自己的装束，做了个鬼脸，笑出了声："真像个农民。"这时海涛翻过身子。多多连忙用手捂住自己的嘴，轻轻将门拉开一条缝儿，溜了出去。他提起靠着墙边的水桶和铲子，一天的工作就这样开始了。

天空中，少许散落的星辰不情愿地随着黎明的光晕渐渐褪去。偶尔从远处飘来的动物的叫声回荡在稀薄的空气里，这让多多回想起三年前第一次从部队的床铺上醒来的那个清晨。多多提着水桶和铲子，蹑手蹑脚地穿过大院，朝南边的猪圈走去，那里是张师傅的领地——小农场。

清冷的晨风让多多清醒了不少，他感觉手中的水桶越来越重了。他放下水桶，在院子中央停了下来。"怎么不一样了呢！"他喃喃自语道。本就不大的庭院在他面前显得越发小了。"三年？我居然来了三年了！奶奶呀，好想让您看看我。"几只刚醒来的鸟儿沐浴着清晨的第一缕阳光，叽叽喳喳，喋喋不休。多多听着。他抬起头看了看南方。空中出现了一个黑影。一只老鹰在上空徘徊，舒展着翅膀，盘旋、飞舞、滑翔。多多深深地吸了口气，提起水桶。这一次，他攥得更紧了。

张师傅的小农场里，牲畜们看到多多都格外开心，吵吵嚷嚷地催着自己的早餐。多多将水倒进水槽，备好猪饲料，猪儿们欢腾地享用起来。然后，多多将他挖出来的虫子拌进谷物里，该轮到家禽了。

"你们这些家伙今天可有得吃了。"多多对着那些鸡念叨着，鸡们却不理会，只是快速地啄食，谷物中的小虫很快就被啄光了。小毛驴悠悠地寻了过来，用头拱着多多的腋窝，又哼哼唧唧地推攘着他的肚子。"好了好了，马上就轮到你了，倔驴子！"多多走出农舍，给小毛驴扛回几捆干草。随后，便坐在那个破旧的木凳上，看着动物们吃食。“这小毛驴长得还真快啊。”小毛驴似乎察觉出了什么，用眼神向多多示意：“我的‘点心’呢?”多多摇摇头，笑了出来：“跟朱芸一样馋！小懒驴，你闻到了是吧? 就知道你想要。”多多从围裙上的大口袋里取出一根胡萝卜。驴子高兴了，第一口差点咬到多多的手。“嘿，好家伙，看好了！慢慢吃……”多多将胡萝卜拉了回来，在棚子里逗起小毛驴来。小毛驴用它笨重的大脑袋顶着多多的胸膛，多多咯咯地笑着，又从口袋里拿出了另一根胡萝卜。一个戴着小红帽的女孩的身影在他面前闪过。

已经有六个星期了，多多每天都在照料牲畜三餐中度过。每当厌烦了，他便去喀什集市上找巴图尔——那个他和肖凡遇见的卖羊肉串的年轻人。看到面对羊肉串总是毫不吝啬的多多，巴图尔格外高兴。为了留住这位常客，巴图尔时不时地会送上几串，还不忘在多多咬第一口时，适时地说上几句。

“这是只给你的哦，小兄弟。我很喜欢你！好吃吧?”

没过多久，多多意识到，他藏在床垫下的积蓄消失了。“今天之后，我可能来不了了……”多多告诉巴图尔，眼神有些沮丧。

“为什么? 是巴图尔的羊肉串不好吗? 来，试试这个！我特地给你做的!”巴图尔咬下串儿上的第一块肉，又顺势递给了多多。

“啧，巴图尔……”多多拿出一元钱，交给了巴图尔，“我没钱了。给，这是最后一元了。再给我几串吧，能买几串是几串吧。”

“噢哟，没关系的。小兄弟，别担心，你吃你的，钱嘛，唔，以后再算。”

“我把积蓄都花光了，把给奶奶的钱也花了。”多多眼巴巴地看着烤架上嗞嗞作响的羊肉串，流起了口水。

“啊……给奶奶的钱呀……”巴图尔左手转着羊肉串，右手拍了拍多多的肩膀，“小兄弟，我也是挣钱养家的人……”他突然陷入思考状，认真得连架子上的羊肉串都忘了，烧烤架上冒出一股夹杂着木炭和油脂味的黑烟。“我知道！你可以帮我卖羊肉串！然后你就可以吃了！不要钱！嗯嗯嗯嗯……亚克西!”巴图尔嗅嗅那黑烟，“最好了!”

“是太香了。”多多咽下口水，面对肉串的诱惑，他自然无法拒绝，“我可以免费吃？我也可以挣钱？”多多咧嘴一笑。

“额……嗯……”巴图尔突然想起多多和肖凡第一次来就吃了五十串，有些后悔。“你吃得多，”他一面说，一面用他那不太灵光的脑袋盘算起来，“我会赔的，嗯，会……”

“那这样吧，我每卖出去一串羊肉串，你给我一半的钱，我拿这些钱来买羊肉串，你再给我免费吃两串，你看怎么样？”多多戏弄地提议道。

巴图尔一下子脸红了，猛地拍拍胸脯答应了多多的条件：“好！兄弟！巴图尔是个好人！巴图尔对所有的兄弟都好！就这样，你帮我卖串，我给你钱。我喜欢你！”多多发现巴图尔已经省去了“小兄弟”的“小”字，直接改口叫他“兄弟”了。

“成交！”多多右手握着巴图尔的手，左手接过还在嗞嗞作响的羊肉串，大口地咬下第二块肉。

“烫，烫，好烫！好吃！”多多对着路人喊了出来，马上就有些人围了上来。

“来，来，来！吃巴图尔的羊肉串呀……肉肥孜然香哦！”

巴图尔又唱了起来。

第四十四章　两个姑娘

二人生意兴隆。正如巴图尔所料，多多的军装是个亮点。羊肉串供不应求了。

“我们得再弄些肉来。”巴图尔将手伸进腌制羊肉的大盆，搓着揉着。“哎，多多，我说，我们喜欢唱歌跳舞弹冬不拉，不像你们，根本不会跳舞。我们就是不一样。”

“为什么这么说？”多多斜眼瞟了瞟巴图尔，用铁签串着肉。

“我们随时随地都喜欢跳舞，只要我们愿意！”巴图尔张开双臂，抖搂起肩膀。他浓密的眉毛随着手臂的节奏上蹿下跳，连眼睛都在微笑。“亚——克西亚——克——西——亚——克——西！”他唱着，手上腌肉的酱汁滴了满地。

“嘿，小心点儿！”多多笑着跳到一旁，怕弄脏了自己的军装，“我们也会跳舞！”他的眼睛眯成了一条缝儿。

一周后，多多搭补给车的便车，带着他的手风琴，来到了集市上。

“嘿，兄弟，好几天没来了呀。要羊肉串吗？那是什么？”巴图尔说着，殷勤地递上了一串羊肉。

多多放下手风琴，打开了盒子。几个好奇的小孩簇拥在多多身旁，摸摸这儿，摸摸那儿，有的还伸手触摸着乐器。

“走，走，走开，别处玩儿去，别乱摸！”巴图尔赶走了他们。

多多背起手风琴，按着左手的变音键试了试音色。随后，一段来自电影《冰山上的来客》中的主旋律在热闹的集市中响起。人们蜂拥而至。

这个小兵居然会弹维吾尔族曲子？这个小兵竟然能在维吾尔族人的摊儿上拉手风琴？当地汉人的惊讶不亚于当地维吾尔族人的好奇。多多和巴图尔当然不会在意旁人的目光，他们只在乎一点：来的人越多，羊肉串就卖得越好，他们俩的生意就更兴隆。

多多让巴图尔向他的朋友又借了些维吾尔民族乐器——热瓦普、坦布尔、手鼓、都塔尔、艾捷克等。随着多多演奏乐器水平的突飞猛进，巴图尔的生意也变得热火朝天，他的小摊儿化身为年轻人的聚会圣地。经口口相传，喀什人都知道集市上有个天才手风琴手多多，他还是个年轻的战士。

多多很享受他在喀什市民中的新名声。他不再帮张师傅张罗厨房，也不再陪海涛巡逻军营了。他甚至把中午喂牲口的任务都交给了海涛，因为他的下午时分通常是在集市和喀什大街小巷里度过的。

一天，在从老城走回军营的路上，多多发现了一只褐色的小狗。它大约只有一个月大，跟在他身后。

"哎，小家伙，你从哪儿来的，集市吗？"多多弯下身子抚摸着小狗的后背，"你没有家吗？你是走丢了吗？回家吧，别跟着我了，快回家。"他拍了拍小狗，推开了它。

小狗小声叫着，将自己的小身子靠在多多腿上，不停地发抖。多多这才注意到，这个小家伙的左后腿瘸了，腿上的伤口很新，还在流血。

"谁干的？你这可怜的小东西。"

小狗又小声地哼出一声，这叫声太可怜了，多多情不自禁将它抱起，搂在怀里。小狗立刻停止颤抖，舔着多多的脸。

"你一定是想跟我回去……回家可是要走好远的路哟。"

小狗继续舔多多的脸，多多直痒痒，说："好吧，好吧，带你走，但你要乖哟。跟我走，保证你不会饿肚子的。"

小狗蜷在多多手臂里，摇晃着小尾巴，眼睛里散发着爱意。

"我们得快点走，天快黑了，要是晚上也让海涛喂牲口的话，我肯定又要被他修理一顿了。"想想张师傅和海涛看到小狗的表情，多多吹了几声口哨。小狗跟着叫了两声。

此时，太阳还未下山，正用它橙色的光辉沐浴着大地。棕色的泥路两旁，小石子儿、树木、落叶和各式各样的小昆虫，各尽所能地彰显着深秋的景致。收获的季节即将结束，大地母亲抓紧这机会，尽显风姿。

地平线上，高山的轮廓滑过云稍，层层叠叠的云浸泡在奢华的金色和玫瑰红色中。天空仍然是蓝色的，但蓝得那样深沉，犹如油彩般浓郁，随着夜晚湿气的到来，空气也变得越来越厚重了。

多多的心快跳出来了。

道路的另一头，一名身着红裙的年轻女子向多多走过来。红色的面纱遮住了她的脸，却留出了她那闪着光的大眼睛。“会是她吗？”就在此时，多多耳畔响起了那个头戴白羽毛点缀的红帽子的女孩的笑声。“她长大了吗？ 她的辫子粗粗的，卷卷的。看那双长着长睫毛，会说话的大眼睛，一定是她！”多多的思绪以每小时两百公里的速度在胸中奔腾，但他始终没有想出如何才能与擦肩而过的姑娘搭讪。“她会认出我吗？她会停下来吗？如果她停下来，我要说些什么？我应该迎上去吗？要是她没认出，我该怎么办？”多多屏住呼吸，焦急地等待着那一刻的来临。

“但她并没有停下！”多多的心一落千丈，继续朝前走着。

他下意识地转过头来。那个年轻的女子也恰好转过头来，她的眼睛满含笑意。“那夕阳下的眼睛！”多多僵住了，在无助的狂喜中，一直注视着那红裙彻底消失在昏暗的光线中。他低下头，温柔地冲着怀中的小狗说了一句：

“我就叫你‘姑娘’吧。”

小狗打了个喷嚏，看了看多多，又将头靠在他的臂弯里。

“我还会再见到你的！”多多对着眼前空荡的山谷大声喊道。几只鸟儿从树上惊起，叽叽喳喳地飞上了天。夜正慢慢侵蚀着白昼。“我会再见到你的……”这念头就像风推动风车一样。他脚步轻盈，加快了步子。一阵旋律从心中涌起。他跑了起来。

第四十五章　不死之猪

生命是事件的序列，不好也不坏。

——妻子

自从多多将“姑娘”带到了集市上，他在孩子们和姑娘们中更受欢迎了。这小狗真是天生的“人来疯”。它的伤已经痊愈了，每当多多拉手风琴时，它都会在顾客中间蹦蹿嬉戏。“姑娘”总是能准确地找出无法抗拒它祈求眼神和摇摆的小尾巴的“顾客”。巴图尔20岁的漂亮妹妹——阿米娜，就是其中一个。

“小家伙，你饿了吗?”

“姑娘”摇摇尾巴，将小爪子放在阿米娜的腿上。

“给你，一大块骨头！看看它多开心啊!”阿米娜笑出了声，准备拿起第二块骨头。

“小骨头就行。”当阿米娜扔出第二块大骨头时，多多提醒她。

“兄弟，你的狗正在长身体呢！你也是!”

多多红了脸。

巴图尔手中拿着羊肉串穿过人群，喊起来:“阿米娜，别影响多多。他要工作呢!”闻到羊肉味儿的“姑娘”扔下骨头，转身跑向巴图尔，上蹿下跳的，口水都流到巴图尔的鞋上了。

“你就是那个多多呀！我叫阿米娜，是巴图尔的妹妹。来，给你块肥肉。吃了对你有好处。别管我这个讨人厌的哥！走吧，到我家来，我给你们做些更好吃的羊肉串!”阿米娜轻盈地笑着说。多多不禁心跳加速了。

那天收工后，巴图尔和阿米娜将多多带回家。阿米娜烤了馕，炒了拉条子，扳着巴图尔的手臂，逼着他拿出了珍藏的米酒。慢慢地，这样的聚会成了惯例，巴图尔和阿米娜又邀了其他朋友一起和多多分享着他们祖先的故事，一起跳舞、唱歌、喝酒、吃羊肉。多多时不时地从军营里带些罐头，偶尔也会带些小礼物给他的朋友，比如一条手帕或是一瓶花露水。在阿米娜身边，多多总是很有礼貌，也很绅士，每当与她对话时，他便不由自主地表现出一种谨慎的客套。

为了从军营大院里混出来，多多编了很多“富丽堂皇”的理由。新朋友和狗狗的到来，让多多的生活过得很愉快。他早忘记了自己的战友，忘记了董队长和李教导员曾经对他的不公。

“生活美好得很，我自有计划。”

“嘿，‘姑娘’接着！”海涛向院子里扔了一根棍子，“多多，你最近怎么了？不练琴，不上操，不学习，不喂牲口，连巡逻都很消极。发生什么事儿了吗？”海涛对多多近来心不在焉的表现起了疑心，不经意地打开了他思考已久的话题。

“没有，没什么。我会尽我的本分，我保证。”多多没有理会海涛的疑虑，只是继续在搪瓷盆里洗床单。

“你的新朋友怎么样？”

“很好。和他们在一起挺有意思的。”

“明白了。有意思是吧？很好。”海涛向多多的盆子里添了些水。

“但是，别太分心了，多多。你是个军人。别跟那些无所事事的人走那么近，他们会把你带坏的。”

“他们才不是无所事事的人，他们是我的朋友，你也是。”多多斜眼看着海涛，继续用洗衣棒捶打着床单，“他们很简单。没什么好担心的。嘿，你的话听上去怎么跟李教导员讲的一个样？”

“嗯，我的建议也是为你好，李教导员也不全坏。要不是他，你还没有今天呢。你是知道的，对吧？”

“对啊，当然！”多多敷衍着，尽量避免和朋友发生任何争执。毕竟，多多一直很敬佩海涛的成熟，视他为人生导师。

他用水冲完床单，海涛帮他拧干。

“再帮我一把吧。海涛!”海涛拉起床单的另一角，和多多一起抖搂着，甩平整后，把床单挂在了两棵树之间的晾衣绳上。

“我真想念韩冬梅和馋嘴猫她们呀，要是她们在，肯定会帮我们干这些活儿的!”多多悻悻地念叨着。

“你这个被宠坏的孩儿。男人也要顶半边天！没有她们，我们照样能活。来，接受下一个任务吧!”海涛正说着，“姑娘”撒起欢来。

“回来，‘姑娘’！你个淘气的‘姑娘’!”

小狗在院子里绕着圈乱跑，多多和海涛在它屁股后面追着。

多多跑得有些喘不上气来了：

“嗯，额，海涛，我想，我想请教你个事儿。”

“听上去怎么这么拘谨啊，什么事儿?‘姑娘’，‘姑娘’，回来，给我坐下。”“姑娘”终于乖乖地坐回海涛身旁。

“好‘姑娘’。”海涛拍拍它的头，扔给它一块饼干。

等拴好小狗，海涛才继续问起来：

“说吧，怎么了?”

“唔，嗯……我遇上了一个姑娘。”多多脸上一片潮红。

“啊哈，我就知道有情况啊。她叫什么？多大了？来，递给我块肥皂。”海涛往“姑娘”身上泼水，“姑娘”不满地对他汪汪起来。

“她的名字叫阿米娜。大概二十一二岁吧，说不上来。她很年轻漂亮，嗯，对，她……”多多将肥皂和麻刷递给了海涛。

“停——打住，别说了！第一，你是个军人，军队里的士兵是不能谈恋爱的。第二，她不适合你。她比你大四五岁呢，等等……”海涛眯起了眼，嘴唇微收，一副似笑非笑的表情。

“不会吧——多多，小小年纪！我还真得同意韩冬梅的说法，肖凡把你带坏了!”海涛边说边给“姑娘”打肥皂。“姑娘”扭来扭去。“抱住它!”海涛命令多多。

“让它去吧，咱们只给它冲冲就行了。阿米娜几天前就给它洗过澡了。阿米娜说，狗不喜欢肥皂的。”多多逗了逗“姑娘”。

“哈，看看你，左一个阿米娜右一个阿米娜……已经被她迷住了！”

多多有些难为情，挤出尴尬的笑容，但语气仍然很认真：“海涛，我……我真的很喜欢她。我想，我想我到了21岁，就跟她结婚。”

“什么？你是认真的？”海涛死死地盯着多多，“哈哈，你知道喜欢一个人是什么样的吗？多多，你懂婚姻吗？我看你甚至都不了解她吧！”

“你就懂了？”

“哈哈哈，我？你觉得呢？”

当海涛举起左手去擦眼中笑出的泪水时，“姑娘”抓住机会，从海涛的右手中逃走了。它绕着多多和海涛上蹿下跳，把肥皂水溅得到处都是，肥皂泡在空中飞舞。多多追着“姑娘”，差点摔了一个跟头。海涛则笑得前仰后合。这时候，张师傅从厨房出来了，冲他们嚷嚷道：“快把狗拴好。过来帮我做晚饭！”

“遵命！张师傅！张大爷！”多多做了个鬼脸。

“以后我们再来讨论这个问题。”海涛扑哧笑着，将狗拴在一棵树下，和多多去了厨房。

一转眼，春节快到了。张师傅计划张罗一顿大餐让他们仨高兴高兴——这三个不幸的士兵已经被遗弃在军营四个月了。按照习俗，中国新年夜必吃饺子，但因为军营里基本没人，补给车也不按时来了，张师傅的大缸里已经没多少肉了。李教导员曾吩咐过，他不在时，不能杀猪。张师傅只能另辟蹊径，打小毛驴的主意。

“我们从来没吃过驴肉饺子！”多多强烈反对杀驴的想法，“驴可是劳动力，猪只知道吃，又不工作。李教导员的脑袋怎么长的？”

“一头驴够我们仨吃三个月。”

“那我们就不吃肉了。我们熬得过去的。”

“冬天到了。看来煤也得等两三个月后其他战士都回来了才能供得上。”

“不，就是不能杀我的小毛驴！”

“要是不吃肉，你们熬不过这大冷天。”

“不行，就是不能杀我的小毛驴！我宁愿死也不愿吃它的肉！”

“好好好，我们杀头猪吧。你们俩，来帮忙！”看到多多如此坚持，张师傅马上作罢。其实，张师傅也不愿意杀掉他那头小毛驴。

海涛和多多花了好大力气才将那头老猪从猪圈里拉到院子中来。这头猪老得自己都站不住了。

张师傅一面磨刀，一面勉强说服自己：“这头老猪反正也这么老了。”张师傅准备下刀时，多多将脸扭向了一边。

“好啦，别整得这么娘娘腔！你不是爱吃猪肉包子吗！来，把腿抓紧了。别放手啊！”海涛将整个身子压在猪身上，猪吱吱叫着。

张师傅是个很有经验的屠夫。他拿力直插猪心，一刀便解决了问题。老猪倒在地上。海涛和多多松开手，放开了方才死死拽住的猪腿。张师傅准备放血开膛。

突然间，老猪发出一声高亢的尖叫声。只见它踢着四蹄，又抖了抖身子，竟然想要站起来。它满眼血红，死死地盯住屠夫们。

“我的天！它——没——死——呢——！”海涛受到了惊吓，似乎每蹦出一个音节，都会打一个嗝。多多吓得撤退到一旁。片刻间，老猪跳了起来，它右前蹄刨着土，像是斗牛附体，冲了过来。海涛和多多吓得在院子里飞跑，老猪在他们身后穷追不舍。老猪后面呢，则是挥着屠刀的张师傅。

“你个老不死的，看看咱们谁跑得快！”

“汪汪！”“姑娘”从不会错过任何好戏。它挣脱了狗绳，欢快地追着张师傅。

老猪嚎叫着，一心想追上它的目标，直到把多多和海涛追得爬上了树。这下好了，老猪改变目标，转身追起了张师傅和“姑娘”。它像只狼一般嘶吼咆哮着，转了一圈又一圈，直到耗尽自己的体力，跌倒在地上。

“你们两个兔崽子，太丢人了！给我从树上下来！”张师傅喊着。那头老猪倒在地上，四腿抽搐着，大口喘着粗气。张师傅走上前去想要将它解决掉，当他再次将屠刀指向猪心时，他似乎受到了某种感召：

“这老猪今天命不该绝，我的糖罐子里还有几块钱。去，多多，到喀什集市上买点羊肉回来！我们新年就吃羊肉饺子！”

多多和海涛将老猪扛回猪圈。张师傅给它处理伤口时才发现，原来这头猪的心脏长在了右边。“命不该绝。”这头老猪错位的心脏救了它一命。“你这头老猪……命该安享晚年了。”张师傅透过猪的眼睛看到了自己，轻轻地抚摸着它的背。老猪安静下来。张师傅守了它一夜。后来，这头猪又活了一年，直到自然死亡。多多和海涛将它埋在了张师傅小农场的角落里。

第四十六章　多多的大学梦

多多穿梭于日常工作和“个人事务”之间，过得很忙碌。新朋友重新焕发了他对生活的兴趣，每分每秒他都很投入。就这样，四个月很快就过去了。有一天，多多收到一封肖凡的来信，邮戳显示信是五周前寄出的。

坐在床铺上，多多打着手电筒准备阅读，这是肖凡过去几年里教他养成的习惯。肖凡的来信已经躺在多多的制服口袋里几天了，就连多多也惊讶他对于朋友来信的矛盾心情。他一直以为自己一收到肖凡的信，便会立刻打开。事实上他并没有这样做。

“你们都抛弃了我。”当他打开信的一瞬间，肖凡的狂草从纸上飞了出来，特别是最后几个字。多多感到针扎般的刺痛，无心读下去。他将信扔回床上，关掉了手电筒。

“四个月了。我是在埋怨他没有早点给我写信吗？还是在嫉妒？我真的不在乎那个大千世界里的生活和朋友们的成绩？”或许，四个月毫无联系的分隔两地，已经让这两个好朋友心生隔阂。肖凡那透着攻击性的积极进取心和雄心勃勃的远大抱负，在此刻的情境下，显得有些令人厌倦。多多已经开始的新生活简单而纯净，这让多多满足而快乐。他喜欢在荒无人烟的路上长途跋涉，聆听、窥探着大自然所呈现的各种声音和画面的秘密。“真希望你已经忘记我了！”

多多看着信。在月光下，丢在床上的信似乎在向他发出某种挑衅，仿佛几千公里外的肖凡正在向他示威。多多有些沮丧，不自觉地哼起了奶奶教他的民歌。窗外的满月渐渐模糊了，化成了那张多多在这世上最爱的人的面庞。多多的眼神柔和了起来。“我是很想你，我的朋友。不管怎样，我都会读你的信。”他一面说着一面打开了手电筒。

亲爱的多多：

希望你过得很好。对不起，没有早点儿给你写信。一到这儿，我便一直忙于学习和社交。北京太大了，至少比十个乌鲁木齐还大。有很多可以看的东西：紫禁城、长城、天安门广场、剧院、体育场、大学。多多，这才是我们的世界。我们属于这里。

你的钢琴学得怎样了？可以弹卡尔·车尔尼299练习曲了吗？几天前，我在北京工人体育馆听了贝多芬《第五交响曲》和柴可夫斯基《第六交响曲》，这可是咱们的最爱啊！你想知道是谁演奏的吗？你一定猜是我们最尊敬的中央乐团。嗯，虽然我没听着中国最好的，但我听到的是全世界最棒的乐团——柏林爱乐乐团！指挥是伟大的卡拉扬。中央乐团的首席和一些最棒的弦乐队队员都只能坐在后排。我猜这是为了表达中德两国的友谊吧。

真是震撼的体验啊！多多，我词穷了。柏林爱乐乐团的演奏，在卡拉扬指挥棒下，音响之丰富难以想象。我终于明白“完美”这个词的真正含义了。坐在我旁边的一个女人从柴可夫斯基《第六交响曲》的第四乐章开始到结束，一直热泪盈眶。多么感人、揪心的旋律啊！你必须来北京。多多，你非来不可。在这里，一切事情都可能发生。我们属于这个世界。

尽你所能，尽力而为。我是认真的。

祝好！

肖　凡

1979年11月10日，北京

附：我给你买了一双球鞋。虽然不是我向你承诺的那种（我已经把我所有的积蓄都花光了），但这种球鞋是现在大城市里最流行的。

借着手电筒的光，多多一遍一遍地读着肖凡的来信。肖凡信里对柏林爱乐乐团的简短描述，字字都钻进了多多的心。他闭上眼睛想象着一支出色的交响乐团演奏贝多芬壮丽无比的《第五交响曲》：在贝多芬的音乐国度里，在命运的主题下，在对痛苦和快乐深沉的拥抱中，多多感觉到那种声浪在胸中澎湃，越涨越高，越涨越高，那是多么愉悦的感受！他满脸通红，心跳加快，身体紧绷，等着在最后一刻爆裂开来。他睁开双眼，顺着手电筒的光束注视着房间的每个角落：六个上下铺、六套洗漱用品、六个水壶和杯子，都在安静地坚守着岗位。多多曾经很喜欢这种简洁的布置。但今天，这些熟悉的环境竟失去了原有的美丽，显得如此荒唐平庸。

"多多，离开那里吧！必须的！"多多仿佛听到肖凡正在用那充满激情的声音鼓动他。多多再次关掉手电筒，平躺在床上，久久地注视着黑夜中的天花板。西北风在窗外飒飒作响。月光将山的影子投向地面，侵蚀着整个屋子的空间。多多开始醒悟到他年轻的生命终将被现实所困。"我现在应该在北京，我在这里做什么？"多多的心有些痛。他将信整齐地折好，将它压在枕头下。那天晚上，多多失眠了。

第二天，他去书店找到白雪。

"可以帮我个忙吗？你能帮我找到所有的音乐书籍和教科书吗？这是十块钱。"白雪是因肖凡认识的多多。她很乐意帮忙。

"你应该去念大学。"书店女郎站在凳子上，从书架的顶层搜罗着教科书，"你这么年轻，该去念书的。"她笑了笑，那笑容让她看上去很美。

"我要去北京读书。"多多坚定地点点头，声音低沉而严肃。那声音把自己吓了一跳。

那天，多多花光了所有卖羊肉串赚来的钱，买了他能在那个小书店里找到的所有教材。离开书店后，多多去了喀什，直奔集市，来到巴图尔的羊肉串摊儿前。

"来来来，吃我们的羊肉串咯！我们的朋友回来了！他要拉手风琴啦!”穿过集市的人群，巴图尔一眼就看见了多多，立刻就叫喊起来。

“噫！没带手风琴？这对咱们的生意可不好，兄弟！我今天没卖几串……不过你来了，好！来，你站在烤架后面，我去做羊肉串，多烤些。”巴图尔的抱怨难抑兴奋。

“我知道，但我今天不打算帮你卖羊肉串了。你还有阿米娜帮呀。”多多一面说着，一面转过头去看了看坐在旁边的阿米娜。

“看，我买了书。”多多从他的军用挎包中拿出几本教科书。

“书？我妹妹可喜欢书了。”巴图尔疑惑地看着多多，“来来来，书闻上去可不如烤肉串香!”

“你来，只是为了让我们看你买的书？哈哈哈，我年轻的朋友，你想我们了吧！想我们的羊肉串了吧!”阿米娜戏弄起多多来。

“我……我不是那个意思。嗯，我的意思是，我，我真的……很想……”多多回避着阿米娜闪亮的眼睛，说话也结巴了。

巴图尔给了他一串肉，多多没有接。相反，他带着少有的庄重，告诉巴图尔，从现在起，他不会经常过来了。

“为什么?”

多多打着含混的手势：“我想去北京上学。我必须努力学习，我要开始准备了。”

“北京?！多远啊!”阿米娜惊叹不已。

“你想去那里呀，那里连羊肉串和西瓜都没有!”巴图尔那本来就连在一起的眉毛揪了起来，挑得高高的，眉毛下的眼睛瞪得大大的。

巴图尔的表情让多多立刻联想起音乐记谱中的延长符号，他不禁咯咯直笑，他向他的朋友兼生意伙伴保证，这次再见只是暂时的，不久的将来，他会带着他的朋友回来吃更多的羊肉串。

“给，送你个告别礼物。”多多将帽子上的红色五角星摘了下来，交给阿米娜。阿米娜认真地看着五角星，发出银铃般的笑声：“我拿它做什么……小弟弟!”

巴图尔的眉毛挑得更高了，但他出奇地沉默，只在多多走时，轻轻地拍了拍他的背。

从那以后，除了补习从12岁便落下的基础课程——数学、物理、历史和语文以外，多多每天的生活就是练将近十个小时的琴，钢琴啊，手风琴啊，凡是会的他都练。在钢琴上，他下的功夫最多，因为他可以独自享用那唯一的钢琴琴房。虽没有老师，他参考拉手风琴的技巧自学钢琴，并在两个月内将卡尔·车尔尼钢琴练习曲849、299和740，以及贝多芬的两首奏鸣曲过了一遍。海涛、张师傅和"姑娘"是他的听众。有一天，海涛发现"姑娘"会随着多多的琴声汪汪叫，跟唱歌似的。另外，海涛松了一口气，他觉得自己将多多引向正轨的办法终于奏效了。三人一狗相伴的生活过得很愉快，不久，新年即将来临。

第四十七章 打 架

“事实证明，羊肉饺子比什么都好吃！”多多边吃边说。他和海涛、张师傅围坐在热气腾腾的炉灶旁，享用这农历新年的年夜饭。

“来来来，多吃点儿，多多，你正在长身体。男娃儿，正该吃羊肉。来，海涛，你也来点儿……”

“我说，张师傅，您的家人现在正吃着猪肉饺子呢。”多多夹了个羊肉饺子，放进嘴里，囫囵吞了下去。“我奶奶总在新年夜做全家福杂烩汤，用一个很大的陶碗盛着。就算只有我们两人一起过年，她也照做不误。”多多又夹起了个饺子，“好吃，太好吃了，张师傅！”

“在我老家，新年夜到处都是通宵放烟火的人，一直放到天亮。张师傅，多多从集市上买了些烟火回来。咱们午夜时去放吧。”海涛说。

“嘴真够甜的啊，来，儿子们！你张大叔今天给你们准备了点儿特别的。”张师傅走向一个小柜子，拿了一瓶平时见不着的好酒和三个小酒杯回来。他用刀撬开瓶盖，小小地嘬了一口。

“真香啊！啧啧，好酒！”张师傅摇摇头，咂摸着嘴。

“张师傅，您不该打开这酒。这是李教导员备着用来招待来访首长的呀。”海涛的提醒慢了半拍儿。

张师傅又嘬了一口，趁着酒劲儿，向海涛抱怨起来：“得，谁还管这个，李教导员早把咱仨忘在这儿了，连补给车都不来了。做啥子嘛，是当咱爷仨不存在，还是就让咱烂在这里了？”他倒满一杯酒，递给多多。

“给，干了！”

“嘘……隔墙有耳。嘿，多多，慢点儿。”海涛依然很警惕，多多已经说干就干了。

“我再也不相信他们了。他们总是说一套做一套——两面派、自私、虚伪，满脑子都是政治。他们这些人，只晓得以自己的利益为上。我瞧不上!”多多的脸红得像只蒸熟的龙虾，酒劲儿一下就上来了。

“多多！嘘！小心点儿。以后可不能在别人面前这么说了，听到没有!”谨小慎微的海涛环顾四周，看上去活像只猫鼬。

“好啦，海涛，放轻松，没人会听到的，这里根本没有其他人，只有咱仨。”多多揉着海涛的肩膀。

“啊，好舒服。”海涛紧绷的上肢放松了下来。

“我们出去放爆竹?”

“说到爆竹——”张师傅顿了一下，夹起一片萝卜，狠狠地咬了下去，“嗯，好吃，真脆。多多，你也来一片儿，有味道。”张师傅满怀喜爱地说道。“多多呀，你都长这么大了，看看你现在，人五人六的，像个战士模样了！再也不是那个隔半个小时就要在我窗户底下点个爆竹的娃了。”张师傅叹了口气，“日子过得快啊……我的小女儿都要嫁人咯。”

“多多，你做了什么？你胆敢骚扰我们伟大的张师傅?”海涛的兴致一下上来了，“这可是闻所未闻啊！张师傅一定惩罚你了吧?”

多多想起自己当年和朱芸一起玩闹的恶作剧，不免有些尴尬。

“我告诉你呀，呃!”张师傅刚吞下一大块羊肉，打了个嗝儿，“海涛呀，别小瞧这小子，他看上去挺可爱的，其实呢，肚子里装的全是坏水!”张师傅又嘬了一口酒，远处，零星的烟火已经蹦了出来，在冰冷的空气中噼里啪啦地四溅开来。雪花在窗外呼啸的北风中疯狂地旋转着，飞舞着。南疆的新年夜总是在这样的暴风雪中度过。

那是1977年，也是多多来军营后的第一个新年夜。在他的家乡，每逢过年，孩子们就能玩上一周的烟花爆竹。多多格外想家。有一天，他遇上了朱芸，这女孩随手就从她的军挎里拿出几串小鞭和一捆二踢脚，他们偷偷溜出大院，来到张师傅的小农场放爆竹。张师傅这里，是不受军规约束的天堂。当他们把几串小鞭放完，正准备放二踢脚时，张师傅小土屋里的灯亮了。张师傅出现在门口，披着他长长的军大衣，大声嚷嚷着：

“谁啊！规矩都不懂？吵人家睡觉了!”

“张师傅，是我们呀！”朱芸咯咯地笑起来。多多点燃了一个二踢脚。

“下这么大的雪还出来淘气，也不怕冻着！哪儿弄的二踢脚哇，危险！你们两个娃儿赶紧回宿舍！”

“张师傅，就不告诉您从哪儿弄来的！而且，我们都不是小孩儿了！”

“我们不冷！张师傅，您看啊，这些雪花正在空中飞呢！ 多漂亮啊！”多多兴高采烈地转呀转，在雪中挥着双臂，舞了起来。之后，他又跟朱芸打起了雪仗。在多多的家乡，冬天是不下雪的。

“张师傅，接住！”朱芸向张师傅扔了个雪球。

“噗！”雪球在张师傅的大衣上绽开，留下一朵白花。

“小娃儿，”张师傅弹走雪花，“快走，回去睡觉，你们这俩小崽子！朱芸，带多多回去！你是个女娃子，别疯疯癫癫的像个假小子！小心李教导员扒你俩的皮！快去快去！”

“张叔叔，张大爷，张师傅，陪我们玩嘛！”多多和朱芸还在打雪仗。

“张师傅，来嘛，扔个雪球嘛，多好玩啊！”朱芸还在笑。

张师傅的衣服上又落了几个雪球，多了几朵花。

手忙脚乱的张师傅左躲右闪，慌张地就像在驱赶他的小牲口一样。“听好啦，你张大叔明儿要干活儿，赶紧回去！看吧，李教导员来啦！”张师傅指了指军营大院的方向。

多多和朱芸吓得连忙转过头去。

“不信我治不了你俩！”张师傅笑得前仰后合。

“您骗我们！”朱芸嘟嘟嘴，多多向张师傅做了个鬼脸。看到这两个小家伙垂头丧气地走开了，张师傅满心得意，笑着回到床上，嘴里还不忘念叨着：“小坏蛋！傻娃子……”

一个半小时后，噼里啪啦的爆竹声又将张师傅从睡梦中惊醒。这次的声音更近了。张师傅诅咒着从温暖的被窝里爬了起来，来到门口查看，但一无所获。他刚回床上准备继续睡，一声二踢脚的巨响把窗户震得嘎嘎作响。张师傅从床上弹了起来。两张窃笑的小脸出现在他的窗前。

“又是你们两个小崽子！真是小兔崽子！”张师傅艰难地穿上衣服，在屋里骂着；窗外呢，多多和朱芸手舞足蹈，满脸嬉戏地看着生气的张师傅。张师傅一跑到门口，两个小孩儿就消失了；一回到屋里，窗上又映出两张又可笑又可气的脸。张师傅在院子里和这两个小孩儿追打起来。几轮捉迷藏下来，张师傅再也没有力气折腾了。“这两个兔崽子要闹到啥时候才是个头哦……”他喘着粗气，摇摇头回到床上。

“给我走开……让我老人家睡！”每当爆竹声在张师傅窗外响起时，张师傅就向窗口扔个鞋子或枕头什么的。他再也不爬起来了。朱芸和多多每隔半个小时，便会在他窗前点上一炮，让张师傅过了一个烦恼而快乐的新年不眠夜。

“走吧，我们出去放爆竹吧。”多多打断了他们的对话。

“等会儿，”张师傅吵着提出了自己的要求，“多多，给咱拉段琴吧，你好久没拉了。”

“好吧，你们想听什么？”多多拿起放在屋子角落里的手风琴。

“拉段咱家乡的歌，咱跟着唱！你老张师傅唱得可好嘞，好嗓子！”

音乐一响，海涛整个人都放松了。海涛和张师傅挽着胳膊，一首接一首地唱着喝着。“姑娘”坐在多多身旁，偶尔将前爪搭在多多膝盖上，随着家乡革命歌曲的音调汪汪地叫。

张师傅喝得已经有些迷迷瞪瞪的了，半开玩笑半正经地提起来：

“海涛啊，你也老大不小了，该娶个媳妇儿啦，你看朱芸那丫头对你挺有意思的，喜欢她不？我老张头给你说去！”

“她呀，呵呵，不行呀。她是个军人，在军营里战士是不可以结婚的。再说了，我想找个淑女型的，家教好的。她太闹腾，太爱吃！”

“哟——你小子还挺挑！朱芸那孩子多实诚啊。爱吃有啥子不好，爱吃说明将来会做饭。你有福都享不着。”张师傅用筷子戳着海涛，仿佛海涛刚诋毁了他的女儿。

“嗷！张师傅，我只是在开玩笑！”海涛被戳得发痒，也用半开玩笑的口气反抗起来，“不过说实话，婚姻还真是件要紧的事儿，一定慎重考虑，别毁了一个人一生的前途和幸福呀！多多，你也得小心点儿！可别轻易就交出你的真心。”海涛颇有深意地看了眼多多。

“多多他还是个孩子！来来来，吃饺子，多吃点儿！再来杯老白干！干杯!”

“干!”

“干!”

多多发现瓶中酒已所剩无几，便一把抓了过来，喝了个精光，张师傅和海涛在一旁叫好，“岁岁平安！岁岁平安!”高声鼓动多多将瓶子砸碎。按照中国的传统习俗，在新年夜打碎玻璃瓶子、杯子或者瓷碗都是来年交好运的兆头。

三个人都沉醉在少有的节日气氛中，谁也没注意到从军区基地来的慰问代表已经在厨房门口默默地站了十来分钟了。

眼前这一切，并不是他想要看到的。“你们分明很清楚应该怎么‘照顾’自己嘛!”他清了清嗓子，隐藏起内心的不满，脸上挂着假笑，将司令员和政委的话，传达给了这三个晕乎乎的士兵。

“在这样一个特殊的日子里，军区首长依然惦记着你们。他们派我来向你们传达祝愿：首长祝你们三个志愿留守的战士新春快乐，为你们的牺牲精神和高度革命觉悟表示赞赏。敬礼!”

张师傅、多多和海涛回敬了礼，心里又感动又吃惊。海涛一下子端出领导范儿，回道：

“同志，怎么称呼?”

“王干事。”

“王干事，请代我们向军区首长表示我们最诚挚的感谢。也感谢您不畏严寒来到我们营地为我们送温暖。”

敏锐的海涛发觉了王干事眼中的不满，快速解释起来，并向他发出了邀请:“差不多结束了，我们很少像这样聚餐。请稍留片刻，一起吃吧。”

“是啊，王干事，一起吃吧，我们这儿还有音乐呢!”多多顺手递给他一杯热茶。

王干事礼貌地回绝了，表示他还有别的工作要做，司机还在外面等着。

张师傅走了过来，一把搂住王干事的脖子和肩膀。“领导，小同志，你听……听我说啊，”张师傅打了个嗝儿，“今天呢，是大年三十，吃顿年夜饭。咱老张的手艺可是一流的，没人能比！海涛！我说得对不对？”张师傅又打了个嗝儿，“多多把司机同志叫进来吃饭！”

“慢！我说了，我还有工作要做。”王干事将头偏向一边，“你喝醉了！”他不耐烦地拨开张师傅的胳臂，这一下子太突然，张师傅没站稳，整个身子都倒向了王干事的肩膀。

“成何体统！”王干事粗暴地将张师傅推回去。

“你说啥？来来来，喝！”

“立正！立——正——！”张师傅似乎对王干事的命令毫无反应，王干事被激怒了，提高了嗓门，严厉地呵斥起来，“解放军战士应该随时保持警惕。你们饮酒作乐，严重破坏了你们的革命使命！你们早把肩上扛的革命任务忘了吧！”

“我们的任务是？”多多从中插话道。

“守卫军营！”王干事转过身对着多多，“时刻准备有可能发生的战乱。另外，你是个什么战士？！难道不知道军规？未经上级领导允许，你不能随便开口说话！”

“王干事，您没发现这方圆四公里外，连个鬼影都没有吗？请您指示，我们究竟应该怎么准备？”多多用一种冷静的声音追问。

“多多，少说两句。”海涛瞪了多多一眼。

白酒果然在多多身上起作用了，他的反应比肖凡还快：

“我们并没有接到命令，需要在军营里巡逻，我们只是几个被遗忘的留下来看家护院的小兵。军区首长记得我们，那您现在的工作应该只是向我们传达新年祝福，而不是下命令吧？”

“是的，但……”王干事觉得理亏，情急之下想寻个替罪羊来发泄一下。他一眼扫到“姑娘”蜷缩在小桌下，顿时，自以为是和他那揪“小辫子”的能耐迅速回归：“军营里不能养狗。把它弄出去！我，作为一名军官，有资格命令你！而且对你，战士，我有句忠告，不要跟上级这样顶嘴！你听懂我在说什么了吗?!”

刺耳的声音惊动了桌底下的“姑娘”。它冲出来，猛地向王干事扑了过去，嘴里还不断狂吠着。王干事受到了惊吓，本能地向后躲，一个踉跄把自己绊倒在地。

“‘姑娘’，停！别叫！坐下!”多多急忙喊道。

“姑娘”立住，但仍冲着正从地上爬起的王干事狂叫。多多伸手去拉王干事，并对狗的行为表示道歉。王干事甩开多多的手。张师傅控制不住，毫无掩饰地大笑起来。他拿起烟斗，向空中吐着烟。厨房里，弥漫着烟草、酒精、生葱和羊肉饺子的味道。

“你这个老头子不配做军人；你个酒鬼，只是个没受过教育的农民。你居然敢嘲笑我!”这情景激怒了王干事，他左手伸向腰间的手枪，迅速地掏出枪来，指着“姑娘”。

“别，千万别。”多多慌了。

“那你必须把狗放走。”王干事又一次下了命令，这一次，他感觉自己稳操胜券。

“给我出去，滚!”张师傅抓起一把大葱，大口大口地咬着。葱汁儿和着张师傅嘴里辛辣的气味，洒向半空中。“多多，把他——赶出去！赶出我的厨房！哪儿来的屁大芝麻官，打狗还要看主人呢，看他能的，有啥——呃——了不起——呃，不就是念过几个字吗?”张师傅吼着，“姑娘”也随着张师傅支离破碎的词语狂叫着。

“我要向上级打报告！你们等着!”王干事转过身去，砰的一声踢开门，逃了出去，再也没回来。厨房的门在窗外的大雪中来回晃悠，一阵冷风吹来，每个人都不禁打了个寒战。张师傅的嗝儿也停了。

海涛焦虑地踱着步。

张师傅这时也清醒了不少：“让他打小报告，没啥子大不了的。啥子领导啊，跟牲畜逗闷子？嘴上无毛，办事不牢。多多，来，好样儿的，咱们接着吃!”张师傅又拿了根大葱嚼了起来。“谁敢说咱的菜不好吃？连左司令都夸奖，爱吃！他算老几哟！海涛还记得吗？上次左司令还特地到我的厨房来……”张师傅又讲起了他重复了一遍又一遍的故事，直到声音渐弱，且含糊不清，最终传来阵阵呼噜声。

多多担心了，问海涛：“他真的打我们小报告怎么办？‘姑娘’怎么办？”

“等着吧，”海涛停下脚步看了看多多，“够机灵！顺便告诉你一声……”

两个月过去了，什么事儿也没发生。李教导员、董队长和文工队的战士们陆陆续续地回来了。肖凡和其他几个战友都发现，多多长高长壮实了，也变内敛了，神情中带着一份谨慎和不动声色，好似这6个月的独立生活擦去了他脸上的天真。军营里少了一个活泼的小弟弟，却多了一名年轻男子。在他身旁，总有一只叫“姑娘”的小狗，与他形影不离。

李教导员回到大院后很少直接和多多对话，直到有一天，他叫来海涛和多多，向他们传达了他收到的命令：

“狗必须杀掉。这是上级的命令。”

“没别的了吗？”海涛怯怯地问道。他一直担心除夕那晚王干事到访的那件事。

“没了。你有什么要报告的吗？我不在期间发生了什么吗？”

李教导员有些怀疑：“那狗从哪儿来的？”

多多正准备开口，海涛便插嘴道：“没，没什么事儿。一切正常。我们只是不知道军队大院里不能进狗。”多多保持沉默，但李教导员感到多多正酝酿着一股将要爆发的情绪，他慢慢地转过身来：“我们找个法子，还是救救这条狗吧。你们可以把它藏起来。多多，你要保证这只狗不会跑到院子里来，可以让张师傅把它当个家畜养。解散。”

第四十八章　禁　果

黑暗中，宿舍的其他人都入睡了，只有宋文雯心急如焚地等待着。

“他今天会来吗？这值得吗？”她心中有些迟疑。但什么也抵挡不住偷尝禁果的亢奋。

“为了引起他的注意，丑小鸭做什么都可以。”脑海中一个声音扫走了一切疑虑。宋文雯抬起被子，仔细检查着自己：她身着柔软的黄色系带无袖睡衣；一条别致的底裤——和军队里常见的肥大而笨拙，类似于男生短裤一样的内裤比起来，女人味十足。她纤细的身材令她自己都着迷了。但宋文雯还不满意，她又检查起发梢、手臂和腋窝气味来。

“你今天很香。”那个声音说。

“为今天，我已用了从城里带回来的半瓶乳液和半瓶洗发水！”

“一切都是值得的。”这声音很有说服力。

“但以后还得用呢，我原打算用很久呢。”她嘟哝着。

“一切都值得，”那个声音还在继续，“如果他来的话。”

“他会来吗？我最好再去检查检查窗户。”宋文雯睡的是下铺，刚好靠着朝南的窗户。她洗完澡，悄悄地抬起了窗户上的插销，然后一直等待着。

“是时候了，也该来了。”看到窗外出现的黑影，她的心怦怦跳着。

黄阿宝惧怕无尽的黑夜，惧怕山峦间捉摸不定的野兽的呼叫声。他像一只受惊的兔子一样紧张敏感。那从道路尽头传来的声响，让他在去往入口的途中寸步难行。

“要是可以的话，我宁愿藏在父母的衣橱里。我不想受罚。”回想起孩提时在黑暗小屋角落里关禁闭的场景，黄阿宝不寒而栗。

但那个入口又是那样神秘地召唤着他。他从未像今天这样，急迫而又忐忑。黄阿宝想到了前几天宋文雯对他说话时的姿态。激发的荷尔蒙瞬间将他的胆怯冲得无影无踪。

“文雯还在等我呢。那双眼睛……”他内心悸动起来，莫名地加快了脚步。

黄阿宝认为宋文雯是文工队中最有女人魅力的，也是最漂亮的女兵。她的眼睛细而长，像新月一般，是典型的古画上的南方女子模样。只需要送上那么一瞥娇媚的眼神，黄阿宝就能乖乖地任由她摆布。而这早在三年前的火车上便开始了。“就是今晚了，该有行动了。”黄阿宝环顾四周，“希望没人会发现我。我受不了她那撩人的眼神，我的心早被攫住了。”

黄阿宝的痛苦始于胡杨的到来。胡杨，是一名以各种芭蕾舞大跳见长的舞蹈演员，这个高难度的动作曾一度被黄阿宝称为自己在舞蹈队里的专利。胡杨到来的第一天，就近似炫耀般向大家展示了他那不费吹灰之力、超凡的大跳和踢腿，相比之下，黄阿宝的跳跃动作更像马戏团里小动物的跳圈表演。除此之外，这位毛发浓密的新人周身也令人惊奇——他练功时穿的紧身裤让他下身原形毕露，让人想入非非。他与赵连长有几分神似，很快便引来了同性的嫉妒和异性的兴趣。但很快大伙儿便发现，这个新来的胡杨喜欢独来独往，从不对女性朋友有任何表示，也不跟男性朋友称兄道弟。他经常在澡堂关门的最后一分钟，热水将要用尽时去洗澡。他每天刮两遍胡子，总不忘睡前仔细地修修眉毛，洗漱后在手上和脸上擦上乳液。

“娘儿们都干不来他那样。”王东升首先暴露了他的“困惑”，“哪个爷们儿能像他那样？”

“那又怎么了？我们专业舞蹈演员都是这样的啊！我们在舞台上必须随时保持良好的形象。”以自己对专业舞者的审美，黄阿宝替胡杨辩解起来。

“你也这么干的？真的？我可从没注意到。不过你们这些跳舞的，都是些怪人。”

“那你们这些吹号的，还都长得丑呢。”

“娘娘腔！”

“丑八怪！”

“好好好！”王东升若有所思，并没有将这场口角继续下去，他瞄了黄阿宝一眼，而黄阿宝此刻的注意力已被一群女兵吸引了过去。宋文雯，就在里面。

巧的是，胡杨正从另外一个方向走过。黄阿宝发现，宋文雯瞟了胡杨几眼。

“看，那小眼神儿一下就能抓住男人的心……我跟你说这个，全都是为了你好啊。”王东升一面说，一面暧昧地窃笑。

最近，田晓燕觉得她被朱芸忽略了。而朱芸，正忙着和韩冬梅一起参与上级派给她们的秘密且漫长的任务。田晓燕最爱的社交活动——吃零食和八卦的次数骤减，接着，李教导员下令朱芸和韩冬梅把铺位挪到一个上下铺上，这些社交活动则彻底结束了。

“甜甜的”田晓燕被分了个新的床友——“刁蛮的”宋文雯。从那趟“绝命之旅”回来后，宋文雯便越来越不招人待见了。军队中，有个不成文的规定，军人以军龄定地位。田晓燕比宋文雯早来一年，那她可以理所当然地挑选更为舒适的下铺。但宋文雯似乎很不知趣，用自己的东西迅速占领了下铺，更加坐实了大伙儿对她的偏见。“太不懂事了！”田晓燕在心中抱怨起来，“她居然敢欺负我，她以前都不敢的！”没了朱芸撑腰，田晓燕只能选择沉默应对这个难缠的床友。

宋文雯最近表现确实不太正常。从周日的着装看，她变得很大胆，浓妆艳抹，身上整天香喷喷的。这在女兵中引起了不小的议论。更有甚者，在一次晚汇报结束后，她突然起身，夸张地舞了起来，又长又细的双臂伸展得高高地，挥舞着跑到院子里，来了几个侧身翻。王东升和他的“纨绔子弟”伙伴们看得目瞪口呆。

床在轻轻地摇。“地震了吗？”田晓燕被吵醒了，翻了个身。

床不摇了。

奇怪的是，宋文雯找起了田晓燕的碴儿。

“你能别在床上吃零食吗？你的饼干渣儿都掉到我的床上了，太脏了！”她在第三天晚上熄灯前开始抱怨起来。

“哪儿呢？”田晓燕从床上探出了头，“我看不见……哪儿脏了？是吃的，又不是别的，扫走不就行了？”

“你自己下来看看。”宋文雯不耐烦地说。

田晓燕不情愿地爬下了床。“啊呀！我在这儿都看不着，有什么好大惊小怪的！”她顺势拿手扫掉一两粒饼干屑，“我都快睡着了。”

“去去去，脏你自己的床去！去啊！”宋文雯尖叫着把田晓燕赶回上铺。

一周后，田晓燕被下铺砰的一声吵醒了。

“宋文雯，又……怎么了？”

“别翻来覆去的，还这么重。我昨天晚上一晚上都没睡好。”宋文雯坐起来，用拳头砸着上铺床底。

“我没有。即使我真这样做了，朱芸怎么根本不介意啊？我俩一起进的部队。她都让着我，按说你就该让着点儿！”

“嘿！小声点儿！你们俩。时间还早。还让不让人睡了！”“东德女游泳队队长”的声音从隔壁床传了过来，堵住了她们两个的嘴。

第二天，宋文雯找到班长，添油加醋地报告田晓燕是怎么影响她睡眠的。班长是个脑回路极短的人，她的字典里，从没见过“三思而后行”，而且只会欺软怕硬——办事只挑软柿子捏。宋文雯一告密，她便在熄灯前将田晓燕叫到床铺旁训话。

“田晓燕……”她的声音很柔和。

“是，班长？”田晓燕对上级还是有些畏惧的。

“过来，我有话跟你说。”

“好。”田晓燕从床上爬了下来，来到班长床旁。

“看看你，啧啧啧啧。”班长皱着眉从田晓燕头发上扒拉下一片碎屑，“你又在床上吃饼干了！”

“我没有。我真的没有。您找别人问问。没人看见我吃了。”她环顾四周求援。

“报告，田晓燕今天没有吃零食，我们给她保证……”“东德女游泳队队长”在旁边的上铺上笑着说。

“严肃点儿！”班长又皱起眉头，“好吧，就算你今天没吃，你敢保证昨天、前天、以前都没有吃吗？不然你头发上哪儿来的饼干屑？啧啧啧啧……把零食带上床是个很不好的习惯。看看宋文雯，人家总是干干净净的！”班长指了指端着洗漱盆，哼着歌儿打她们面前经过的宋文雯，“你打扰宋文雯睡觉了，应该向她道歉。”

“我……”

“没关系的，只要你保证以后不再这么做就行了！”宋文雯轻快地说着，头也不回地走回她的铺位，轻盈得像只小燕子。

田晓燕顿觉被打了一闷拳。

从那以后，“甜”小燕便成了个“碎嘴”乌鸦，到处宣扬宋文雯床铺上的轶事。大伙儿随时随地都能看到这两人在吵嘴。

一天，田晓燕气冲冲地走出女生宿舍，一屁股坐在梳洗水槽旁边的长凳上生闷气。很明显，她又败了一轮。王东升走过来，用一种充满同情的语气哄着田晓燕：

“你和宋文雯又怎么了？又闹不愉快了？”王东升貌似漫不经心地说。

正想发泄情绪的田晓燕将“摇床事件”一股脑儿地告诉了王东升。“真的是越来越厉害了。最近老这样。她一定是病了，难不成还有别的原因？我都被吵醒好多回了。我还什么都没说呢，她居然拿我吃零食和翻身太重来说事儿，说什么我吵到她睡觉了，还背地里去告班长。”

“这确实是不太好啊，”王东升面露体恤，“每次你醒后，床还会摇吗？”

田晓燕吸了口气，回想了一下：“奇怪，你这么一说，我倒是想起来了，只要我一醒，床便不晃了。”

王东升感知到了些微妙，脸上一副暧昧的表情，心想：“宋文雯啊宋文雯，这事儿大了，太大了。”他的眼神游离开来。

看到王东升的反应，田晓燕意识到他一定是发现了什么秘密：“怎么？你肯定想到什么了？快，快告诉我！”

“嗯，我还是不告诉你了。”王东升欲言又止。

“告诉我嘛！”田晓燕继续坚持着。

“不，我才不，要是告诉你了，我可当不了好人了，你那张嘴可是从来都没把门儿的。”

“我保证我谁也不告诉！”

“我给你指条道，你自己发现去。”王东升说得神神秘秘的。

“怎么做？”

王东升靠了过来，在田晓燕的耳边嘀咕起来。田晓燕张大了嘴巴，眼睛也瞪得圆圆的。面对王东升抛出的一段又一段玄机，她不住地摇起头来。终于，田晓燕认真地点了点头。话一说完，他们便神色严肃地分路而行，连句再见也没有。

纸里包不住火，有人要被烧着了。

第四十九章　初　恋

很难分辨我们到底是生活在现实中还是生活在梦中。在一个平行的宇宙中，我曾与你在一起，那些画面在我脑海中浮现，那种感受在我心中萦绕。毫无预兆，我不能强迫自己去记住，也不能强迫自己去忘掉，或许就该如此吧。你一定有同感。自从我第一次看你弹琴，我便知道这是命中注定。所以，那些画面是属于你的。这些不是真正的诗，我只是写下我所看见的过去和未来。

曾有一个陌生人徘徊在你出现的路上，
她记得火炉对面，你那张平静的脸。
她记得有个年轻人，在你身旁弹奏都塔尔，
她记得你生的炉火是那样温暖，
她记得空气中氤氳的雾气模糊了你美丽的身影。

我记得，
你引着路，带我们走了好长一段，
走向那个十字路口边的小屋。
身后的路消失得无影无踪，
一个老人出现在废弃的屋檐下，
向我们指了指山头，通往那座早已破败不堪的农舍的路。
他温柔的目光告诉我，奶奶走了，
在那所房子里，我会找到男孩需要的东西。
在这简陋的农舍里，
有一座由不明物和石子儿堆起来的小山，
高耸着直上屋顶，我在他的身上铺满了稀有金属。

在那褐土和蓝天之间，
方才的屋檐早已没了魅影。

两个身着重型盔甲的卫兵站在农舍门口，
在男孩曾经就寝的地方，站了个成熟的青年。
本能地，我知道那就是你，
青年冲我微笑，握着我的手，将我拉向他的身旁。
咱们走吧，他的语气是那样坚定，
筋疲力尽的我，倒在他的怀里，他抱起我，
你不怕那些守卫吗？
我们都像空洞的房屋，等人来拯救我们，释放我们，
牵引着我，他将我带出了这牢笼，
我毫无保留，固执地相信那就是你，
那个心灵温柔的小孙孙。

灰色的天空中几只苍白的海鸟在近海边盘旋，突然，一个念头闪过："我今天在想念你，你能听到我吗……"她低声自语，望着退却的潮水莫名期待着。当海水涌回时，她的请求似乎有了回应，天边一束金色的阳光，撕碎了层层乌云，全都向她洒去。那是一种感性的召唤，她沉醉在大自然的感官王国中，孤独却又温暖。乌云被点亮了。你难道看不见那海的尽头，那片田野吗？红色的鸟儿在海鸥身旁飞舞得像一束闪电。难道，你今天正好身着一袭红衣？思绪万千，她发誓："今晚，我会梦见你。"

第五十章　她其实没有那么喜欢你

“韩冬梅说，过去的几天我一直高烧卧床。我感到身体的每一寸都在反应着那个空洞带给我的悲伤。昨天早上，我醒了，看见韩冬梅坐在我身旁，握着我的手，叫着我的名字。‘姐姐，我的心碎了，我的心没有了，她喜欢上别人了。原来，她只拿我当弟弟。’姐姐告诉我，彻底的爱是人类特有的深刻经历，而每个人，一生必定要经历一次的，即使它带给我们的只有伤痛。纯洁的爱是悲伤的，我明白，我的好姐姐，从现在起，我再也不会劝你忘记肖凡了。我知道你需要这种痛，因为这痛是唯一让你感受到自己还活着的见证。你一定曾刻骨铭心地爱过他吧。我尝到了苦涩的初恋，那是一种沉入水中的情感。我没有尊严，我甚至失去了理智——我身处癫狂之中，我能看到从我手腕上滴着痛苦的血液，那是从我被打开的心，被剁成碎末的心流淌出来的。能体验到这一切，我应该是极幸运的。”

韩冬梅提着一大桶凉水，来到了男兵宿舍。

宿舍里空荡荡的。她和坐在多多身旁的朱芸交换了下忧虑的眼神。

“怎么样了?”韩冬梅问。

“还是烧得很厉害，”朱芸疲惫地回答，顺手接过韩冬梅的水桶，“吃药也不管用。你拿水做什么？你想放在哪儿?”

“就放这儿吧。你一会儿就知道了。”韩冬梅从墙角挂钩上找了块上面缝着“多多”字样的毛巾，将毛巾浸入凉水中，又拧干。然后，她将毛巾放在多多的额头上，帮他降温。

“我爸每次发烧的时候，我妈都会这样做。”韩冬梅一面解释，一面握住多多的手。

“天哪，还是这么烫……”

朱芸点点头，说道："该吃药了。你要叫醒他吗？我得去练琴了。"

"好。你去忙你的吧。"

"好。"说罢，朱芸便转身离开了。

目送朱芸离开，韩冬梅转过头来，看着呻吟中的多多。她弯下腰来，把多多抱在怀里。

"来，喝点水吧。"她将瓷杯端到多多面前，多多昏昏沉沉地喝了点水。韩冬梅将毛巾的一角浸入水里，用湿毛巾润着多多干裂的嘴唇。随后，她将多多的头枕在枕头上，自己在床边站了起来。

"别走。"多多低声央求。他的手轻轻地抓住韩冬梅的手。

"我不走。我去给你拿块馕。你这两天都没吃东西。"

"我不饿。"多多摇了摇头，突然又感到一阵眩晕。

看着躺在床上的多多翻来覆去地挣扎着，韩冬梅轻轻地抚摸着多多的手。

"看看你，病成这样。你不知道怎么好好照顾自己吗？"韩冬梅的声音变得温柔起来。她放开多多的手，又沾湿了毛巾，拧了放到多多的额头上。

"能在这个年纪感受到什么是爱，你是幸运的，多多……"她小声地说道，渐渐陷入沉思。

不久前，韩冬梅接受了被拒绝的现实，她明明知道，这是份有因无果的爱。她假装对这样的打击并不在意。她还和往常一样，公开赞赏肖凡的睿智，对他的才华表示崇拜。她知道，她坠入爱河了，而且坠得很深，这是她生命中第一次——谁能想象到那样刚毅的韩冬梅会任由泪水肆流？韩冬梅从口袋里拿出她一直贴身保存的笔记本，翻开它。里面的每一页都隐藏着肖凡的名字，只有她自己才能辨认出来。"至少，我知道，我可以真真正正地爱一个人……"

"水……"

韩冬梅的沉思被多多的声音打断了，她将水递给多多，帮着他服下了药。

"来，给你馕，你得吃点儿，这样才好得快。"

多多摇摇头，吞下药片。韩冬梅将多多的头放回枕头上，把被子盖得严严实实的。然后，她静静地握着多多的手，直到听到他均匀的呼吸。她又一次拿出上衣口袋里的笔记本，翻出一页手抄乐谱，这是多多为肖凡的歌词作的曲。

她哼唱起来。

朱芸没去琴房，而是直接找田晓燕去了。由于最近冷落了小燕子，朱芸心里有些愧疚，她几次尝试弥补，都遭到田晓燕的冷漠疏远。这对姐妹花之间，渐渐竖起了一座无形的、难以逾越的高墙。看到田晓燕总是和王东升那一伙人一起出入，朱芸感觉她的朋友正在酝酿一场阴谋。

事实果真如此，田晓燕已经沉迷在王东升的阴谋里了。复仇之心和厌恶之感淹没了她。她坚信，她自己就能将这惊世骇俗的丑闻翻个底儿朝天。“我这可是伸张正义的事儿！”田晓燕想象李教导员会对她夸赞有加，战士们也会对她另眼相看，“待我扳倒宋文雯，就没人再把我当二等公民看了，包括你，见鬼去吧，朱芸！”

“晓燕，来！我老家寄来些新鲜的梨，过来吃一个吧，或者拿回去跟你的朋友们分享！这样的梨，在这儿可是很少见的哟。”班长的声音听起来跟梨一样甜。

“好啊，等我去给您削皮儿吧！”同样，田晓燕甜甜地回应了班长，语调里有快要溢出的满足。

对于近日和“纨绔子弟”们的关系，田晓燕很得意。要不是王东升的引荐，这个圈子里的人从不会将她放在眼里。混进“精英”圈子的田晓燕的地位在文工队里一下高了起来——有人羡慕，也有人厌恶。至少，这样的身份能让她免受班长的拿捏。班长为了通过田晓燕和“精英”们攀上点儿关系，近日对她好得不能再好，可没少拍她马屁。“虚伪！”田晓燕恶心得快吐出来了。

夜幕降临，西南风轻轻吹过。春日里的青草和五月初的鲜花蔓延在积雪覆盖的大地上，散发出清新的香味。宋文雯洗漱罢，擦了些乳液，身着一袭粉色睡袍，精心地梳理着她那顺滑的长发。她哼着流行的曲调，心不在焉地向田晓燕发出一系列命令：“我要去洗手间，你关灯，不要等我，先上床！翻身别太重啊！”她几乎是飘着走出宿舍的。

“她今天心情一定不错。”田晓燕一边暗自琢磨着，一边淡淡地答道，“那是当然。不过如果你不介意的话，今天我想开点儿窗户。现在天气都暖起来了，再说，今天的空气很香！”

宋文雯没有回头，只是不耐烦地挥了挥手以示同意。目送消失在黑暗中的宋文雯，田晓燕迅速地关了灯，将花生壳从窗户一路撒到了床边。屋里的人都好奇地看着，等着田晓燕和她强劲的死敌——“刁蛮”宋文雯的又一场恶仗。暴风就要来了。“这两个女孩儿今晚非掐个你死我活不可。”

门开了，又合上了，是宋文雯回来了。其他人都很快入睡了。田晓燕的熟睡，却是假装的。她躺在床上等着。墙上的老钟滴答，走得欢快，在这安静的屋子里，显得有些恼人。没过多久，鼾声四起。田晓燕的眼皮也越发沉重。透过窗户照进的月光渐渐推移，时间就这么悄悄地过去了。夜已深。

“咔，咔。”突然，花生壳破碎的声音惊醒了田晓燕。她立即打开提前准备好的手电筒，尖叫着：“老鼠！大老鼠！”她故作慌乱地将电筒照向窗户。

“关上！快把电筒关上！”宋文雯也喊出了声，声音里满是惊恐，将屋里的人都吵醒了。

顺着手电筒的光束，班长看到床边有一个快速向窗口移动的男子的身影。她大喊：“有流氓！抓住这个流氓！”

“开灯！”

“抓住他，别让他给跑了！”

混乱声点亮了一个个相邻宿舍的灯光。班长是个强壮的女人，她和其他几个人立刻跳到窗边，抓住了慌乱中的身影。

田晓燕开了大灯。

“黄阿宝！是你?！你在这儿做什么?!”田晓燕也吃了一惊。

黄阿宝面色惨白。他哭了出来，连话都说不清楚，还尿了裤子。他祈求宋文雯：

“宋文雯，文雯，快告诉她们，我是为你而来的。快，你快告诉她们呀。”

宋文雯的脸快拧出水来了。此刻，她那写满惊恐的小眯眼瞪得圆圆的。她并没有理会黄阿宝的请求，只是恶狠狠地盯着田晓燕，紧紧地抿着嘴，咬着牙，两腮一抽一抽的。田晓燕轻松地站在那里，右手叉着腰。她抬起下巴，轻蔑地翻着白眼，眼神里满是一副“我早就告诉过你了”的胜利者的姿态。

关于怎么处置黄阿宝，女兵们在一阵争论后，班长坚持要在通报李教导员前，先对黄阿宝进行体罚。她命令黄阿宝光脚站在还盖着雪的空地上，直到天亮。

第二天，黄阿宝被责令收拾行李，离开文工队。他面色蜡黄，身子蜷在制服里不住地发抖。两个卫兵将他引出大门，连跟多多、肖凡、海涛和其他战友道别的机会都没有。站在大门口，黄阿宝艰难地转过头来，望向宋文雯床边的那扇窗户：那个他爬进爬出的窗口。他在心里无尽地感慨：“宋文雯，你怎么能这样?!”黄阿宝原本希望能再见上宋文雯一面，但他已经被逐出文工队了，再也无法回到部队里来了。

宋文雯坚决否认了对其“犯罪”的指控，从严厉的调查中幸存下来。她否认和黄阿宝之间存在不正当的关系，声称如果黄阿宝得逞，自己将成为第一个受害者。考虑到并没有捉奸在床，对宋文雯的指控只能草草收场。田晓燕并没有得到自己预期的奖励。相反，她失去了所有的朋友。田晓燕终于意识到，她的行为使她受到了排斥，便开始祈求原谅，一遍又一遍地将一切责任推向王东升。她又有了新的外号——祥林嫂。和宋文雯一样，王东升早就将自己撇得干干净净，拒绝承认“祥林嫂”嘴里的“故事”，将她的行为归咎于对宋文雯的报复，想借此提干，纯属个人行为。叫天不应、叫地不灵的田晓燕只能绝望地承认自己“跳进黄河也洗不清了”。

李教导员和董队长决定整顿纪律——每日早请示晚汇报，总结大会变得格外冗长，难以忍耐。李教导员期望能通过更多的教育和严厉的纪律条款压制由荷尔蒙引发的冲动。“一定不能让这些小兵太闲了。”李教导员决心耗光他们的精力。果然，他的计划奏效了。肖凡的耐心被消耗殆尽，文工队朝着一个越来越不和谐的方向前进着。

多年之后，宋文雯曾通过海涛向黄阿宝致歉，希望能在30年聚会时两人单独见一次面。黄阿宝拒绝了。不想再直接照面的两个人，在海涛的安排下，分别在不同时间、地点出席了长达3天的聚会。

关于王东升的下落，最后的一个消息是在两年前——有人说王东升被人发现死在一栋高级住宅的电梯里，在他的老家，山西大同。警方调查得出的结论是被人用刀捅死的，很可能是他煤厂的生意对手干的。凶手至今没被抓获。

田晓燕一直和大家保持着联系，包括黄阿宝。

第五十一章　肖凡的退伍之争

像枚铸币厂新出的硬币，从北京回来的肖凡，光鲜精致的外表散发着老练而自信的气息。但是，他并不开心。从前他身上那股叛逆的劲儿已经转化为对自己存在在这世上的永久性不满。现在的肖凡，已没有了从前的攻击性，他目中无人的态度却变本加厉，连董队长也不放在眼里。董队长意识到了这是他有野心的表现，认为有必要找李教导员谈一谈：

“老李啊，这马放出去是要跑野的呀。我们得快点采取行动了，不然，情况变更糟了怎么办？他要是真走了，也挺遗憾，毕竟他是很有才华的。”

“随他去！天要下雨，娘要嫁人。我倒要看看他真能怎么着。我就看不惯他那眼里无人，自命天高的样儿！”李教导员愤愤地回应着，同时又觉得自己最近书读得不错。

这是一个普通的傍晚，晚餐时分，肖凡邀多多一同散步。

“你又想跟我讨论你提干的事儿了，是吗？”多多心不在焉地哼了哼小曲儿。

“嗯，对，我一直挂念着这事儿！”肖凡两眼发光，听着新歌，“哎呀！不错！”说罢便关上了宿舍门，拉着多多去了院子里。多多不自觉地将步子迈向了琴房的方向。

“方向性错误！我们要去吃晚饭！你不饿吗？”肖凡坚持要向院子的另一侧走。

“说实话，我今晚想练琴。”多多又一次转头走向琴房，“你得再刷多少天厕所才升得了啊？”

“小赤佬，你这话怎么听起来像个老头儿说的。年轻人就应该为未来奋斗，要有雄心壮志嘛！再说，左司令不是向我们许诺过吗？记得吗？”肖凡看了看多多，眼神里多了些少有的不满，“你什么时候学得这样被动，毫无斗志了？是我们离开去北京的时候吗？你还太年轻了。我可从没这样教过你。看看吧，我们为文工队做出的贡献已经够多了。我还有总政歌舞团老师的推荐信呢。李教导员和董队长不会不承认吧。”

“人家就不理睬，你能怎么着？你又不是不知道他们，在这里，李教导员和董队长就是‘天’了。你得想别的办法。”

“我才不管这么多呢，我可是准备好了的。”肖凡满怀希望地从口袋里掏出一封排版整齐的信，在空中挥了起来，“这就是我的退伍申请！他们不给我提干，我就退伍！”

“你真的会？”

“是的，你没听错！”

“真的？”

多多的质疑刺痛了肖凡。

“退还是不退，这是个生与死的抉择。去练你的钢琴吧……”说罢，肖凡愤然离开了。

看着朋友远去的身影，多多在心里默念：“祝你打一场胜仗。”

“也许他这次能得到他想要的，也许李教导员和董队长能意识到他的才华吧。不管怎么说，他们都允许他去北京了。”多多明白他的朋友之所以愿意采取如此过激的行动，背后支撑着他的，是大家都心知肚明的部队的规则——如果一个士兵到25岁左右还未晋职，那么他的军队生涯就算结束了。非自愿型退伍将成为他们不可避免的命运。这样的机制保证这个队伍会不断有“新鲜血液”输入。肖凡即将23岁，如果再不提干，面临的就是被劝退的命运。“肖凡一定是意识到在部队的日子也不长了，才会如此大胆地采取行动。”

这番推断打消了多多的顾虑。他带着一种谨慎的乐观，走进了钢琴房。

按照惯例，多多首先会来到钢琴前，先用挂在墙角的一条洗得雪白的毛巾完成清理工作。他坐在钢琴前，仔细地擦着黑白键上的灰尘。一簇簇音块踩着节奏不断上行，但停在了F#5、G5、G#5上。“嗯，高音区今天听起来有点偏低。”多多又按了几次F#5键。他仔细地听着，右耳轻微地动起来。在确认这个音走调后，他取下钢琴的挡板，从自制的工作台上将工具拿了过来。自从上个月技师走后，多多自任命为文工队里唯一一个钢琴维护工。

“试试这些苏联老工具今天能不能创造奇迹……”多多拿出一把调音槌。调音槌上的木柄已经朽烂了，底部隐约能看到几个西里尔字母[①]。多多用调音槌轻轻地扭动着栓子，一点点地用力，生怕拧断了琴弦。

“可以了。”多多开心地念出了声。他又敲击了几遍F#5，像个专业调音师。多多对自己日渐精进的调音技术很是满意。他将工具拿回工作台，静静地坐在钢琴前，开始了他每天必修的“音乐之禅”。他将视线转向砖墙上的木质窗框，思绪开始迷离。窗外枣树上的叶影在昏暗的日光下叹息、延伸。他的手轻轻地、随意地触起了琴键，升C小调和弦立刻在这小小的琴房中荡漾起来。这一瞬间，空气变得潮湿了。

多多闭上眼睛。

贝多芬《月光奏鸣曲》第一乐章的凄美旋律，从指尖流淌出来。

两声重重的敲门声，打断了沉醉在音乐中的多多。多多的深情崇拜正如火如荼，肖凡闯进了屋子里，扯着嗓子一通乱骂：“他们怎么能这么对我?！一个是浑不讲理，另一个更坏了！亏我还从北京给他们带了礼物回来。去北京之前，我也送了礼啊。我上周又开始刷马桶了。我就不明白了，我做错什么了？他们还想要老子怎样！”肖凡像笼子里的老虎般暴躁地来回踱步，越发不能控制自己了，“混账东西，他们觉得自己能操生杀大权了是吗？他们觉得自己能为所欲为了是吗？能把别人的前途当消遣是吗？受不了了。实在是受不了了！我再也不想见到他们了。一群疯子！好，我走！退伍申请书我已经签了！他们居然让我签！

---

① 苏联时期广泛使用的字母，起源于希腊字母。

老子现在不得不滚蛋回家去找乌鲁木齐的爹妈了！”

听着朋友喋喋不休地发泄心中的愤怒和颓丧，多多意识到肖凡的退伍战略已一败涂地——本就只是虚张声势，没想到真的弄巧成拙了。“他真的是太低估自己的敌人了。”

“混账！他们竟然顺水推舟，打‘短平快’，埋着大招等着我呢！我竟然中计了，见鬼去吧！多多，你以后可得当心这两个狡猾的狐狸！”肖凡一五一十地向他的小兄弟讲述了自己的遭遇。

“肖凡。”李教导员点了根烟，老烟枪的语气冰冷得能让空气中的白雾冻成冰山。

肖凡嗅到险恶，他屏住呼吸。

“你今天就把手续办好，明天就离开吧。”李教导员字正腔圆地说，声音清脆得像咬碎刚烤的薯片一般。冰山碎裂了，

“肖凡同志，”董队长发话了，他的措辞婉转没有那么生硬，“对于你的离开，我们深感遗憾。我们部队肯定是需要你的。但是我们也很清楚，我们不能妨碍你啊，我们可背不起耽误年轻人大好前程的罪名。或许，容我们花点儿时间再讨论讨论。”

“你的要求，我们已经讨论过了，你明天早上就离开吧！”

“但是真的很遗憾。”董队长快速地补充道。

“我们真的很遗憾。肖同志，你很有才华。我们本来希望你能在部队里大展宏图。”两个领导配合地演着戏，就跟彩排过似的。肖凡站在那里，全身僵硬，头脑空白，双腿像灌满了铅。

多多心里暗暗羡慕肖凡能马上结束军旅生涯。他自己提出的退伍申请被领导们驳回了，连理由都没有。多多觉得，一定是因为他无组织无纪律的行为，和与管弦乐队队长小霍对着干而遭受的惩罚。多多没有想到，真正的原因却是李教导员和董队长不想放他走。多多还年轻，才17岁，就已成为文工队的顶梁柱、万金油。他会写歌，能谱曲，还可以拉手风琴、打手鼓，还能演奏其他人都不能演奏的民族乐器。他还能

临时救火，如调个钢琴、修理下键盘或演奏个打击乐器什么的。舞蹈演员也喜欢抓他的差弹即兴伴奏。这么一盘算，李教导员和董队长意识到，九成的文工队活动都或多或少地和多多有联系。

他们不是傻瓜。他们早就明白，在这两个最容易惹麻烦的队员中，处理掉肖凡，是笔划算的买卖。肖凡在北京进修过，又善于言辞，一旦升了职，登上向上爬的阶梯，势必成为他俩的威胁。肖凡的教育背景和才华，已经将他和普通士兵区分开来，并且两位领导已经看到肖凡在提干方面表现出来的积极态度和能力。他俩在肖凡面前唱的双簧是早就预谋好的一场戏，为的是“斩草除根”，拔掉未来的竞争者。恰好，肖凡自己撞到枪口上来了。

肖凡对自己的行动从不懊悔。他只将行动的失败归咎于自己的草率出招。他和他最好的朋友道了别，快速收拾好行装，搭上供给车，一路回了喀什。他没有从喀什直接去乌鲁木齐，而是绕道去了疏勒，他想跟书店女郎道个别。

“白雪，我要离开了，要走了，你必须明白。”角落里，肖凡和白雪面对面坐在一张老旧的木桌两边，肖凡面色冷峻，一字一句地说出自己到访的目的。

“你一定累了吧。”白雪的声音格外纤细。她的嘴唇不易察觉地微颤着。她站起身来，拿着暖水壶，将热水倒进搪瓷杯。接着，她又打开一小罐饼干。

她细长的手指小心翼翼地移动着，扒开饼干包装纸，拿出饼干，又将它们放在小盘子里。望着白雪那比雪还白的皮肤在屋里昏黄的灯光下散发出的朦胧光亮，肖凡感觉到自己的心跳停顿了。

书店女郎将盘子和搪瓷杯推到肖凡面前。

“吃些零食吧，你累了。”在这之后，她一直安静地坐着，满眼关怀地盯着肖凡，直到他断断续续地喝完杯里的水。

书店女郎的沉默让肖凡的自负大受摧残。他准备好了一番长篇大论——讲述自己离开的原因和与白雪渺茫的未来，在此刻，却怎么也说不出来。肖凡期待着来一次强烈的情绪宣泄。他计划要在这里留宿，并发誓要竭尽全力抚慰这会“发狂”的女人。可白雪根本什么反应都没有，肖凡只在书店女郎那里停留了十分钟就离开了。之后，便再也没听到关于这个女人的任何消息，也没有再见过她。就像她的名字一样，书店女郎像一朵白色的雪花，融化在肖凡的生活中，融化在他不冷不热的记忆中。

最近一次去北京时，多多告诉肖凡，妻子将他这段与书店女郎的不太厚道的小插曲写进了自己的新书，尴尬的肖凡轻轻地笑道：

“你个小赤佬，就不记我点儿好!”他皮肤较深，是掩盖任何神色变化的好屏障。肖凡声称，无论怎么努力，他现在都记不起书店女郎的脸了。多多临走时，肖凡没有说再见，只是轻声念出两个字：

“白雪。”

他点燃了多多从伦敦跳蚤市场买给他的仿古烟斗。肖凡的声音听上去古老而遥远。烟圈背后的那双眼睛，也游离开，退缩到昔日。多多看着烟圈一个个消散，轻轻地关上了身后的门。

第五十二章　多多的计划

肖凡戏剧性地离开文工队后，多多觉得自己在这里的日子屈指可数了。

肖凡留给多多一个梦想。有时候，梦想像一个黑洞，会吸走做梦人的生命。多多经常会紧绷身子，坐在那里，沉迷在对千里之外的大千世界的幻想之中。他挣扎着，通过不断加大自己的工作量、学习尽可能多的课程来度过这穷极无聊的日常生活。他希望领导们改变主意，让他自由地走出这扇大门，永远地离开文工队。在多多眼里，文工队这座庭院已经越来越小，小得像个能让人窒息的棺材，而门外的路，却变得越来越宽，越来越敞亮。

“路就在那儿。你所需要的，就是走出第一步。”这想法侵蚀着多多，在最意想不到的时刻，偷偷地溜了出来。

“海涛，我可以问你一件事吗？”

一个早上，多多站在庭院角落的水池旁，对着正在认真洗漱的海涛问道。

“嗯？”海涛正在用力刷牙，嘴角翻出了泡沫。

“嗯，我不确定发生了什么，但最近，我一直，嗯……”

“多多，怎么了？”海涛继续刷牙。他弯下腰，将头埋在水龙头下，让凉水冲着头发。

“你，你听说过，呃，遗精吗？”多多干咳了一声。

海涛僵硬地从龙头下移开身子，把牙缸和牙刷放在一旁。

“或者，梦遗？你知道我为什么晚上会这样吗？为什么？”

海涛将头埋进水池，流水哗啦啦地在海涛头上飞溅，水声把这一片刻的尴尬填满了。过了一会儿，海涛还埋着头，却低声说道：

“球（睾丸）满了呗。”

执行A计划——集中精力。多多像只嗡嗡叫的勤劳的小蜜蜂，在一个个任务间来回奔跑，战友们给他起了个绰号——“螺丝转”。李教导员注意到了多多的主动。即使有些不情愿，他也高度夸奖了多多，特别是在多多爬上他屋顶的烟囱，去救张师傅的猫时。他拍了拍多多的背：“年轻人，好体力。我们会交给你更多的任务，正应了那句老话——‘能者多劳’嘛。”

“是的。荒废年轻人旺盛的精力无异于犯罪。让年轻人尽情地施展自己的才华吧，为建设社会主义事业添砖加瓦吧！”董队长喜欢用华丽的辞藻附和李教导员。他从不跟李教导员唱反调。两个领导腔调一致得像对和谐的夫妇，联手约束他们“行为乖张”的孩子们。自从他们的头号麻烦离开文工队这个家庭后，他们的注意力都转移到了多多身上。李教导员一直认为，多多和肖凡这对才华出众的组合，就像“小恶魔和大恶魔”，既然大恶魔已经离开，他完全可以将“小恶魔”转变为天使——模范标兵，让“小恶魔”摇身一变，成为他们教育所有年轻人的利器。“现在看来，这个转机已到，变的速度还挺快嘛！”李教导员沾沾自喜，很满意自己“育人”的手段。

“多多，乐队排练完后去舞蹈排练室吧，舞蹈队需要你帮忙！”李教导员操着严肃的口吻命令道。

“朱芸也可以弹钢琴，让她去做吧。多多，你还有更重要的工作要做。”董队长脸上露出灿烂的微笑和体贴的眼神，就好像他更为士兵的身体着想一样，“你要是能帮小霍练练节奏就好了。这是他的弱项。你要知道，领导与战士之间也必须互相帮助，将心比心。他可是管弦乐队的带头人呀。他要再不提高提高，不仅丢他的脸，也丢咱文工队的脸啊。”

“帮小霍？那小霍基本上就是个废物！真不知道这狡猾的狐狸又在打什么算盘。”多多察觉到这背后有些鬼鬼祟祟，但还是接下了这项新的任务。在部队里，“重要任务”常常是战士们衡量自己在部队中被不被看好的重要标志。如果上级领导将“重要工作”交给你，就是一个好兆头，说明领导们喜欢、看上了你。多多下定了决心：“只要你们送我去念大学，那我就做。”回溯过往，相对于狡猾的狐狸来说，多多更愿意选择站在明处的狼作为自己的对手。“这样称呼两位领导，真是再合适不过了。肖凡，你可真有眼光啊。小赤佬，你一切可好啊？”多多非常想念那个曾经在自己身旁灌输阴谋论的同谋。

传闻证实，另一轮评估考试即将来临。“这次考核将严格执行，坚决杜绝浑水摸鱼的现象。”这消息好像是故意从上级领导会议中泄露出来的。

多多最近的表现引起了大伙儿的猜测。“多多是要升职了吧？”有人觉得这是对这孩子迟到的奖励，有人则害怕多多的努力会让他囊括所有的奖杯。看得出来，在肖凡走后，李教导员和董队长对多多的态度缓和了很多。但令大家猜不透的是，小霍对多多的态度竟如此谦逊，一反常态地向轻视自己的人伸出了橄榄枝。更令人难以置信的是，曾经那个骄傲的多多并未拒绝小霍的示好，相反，他竟然与敌人建立起了友谊。

“到底是怎么回事？”

“多多最讨厌小霍了啊！多多这个独行侠，就跟肖凡一样。他怎么能认那个马屁精做朋友？以前那些不和都是装给我们看的吗？”

这些话很快便传到“小道消息中心”前成员的耳中。田晓燕，那只再也不“甜”的小燕子，找到了一个和旧朋友朱芸重归于好的机会，很快便将这些流言蜚语加了些佐料，统统告诉了朱芸。朱芸又告诉了韩冬梅，这个大姐姐一听有人在背后说多多的坏话，便火冒三丈。她决定和多多谈一次。

晚饭后，韩冬梅在二楼的走廊上找到了正在嗑瓜子打发时间的朱芸。自从“零食两姐妹”疏远开来后，朱芸和韩冬梅在队上就越发亲近了。

“冬梅。”朱芸看到韩冬梅在向自己招手。

“过来嗑瓜子。我有事儿要跟你说。”

“好嘞！这就来，我也有话跟你说。”韩冬梅上了楼。

“多多到底怎么了?”两个人同时发话。

说曹操曹操就到，只见多多出现在男兵宿舍门口，然后径直奔向琴房。

“多多，过来。我们聊一聊!”韩冬梅叫住了刚走到院子中央的多多。

“嘿，小牛犊子，小绵羊!”自从“富强粉馒头”这个称呼过时后，朱芸还没为多多找到合适的昵称。曾经的“小馒头”已经高了很多，身材瘦长，活像院中的白杨。

“什么?怎么了?”多多问道。

“嘿，富强粉馒头，过来跟我们嗑嗑瓜子。”朱芸笑嘻嘻地说道。

“没时间!”多多挥了挥手，逃跑似的溜进了琴房。

韩冬梅一把抓住朱芸:“他不喜欢‘富强粉馒头’的外号了。走，找他碴儿去!”

琴房里，多多正在为小霍备课。多多是个严厉的老师，在小霍身上很用功。然而持续一个月的视唱练耳训练并无半点收获。多多开始怀疑自己的努力到底有没有价值。“这课教小孩子都算是初级水平。要么我真是个教学水平极差的老师，要么他真就是个节奏白痴。”

门口响起了敲门声。多多打开门，遇上了韩冬梅勇往直前的眼神。

“嘿，多多!你和小霍队长在干什么?”

韩冬梅和朱芸手挽手地站着，一副打破砂锅问到底的模样。多多想到了那句成语——“开门见山”。“聒噪、热诚、好心。肖凡对韩冬梅的概括真是准确啊。”多多在心里嘀咕起来。

“外面流言都传疯了，多多你到底怎么了?小霍明明就是个滑头，而且还那么粗暴无礼!朱芸，你跟他说。”

朱芸尴尬地笑了笑:“呃，小馒……不对，呃，多多，你想知道你的大姐姐怎么了吗?”朱芸推开多多扶着门框的手，走进了琴房。

“而且，我有事儿找你帮忙!”

多多不知道怎么拒绝他的姐姐们，只能让她们进来。

“好了，说吧，有什么事儿?”他问道。

“我真的不想再给舞蹈队弹伴奏了，你帮我去行不?”

“你为什么不拿录音机给他们放？他们每天不都做那几个动作吗？找个机器放，你坐旁边嗑瓜子儿不就完了吗？”

“这主意听起来不错啊。反正他们都跟木头一样，一点儿感觉都没有。”

“别岔开话题。说吧，多多，你到底在干什么？”韩冬梅可不是好糊弄的。

“现在？”多多表现得很随意，“我在给小霍上课呀，教他练节奏，这是董队长交给我的任务。”

“我说呢，什么时候，我们的小弟弟变成了一只听话的小羊羔啦？看来我叫你‘小绵羊’一点儿没叫错！”朱芸也很随意地调侃着。

多多瞪了朱芸一眼。“不惜一切代价。”多多一脸严肃地将自己的计划向姐姐们一吐而尽。

“什么？你要离开我们？多多，你可要当心了。李教导员和董队长可不好糊弄。小霍太滑头，我不喜欢他。”韩冬梅有些担心。

“我想接受正规的高等教育。而且，对于小霍，我其实有些同情。他不懂节奏情有可原，因为他本来就不是学音乐的料，也没受过基础训练。至于他爱拍领导马屁，你们想想，人人都得想法儿活下去，你们不也是削尖了脑袋想往上升，想入党吗？”

“不是所有人都是这样。我，就是一个没有申请入党的人。他们也不会要我的，李教导员说我太懒了。我也的确太懒了！”朱芸自嘲着走向钢琴凳，坐了下来。韩冬梅依然杵在门口。

“进来吧，冬梅。不是所有人都跟你似的。你天生就是个好兵。”多多继续说了起来，“你们最近怎么样啊？有男朋友了吗？我也听到不少流言哦。”

“不走运。没人喜欢我——我太爱吃零食了。”朱芸轻拍自己的嘴，又咂咂舌，指了指韩冬梅，“韩冬梅好像有些情况，好像还不少哦！”

“馋嘴猫，住嘴。”

“可不是嘛，我的姐姐可个个儿如花似玉呢。”多多确实多了几分老练。

“我从来不知道你还这么油腔滑调，一定是从肖凡那儿学来的。”韩冬梅脸红了起来。

“你想他了，是吗？”

“油嘴滑舌！别说了。”

三个伙伴开心地笑了起来。一个公鸭嗓冒了出来，打破了这片和谐。“一粒老鼠屎坏了一锅汤”，韩冬梅脸骤然变了，止住了笑声。

“你们在说什么？我也听听！”小霍站在他们面前，满脸堆笑，眼睛却只看韩冬梅。

“小霍同志，晚上好。”韩冬梅礼貌地说，“我要去练声了。今天我值班。”说完，她转身走出门去。

朱芸做了个鬼脸，笑道：“霍队长，好好学，待会儿放电影时请您吃瓜子。”

“我不喜欢瓜子，朱芸同志。我们不能在礼堂吃零食。”小霍故作姿态，认真地说。

“那就这样吧。可不敢打扰您学习了。”朱芸小声哼了一声“我才不管！”也走出琴房，“多多，你上完课来找我吧，待会儿一起去看电影。八点半，别迟到了啊。”说完，她很快就不见人影。

这次课上得从平日的平庸无聊发展成死水一潭。多多发现，只要韩冬梅的高音从舞蹈排练室旁第三个琴房的窗户传出来，小霍就把自己的注意力和智力悉数上交。多多暗自嗤笑，有些幸灾乐祸：“韩冬梅有个毫无机会的爱慕者。”又有些同情起小霍来，“霍队长，要不今天就到这里吧。工作了一天，您一定是太累了。而且，晚上八点半，我们还得去看电影。今天就到这里好吗？这是今天的作业。我们几天后再上课？”

“好，多多。这样最好了，我肚子有些不舒服。我晚上可能就不去看电影了。你可以帮我跟李教导员请个病假吗？”说罢，小霍便站起身匆匆地离开了，也不等多多的回话。

多多抬起头，望着小霍离去的身影嘟哝着：“哼，这课要是再多上一分钟，我宁愿去死！”他关上门，自己学习起来。

八点半了，多多找朱芸一起去文工队大院旁新建的露天电影院看电影。这是部老电影，说的是中国人民志愿军抗美援朝的战争故事。多多和朱芸趁着电影放到战争场面时，偷偷地溜了出来，去找正在单独值班的韩冬梅。电影中的阵阵炸弹声、冲锋枪声和战士们的口号声——“冲啊，杀啊！冲冲冲！”在他们身后逐渐消失后，多多说：

“没觉得这电影有多好，但我还是很喜欢它的主题曲，旋律很棒，动人又充满了民族自豪感。”

“朱芸，你有没有想过，有一天，你会穿过太平洋，去看看对面的世界吗？”

“嗯……其实，没有，很难吧？而且，怎么去啊？我们现在离那些世界太遥远了。除了望洋兴叹，什么也做不了。”说着说着，朱芸本来兴奋的双眼暗淡下来。

“真的，我对自己这微不足道、平庸的生活，根本没有长远的规划。我只想得过且过，当前第一要务就是想办法从舞蹈队伴奏的工作中脱身出来。”

多多笑了起来：“平庸？不是吧。我肯定你们女孩儿比我们男生要想得多得多。”

朱芸从兜里掏出一把瓜子来。“你要吗？”她顺手递上一些，自己也磕着，“你真的想走吗？你真的想好要走了吗？”

“一定，肯定。”多多嗑着瓜子，一字一顿地说。

天上的云在月盘边缘嬉闹着，朦胧的月光洒向地面，时隐时现。文工队大院树木成荫。所有的灯都熄灭了，除了舞蹈排练室旁第三个琴房中那盏破旧的台灯仍固执地闪着荧光。地面上人影晃动，透着可疑。

“哈！韩冬梅今晚一定在约会！她胆儿可真大！”走进黑黑的院子，朱芸一眼便发现了那些影子。

“不会吧，韩冬梅？绝对不可能！她值班呢。她这样优秀的战士怎么可能会有违反军规的行为！”多多不以为然。

“肯定不是她一个人在琴房里，我看见有两个人影，我们去看看她和谁在一起!”朱芸嗅到了浓浓的八卦味儿，在部队，任何有关男女之情的蛛丝马迹都会成为人们茶余饭后的猛料，“我们谁也不告诉……”朱芸向多多承诺。

“好吧，这可是韩冬梅。但，嘿嘿，嘘嘘……咱们去吓吓他们!”多多压低了声音，嘴角露出坏笑。看着多多的脸，朱芸突然觉得，当年那个只有12岁，只知道恶作剧的孩子又回来了。

两个家伙踮着脚尖很快便溜到窗边，窥视着。

韩冬梅背对着窗户。屋里一片静寂，什么异常都没有。

“你肯定是看错了，明明是一个人。”

“不对啊，我刚才明明看到有两个影子的。”朱芸和多多争论着到底要不要离开，就在此时，一阵震耳欲聋的吼叫传了过来。

“住手，你，一定会后悔的!”韩冬梅高分贝、穿透力极强的嗓音着实将窗外的两个捣蛋鬼吓了一跳。

“根本不是约会。”多多跳了起来。

“快开门!”朱芸也叫起来。砰的一声，多多一脚把门踹开。两人都愣住了：咚的一声，韩冬梅正将小霍推到墙边，力量大得惊人，小霍疼得叫出声来，可韩冬梅的双手使劲儿抓住小霍的肩膀不放，小霍的脚几乎离开了地面。他摇晃着，像个被钉在墙上的木偶。

“你敢！你会后悔的!”涨红了脸的韩冬梅身子高出了小霍一大截，她紧锁眉头，眼里透着杀气，大口地喘着气，胸膛上下起伏。

空气潮湿而闷热。琴房里的两个人都定住了。站在门口的多多和朱芸也张着嘴，目瞪口呆。

僵持片刻后，朱芸干咳了两声，清了清嗓子。

多多揉了揉自己的鼻子，瞥了一眼朱芸。“喂，朱芸，我们想什么呢？韩冬梅才不需要我们帮忙……”多多咯咯地假笑起来，“我们走吧!”说罢，扭头就走了。

朱芸又咳了两声，边咳边笑着说：“哎，对啊，我嗓子干，得去找点水喝……”跟着多多，她也快速离开了。

韩冬梅这时才松开手。小霍的双脚落地，刚想恢复平衡又被她按回墙上。之后，韩冬梅追着朱芸也跑开了。只有小霍，独自靠墙惊恐地站着，脑中一片混沌。

又过了一会儿，砰的一声，乐队队长小霍瘫倒在地，像只要死去的飞蛾，抽搐着。他的胃痛了起来。

后来的几周里，小霍故意躲着韩冬梅和朱芸，连多多的课，他也不上了。考试结束了。正如大家所料，多多拿到了最高分，但提干的大船又一次从他身旁驶过，毫不留情地抛弃了他。多多心中那微弱的希望之火还是熄灭了，他明白，想走，就只剩一条路了。

至于小霍，他一点儿都没变。即使他没通过考试，管弦乐队队长的位子也是坐得很稳当，只是没有再晋升。退伍后，他很快便娶了班长。听说他们一直过得很幸福。

第五十三章　B计划

命运多舛，将多多的A计划打了个粉碎。如果多多没有阴差阳错地看到小霍的窘态，多多会得到他想要的晋升吗？韩冬梅、朱芸一直守口如瓶，除当事人之外，文工队里没有任何人知道那天在琴房里发生的事。这样看来，小霍，这个管弦乐队队长，有可能是多多命运急转弯的罪魁祸首。可小霍真的能影响李教导员和董队长的决定吗？就算有，究竟有多大的影响力呢？

逢场作戏大多很容易收场，多多与领导周旋出的亲切友好关系在撞到天花板后一落千丈。小霍恢复原形，甚至变本加厉——他每天最光辉的时刻，便是早晚开会时对多多和其他人那吹毛求疵的攻击。李教导员和董队长对此无动于衷，因为他们心里清楚得很，只要一进排练室，只要一拿起乐器，小霍的嚣张气焰便会被铺天盖地的讥讽和嘲笑扑灭。

“将军有剑，不斩苍蝇。”多多不想太在意小霍对他的针锋相对，“都是小事，燕雀安知鸿鹄之志哉？”他重新将精力集中在学习上，把自己从一切社交中抽离出来，也礼貌地拒绝了所有志愿活动的邀请。人们在工作之余很少见到他，除了几个玩得好的朋友。

两个月后，多多收到肖凡的来信，希望他能帮忙向董队长和李教导员求情，发放自己的退伍证。“木秀于林，风必摧之。我真的受够了这世态炎凉。李教导员和董队长用最卑鄙的手段把我毁了。”肖凡写道。他发现，要是没那一纸证明，哪条路都走不通，两手空空回老家的自己根本无法找到一份儿像样的工作，只能和那些外来寻事做的外乡人一起干些苦力。最让肖凡痛心的，莫过于在这百万人口的城市中，没有一个女人愿意与他交往，他不能恋爱，不能结婚，不能传宗接代。他会孤独终老——临终前连个陪着他的妻子都没有。他会由一个才华横溢、前途无量的优秀军人，沦为下等公民。“我的世界正在崩塌……”肖凡的字里行间充满了绝望之情。多多告诉肖凡，他将不惜一切代价帮肖凡要回退伍证。

接到信的第二天，多多来到李教导员和董队长的办公室，要求他们快速发放肖凡的退伍证。两位领导一致拒绝了，声称肖凡从文工队偷走了军用物资。

“怎么可能？我不相信。”

“多多，说话注意点儿。你是说你连领导的话都敢不信是吗？”李教导员只会用那种语气说话，同时还边说边皱眉、瞪眼。多多早就习以为常了。

“李教导员、董队长，肖凡是不太招你们喜欢。你们怎么说他都行，但他绝不可能是小偷。”

“多多，你是想要证据是吗？好吧，我告诉你。我们丢了一把珍贵的笛子，肯定是被肖凡连盒子一起带走了。”董队长把玩着他最爱的那支钢笔，慢条斯理地说。

“哦，就是那把长笛呀。李教导员、董队长，那把笛子是肖凡从家里带来的。你们难道不知道吗？”

“肖凡告诉你的？你拿得出白纸黑字的证明吗？”李教导员用手指轻敲桌面，身子往后坐了坐，肩膀在椅背上放松下来。董队长看明白了。于是，他身子往前倾，接过了话头：

“年轻人，部队给了我们一切。党和人民是我们的衣食父母。肖凡应该感谢军队对他的栽培。他倒好，这些年来一点儿感恩之情都没有。”董队长身子又往前凑了凑，停顿了几秒，随后将笔重重地往桌上一扔，补充道，“一点儿都没有！”

“充大头！”李教导员突然坐直，拳头狠狠地砸向桌面。“砰！”这声音将董队长也吓了一跳，钢笔在不平的桌面微微颤着：“自大啊，年轻人呀，不懂事，不懂事。”

“所以，您这是要给他上一课是吗？肖凡是自愿退伍的。解放军退伍制度对此是有明文规定的。按照规定，你们早就应该寄出他的退伍证了。你们有什么权力妨碍一个年轻人的未来？你们为什么不履行程序？他走，是因为没有得到应得的认可。他没有偷笛子，笛子是他妈妈给他的！”多多的话火药味儿十足，像机关枪连连发射，处处打中要害。为了将气氛缓和下来，董队长连忙岔开话题：

“多多，你放聪明点儿。别为了一个肖凡毁了自己的前程。肖凡不值得你这么做。你还小，别步肖凡的后尘，别受他影响，这对你自己不好。你以后还有大好前程呢。努力工作，我们会好好待你的！你以后再成熟点，我们就给你升职。好了，今天就到这里了，回去吧。”

多多深深地吸了口气。“不惜一切代价。”他告诉自己，“要直截了当。”多多低下头，想了一会儿。接着，他抬起头说：

“如果你们不发放肖凡的退伍证，那我就罢工。我不参加晨练，我不参加会议，不参加排练，不参加演出。我更不会写你们要我写的新歌。如果这还不够，那我就绝食。如果你们依然觉得不够，那我就退伍。”他的语气出奇地冷酷，跟一个青少年，特别是与部队里的士兵身份及其不符。说完这一系列的要求，多多转身离开办公室。

董队长被这先发制人的威胁震惊了，他焦躁地转向李教导员：“你怎么看？他真的会这样做吗？”

“他根本没明白自己都说了些什么，愤青一个。我敢打赌，他吃完晚饭就得改主意。小混账东西。”面对多多的挑衅，李教导员嗤之以鼻，虽然也很是不满，但他告诉董队长自己早就料到了这一天，这要归功于他常年与荷尔蒙分泌旺盛的青年人的“作战经验”。但事实并没像他预料的那样，多多确实没有再参加过一次早操、一次彩排，没有再开一次会。到第五天头上，老边指挥再也沉不住气了。

“李教导员，董队长！咱们需要谈谈。不管怎样，无论做什么，你们把多多给我弄回来排练！”老边指挥一阵风似的冲进领导办公室大吼着。

“他还在罢工？这头倔驴！随他去，我倒要看看他到底还能坚持多久！”李教导员语气轻蔑，不屑一顾地说。

“这次演出很重要，是向国家级演出进军的选拔赛。至少有20个文工队参加比赛，得奖才能上得去。如果我们演不好，李教导员、董队长，你们首先是要挨批的！李教导员，您资格老，您去准行！董队长，您是搞艺术的，多多也信您！快把多多给我请回来！这次比赛里面的九成节目都需要他！‘一个萝卜一个坑’，这话是没错，可我们乐队的‘坑’太多，他这个小萝卜可是能填很多坑！”

老边指挥威逼利诱，使尽浑身解数。

李教导员依然固执地断言：“我才不相信乐队里没人能代替他呢，没人了吗？小霍呢？他的号可是吹得很响嘛！”

边指挥张大了嘴，而后又合上，咽了咽口水，不知此刻到底该哭还是该笑：“李教导员，你，你是眼瞎了吗？还是聋啊……那小霍，他……”

“老边同志！”董队长怕他说出更多让大家都难堪的话，担心李指导生气，便把他的话头截了下来，“好了，好了。边指挥，来来来，冷静一下。我这就去跟多多谈一谈，好不好？”他安抚着老边指挥，同时冲李教导员点点头。

“要谈你去谈，我才不去！”李教导员狠狠地跺脚，烦躁地说。他全然不理会搭档的暗示。

“我不跟你谈了，李教导员。你真是无药可救。”老边指挥没了耐性，“给他他想要的！行吗？我听说是因为肖凡的长笛。那笛子确实是人家肖凡从家里带来的！我作证！”他大发脾气，“你们应该早点儿来问我！我是这儿的老人，什么都知道！你们怎么做的工作？干什么吃的？还领导呢！不称职！”老边指挥火冒三丈地冲出办公室，不停地摇着头。

董教导员来到钢琴琴房，敲了敲门：“多多，出来，去李教导员的办公室。我们谈谈，你想要什么我们都答应你。我们会给肖凡发退伍证的。你马上开始工作。”

“不，你和李教导员带着肖凡的退伍证到琴房来找我。我先看了，你们再寄出去。”多多开了门，但拒绝和董队长一起离开。

“好，行。这事儿可以商量，但你也得答应我们的条件。”

董队长把李教导员拉到钢琴琴房。董队长将退伍证交给多多。多多仔细地看完了材料，他要求将“偷盗军队物资”的字眼去掉。

董队长回答：“同意，但你必须马上就开始工作。”

“要是你们答应我的其他条件，你们让我做的，我统统都会做。”多多坐在钢琴椅子上一动不动。一旁的学习小课桌成了谈判桌。谈判桌的另一头，李教导员气得要发癫痫了：“什么?！你！多多，真有你的！你敢，你!”他的脸色惨白，又开始来回踱步，虎视眈眈地盯着多多。他这时候可真想把多多的脑袋给拧下来。

多多异常镇定：“你们写下承诺，在这次演出结束后，就放我退伍念书去。”

李教导员怒不可遏，正要破口大骂，董队长赶紧把他按回到椅子上。因为董队长明白，在多多面前，他们早没了筹码。

“就半年，你最好给我搞点好的作品出来，在全国比赛里拿第一，不然我们不会放你走的。你可以像肖凡一样自行离开，不过退伍证恐怕就没有了，这后果你自己应该清楚。明白吗?”

“我会全力以赴！放我去采风，我要多做做塔吉克族音乐和其他民间文化的研究。要拿出好节目去跟别的团较量，我们最好得有点儿独特的东西。而且，我们不能连续两年都做跟维吾尔族音乐舞蹈有关的节目。”

“同意。”董队长坐了下来，写下备忘录并签了字。李教导员既没有参与谈判，也没同意董队长起草的承诺。他坐在椅子上，大口地喘着气，似乎多多嘴里要再冒出一个叛逆的字眼，他就要爆炸，就要自我毁灭。

“谢谢，董队长。肖凡会让我知道他到底有没有收到退伍证的。如果他没有收到，一个月后，我会继续罢工。现在请原谅我，我要去参加排练了。”多多恭敬地向两个领导敬了个军礼，拿着签了字的备忘录，头也不回地离开了琴房，留下李教导员和董队长在原地自尝苦果，体味着与这个17岁小伙子的较量中的惨败。

接下来，多多一场排练和会议都没有落下，就像他承诺的那样将一切做得尽善尽美，他甚至还心甘情愿地刷起了厕所。“雄鹰就要展翅高飞了。”多多抬头望向南方，胸中一股自由的呐喊让他整个人都沸腾起来，“面包会有的，自由也会有的！”

1500公里外，肖凡将自己锁在父母家的洗手间里。他穿着旧军装，点了根烟，将烟放在洗脸池的边缘，望着青烟徐徐升起。香烟最后烧成灰烬。

第五十四章　天堂之路

多多醒了，感觉浑身都在痛，四肢重得像被压在了五指山下。他眨了眨眼，发现头顶上空盘旋着几团模糊的黑影。白光熠熠，笼罩着群山的每个角落，又被突出的岩石反射回来。低矮的灌木丛在来自悬崖顶上的干涩冷风中摇晃着身子。多多在一阵抽痛中，瑟缩地闭上了眼睛。

“太亮了。”他以为自己在自言自语，喉咙里却一点儿声音也没发出来。

他听不到任何声音，连自己的呼吸也听不见。“我好渴。”他的喉咙像被火烤焦，整个身子像着了火一般疼痛难忍。他喘着气，挣扎着再次睁开双眼。头上盘旋的黑影渐渐蜕变成几个黑点，远远地消失在苍白的空中。多多用力眯着眼睛，跟随它们逝去的踪影，但眼前的一片黑暗代替了那些影子，方才明晃晃的亮光缩小成昏暗的烛光。烛光轻轻地颤动、闪烁着。“不要灭，不要灭，留住，守住它。别灭……”

“放手吧，”黑暗妖媚地怂恿多多，“放它走吧，不会再有痛苦了。”

烛光熄灭。多多的意志终于崩溃，他感觉不到疼痛了。“不痛了。”他脑子里一片麻木，思绪跟着滑落，在黑暗舒缓的抚慰中，沉了下去。

20米外的悬崖上，一匹一瘸一拐的黑马正从斜坡爬到这悬崖下延伸出的巨石上。马很谨慎。走一步停一步，试探着，将碎石从峭壁表面踢下了陡坡。它明显上了年纪，步子已有些笨拙，脖子上的铃铛随着它蹒跚的步伐叮当作响。过了不知道多久，它来到多多身下的巨石台上。一阵疾风吹着灌木和树林。黑马低下头，推了推多多，又舔起了他的脸和手。多多的手指依然没动，但嘴角有些细微的抽搐。

“我这是在哪儿?”多多渐渐清醒过来。

“我这是在哪儿？我是在马背上……”躺在这块大石头上的多多开始回忆，“我在马背上睡着了！”他感觉到身子下的石头凉如冰，头顶寒风凛凛。他发现自己离石头边不远，就一点点地蹭过去，伸头往下看。下面是一片纵深无底的山谷。多多吓出一身冷汗，一下子坐起来，心脏快要跳出来了。这猛烈的动作差点把他撕碎了，剧痛穿梭在快要散架的身体上下，多多大口大口地喘起气。

“肉蛋……”

多多的视线又一次模糊了，他头昏眼花，平躺了回去。“保存体力。”他想着，脑海里又浮现出一个不寒而栗的想法：“我掉到悬崖下的岩石上了。肉蛋，你到底在哪里？你在哪里？”“肉蛋……”多多的声音在山间回荡，传得很远。天空中一声孤独的尖叫回应了他，“是秃鹫!”多多脱口而出，记得一位诗人曾跟他讲过，“那是一种专食动物尸体的猛禽。”多多再也没出声，“山里还有狼和山豹”，他将身子蜷成一团，“得把‘陆军’和‘空军’都干掉才能活下来。还好，至少我的听力恢复了”。多多这才放下一半心来，此时，他才感觉到左手上的一阵暖流。风中隐约的铃铛声传入他的耳中，一股熟悉的气味蹿进了他的鼻孔。

“肉蛋!”他喊叫着，几乎难以置信。那匹黑马硕大的脑袋进入他的视野。“你个老黑肉蛋！啊，啊，我好像够不着你呀。”多多坐起身来，想伸出右手去摸肉蛋的脸，但他的胳膊太沉了，根本抬不起来。他躺回地上。黑马靠了过来，舔着多多的掌心，嘶鸣起来。

“肉蛋，我的朋友。”多多顿了一下，调整自己的气息，“你怎么叫起来跟头笨驴似的呀！真该带你回家见见我那头小毛驴！嗷！哎……”他浑身都是瘀伤，疼痛将他从短暂的欢愉中拽回现实。多多缩着鼻子皱着眉，吸溜吸溜地喘着气，自言自语道：“但我得先把自己顾好了再说，肉蛋……”他伸手摸了摸左大腿，感觉手上湿乎乎的，大腿内侧正在滴血，“这一定是摔下来时被枯树枝扎的，扎得很深。”他坐起来，看着那根扎在大腿根上的树枝，努了把劲儿，猛地将树枝拔了出来，血瞬间像泉水一般直往外喷。多多迅速找了块平坦的小石块压住伤口，又拉出自己的衬衫，将它撕成一条一条的，严实地包扎在伤口上，防止失血过多。他仔细检查了自己，看看是否有骨折的迹象。幸运的是，他发现自己并无大碍：“还凑合，差不多完好无损。”

随后，他又环视周围，寻找还可以打捞的物资：在附近的一棵树上，他发现了挂在树枝上的水壶，虽然被摔得凹凸不平，但盖子还在壶嘴上牢牢地拧着；二十几米处，被摔破了的背包落在陡坡上的灌木丛中。“那群鸟好像把我的馕当点心吃了，至少我的水壶还在。我人没事儿。说不定还有过路的经过这里。不过首先，我得站起来才行。”眼睁睁看着自己最后那点儿食物被鸟儿分食干净，多多的胃开始抗议了。看着肉蛋正忙着在那边啃着不知从哪儿冒出来的野花，多多意识到，要想活下来，这匹老马恐怕是他唯一的希望了。

“肉蛋”，这个名字是塔什库尔干招待所的战士们起的。在独立完成一个月的采风工作后，多多决定到这个招待所给自己放一周假，他认为这对他与之后的“研究对象”—— 招待所的战士们搞好关系很有必要，从而在创作上受益。他对自己新作品的质量有些担心，没了肖凡的鼓励和陪伴，他的创作热情减少了很多。

在招待所的第一天，多多就认识了“肉蛋”——一匹长着厚鬃毛的大黑马。它的腿粗壮有力，马蹄肥胖，臀部浑圆，马脸上那对鼻孔又大又厚实，斜上方还嵌着一双异常智慧的眼睛。

“小心。肉蛋跟头倔驴没什么两样。它要是第一眼就没看上你，那你可就别想靠近它了。它会踢你、咬你，再狠狠地踢你，直到你投降。”战士警告他说。

“我就喜欢这种马！”多多从包里拿出一颗水果糖，凑近肉蛋的鼻孔。肉蛋将头甩向一边，用它那特有的大白牙和热烈的气息与多多打起了招呼。多多咧开嘴，这匹马在向他微笑。

“听着，同志！别去碰那匹傲慢的马，”一个生动的声音从多多身后传来，“它那天直接把我从它背上甩了下来。这老肉蛋，别理它！”一个男人将手伸向多多，“你就是那个搞音乐的吧。我是这家招待所里唯一的另一个客人。来，朋友。来，还是和人一起玩吧，我是诗人，玩乒乓球的。”

肉蛋咴儿咴儿地叫起来。

多多在招待所待了两个星期。他天天跟肉蛋混在一起，喂它吃食，拉着它溜达，偶尔骑一骑；他也和诗人、招待所的战士们一起打了无数次乒乓球赛。多多跟这个诗人有缘，因为他和肖凡太像了，无论是体型还是性格，当然，诗人那长长尖尖的、令人羡慕的鼻子除外。如果肖凡见到，一定会又羡慕又嫉妒。

曾经有一次，在和诗人一起打乒乓球时，多多将已故赵连长的故事讲给诗人听。他向诗人讨教，自己是否可以将赵连长英雄救人的事迹写进自己的音乐，这样才能向上级交差，毕竟这次任务对自己至关重要。

“我宁愿写一首年轻士兵生活在帕米尔高原的诗。但是，你，作为一个小小的艺术家，要永远记住——你是为了艺术而创作，其他任何目的都不行。如果你想离开军队，我来告诉你怎么办：下次演出，一上台，你就脱了裤子，亮出你的屁股蛋子给他们看，绝对管用。”

“你一定是在开玩笑!”

“不，我没有。你知道我是怎么到这儿来的？我就是个被降了职的连长，我太爱这种无拘无束的生活了！自由是艺术家最宝贵的财产！我可以写普通战士们的生活，还可以写尽新疆的每一寸美丽土地。”诗人拿出钢笔，在多多面前展示着自己那本几乎磨坏了的笔记本。

“去大同[①]。”诗人的声音突然低沉起来，像在朗诵，“哦，神奇的大同，那里是梦的国度……是神话之乡。那里是乌托邦，那里是沙漠中的绿洲。”接着，他挑着眉看着多多，“不过，你得有勇气挑战独自六天的骑行。”

“再跟我说说。”多多为诗人拉来一张木椅，自己坐在长凳上。诗人打开他的黑色笔记本，诵读起自己写下的一段话：“有人称之为‘杏花村’，每年四月中旬，粉白相间的杏花就会开放，将整个村庄包裹起来，香气扑鼻，色彩斑斓。石屋和泥棚依偎在杏花林的怀抱深处，被陡峭的悬崖绝壁祖护着；一条蜿蜒的、平坦的、如蓝绿宝石一般颜色的小河穿过深邃的峡谷，流淌着，映衬着蓝天，滋润着岸边葱绿的稻田。那

① 此处指新疆塔什库尔干塔吉克自治县大同乡。

里是世外桃源，绝美的香格里拉。这座村庄存在了几个世纪，塔吉克人在那里生活了几个世纪。”

“我要怎么去？”

“到大同乡需要骑马，道路很险，到处是急转弯，大部分山路很狭窄，路旁便是悬崖峭壁。你要去的话，得找个路熟的战士当向导。”

“我想一个人去。”

“那你带上肉蛋吧，那老马认路。但是你得小心，记住，这马认人！”诗人提醒多多。

看到多多在四处张望、想办法爬上悬崖顶上的样子，肉蛋转过头来，棕色的大眼睛露出一道智慧的光芒。它转身俯卧在石面上，让多多抓住缰绳和马镫。多多靠着肉蛋的拉力努力站起身，重心放在右腿站着。肉蛋开始缓缓爬坡。

“肉蛋！老伙计！全靠你了……我一点儿力气也没有了。”多多声音虚弱，眼前的物件恍恍惚惚的，重影了。

肉蛋又摇晃着它的大脑袋，轻轻摩擦着多多的肩膀，柔和地推了推他。它的触觉和温热的呼吸使多多平静了不少。就这样，他们一步步地向上爬坡。当多多的手触摸到悬崖上泥路的边缘时，一股疲惫的浪潮彻底把他冲垮了。他眼前发黑，又倒了下去。肉蛋蜷卧在多多身旁，在烈日的灼烤下，不住地滴着汗水。

多多耳旁的蝇虫嗡嗡地乱作一团，他醒了，伸手摸了摸大腿的伤处，手上又是一股甜腥气。他的腿又开始大出血。肉蛋的大脑袋正被群苍蝇围攻。多多闻了闻，在马汗又咸又酸的气味中，还涌出另一种强烈的气味，这气味让他想起小时候看到的那场车祸。他气喘吁吁地坐起身来，发现离他们躺着的地方不远处，一群饥饿的乌鸦正包围着一具半腐烂的动物尸体。高空中，几只硕大的秃鹫宣布它们即将到来，从乌鸦口中撕抢这份“美食”。远处传来土狼的呼唤，声音在山间回荡，诡异万分。肉蛋咴儿咴儿地叫起来。多多拽住缰绳：“老兄，咱们得离开这儿。站，站起来啊。快……”多多跛着左腿，上前几米，将自己一下甩到肉蛋的背上。

肉蛋又咴儿咴儿地嘶叫起来，蹬着腿，马蹄踢踏着土路，掀起阵阵尘埃。

炙热的太阳无情地烤干了万物。和多多一样，肉蛋也筋疲力尽，嘴唇泛白。当多多将水壶中最后一滴水喂给肉蛋后，几只乌鸦发现了他们，颇有兴致地一步步向他们逼近。有些围着他们跳来跳去，刺耳的哇哇声好像在召唤同伴。有一只个头很大的乌鸦，飞过肉蛋的头顶。

“嘘……嘘!”多多驱赶起来，“老伙计，站起来啊，现在！乌鸦来了……待会儿老鹰会来，山豹，狼也都要来了!”多多一阵气短，他的大腿已经疼得失去了知觉。肉蛋站起来了。

秃鹫的尖叫声将乌鸦乱作一团的喳喳声撕碎开来。“你带路！肉蛋！你，带……”多多快不能呼吸了，他咬了咬嘴唇，强忍住左大腿的剧痛，“驾！驾!”地踢着马肚子。

肉蛋察觉到了即将来临的危险。它一阵小跑后，多多在马背上调整坐姿，肉蛋将速度放慢了些。多多坐稳后，它又飞奔起来。多多能感受到耳旁劲风呼啸，那些猛兽怪异的叫声慢慢消失在天际。

“肉蛋，带我去大同!”多多的意识渐渐消失，忽冷忽热的身子开始发烫。多多用双手紧紧地搂住了肉蛋的脖子。“大同……”他将身子前倾，右脸颊贴着肉蛋的上颈。他感受到来自黑马心脏的剧烈的跳动，这生命的鼓舞让多多猛地坐直了身子。“策马奔驰的梦想终于实现了!”多多放开手中的缰绳，“听天由命！把一切都交给肉蛋吧!”

山里的太阳下山早。夜幕降临，大雨不期而至。天空更黑暗了。月光透过云层向下偷窥，肉蛋放慢了脚步。摇摇欲坠的多多不断提醒着自己：“别睡，千万别睡，不能再摔下去了！我的腿……没感觉了……肉……蛋，大……同……”他的眼睛半睁半开，思绪断断续续的。大雨将他们淋透了，肉蛋背着几乎失去知觉的多多爬过一座座山，蹚过一条条河。有时肉蛋也会稍歇片刻，补充些草和水后继续上路。

“我一定是在做梦。在那汪洋黑海中，有一封信，它像灯塔的光束，在我的潜意识里指引着我在颠簸的大浪上继续航行。诗人告诉我，那个地方叫‘天堂’。他说，在天堂，我会找到自己一直在寻觅的东西。我必须保持清醒。那灯塔仿佛是红色的，我几乎看不到它。醒醒，醒醒，灯塔在召唤我。我在航行。我一定是在做梦。我在航行。”

摇晃的小船停了下来。“是靠岸了吗？”绿松石的颜色占据了整片天空，映照着海洋，泛着缕缕微绿的光辉。太阳也藏在蓝光后面，微微地闪着光。多多的脸颊触碰到清凉的沙滩。头重脚轻，多多挣扎着撑起自己的身子，开始沿着海岸行走。“我一定是在做梦。”海岸边，一池温泉从地下涌出。旁边是一片翠绿的草地和一座郁郁葱葱的森林，几处零星点缀的石屋在中间飘摇。“这是海市蜃楼？这些树上的果子都是杏吗？”多多伸出双臂，想看看是否能抓住果实，或者，随便什么都行，只要是真实的、坚固的物质。疲倦涌上来，又一次将他放倒在地上，他的手触碰到那温暖而干燥的泥土。他捏了捏。“是真的。”睁开眼睛，他看到了梦中那红色的灯塔。那是顶红帽子。“很多很多的白色的羽毛，红帽子”。肉蛋看上去英俊无比，多多伸手去摸它的脸。它的脸在一个白色的光环内闪闪发光。“我们到了吗？伙计？”那白色的光环在这匹黑马的鸣叫声中扩散开来，眩光越来越明亮。多多眨了眨快要合上的双眼，当他再睁开时，肉蛋已经化身为白鹭。

第五十五章　色　光

妻子有个橘色的钥匙串，这是她朋友克里斯蒂娜送给她的，上面写着“这是我还没有丢的钥匙”。她说，这是个护身符，能让她不用再“将四分之一的生命浪费在寻找钥匙上”。多多经常嘲笑妻子，说她一半的生命都花在了寻找那些故意放错了地方的小物件上。

“那——我至少还剩下四分之一的生命来处理重要的事情。生命不就总是在寻找这些小东西中度过的嘛。我，和其他上亿种生灵一起，生活在这群山和大海中间。这不断扩张的空间很容易让我们走丢。那空间，也在我的脑海中存在。”妻子并不在意多多的嘲笑。“你那剩下的四分之一时间明明就用在给袜子配对上咯。”多多还不忘继续嘲笑妻子。几次社交聚会上，妻子都穿错了袜子。不过幸运的是，那些袜子都是色彩缤纷的，这倒是有效地避免了尴尬，毕竟，可以把这当作潮流嘛！妻子还因此收获了不少赞美呢。多多叫妻子“福宝宝”，因为她总能将劣势莫名其妙地转化为优势，将坏事变成好事。

“你为什么总是不注意细节？可你作曲却不是这样！你为什么在很多事上不认真？只有下棋时你才是最认真的！”多多告诉妻子，带着些抱怨的情绪，“你真让人捉摸不透。”

“这是好事儿啊。不要忘了，我还总能逗你笑呢！”妻子虽然承认了自己的缺点，但更倾向于看到积极的那一面，“生活中，我们不需要笑容吗？我不也是会给你做好吃的吗？我做饭，你洗碗。”

“你做饭，我洗碗……哇，天，你不知道你做晚饭后厨房是怎样一片狼藉！对了，你为什么不按菜谱做饭？你知道菜谱之所以存在，是有原因的吗？”多多是两人之间那个较真儿的。

“那是从我父亲那里遗传来的。他都没怪我。”妻子的先父曾是金融专家，但他内心一直是个画家，“对他来说，烹饪没准儿是另一种形式的绘画。自由想象。我好想念我的父亲。”妻子的眼里闪出忧伤的神情。

通常来讲，如此的拌嘴都会结束于多多对妻子的拥抱，也只有这样，才能让多多确认，他爱的就是这样的妻子。

一天，多多看着他凌乱的家庭办公室，突然意识到自己居然从妻子那儿“借来”了少许邋邋遢遢的习惯。像很多从事信息技术行业的硅谷人一样，多多在家办公。他的家里堆满了与工作相关的器材。手提电脑、台式电脑、多台显示器、扫描仪、打印机、文件夹，这一切东西散放在一张长桌上，占据了屋子的大半空间。键盘、相机和各式镜片随意地散落在屋子角落的地毯上，壁橱柜里早就被各种小器械堆满了。书架上也满了，但里面有一半都是妻子的书和来自世界各地的小工艺品。妻子有个嗜好，喜欢搜集一切稀奇的、代表各地文化特色的小物件儿。多多由着她。“人生苦短，开心就好。”这是他的口头禅。在妻子心里，多多一定是从小就有一颗“古老的灵魂”，不过妻子承认，当她拿不定主意时，她会倾听多多的意见。多多其实很羡慕妻子的顽皮，和她对各种古灵精怪的事物抱有的持久热情，许多是与孩童时代的幻想有关。妻子坚信，人类的记忆和梦境都应该被珍藏。她总是仔细地写下自己的梦境，常常说：“我想记住一切事物，尽我所能地记住！”

人到中年后喜欢回溯那些青春岁月的故事，因为只有那时，梦想和欲望至少还能控制现实。当人类大脑的存储容量达到极限，一些信息就会被排挤出去。对于到底该保留些什么，人们开始有了自己的选择。不要妥协，生命总归是残酷无情的。我们知道，记忆是会褪色的。当时间穿过光阴的隧道，那些被我们精心挑选珍藏下来的宝藏也会从我们的指尖流逝，消失在过去那黑夜无尽的长河之中。我们的记忆和梦境是这世上最美妙的、无法捕捉、非永久性的稀有品。如果真要生活在一个没有过去的记忆，也没有未来梦想的世界里，那将是多么可悲！

（摘自妻子的笔记）

“记忆和梦。”多多叩问自己到底还能记住多少。多多将祖母的黑白相片放在书架的最上方，一直把那里打扫得一尘不染。“这是属于你的地方，奶奶。”照片中，奶奶温和的眼睛好像在诉说着一丝忧愁，那是小多多经常看到的、熟悉的神情。“奶奶经历了一切。”奶奶生活艰辛，但直到生命的最后时刻，她仍保持着那份特有的优雅。很多时候，多多都能感觉到奶奶的存在。在过去两年里，他每晚都能感受到奶奶来到了他的身边。有些人相信，已故人的灵魂会在另一个平行空间与活着的人相见。“难道这只是我的幻觉吗?”多多多次问着自己。

原版的那张照片是25年前奶奶在家乡南县的照相馆里拍的。当时还没有彩色照片，底片也被弄丢了。奶奶去世后，多多的亲戚们翻遍了所有的照片，却发现这是奶奶生前照过的唯一的相片。这张老照片已经缺了角，皱巴巴的，就像所有正在褪色的记忆，那些记忆被早早地埋进了一个木箱子里——那个从孩提时，奶奶便收藏着多多衣服的木箱子里。

多多决定将原片复制出来。他拍了照，又将它扫描进电脑。之后的数月里，每当妻子催着多多睡觉，他都说自己有工作要忙。他一遍遍地修着照片，总感觉自己能将心爱的奶奶的照片修复得更加完美一些。妻子礼貌地告诉他，世上没有完美的东西，奶奶的相片也不例外。“我想将她眼里的忧伤抹掉。”他不断地修片，仿佛只要他足够努力，相片里的奶奶就能微笑起来一样。妻子由着他去了。在妻子见过的为数不多的多多的家人里，她只喜欢奶奶，虽然她们只有一面之缘。

当妻子从东海岸旅行回来时，她感觉到家中发生了质的变化。阳光透过木质的百叶窗照进了多多的办公室，这让多多的屋子亮堂了不少。地板也很干净，再也没有零星散落的图纸和器材。“那个心情阴晴不定的倔驴好像不见了。”妻子很是欣慰。多多骄傲地向妻子展示了他利用那张黑白照片制作出来的奶奶的彩照。

“很棒吧！奶奶看上去生动多了！”妻子看到多多脸上浮现出真正的幸福。

“你其实可以交给专业相片处理工作室去做这事，我猜这样会又快又好。不过，你把这张照片修得真是太棒了。”

“需要修复的，其实是活着的人。”妻子为她的新合唱作品写歌词，立意用人声来表达寻求生命的真谛，“我们交集。我们经历。我们在生命中回忆。我亲爱的父亲，你去了。就让我的声音，去愈合遗留下的伤痛吧。”

神秘的梦落在幽灵般的回声里
薄薄边缘上
死亡如期而至
我能听见它向我走来
它正向我走来

你曾见过我吗？
三个声音异口同声
你还是曾经的你吗？
你就是现在的你吗？
你会是将来的你吗？

当星星在天空中闪烁
我们的梦就会有交集
你会再见到我
你会再次听到我的声音
那时，我们一定一起唱歌。

第五十六章　另一场婚礼

那个集市上的羊肉摊小老板，巴图尔，意外地出现在韩冬梅24岁的生日聚会上，他要找多多。

“巴图尔！最近怎么样啊？大家都还记得吧？这是巴图尔！”

看到大家一脸茫然，多多眉飞色舞地唱了出来：“来咯，吃我的羊肉串咯，羊肉肥，孜然香……”

“当然，巴图尔嘛！我们怎么可能不记得你。你是跟着我们来这儿的？看，我们都个个儿漂亮，一点儿也不输你那个俊俏的妹妹吧？对了，她最近过得怎么样啊？”朱芸俏皮地打趣。

“我妹妹她，她……”巴图尔的眼神有些迟疑。

“我们这周日再去光顾你的羊肉摊儿啊！来，巴图尔，今天我生日。大部分都是清真的，看，有鸡还有羊肉。”韩冬梅指了指屋子正中央摆着菜的饭桌，示意巴图尔进屋。

巴图尔却有些心不在焉，敷衍了事地向韩冬梅和朱芸点点头，然后把多多拉到屋子的角落。“兄弟，我……”巴图尔浓密的眉毛纠缠成结，在额头上鼓出一个小包。

“怎么了？发生什么事了？那些个菜你看都不看一眼，提不起兴趣？”多多轻声地笑起来，“对了，你是怎么进来的？”

“说来话长！算了，抓紧时间！阿米娜要结婚了！”

“好吧。”多多答得漠不关心。

“阿米娜要结婚了！兄弟！她有事！”巴图尔双手使劲地抓住多多的胳膊。

“哎哟……你把我弄痛了，”多多摆开了巴图尔紧抓的双手，“阿米娜要结婚了？好事啊。那又怎样？你不喜欢新郎吗？还是你父母不满意？”

“是，嗯，也不是。啊，你难道一点儿也不在乎了吗？我以为你很在意阿米娜呢。你不喜欢她吗？我的兄弟们个个都喜欢她的。下个星期天阿米娜就要结婚了，她想让你在婚礼上为她拉手风琴。阿米娜说，她只会为你的琴声跳舞唱歌。”

巴图尔连珠炮似的说了七八句，大气都没喘。

多多后移了一大步，巴图尔抬起了他那两撇浓密的眉毛。

“兄弟，怎么……”

还没等他说完，多多又退了一小步，语气和缓，尽量绷出一副正常的姿态：“嗯，婚礼当然是好。阿米娜一定很高兴吧？你们的家人也是吧？走，冬梅还等着咱们呢。”

巴图尔的眉毛抬得更高了。

“多多。阿米娜可是……你应该懂阿米娜啊。我就直说吧，就看你认不认我这个兄弟了，求你参加婚礼是我的主意。”他停顿了一下，模仿着电影《追捕》里的角色，神色庄严而深沉，完成了一番此生最老练的陈述，“新郎的家人和新郎并没有善待我们。在婚礼上展现出强大的后盾，才是保证她将来幸福的万全之策。”

“哇，巴图尔，等等，我是有一阵子没见着你了啊，你的汉语突飞猛进啊！人怎么突然变得文绉绉的了。你去上学了吗？士别三日当刮目相看啊。”

“兄弟！别嘲笑我了。求你了，来吧，为阿米娜拉琴吧！得让他们家知道，我们娘家是有关系的，我们家有人撑腰！你也不想我妹妹被人欺负吧？对吗？如果你不来，她一嫁过去，那家人肯定就会对她不好。”

“哦，以前怎么没觉得我对她和你们一家人这么重要？那她为什么要嫁给这个人？她为什么不找个对她好的人家嫁呢！她都不会为自己好好打算打算吗？”多多的声音有些颤抖，神情也一反常态。

韩冬梅和馋嘴猫在不远处洞悉到了这一切，相互看了一眼，没有插话。

“多多，我的小兄弟呀。我们维吾尔族姑娘嫁得很早。阿米娜已经22岁了。新郎一家人很有地位。他们家在喀什附近的一个村庄里，有很多钱。我爹妈很想让阿米娜过上好日子，这个你应该懂的。”巴图尔又顿了一下，感觉到了多多眼神中的非难，“阿米娜想当兵，就像你们这样，但她不知道怎么做。她自己不想结婚，但她又必须结。”

他又拽紧了多多的胳膊。“兄弟，就算是为了我。看在我大老远地跑来求你帮忙的分上，求求你了，想想阿米娜以后的日子。你怎么不喜欢她了呢？怎么会？”看得出，巴图尔心急如焚。

“巴图尔……”韩冬梅很清楚多多真正为难的到底是什么，她知道巴图尔误会多多了。

“你最近怎么变得这么冷？你也不来看我们了，也不像以前那样和阿米娜说话了。”巴图尔抱怨着，多多站在原地默不作声。

“巴图尔！你听着，你知道吗？多多他……”韩冬梅提高了嗓门。

多多对着她摇摇头。

“兄弟！”巴图尔将两只手高高地抛向空中，径直朝门外的方向走去。他似乎感觉到自己夸张的手势并没有足够表达出自己的心情，又停在门口，转过身来，用棕色的大眼睛直勾勾地瞪着多多，使劲儿捶着胸。“巴图尔从来没有这样求过人。巴图尔很不高兴，算了吧。别管了！就当我没有来过。我这就要走了！”他的手握住了门把手，“兄弟，我必须要走。你看不起我！”他又酸酸地加了一句。

“等等！”多多终于打破了沉默，开口说话了。

“什么？别拦着我！”咣的一声，巴图尔使劲儿拉开门。

“嘿！巴图尔，小心点儿，这可是部队财产！坏了你赔！”朱芸大喊。

“巴图尔，别演了。我知道你很想让我去。”多多苦笑了一下。

“你会来的，对吗？”巴图尔的眼睛放光了。他浓密的眉毛舒展开来，笑得很甜。

多多明白，巴图尔的激将法奏效了。“巴图尔，去你的，真够坏的！好吧，这是朋友应该做的。”多多口吻坚定。

“要不，咱们都去吧，巴图尔！可以邀请我们吗？我们也算半个娘家人啊！”朱芸从桌旁的凳子上跳了起来，一想到要参加维吾尔族人的婚礼，就激动万分。

“好吧，咱们都去！巴图尔，我们可以去吗？”韩冬梅继续问道，特意留意了多多的反应，“好，好好！好！”巴图尔跑了回来，使劲儿握住朱芸的手，异常兴奋。

“都来，你们都来，不知道我妹妹得多开心呢！我们一家人一定都会很感激你们，巴图尔好开心！”巴图尔闭上眼，欢呼起来。接着，他手指着饭桌的方向，说：“炖羊肉！香！吃！”

阿米娜憎恨传统的生活方式。她的梦想很宏伟，对自己的期望也很高。在与多多和女兵们交往后，她梦想着有一天能像他们一样，穿上军装在台上跳舞、唱歌，成为家族的骄傲。阿米娜的美貌远近闻名，身边从不乏追求者。近5年来她拒绝了所有人的求婚。阿米娜的父母对自己的女儿也是宠爱有加。另一方面，因家穷，也一直没有强迫她出嫁。现在她已22岁了，尽管她的反叛性格远近有名，尽管她稍长的年龄已经不那么有优势，但上门提亲的媒人很多，快把他们家的门槛踏破了。阿米娜的父母当然很在意她的年龄，依照以往的传统，22岁的维吾尔族姑娘早就该生过几个孩子了。他们担心自己的女儿会成为流言的主角，被世人戳脊梁骨，因此，他们很快就接受了一个媒人的提亲。对方名叫达瓦买提，是个生活富足的鳏夫。

新郎的家人坚持要办一场盛大的婚礼，这让本就拮据的巴图尔一家更是捉襟见肘。巴图尔和他的父母找遍了所有能借钱的亲戚朋友，在村公社的院子里，操办了一场能容纳近两百人的盛宴。新郎家整个村的村民，以及亲戚都会来参加这场婚礼。

婚礼的第二天，就要宴请宾客了，伴娘们在院子里忙着装饰起来；后院里，巴图尔正带着一帮伙计备菜，他们烤着牛羊剁着鸡，将蔬菜切成丁，拌着米饭，揉着面团。羊肉串腌好了，馕也烤好了；一大锅掺着洋葱、胡萝卜、土豆、羊肉和大块鸡肉的米饭也已被搬上了炉子。食物的香气让巴图尔对新郎一家人的抵触情绪平缓了下来，他在心里嘀咕着：“我的饭是做给我朋友吃的。我可是有很多朋友呢。”他冒着大汗，挥舞着巨大的锅铲，翻炒着，嘴里还不忘振振有词：“多多给我撑腰，怕什么!”大铁锅里发出嗞嗞的响声，溢出手抓饭浓浓的香味。

葡萄和葫芦藤蔓下，一张巨大的红色长方形羊毛毯摆在了院子中央。金色的、红色的、绿色的丝绵毯铺满了整个院子，一个个枕头和靠垫排列在一起。伴娘们在落座区域摆好了茶壶、酒壶、盛白酒的大碗以及一盆盆葡萄、杏、甜瓜、西瓜，蜜桃、干果和手抓饭、馕、烤肉等。婚宴就要开始了，双方家里的长者和尊贵的客人分别在红色方形毯子周边的第一排落座，其他宾客则跟在他们后面，把这个庭院挤得满满的。多多、海涛、胡杨、韩冬梅和朱芸坐在了新娘亲友的一方。婚礼乐队准备就绪。“多么热闹的婚礼啊！都塔尔、坦布尔、热瓦普、锵、卡农琴、萨塔尔、艾捷克、胡西塔尔、达普、纳格拉、纳格纳鼓、苏尔奈、巴拉曼、乃依、库布孜……”多多细数着这些“老朋友”的名字，焦急地等待着婚礼响起的第一个音符。因为音乐一响，新娘就会出场。

“不知道再看到她时，心里是什么滋味。”多多不得不开始正视他久久回避的问题。

“看！新娘来了。看啊，新娘出来了!”孩子们的嬉闹让人群沸腾起来，人们转过头去，看着走进院子的新娘。

“阿米娜!”多多那苦涩的渴望化成眼里一道转瞬即逝的光，他的心悸动着。

“看她脖子上的珠宝！看看她帽子上那闪闪发光的珠宝耶!”院子里人声鼎沸，不绝于耳的赞美声淹没了乐队的音乐。“啊！多漂亮的婚纱!”

穿着红色礼服的阿米娜，由达瓦买提牵引着来到了红毯的中央。

当新郎慢慢掀起她的面纱时，人群骚动起来。

“新娘子多漂亮啊!”

“幸运的新郎官!”

达瓦买提也得意于新娘的美貌，他牵着阿米娜的手，赶紧走到他的家人和长辈面前，热切地向他们介绍着自己的新娘，享受着人们一轮又一轮的赞美。阿米娜顺从地向人群莞尔一笑，大家又一次被她的美貌征服。达瓦买提乐上了天，丝毫没有察觉出阿米娜神色中的勉强。

“到底是怎么了？新郎没感觉吗？看不见吗！”多多察觉出阿米娜眼中的空虚。

音乐再次响起。被喜悦冲昏了头脑的达瓦买提拽着新娘来到院子中间。他们跳起了婚礼的开场舞，维吾尔人以能歌善舞而闻名，达瓦买提自然也不例外。他优雅的舞姿正好表现出一个成熟男人该有的姿态，阿米娜也跟着跳了起来，画面是那样和谐。

“看他们，多么般配！一个稳重，一个漂亮。”

“真是个体面的男人，看他那套外衣。他绝对配得上这样美貌的女子。”

“你能猜出这新郎的岁数吗？”韩冬梅问朱芸。

“我也在想这事呢……”朱芸悄悄地回应她。

新郎新娘继续舞着，可达瓦买提的舞步开始略显笨拙，后又变得僵硬起来。在这华丽而喜庆的婚礼音乐伴奏下，他越来越跟不上新娘的步伐。他的动作开始迟疑起来。

“阿米娜……阿米娜！”他失落地呼喊着他的新娘。这对新人奇怪的表现让来宾有些茫然，午后烈日下，婚礼的热闹气氛冷却下来。当新郎和新娘在红毯的两边分别结束自己的舞步时，双方家族的女人们开始在人群中嗡嗡地议论开来。

“这可不是什么好兆头！”达瓦买提微微颤抖起来。阿米娜此刻的举动惊动了所有人——她宣布，她要在她的朋友多多的音乐伴奏下为宾客跳舞，并邀请所有人和她一起舞起来。只见新郎脸上方才的欢喜全然没了踪影。

“新娘在婚礼期间是不能说话的！”

“这个多多是谁？”

“是那个在集市上拉琴的兵！”

“新娘可是有很多朋友呢，好多还都是年轻小伙儿呢！”

“很年轻！”

“看见了没，刚才新郎新娘的舞根本跳不到一块儿去。”

“新娘太年轻!”

“新郎太老!”

“看样子是场不幸的婚姻!”大家议论纷纷。

达瓦买提站在原地，木讷得像块石头。他意识到自己与年轻的新娘之间的差距。这个45岁的鳏夫拥有招人嫉恨的财富，是个媒人们争夺的宠儿。他本也有很多选择，但只有阿米娜的美貌吸引了他。“婚礼一结束，阿米娜就该安生地当个好妻子了，她丈夫让她干什么她都得干!她还得好好伺候她的丈夫!”达瓦买提僵硬地站着，用脸上挤出的笑容强掩着自己的思绪。就在此时，多多背着手风琴，拿着手鼓走上了红地毯中央。韩冬梅、朱芸，巴图尔和阿米娜的朋友们，以及村里的年轻人都为他欢呼雀跃。

“可以吗?”多多礼貌地问达瓦买提。

多多的一身军装和少年脸庞让达瓦买提松了口气:“当然可以，年轻的兄弟。我的新娘舞跳得可好了，让她跳吧。”

多多放下手风琴，向阿米娜点点头。

一阵轻快的手鼓声传来，阿米娜的眼睛左盼右顾，开始说话了。她的脚随着多多手鼓的节奏移动，之后又转起了圈，她的双臂伸展出漂亮的舞姿，身子妩媚地摇动，引得观众为她鼓掌呐喊。看到气氛被阿米娜的舞姿调动了起来，达瓦买提心里很是满意:“阿米娜会是个好妻子的。”他扬扬得意地走向人群，开始与宾客觥筹交错。

红毯中央，阿米娜的情绪高涨。随着鼓点逐渐进入高潮，她旋转得越来越快。每次炫目的转身都会吸引一些宾客加入红毯一起跳舞。新娘的家人开始为老人和孩子送上热食。乐队也奏起婚礼的曲调，庭院中洋溢着欢声笑语。巴图尔的羊肉串很快就“脱销”了。

“阿米娜!阿米娜!”一个男高音从庭院长廊的另一端传来。

“阿米娜——!”

所有人转过头来，注意力集中在这逐渐靠近的声音上。多多停了手鼓，看见一个年轻男子跑到葡萄和葫芦架下的角落里。这个年轻男人撕心裂肺地喊叫着，青筋暴起。几个伴郎上前去驱赶他，但这青年摆脱了他们的纠缠，跨过人群，双眼直勾勾地跑到阿米娜跟前，抓住了她的手。

“阿米娜！”

“阿米尔！”

“阿米娜！”

“我以为你走了！”

“没有你，我不能走。原谅我，阿米娜！”年轻人恳求道。

“你为什么要回来？你走吧！”

“阿米娜！我是回来找你的。我不能一个人走。阿米娜，你听我说……”年轻男人的眼泪流了出来。

“把你的手拿开！”他们身后传来严厉的声音。达瓦买提紧紧地攥着拳头，黑着脸走了过来。他瞥了一眼阿米娜，尽量克制着，想让自己看起来像一名大丈夫，一个懂得理解和隐忍的丈夫。“你是谁？年轻人，你为什么要来搅乱婚礼？”

“跟我走吧，阿米娜，我的爱人。我们现在就结婚。我们一起去乌鲁木齐吧！阿米娜，我知道，一切都是我的错，我早该听你的！”

阿米娜站在原地一动不动，神情冷漠地看着眼前的“戏”。

“你，把你的手从我妻子身上拿开，你听到了吗？这里是维吾尔族人的婚礼。阿米娜，回房间去！”达瓦买提拿出做丈夫的口吻命令着，又向阿米尔挥了挥拳。

人群瞬时变得鸦雀无声。

阿米娜回过神来了，先看看达瓦买提扭曲的脸，又温柔地望了望阿米尔的眼睛。她长长的睫毛上泛着泪光：“阿米尔！阿米尔，不行，已经太晚了！”

“阿米娜，没有你，我不会离开！”

“你赶紧走吧……”

“我不！”

“阿米娜，回你屋里去！”达瓦买提疾言厉色。

阿米娜转过头，盯了达瓦买提好一会儿，又将头转了回去，背对着他。

“阿米尔，我……”她对着阿米尔轻柔地说。

“走，快走！给我滚开！我知道你是谁。阿米尔，你个胆小鬼。真正的男人怎么可能做出如此见不得人的事，怎么能来偷我的妻子！你们都是贼!”达瓦买提的怒火终于绷不住了，他开始破口大骂。他怎么受得了这种屈辱，于是立刻叫来伴郎:“把这贼给我赶出去!”

“走啊!”阿米娜对着阿米尔大喊。看到伴郎朝他们跑来，她甩开阿米尔的手，将他推开。她知道一场打斗在所难免。新郎家里的男丁可比新娘家的多。

“快跑——”

“不！你不跟我走，我就不走!”阿米尔固执地坚持着。他冲第一个向他跑过来的伴郎恶狠狠地打出一拳。另外两个伴郎一起冲过来，将他压倒在地，开始对他拳打脚踢。

“阿米尔!”

“阿米娜——！我……”阿米尔的声音被殴打的嘈杂声淹没。

阿米娜的眼睑垂了下来。突然，她睁大双眼，眼神里先流露出温柔，随之而来的是反叛。

“我跟你走。阿米尔！我要跟你走!”她猛扑到伴郎堆里，使劲落在正在狠揍阿米尔的伴郎身上。那伴郎不得不翻过身来推搡着阿米娜。阿米娜不依不饶，又跳到他身上，抓他的脸。

“贱货!”人群中的达瓦买提一把从后面逮住阿米娜，将她从伴郎身上揪下来。

“不!”阿米娜尖叫起来，使劲儿踢着新郎，最后一口咬在他的手上。

“嗷嗷!”达瓦买提松了手，怒火中烧。他狠狠地在阿米娜脸上打了一巴掌，将她推倒在地。

“住手！男人怎么能打女人，住手!”多多将手鼓往扔地上一扔，“我不允许你这样对待阿米娜!”他跑上前，对着达瓦买提吼道，“你必须向阿米娜道歉!”

“多多！别!”阿米娜趴在地上乞求着。

“小兵！不关你的事！走开!”达瓦买提咆哮着。

“道歉！”

“滚！”达瓦买提控制不住了，他怒气冲天地操起一把铜酒壶向多多砸去，嘴里喊着“阿米娜是个贱货！”朝多多肚子上打了几拳。多多被打倒在地，但马上又跳了起来，拿头猛撞达瓦买提。两人扭打在地。

“多多，揍回去！揍！使劲儿给他一拳！”朱芸喊道。

韩冬梅扯着嗓子喊：“多多别打了！你是一名战士！”

“住嘴，朱芸！别打，多多！”海涛也叫起来。他扒拉开围观的人群，快速冲了上去：“散开！散开！大家冷静，有话好好说！”表面忙着调停的海涛一把将达瓦买提拽了回来，顺势冲他屁股踹了一脚。

“胡杨，快！快上啊，快去帮他们。快去帮多多和海涛。”朱芸眼尖，看到了海涛的小动作，便撺掇起胡杨来。

还在后院厨房忙活的巴图尔听到了院子里的骚动。这时，他母亲手忙脚乱地跑来大哭着求助，他二话没说便带上伙计们操起了家伙——手里的大锅铲，冲向了那乱作一团的婚礼现场。

“打啊！打！”一些少年兴高采烈地起哄，另一些早就按捺不住打群架的兴奋，一齐加入进来，全场恶斗开始了。阿米尔的肋骨被打断了，正躺在地上呻吟；多多被几个跟新娘和新郎都毫不相干的年轻人控制住了；阿米娜挣扎着想要逃走，达瓦买提追着她把她往屋子里推；海涛忙着救多多，还要兼顾着保护朱芸和韩冬梅，应接不暇；胡杨，那个接替黄阿宝地位的新兵，左蹦跶右蹦跶，“战场”成了他的舞台。他那一头浓密的毛发和那肌肉发达的高挑身材，乍看起来还挺能唬人。只见他在人群中左推右拉，似乎想要找一条快速逃离的路。眼尖的朱芸一下就发现了他的动机：“胡杨！你个孬种！”

“孬种！”韩冬梅随手将吃剩下一半的包子扔进混乱的人群中，卷起袖子，抓着朱芸，“走！咱们帮阿米娜去！”

葫芦藤和葡萄藤纠缠在了一起，碗、盘子和酒杯在空中乱飞。一层一层的人把院子围得满满的，像凝结的动脉血管，膨胀得随时都可能爆裂开来。

“他们欺负平民老百姓咯！”人群中有人开始乱叫。

这说法一下子让人群炸了窝。一些年轻人去找后援，准备新一轮的群殴。越来越多的人聚集在院子外面。有的人站在一旁看热闹，有的人试着调解，有的人趁乱洗劫财物，有的人加入新郎的亲友团要与多多、海涛和巴图尔、新娘家一伙儿大干一场。巴图尔的血在燃烧，他挥动着手中的大铁锅铲，嘴里不停地谩骂："你休想欺负我们！"枕头和毯子被撕得稀巴烂，碗和杯子碎了一地，所有的窗户都被砸坏了。达瓦买提奢华的婚礼眼见着变成了一场闹剧。

韩冬梅和朱芸从达瓦买提手中救出了阿米娜。她俩将新娘夹在她们中间，躲到院子的一个角落。在那里，阿米娜的母亲正绝望地拿头撞着树。村干部和新娘的父亲急着稳定局面，但眼瞅着厨具、水杯和罐子都被用作了武器，他们只能放弃。他们报了警，警察来时，群殴已经进入尾声。派出所所长气得直发抖，但他一出现，一下子就控制住了局面。

"发生了什么？谁带的头？看看这个，看看这个，真是一团糟！"他大声喊道。

新郎的家人说是多多挑的事儿，头部受伤还在淌血的巴图尔向警察讲述了一个不同的故事。没人提到阿米尔，没人知道阿米尔去了哪儿。人们最后看到他时，他还躺在地上呻吟。由于无法判断当时的情况，警方决定将参与人都带回去拘留。多多让派出所所长放了战友，声称自己是文工队里唯一参与打架斗殴的人。于是，警察铐走了达瓦买提、阿米娜、巴图尔和多多，带他们去派出所进一步审问。

"多多，多多，别担心，我们会救你出来的！"看着多多就这样被警察带走，韩冬梅和朱芸向他保证。

"让我们走！让我们过去！"海涛和胡杨大声喊着，从人群中挤出一条小道，带着女兵离开了院子。他们感到背后无数火辣辣的目光像要把他们烤化。他们没有回头，径直离开村子，回到了二十几里外的部队基地。

第五十七章　拘　留

“警方调查。”妻子打开笔记本电脑，这几天，这四个字就像蜜蜂一样在她脑子里嗡嗡地转悠。她盯着电脑屏幕，心中依然是一片空白。她揉了揉太阳穴和眼睛，打着哈欠，又将这几个字打在电脑屏幕上。屏幕逐渐模糊，成了一片白。暮色遮住了窗外的天空，飞机引擎唱着噪声。她睡着了，睡得很沉。梦中，妻子的想象力随着飞往太平洋彼岸的飞机一同飞翔着。在那个偏远的派出所，关押室中的多多正坐在那张狭窄的长凳上，静静地写着什么。

“什么，什么，什么什么！你再说一次！海涛！你怎么不拦住他！不，我是说，你怎么不拦住他们？”李教导员青筋暴起，血脉贲张。

“拦住谁？”海涛对上级的一阵狂轰滥炸很不满意，用反叛的语气将李教导员的质问堵了回去，“群架还是警察？”

“我对你失望透了，海涛，你嘛，也算得上个军官，还是个党员，你心里应该比谁都清楚！”李教导员站直身子，略微镇静了一下，“还好……至少你们还是完整地回来了……瞅瞅你这一身！”李教导员摇着头，手指砰砰地敲着桌子，“制服也扯烂了，帽子脏成这样……这么多年也没锻炼点身手出来！韩冬梅、朱芸、胡杨，解散！回去写检讨。海涛！你留下！咱们想想办法，看怎么把多多领回来……要打架也不挑个时候！你知道那些警察是哪个派出所的吗？你看到他们的身份证明没有？看吧，这下可不好找了。”

“巴图尔那个村附近没几家派出所，联络站肯定知道。”海涛提醒李教导员。

“快去办！海涛。”

“是，李教导员，我这就去。山子，你帮我把电话本拿来，找找上面写着‘联络’两个字的电话号码。”

海涛坐在桌边，掏出他的笔记本，为要询问的问题打草稿，山子在一旁翻着李教导员的黑色电话本，找到了几个号码。海涛试了几个电话，很快联系上了联络站，比他预想的快多了。他得知，联络站已经收到某派出所提供的一份有关打架的报告。

“他们办得够快的……这事……”李教导员说道。

“夜长梦多。我们最好明天一大早就行动，拖久了反而难办，”海涛很着急，“当地警方无权拘留我们的人。我们明天一早就得先去联络站寻求援助，把多多带回来。”

李教导员点点头，眼睛里闪烁不定，露出一丝犹豫。

第二天，在联络站站长的陪同下，李教导员和海涛来到拘留多多的派出所。这个不起眼的派出所坐落在喀什郊外某个小镇的东边。

派出所所长客气地接待了李指导员他们。李指导员语气委婉地说：“所长同志啊！您做得对极了。一点儿没错！我充分理解您做的决定。如果换我坐在您的位置，我也会这么做！我们的战士们就是要遵守纪律，不管怎样，军民团结可是重中之重啊。”

联络站长在旁翻译。派出所所长听着，点着头。之后李教导员承诺会用规矩约束他手下的兵，还强调一定会对卷入婚礼群殴事件的相关人员给予军事处分。当李教导员刻意强调“军事处分”几个字时，派出所所长说：

“对！对！首长，您真是太善解人意了。我们只能这样做啊。您也是知道的，战士和当地居民打架这件事，很难处理，烫手的山芋啊！”

“是啊，是的，是的。现在我们能看看他吗？”李教导员打断了派出所所长的话。

“当然，当然，请，这边走！”所长领着李教导员一行人来到派出所后面的看守处。

一到看守处，李教导员发现多多在长凳上睡得正香。蹲在关押室另两个角落的巴图尔和达瓦买提怒视着对方。一看到这番情景，李教导员心里就窝火，“这小兔崽子还睡得着！”但他还是克制住了，要求释放多多。

派出所所长照做了。

“当兵的！巴图尔！达瓦买提！过来。”派出所所长叫着。

巴图尔走到长凳边，推了推多多。多多打着哈欠伸了个懒腰，一言不发地站起身。

在看守所里待了一夜的达瓦买提看上去异常脆弱。他坐在地上，双手抱着脑袋，前后来回摇晃，嘴里还不清不楚地念叨着什么。

“达瓦买提！站起来，把你的新娘带回家去。”派出所所长又喊了一句。似乎“新娘”这个词是个电闸，将达瓦买提的整个身子触发了。他面色惨白，龇着牙歇斯底里地冲着刚从另一间关押室里走出来的阿米娜狂吼：

“你怎么配做我的新娘！”

“你再敢动我妹妹一根儿汗毛试试！”巴图尔在空中挥着拳头，威胁着达瓦买提。

“巴图尔，还想干上一架是吗？那我就再把你关回去！”派出所所长冲他们训斥道。

达瓦买提将头从巴图尔方向转向阿米娜，眼神可怕得像要把她吃掉。

“好了，好了。达瓦买提，夫妻之间没什么不能商量的。巴图尔和阿米娜还年轻。你们三个赶紧回家吧，找你们村干部帮你们解决问题去！”

从派出所出来，主动表示友好的海涛建议载巴图尔、达瓦买提和阿米娜一程。李教导员没有反对他的提议，命令司机先送联络站站长和巴图尔一行人回家。

“很好！太好了！但是我们还是不麻烦你们了。我们有自己的吉普车，就不耽误你们的时间了，你们军人可都是大忙人啊。”害怕达瓦买提和巴图尔村的村民看到军装又会引起骚乱，派出所所长下令让他的手下“将那几个老百姓安全地送回家”。

“多一事不如少一事。”联络站站长表示同意。

李教导员阴沉着脸，示意司机上路。司机轰隆隆地发动了部队的吉普车，吉普车一下子蹿了出去，扬起一路沙尘。派出所所长咳嗽了一声，朝着吉普车逐渐消失的方向挥了挥手。

一回到军营，李教导员便给了多多一个书面记过处分，这个处分将伴随着多多的档案一直留存。除此之外，多多还被关了一个月的禁闭。海涛和其他人受到口头警告，一遍遍地写着检讨，直到李教导员认为他们表现出了足够的忏悔。

三星期后，另一个重磅炸弹落在了李教导员头上。

达瓦买提死在医院，而且死因不明。坏消息来自联络站站长，他要求李教导员对此保密。李教导员挂掉电话后，心里不停地思索着达瓦买提的死到底和多多有没有关系。他垂着头，在办公桌旁绕着圈儿，活像只热锅上的蚂蚁。勤务兵山子从未看到他的首长这般焦虑过，他怯生生地递上一缸子热茶，问李教导员需不需要把海涛找过来。李教导员接过瓷缸，轻轻地嘬了一小口，不耐烦地向山子挥挥手。山子立刻冲了出去，在走廊里大喊海涛的名字。

李教导员做了最终决定：“还是留给上级领导定夺吧，我们党员必须遵循党的路线，保持高度的政治觉悟。”

“什么？为什么？”海涛不敢相信他的耳朵。

“就像老话说的那样，丢车保帅。我这都是为了文工队好啊。整个文工队的名誉都被绑在一起了，你明白吗！谁晓得这事儿是不是已经传到首长们那边去了？谁敢保证这祸事儿不会让我们负责任？我认为当务之急，就是我们主动找他们，而不是傻坐着。”

“是，李教导员。您的英明决策一定会带领我们走出困境的。”海涛嘴上回答，心里却想：“愚蠢至极！这样只会最大限度地暴露我们文工队。这绝对是引火上身！典型的农民思维！懦夫！”

海涛对李教导员交出多多的决定很是愤怒，他私下联络战友，一起向上级指挥部联名递上了请愿书。最终，石沉大海的请愿书让海涛明白了：有大事要发生了。“山雨欲来风满楼。”他写信将情形告诉了肖凡，希望他能寻求到尽可能有效的帮助。一周以后，肖凡回了信，内容很简短，信上说他会尽全力帮助多多，他本人也会从乌鲁木齐赶过来。

斗殴事件很快成了喀什大街小巷人们茶余饭后议论的话题。在李教导员交出多多后的几个星期之后，达瓦买提的死又造成了两个村庄之间的第二次对峙。为了公平正义，军区决定举办一场军事法庭听证会，临时征用了军区总部中心的大礼堂。

听证会的日子越来越近了。肖凡的女朋友注意到他最近总是闷闷不乐。“一天到晚吊着脸，到底发生了什么？”她逼问道。

肖凡将事情一五一十地说了出来。

“啊？我当多大事儿呢。没事，我帮你。”

在她眼中，肖凡不是个一般的普通人，他是个能说会道、有远大抱负的人。听完整个事情的经过后，她让肖凡去西北政法大学找自己的叔叔，她的叔叔是一名著名的辩护律师，也是个大学教授。走投无路的肖凡只能勉强一试。不过，出乎他意料的是，他说服了女朋友的叔叔。

距离庭审还有两天了，肖凡离开乌鲁木齐，去了喀什。他留给他母亲一张纸条，让她交给他的领导——采矿经理。纸条上只有三个大大的字：“我辞职！”

第五十八章 庭 审

暗淡的月光将蜿蜒的小径哄入梦乡，月亮优雅地蜷缩在内海湾边。夏日的晚风将太平洋的水汽散布在岸边甘甜的花草和绿色植被上，给空气添加了些海盐的气息。零星的鸟儿、虫儿奏起了小夜曲，多多和妻子沿着小径漫步走来。

远方城市里的灯光乐此不疲地与天鹅绒般星空中点缀的钻石展开了竞赛。海平面上忽然划过一道闪烁的光芒。

“看！是流星！要许愿吗?”妻子异常兴奋。

“嘘，你会把别人吵醒的!”多多示意她安静。

“你可错过好机会了呢!”妻子悻悻地说，“等等，还有呢！新闻上说今天晚上有流星雨!”妻子淘气地抓过多多的手，“快，不然就晚了!”她拉着他，向前跑去。

“她到底什么时候才能长大呀?”多多轻轻地笑了起来，“可能永远都长不大吧。真是没救了。”像真的在感受这无药可救的悲哀，他故意放慢了自己的脚步。

妻子松开多多的手，朝着一片长满灌木和青草的开阔地跑去。她张开双臂，伸了伸懒腰。“多美啊。看!”天上满是星星，闪着光。“好像要下雨了……”奇特的景观让她的声音有些颤抖。

“只是没有雨水滴落的声音……”多多从背后走过来，接过话茬。

“这是无声的星雨，”妻子小声自语，“从无极世界里落下的繁星。”

多多察觉到妻子的话中带着一份细微的伤感。“看见了吗?”他指向最近的几颗流星，“你的雨滴？你看，这些雨滴都在空中划出了自己的旋律，留下了曾经存在过的痕迹。瞧，我们可都是见证人呢!”他一边说着，一边轻轻地用手指滑过她脸颊的曲线。

“透明的星辰从无穷尽处落下。”妻子的声音已经低得听不见了，“多么美妙……”她的眼眶湿润，充满了一种渴望。

“透明的星辰从无穷尽处落下。我的妻子还是个诗人！”多多仔细地凝视着妻子，用双臂搂着她的肩，轻轻地抱紧了她。妻子顺从地将身子靠了过来，感觉多多衣下强烈的心跳和运动员般健硕的身子。多多在部队养成了锻炼的习惯，一直坚持了多年。

“你最好在流星雨结束前尽量多许点愿！”多多又开始开玩笑了。

妻子瞥了多多一眼。“你有什么愿望？”她随意地问了一句。

突然间，多多感觉自己踏入了他正努力回避的误区，那就是对四十多岁人生所感到的焦虑和模棱两可。他不知道如何回答妻子一时兴起的问题。“我到底有什么愿望？”他仰望着东方的夜空，妻子的话在他脑海中萦绕。奶奶的脸庞从一簇星辰中显现。多多几乎要叫出声了：“奶奶，您还好吗？我想见到您，我还想听您给我哼民歌。”多多悉数自己那些永远不能成真的愿望，他闭上眼睛，感觉心中一阵阵发紧。

“我的生命难道就是一系列的失败？我多长时间没作曲了？”多多开始设想生活中曾经或许存在的另外的可能，“生活是一系列的不公，生活是一系列的遗憾。生命就是多米诺骨牌。生命是个历程。”多多睁开眼，低下头亲吻了妻子的额头，“生活就是生命。对于你，我最亲爱的，生命是个迷宫。你找到你想要寻求的完美真谛了吗？你找到迷宫的出路了吗？或许，你根本就没有在寻找出路？”

“38、39、40……”

过了好一阵子，多多静静地站在那里，听着妻子一颗颗地数着流星许愿。他不想打破这难得的浪漫。

“这么多！”妻子停在了第50个。

“你见过人海吗？”多多问。

“我正在看星的海洋，”妻子答道，“等等，还有一颗。”妻子数着最后一颗划过西半球的流星，在多多的耳旁道出了自己的愿望。她好像在背一首诗：“我在梦里看见了海，无尽的海洋，涌动的波涛……我在人海中看到一艘独木船……我们等待着，直到最后那颗流星将燃烧在大气中的尘埃撒向地面，一切生灵都停住了。天空，依然还在。”

军区的临时军事法庭被装饰得庄严肃穆。

当天，带枪的警卫把守着紧闭的正门。公众代表从大堂左侧门进入，被安排在指定座位上就座。人们很快便发现了这早已安排好的隔离区——文工队的成员被安排在左边；中间零星地散布着一些来自喀什市里的汉族人和维吾尔族人，还有军队报刊和喀什广播站的记者；右侧主要坐着一些村民，他们自觉分成了两个阵营：达瓦买提方村民和巴图尔方村民。

达瓦买提的母亲坐在第一排的中间。她坐下后不久，便将身子靠在旁边那个女人的身上，时不时地抽泣着。两个村子的老人们互相忽视对方的存在，年轻人则摩拳擦掌、龇牙咧嘴地冲着对方，大有一番要干架的气势，这剑拔弩张的情景引来了警察的介入。

当地的派出所所长在此次听证会中既充当了第一证人的角色，又肩负着维持秩序的职责。

海涛一到，便注意到李教导员的座位是空着的。“这不是好事儿。”他嗑紧下颚，“没心肠的小人！”

听证会时间一到，主审官兼庭长带着一个全部由男性组成的审理委员会鱼贯而入。他们个个神情严肃，穿戴齐整，制服熨得平平的，无一不是在向公众宣告：这是一场庄严的仪式。

“××军区第一次军事法庭听证会现在正式开始！”主审官宣布。场下一阵掌声，洪亮，但很分散。

“带……”

“吱……吱吱……”话筒发出一声不合时宜的噪音，刺破了刚才的凝重。

主审官敲了敲话筒，似乎这动作能帮他解决技术问题。

“带……”

“吱……嘎……”话筒依然发出了刺耳的电流声。

主审官示意拿掉话筒座。一个小兵麻利地冲上讲台，他没有按主审官的指令做，而是将嘴凑在主审官的耳朵上小声地说着什么。主审官先是一脸困惑，而后又停顿了片刻，最后满怀敬意地站起身来，向大家宣布：

“同志们，乡亲们，首先让我们欢迎××军区副司令员，左将军的到来！”虽然没用话筒，他的男高音听起来仍异常浑厚，在大堂中响起共鸣。

“左将军！”台上的审判委员会和观众席上的所有士兵立刻起身，向大步走来的左将军敬军礼。左将军也回敬了大家。

“大家都坐下，坐下！”左将军示意大家坐下，自己坐在主审官的座位上。

“让我们首先欢迎××军区的左将军为大家讲话！”主审官宣布。

“审判委员会，主审官，同志们，战士们，乡亲们！今天我来到这里，主要是为和你们交流，是代表我自己，也是代表××军区。”

左将军稍事停顿，目光扫向席下所有人：“我想向大家表达我对此次听证会的关心和重视。宪法和军规是我党、我军，和人民群众意志的集中体现。我希望，此次案件的审理过程中，没有包庇，没有纵容。我们不允许错怪任何一个好同志、任何一个好公民。本着追求真理、寻求真相的精神，通过对原告和被告采取细致、彻底的审查，此次听证将严肃地、合理地、妥善地处理此次事件。我相信，我们的审理委员会和主审官有能力、有诚意做出公正的判断，从而使双方对判决结果满意、信服。”

左将军从容的措辞引来了如雷的掌声。他满意地从主审官座席起身，走下主席台之前，示意主审官正式开始审理案件。

“最后，我今天来，是想和你们一样，做一个旁听者。我和村民一起，坐在右边。”左将军从台上走下来，随意地，但也是有意地坐在了第二排的侧座上。

主审官再次列席。“刚才，左将军激动人心的发言让我们很受启发！同志们、乡亲们，我们绝不辜负你们的希望，我们将严格执行党和部队的方针政策。现在，我宣布，听证会正式开始！”

左将军的突然到访和他精心准备的演讲到底意味着什么？这其中的

错综复杂让海涛百思不解。对于主审官和审判委员会而言，压力是显而易见的。海涛心里期望，左将军的介入能为多多指明一条生路。

文工队里的人都清楚，左将军很喜欢多多，对这个会拉手风琴的孩子很重视。“肖凡去哪儿了？”海涛真希望在听证会开始之前能跟肖凡先通通气儿。他中断了揣摩，转过身来四处寻找肖凡。没找到肖凡的身影，却瞥见了韩冬梅忧虑的眼神，她和朱芸以及其他几个人坐在后面几排座位上。他们意味深长地互相看了看。随后，主审官的声音响起了：

“带被告！”

第五十九章　你以前见过我吗？

当多多在两名荷枪实弹的警卫的陪同下，从舞台右侧的入口走上台时，所有人都齐刷刷地转过头，百十双眼睛聚焦在多多身上。一个身穿棕色夹克，戴着银框眼镜，头发灰白的中年男人跟着走了上来。多多的双手被铐着。

“下一个节目是手风琴独奏，来自我们××军区的小兵多多！”报幕员的响亮女声在礼堂半空炸开，台下随之而来的是一片掌声。多多深吸一口气，背着他最爱的手风琴在掌声中走上舞台。他向左敬礼，又向右敬礼。

那掌声又在他的耳边响起。“我在这舞台上为多少战士演出过？多得记不得了。”多多一眼瞥见幕布残破的一角，那是六个月前被他们制作的木制飞机道具扯破的。过去几个月里，多多一直在文工队的禁闭室和总部的拘留所之间来回穿梭，他经历了无数次问话，失去了所有公开场合的表演机会，更不要说和他的战友、朋友们相见了。多多望向礼堂下方，他在前几排的一两百人中寻找熟悉的面孔。礼堂的灯光有些昏暗。他眯着眼睛。“左将军来了？”他下意识地要举起右手敬军礼，却无奈地察觉到腕上手铐的束缚。他又看了看观众们，勉强地露出点点笑意。

这细微的动作逃不过朋友们的眼睛。

“多多！”韩冬梅一时间失去了镇静。

“姐姐！”多多被这熟悉的嗓音怔住，循着声音的方向找到了人群中的韩冬梅和文工队的战友们。他的眼圈慢慢地变红了。“能再次见到你们真高兴。”他的嘴动了动，想伸出手向朋友招手，却被制止了。多多咬了咬嘴唇，将警卫的手从肩膀上甩了下去。他挺起胸膛，站得笔直。

他直视着主审官和审判委员的眼睛。

因为韩冬梅喊出了多多的名字，过道对面掀起了一阵骚动。达瓦买提母亲零星的抽泣一下子变成了哀号，显然她已然确认多多在婚礼上的参与或多或少地导致了他儿子的死亡。大礼堂里嘈杂声顿起。在两个村落的村民的议论声和责骂声中，主审官不得不介入，但他很精明，首先将矛头指向了文工队。

“战士们，安静，听命令。给村民们做好榜样。”

观众席中，派出所所长正忙着将命令翻译成维吾尔语：

“达瓦买提的母亲，别哭了，别哭了。巴图尔，你们几个，给我安静点儿！乡亲们，别吵了！”他站起身子，双手不断上下挥舞，时不时地瞟一眼坐在他们中间的左将军。令他惊讶的是，左将军并没有因骚动而恼怒，派出所所长甚至捕捉到将军脸上一丝短暂的同情。“将军大多时间可都是面无表情地坐在人群中观望的。”他想。

派出所所长大受鼓舞。“听着，老乡们，听我说，不要吵！咱们必须表现好！当好公民！必须听领导的命令！”派出所所长的嗓门越扯越大，他像强调身份一般强调着要求。他又看了一眼将军，发现将军腮帮子上的肌肉松弛了一些，便松了口气，在他管辖区域中的乡亲们恢复秩序后，他坐回了自己的位置。

“现在，我将向大家宣读来自原告方证人和原告方的证词！”舞台上，主审官抓紧机会推进庭审。这个上校级别的主审官开始以一种平缓的、机械的语调阅读来自达瓦买提家族和村民的证词。这份冗长的证词在接下来的两个小时里由主审官慢条斯理地陈述了出来。多多终于在一系列毫无重点可言的口头记录中走了神。为了打发无聊，他茫然地注视着主审官上下开合的嘴唇，将注意力集中在他鼻孔下的黑点上。“那是颗痣吗？要不是痣的话，难道是……”多多觉得有点恶心，只能将注意力转移到主审官那满是皱纹的额头上。这主审官的某些举动和圆滑让他联想到了李教导员：“也许这是另一个更深谙世事、更老练的李教导员吧，如果这证词真的是他自己准备的。”多多的这一番假设并没有治愈他的烦闷。

他的目光爬过那条条皱纹，从主审官的额头移开，又开始漫无目的地扫视着坐在长桌旁的其他人，最后，他的视线停在台柱子上的一只个头不小的夏蝉上，它正吱喳而鸣，开心地给主审官乏味的宣叙调有节奏地伴奏着。这小昆虫的滑稽出现暂时扫走了多多的无聊，但它欢快的歌声并不能将多多的情绪从谷底提上来。他心情沉重。他感到自己受尽了冤枉和不公。看着腕上的手铐，他想不明白，自己为什么会被彻头彻尾地利用了。“就这样被毁了吗?!”经历过五年摸爬滚打的多多已不是那个无忧无虑的少年了。怀疑一切的思维方式剥夺了他曾经拥有的纯洁。正如海涛那样，多多怀疑人生早已被某种力量所决定，他的未来将止步于今日，就在这个曾经让他成为明星的舞台上。“那个中年男子会不会是派给我的律师?”多多曾无意中听说过会给他安排一个辩护律师。即便是这样，多多更倾向于这样一个观点：一个辩护律师的出现充其量就是个摆设，是给人看戏用的，肯定对结果毫无影响可言。他很明白，无论这次听证会的结果如何，他清白的档案将抹上一个一辈子都无法抹去的污点。这个想法无情地侵蚀着他。

主审官终于做完了案件陈述，按照他的意思：虽然没有证据直接将多多和达瓦买提的死联系起来，但多多作为导火索，引发的斗殴决定了达瓦买提的死亡。主审官要求以危及他人及过失杀人罪判处多多十年有期徒刑，审判委员会无异议。

“危及他人及过失杀人罪。”多多早料想到了最坏的情况，但当他亲耳听到自己被冠以这种罪名后，心中的怒火还是难以平息。他站在那里一动不动，心灰意冷。“奶奶以前说，人生下来就要经受各种磨难。难道我的人生从现在开始，就开始在痛苦中度过了吗?”

“什么？杀人罪？十年？这不公平！”韩冬梅腾地站起身来。她冲动地摆着手，声音高亮的，就像她惯常扮演的李铁梅一样。“错了！全都错了！公诉人同志，哦不，主审官同志，各位审判委员会的同志，多多一点儿错都没有！我当时就在现场。那个大叔在我们离开时活得好好的。你们为什么不来问问我们当时的情况？我也是目击证人啊，我们知道发生了什么，我们看得清清楚楚的，为什么不来问我们?”她环顾四周，向战友们寻求支援。

“大伙儿给评评理啊!”她号召着，抬手指着台上，“告诉他们！都告诉他们！这是个误会，告诉他们真相！告诉他们，告诉他们啊!”韩冬梅愤怒地喊着，哭了起来。

“坐下！韩冬梅，别大吵大闹的!”海涛命令道。因为他发觉，自己是在场文工队里唯一有军官身份的人，控制场面是他应尽的职责。

“我就不坐下！你们都说两句！特别是你，海涛，你就在现场。”韩冬梅丝毫不顾身旁田晓燕的拉扯。

“坐下，我命令你坐下！我是你的领导!”海涛急促地说，强调着自己现在在文工队的地位。韩冬梅被海涛的话惹急了，还击道:“别在我面前拽什么官腔！你敢站出来为多多作证，我就承认你是我的领导!”海涛皱起眉头，眼神渐渐趋近冰冷:“韩冬梅同志！控制好你自己。别在这儿惹麻烦。朱芸、田晓燕，想办法让她安静下来！她这样真是失了优秀士兵的身份。”他又一次下了命令。

“海涛！懦夫！你要真是个领导，就应该帮帮你的战友、兄弟！孬种一个！战友们，你们说!”海涛的话像是插进她胸口的一把利刃，韩冬梅爆发了。

“战士们！安静!”主审官开口说话了，“如果你们再扰乱听证会，我就把你们一个个都轰出去!”

“朱芸，听我的，主审官都开口说话了。快，让韩冬梅安静下来！求你了！不然她会把事情搞得一团糟!”在最绝望的时候，海涛还是选择了向朱芸求助。

朱芸先朝海涛翻了个白眼，又转了转眼珠子，才慢悠悠地站起身，带着她早已酝酿好的冷静，将一条手绢递给韩冬梅。“别这么激动。冬梅。想想多多，想想你自己。”朱芸静静地握起韩冬梅的手，帮着田晓燕将她拉回了座位。韩冬梅依然在抽泣，那悲泣的音量慢慢减弱了，她的理智也逐渐恢复起来。

随后，朱芸的做法惊动了所有人。她转身面向左将军所坐的位置，又向左将军敬了个军礼，用淡定的语气说道："左将军，一切由您定夺。您知道我们都是文工队里的兵。我们都是好兵，多多也是我们中的一员。他就是那个拉手风琴的孩子。您刚才说不会错怪任何一个好同志。多多就是个好同志。您说一切都将公平对待。我认为刚才的判定是不公平的！我就是一个目击者。我可以告诉您，多多是参与了斗殴，但我们离开时，达瓦买提是活着的，并且他是在几周后才死的。"

"有胆有谋……"海涛不得不对朱芸刮目相看。他冲她点了点头，紧张地等待着左将军的回答，而此时，礼堂里的所有人已将目光从朱芸身上投向了左将军。

几秒沉默。

"小同志，"左将军回答道，"耐心一些。毛主席曾经说过，年轻人必须先学习。我们必须学习并理解法律的程序。你们都看到了，我们的辩护律师还没出场呢。我们要不要听听他是怎么讲的？小同志，我向你们保证，任何一个好兵都不会被冤枉的。"

说罢，他便将脸转向村民和来自喀什的市民，提高了嗓门："乡亲们，我向你们保证，我们会将整件事查个底儿朝天！要相信我们的党，相信我们军事法庭的公正。"左将军的从容给海涛吃了颗不大不小的定心丸，"小同志，要有个好兵的样子嘛，我命令你坐下，看看主审官下面怎么安排。"

"是！左将军！"朱芸敬了个军礼，回答得响亮而干脆。她听从指挥，坐下后，长舒了一口气。韩冬梅悄悄地为她鼓掌喝彩。

"请继续！"左将军示意台上的主审官继续。

观众席上的事态转变给审判员们来了个措手不及。左将军的话像测试天气的温度计，忽高忽低，忽冷忽热。主审官和审判委员会一下子意识到了什么。就像多多预料的那样，主审官和审判委员会早就达成了一个默契——此次审理就是要杀一儆百。他细细琢磨着左将军的每一句话，即使只有一丝丝上诉的机会，对他而言，也是希望。他的大姐姐勇敢的行为重新点燃了他对公平审判的希望。"我什么时候变得这么消极了，就等着这些坏事儿落在我头上，都不知道反抗吗？如果我现在放弃，就什么都完了。或者，也许，可能，那个律师能帮上点儿什么。他看起来像个有知识的人。”这想法让他整个人紧张起来，他感到血脉贲张，热气从他每一个毛孔中散发出来。他清了清嗓子，告诉自己保持镇定：“稳住，稳住！”

听证会继续，律师召唤证人进场。证人一个个上台，从村里的老者、巴图尔的兄弟以及巴图尔本人。巴图尔的描述最生动，这个卖羊肉串的小贩“有着惊人的表演天赋”，连海涛都时不时惊叹，又忍俊不禁。

“首长！我什么都知道——我当时很痛——他们拿碗敲我的头！还有这儿，还有我的腿！”巴图尔先指着头上的绷带，然后激动地卷起袖口，挽起裤腿，想要证明给大家看，结果发现身上的瘀青和受伤的痕迹早已消失。

“好吧，你们现在看不到了，已经好了，但确实是他们先打我们的。我当时正在后厨忙得……”

“同志，说重点！”主审官严肃地提醒道。

“我正在后厨忙着做饭。我们做了好多吃的，够两百个人吃呢！有好多羊肉串、鸡肉、米饭、羊肉，我们的羊肉是最棒的……”

“请说重点。”辩护律师开始引导他。

“哦，我当时正在后厨和我的兄弟们忙着做饭。后来听到女人的尖叫，我就冲出去看……”

巴图尔提供了第一手资料，将事前事后的情形交代了出来。

当轮到问多多话时，巴图尔的描述已经转变了公众们对整个事件的看法。

“你仔细回想，你到底有没有对死者挥拳？”辩护律师趁着有利的势头，直截了当地问道。

“有。是他先拿铜壶砸我，我才挥拳的。我打了他的脸。但我不是故意的，是条件反射，是部队自我防卫训练练出来的条件反射。”多多平静地回忆起当时的场景。

“死者为什么会拿铜壶砸你？”

“因为我要求他向阿米娜，他的新娘，道歉。”

“你为什么要这么做？”

“达瓦买提扇了她一巴掌，还把她推倒在地。”

“按照你的回忆，在你向死者挥了第一拳后，他的身体是否受到明显的伤害？”辩护律师继续问道。

“没有，嗯，但我想，我可能是把他打成了熊猫眼。他被打的时候，还一个劲儿地叫喊咒骂。然后他又对着我的肚子打了几拳，还把我摁倒在地。我又站起来，拿头顶他。我们很快就扭打在一起。我后来还被几个伴郎死死地按在地上，动不了了。”

“之后又发生了什么？”

“我想挣脱他们。但太多人在打架，当时一片混乱，有人大叫，有人狂喊，还有很多东西被砸碎的声音。我都不记得过了多久警察才来。”

“你说的都是实话吗？”

“是。”

“我的话问完了。”辩护律师结束了他对目击者及当事人的交叉询问。然后，他向主审官和审判委员会的人提出辩论：巴图尔和他的同乡提供的线索，与达瓦买提的家人及同乡的陈述完全相悖。按照他的理解，这是一场巴图尔家和达瓦买提家因为包办婚姻节外生枝而引起的悲剧。要说自己的当事人是这场悲剧的罪魁祸首实在有失公平。他要求主审官和审判委员会放弃之前不妥的判决。

将脸埋在话筒后的主审官时不时地调整着自己在座椅上的重心，显得极不耐烦。他几次在辩护律师的陈述中伸手去够话筒，准备要打断律师的陈述。当他听到“有失公平”四个字时，他立刻从座椅上跳起来反驳，指责辩护律师，既然多多承认动了手，那么如此判决就是“公平且经过慎重考虑的”。

为了强调自己的观点，他对着观众席的听众进行了一番庄严的演说：“亲爱的同志们、乡亲们，法庭认为，我们对被告的审判是有理有据的。诚然，惩罚是很严厉，但我们要通过此案教育年轻人尊重法律。我们希望，这样能敲响警钟，让今后一切损害军民关系的行为在军队里，在百姓中，彻底消失！对此，我们决不姑息！”

“帮帮多多啊！求你了。”韩冬梅将朱芸的手捏得死死的，疼得朱芸差点叫出了声。“律师，你倒是说两句啊！”韩冬梅眼神里的祈求像是要随着她的眼泪流出来。

律师并没有立刻对主审官的指责做出反驳，反而有意放缓了节奏，镇定得令人抓狂。他整了整自己的外套，整了整小桌上为他准备的材料。终于，他从书桌上的手提箱里拿出一本厚厚的白封皮册子。他又干咳几声，清了清嗓子。

“他到底想干什么？”多多想。

律师将册子举得高高的。

“不管怎么样，只要你能做好辩护，拿出本事来……”多多第一次把人生押注在了一个陌生人身上。他默默观察着他的一举一动，只见律师猛地将手中的王牌（那本白皮书）往桌上一扔，开始结案陈词：

“尊敬的主审官、陪审委员们，我是一名来自民间的辩护律师，是一名中华人民共和国的公民。我手中握着的，是最新版宪法。我在这里为我的当事人多多进行辩护。”他手持那本“白皮书”，面向主审官和审判委员挥了一下，那副老式眼镜竟然发出光来。

“在这里，我请求法庭提供尸检报告，用来证明死者的死亡与那场群殴造成的外伤和内伤是否有直接相关。”

他没有停顿，继续说道：“如果不能提供尸检报告，我认为，起诉行为本身就是有违宪法的。我们都知道，缺乏证据的起诉是不按法律程序办事，这种不合规的行为直接导致了审判的无效性。其次，也是更重要的，我认为，主审官所提出的以某种借口为依据进行审判的行为更是违反宪法。”辩护律师的语气中自带一种敢于挑战一切的自信，他打开手中的宪法，当着审判委员会的面，一页一页有条不紊地翻起来。他转过身，向观众展示了这本书。

“乡亲们，同志们，宪法明确指出，任何审判及其程序都不受任何行政机关、社会团体和个人的干涉。”他将白皮书高高地举起，“我并不是在这里断言审判结果是事先决定好的，我在此，只是想向大家陈述这样一个事实：纵然判决的意图听起来很高尚，但这个决定仍然是有目的、基于一种法律以外的前提下得出的。请容许我提醒诸位，就在刚才，主审官向我们阐述了这个决定是基于怎样的一种逻辑。我再重申一遍，今天的审理如果没有以尸检作为证据，没有将宪法作为根本依据，那就是说这是根据无效的、在非法律规定的、在错误的假设推定基础上开庭审理的。因此，我得出结论，根据法律，这个案件应该是，而且必须是，予以驳回。今天的案件审理应当立即中止。”

戴着银框眼镜，满头银发，更有一张铁嘴铜牙的律师拿出他的撒手锏——宪法，将案件的审判及整个审理过程剖析开来。他大胆的威慑留给庭审官员无限的窘迫，他们像泄了气的皮球——他们从未考虑过尸检报告。“真是闻所未闻，真是场灾难！”主审官震惊了，宣布休庭片刻。正当主审官和审判委员会还在为是否收回判决争论不休时，台下的混乱已经一发不可收拾。

“驳回起诉！我们需要彻查！我们需要公平！”观众席上有人叫着，引来了一阵阵如浪潮般的喧哗。

“驳回起诉！驳回起诉！驳回起诉！”文工队的战士们起身高呼。跟着，达瓦买提与巴图尔的村民们也在吵吵嚷嚷，各要各的公道。喧哗声似乎要将大礼堂的房顶掀去一半。守在门外的警卫队冲进大礼堂。

这时左将军不紧不慢地走上台去，大吼了一声“安静！”趁着台下混乱稍稍安定，他快速说道：“士兵们，听我说！同志们、乡亲们、主审官和审判委员会的全体同志，我们军队是遵从法律的，我建议，听证会暂停，直到搜集到新的证据。”

左将军严厉地看了一眼台上的人：“请相信我们的军队会公平地处理这次事件！我在此谨代表军区最高指挥部，宣布此次听证会休庭！”说罢便离开了舞台。

“听证会休庭。我们会等尸检报告出来后再开庭审理。”主审官匆忙补充道，他的语气中早没了方才的神气和热情。他站在那里，样子极其尴尬。第一次军事法庭听证会就这样虎头蛇尾地结束了。

两个月后，验尸报告出来了，最终证实原告的死与那场斗殴无关，多多重获自由。海涛去喀什的看守所将多多接回了文工队大院。海涛告诉多多，阿米娜、巴图尔和阿米尔都神奇地消失了。

多多回来后的第二天，李教导员和董队长安排多多谈了一次话。

"多多，"李教导员有气无力地说着，递给他一张签了字的退伍申请表格，"我们知道你是被冤枉的。咱们之前约定，这次国家级演出比赛结束后就让你退伍，现在也是时候了。"董队长坐在一旁一声不吭，他的脸从未阴沉成这副样子。多多拿起退伍申请表格，径直离开了。多多当时并不知道李教导员因为此次事件被降了职，很快就要离开文工队，去中巴边境的边防站工作。董队长接替了李教导员在文工队的职位，海涛被提拔为他的副手，在文工队里又待了五年，后来去了乌鲁木齐的党校学习。

"天啦！你？是多多？我的天！"

多多正在纽约洛克菲勒中心附近的一家咖啡店喝咖啡，一阵聒噪的尖叫声惊扰了他。他抬起头，惊讶得不敢相信自己的眼睛——眼前这名中年女子身着时髦、明亮的浅色外衣，像花蝴蝶一样从他身后飞了过来。

"你是——林菱？不是吧？"多多半信半疑地摇着头。

"是的，就是我。林菱，我是林菱！"说罢，林菱便拥抱了多多，好一阵子也没松手，全然不顾身旁站着的美国男子。"天啦，难以置信。真是难以置信！哦，这是大卫，我的丈夫。我结婚了。你来美国多久了？你现在在哪儿工作呢？你在纽约做什么？"林菱松开多多时，泪水已流满了衣襟。多多终于相信眼前这女人是林菱了，他开始开玩笑，脸上露出试探的笑容。

"你这爱哭的毛病可真是一点儿没变啊。"

"是呀，30年了！我都成老女人了！"

"仍然爱哭……"

两个战友面面相觑，过去的记忆浮现在脑海。多多眼睛湿润了。

“你们聊吧。亲爱的，晚上见。很高兴认识你。”林菱身旁那位瘦高的美国男子向多多打完招呼，便离开了。他们聊了很久后，林菱邀请多多共进晚餐。她发现法拉盛区有一家地道的新疆饭馆，那里的手抓饭是她在纽约吃过的最好吃的。多多欣然接受。

饭馆坐落在纽约法拉盛区中心一个拥挤的小型购物中心的角落里。店铺小得只有几张桌子，屋子顶部悬挂了些塑料葡萄藤。凸式橱窗里展示着几样维吾尔族乐器和一把精致的维吾尔族匕首套，房间的另一侧挂着典型的维吾尔族装饰毯。这些民间艺术品立刻引起了多多的注意。

“喜欢吧？再看看那些照片。”林菱指着墙上的照片说道。

对面那堵墙上，挂着几幅色彩鲜亮的菜肴图片，手抓饭、羊肉串、馕、拉面、羊肉包子等食物刺激着顾客们的食欲。林菱和多多找了一张双人桌，坐了下来，听着店里廉价音响播放的木卡姆[①]。

“这家店的主人对营造气氛很有一套嘛，肯定是新疆人开的馆子。”多多说道。一个波斯外貌的女人走过来帮他们点餐。多多笑着点菜：“来20串羊肉串！一份大盘鸡，一份手抓饭和一份馕。谢谢！”林菱粲然一笑，眼眶又红了一阵儿。

“来来来，吃我的羊肉串……”忽然间，年轻的巴图尔的形象出现在多多脑海里。

烤羊肉串的香气扑面而来，从厨房里屋传出一阵喧闹的男中音。

“来，羊肉串到咯！小心，小心，很烫，还在滴油！”

“他就是这家店的老板。”林菱向正在望过去的多多介绍。一个穿着条纹服饰的中年男子正端着一盘子羊肉串热忱地给顾客分发。他那谢顶的头上戴了顶维吾尔族小帽，他的眉毛很浓，几乎粘到了一起；他那撮小胡子随意飘在上唇上方。突然，那浓浓的眉毛皱成个令人熟悉的延长音符号，声音戛然而止。

“多多？”

“巴图尔？”

---

① 木卡姆为新疆维吾尔族的一种古典音乐形式。

第六十章　再见，新疆

一件没有领子的白色衬衣，一顶没有徽章的军帽，一条宽松的绿色军裤，一双干净但早已磨损了的板鞋，多多回家的行头和典型的退伍兵没什么区别。多多下了火车，站在站台上，等待着。

“6年了。”他的弟弟如今已经12岁了，和多多离开时一般年纪。依然是熙攘的人群，依然是拥挤的交通，依然是南方空气中弥漫着的辣椒味——谁也打断不了的生活一天天地继续着。一种陌生感打断了多多的等待，他不禁自问：“我到底在这儿干什么？”

“哥哥，哥哥！”多多顺着声音看到了站台上的弟弟。“是瑞瑞——”有那么一秒钟，多多感到耳鸣目眩。他看见12岁的小多多，那个小兵，朝自己跑来。

那似曾相识的感觉渐渐融化，眼前只有一个叫瑞瑞的男孩。瑞瑞脸蛋圆圆的，身材瘦高。“又一个富强粉馒头啊。”，眯着眼，笑着。他的眼睛更小，像是谁的恶作剧——在这馒头上轻轻拉了两道口子。“我以前也是这么笑的。”这相似的外表终于让多多笑了起来，沉重的心一下子轻快了许多。瑞瑞比多多要调皮得多，他像只小猴子一样，在哥哥身边跑来跑去，把玩着多多的背包，兴奋异常。

“瑞瑞。”多多轻碰他的额头。

“娭毑[1]来了。”瑞瑞手指向后方。

“奶奶！”多多三步并作两步地跑了过去，见到了人群中的奶奶，“奶奶，您好吗？我好想您，6年了呀！”

奶奶看上去老了很多，也矮瘦了很多。她依然穿着满是补丁的白麻

---

① 湖南北部对祖母的称呼。

布衬衫。她看上去仍旧美丽。

“多多。”奶奶用一只手小心翼翼地轻抚着多多的脸，另一只手掸了掸他衬衣上的灰尘，“多多，我的乖多多，你终于回来了。你回到我身边了。你怎么这么瘦?”她那柔和的声音和薄薄的嘴唇都在颤抖。

“奶奶，我回来了。”

“你很快会再走吗?”奶奶的眼睛湿润了。

“是的，我想去北京读书。”多多很后悔自己说了这句话，他明明还有其他的千言万语可以先说给奶奶听的。

奶奶叹了口气：“什么时候走?”

“我还不知道。但是快了吧。”

奶奶没再说什么，只是默默地点头。

“哥哥，哥哥！哥哥，耶!”瑞瑞激动的声音从他们身后传来，“你从新疆都带回来些什么好东西啊?有没有给我带的礼物?你的军装去哪儿了?”听着瑞瑞熟悉的家乡口音，多多强作镇定的外表终于被撕碎了。他蹲下身来，用左手抓着瑞瑞，右胳膊死死地抱住奶奶的腰，眼泪在睫毛下打转。“我太想你们了，奶奶，瑞瑞。我想你们。”多多呜咽着，“我回来了。”

多多答应奶奶，当他在北京找到工作后，就把奶奶接到北京同住，但他得先努力申请去中国最好的音乐学院上学。奶奶微笑着，听着，想着：“我的多多想做什么都行的。”奶奶很自豪。她伸出手臂，让多多扶着她。他们三个就这样手牵着手，走进了人群，消失在这潮湿、喧闹的城市里。

天空中，迷蒙的太阳尽力撕扯着厚重的云层，让它的光辉向大地尽情释放，为人们带来温暖。而在这星球上那个最远的角落里，那个梦境中的最深处，那只孤鹰翱翔在高耸入云的山边，那个空阔的大山谷，那片弥漫着果香的湛蓝天空，那个插着白色羽毛的小红帽将永远地飘浮在时间的王国里，与我们的灵魂一起冻结在那个明晃晃的太阳照耀着的旷野大地上。

在奶奶诞生一百周年的纪念日里，多多在奶奶的坟前读了妻子新书《小兵多多》的第二章《奶奶》。读着读着，天上开始下雪了。这是南方难得一见的雪。飘落的白雪花儿轻轻地融化在多多的脸上，多多不知道那雪花是否已和他的眼泪夹杂在了一起。多多不知道这些是他的眼泪，抑或是奶奶的眼泪。“我想您，奶奶。”多多喃喃道。随后，一阵微风吹过他的耳旁。

“我的乖多多。”

后　记

小说写完了，却被后记给难住了。一时之间，不知从何处下笔。

从哪儿说起呢？思忖再三，就从多多说起吧！我和多多是在中央音乐学院认识的。在上大学的时候，就听说过小兵多多的故事。这些故事让我这个从小在北京长大，没经过军队生活历练和严峻的大自然洗礼的女生，对这位参过军的男同学心生好奇。也许，正是这些故事引发的好奇，让他从我的男友，变成了我的丈夫。

2006年，我和多多一起回新疆。那次新疆之旅，我随他见到了他众多的“哥哥”“姐姐”。酒酣人醉，他和“哥哥”“姐姐”跳起了新疆舞，唱起了遥远的老歌。在那一刻，我看见的是时空流转的瑰丽世界。当我踏上那片曾经留下他们青春，残酷无情而又壮丽旖旎的土地时，一种难以名状的情绪油然而生。当我站在红其拉甫达坂至高点上鸟瞰时，我的心动了。是的，我知道今后要写点什么，关于这里，关于多多。

冥冥之中，生命中似乎有一种力量在敦促我完成愿望。让我没有想到的是，这种力量，竟然是一次充满孩子气而又没有承诺的赌注：我与电影剧作家朋友打赌，如果他能写出一部交响乐的话，那么我也能写出一部小说！从旧金山飞往波士顿冗长的旅途中，我无所事事，好奇心促使我在手提电脑上输入了第一段文字。一瞬间，文档中便出现了连绵不断的语句。《小兵多多》的第一章就这样诞生了。

感谢我的先生黄多，以及我的同事西奥多·莱文（Theodore C. Levin）教授，你们是我第一批读者。我能把书写下去，与你们真诚的鼓励和支持是分不开的。感谢我的学生兼英文编辑詹姆斯·特库特·利（James Tecuatl-Lee），是你帮我修改英文语法，帮助我疏通非母语与母语之间的差异。我还要感谢小说家欧内斯特·赫伯特（Ernest Hebert）、夏洛特·培根（Charlotte Bacon）、作曲家克里斯蒂安·沃尔夫（Christian Wolff）、祝嘉汉（Jerry Zhu）、张恒（Mary Zhang）、臧娜以及为小说创作提供建议的几位好友。

几年前，我有幸成为一名国家留学基金管理委员会本科学术互认课程（ISEC）的专家。在这本书稿从英文译为中文的初期，得到了ISEC办公室的大力支持，我在此表示感谢。阳希西自告奋勇，在翻译了第一章后，要求翻译全书。我当时没有时间自己翻译，更觉得像阳希西这样的年轻人能喜欢这个题材，是一件非常欣慰的事。感谢阳希西为翻译这部书所做的一切努力。她翻译的第一版也为我找回了中文的语感，为后期的第二版打好了坚实的基础。在知识出版社的一再催促下，我于2019年3月到7月间，对文字进行修改及润色，将文字与英文原稿文字的风格统一，从而使表达更为贴切。

最后，我要感谢中国大百科全书出版社社长刘国辉，感谢知识出版社姜钦云先生、张京涛先生、王云霞女士对这本书的信心和重视。非常喜欢和你们一起探讨文学，让我受益匪浅。能和你们一起工作是我的荣幸。

董 夔

2019年11月11日